徳間文庫

ダイアナ・ウィン・ジョーンズ短編集

魔法？ 魔法！

ダイアナ・ウィン・ジョーンズ
野口絵美 訳

徳間書店

長年お世話になった
グリーンウィロー・ブックスのみなさんへ
感謝をこめて
――D.W.J

ダイアナ・ウィン・ジョーンズ短編集　魔法？　魔法！

目次

ビー伯母さんとお出かけ

「明日は、私が子どもたちを海に連れていってあげましょう。楽しいわよお」ビー伯母さんが言った。

ピアソン家の子どもたちは、げっそりした。ビー伯母さんはお母さんのお姉さんで、体も大きいし、声も大きい。ピアソン家に、もう一週間も滞在している。子どもたちは伯母さんと一緒に暮らすのにほとほといやけがさし、不機嫌になっていた。

「トム、わざわざ車で送ってくれなくてもいいのよ。バスにでも乗れば、楽に行けますから」これはビー伯母さんお得意の遠まわしな言い方で、お父さんに車で海まで送っていけ、という意味なのだ。

でも、お父さんはわざと、とってもうれしそうな顔をしてみせた。「それは助かりますね。明日は車を点検に出さなきゃならないから」

ビー伯母さんはひとたび思いたったら、何がなんでもあきらめない。伯母さんはお母さんにむきなおった。「じゃあ、あなたが荷物を運ぶのを手伝ってくれるでしょ、アイリーン」

お母さんはあわてたように言った。「あら、私、明日は歯医者なのよ」

「じゃあ、ナンシーが手伝ってくれるわ。ナンシーはとってもお利口だから」と、ビー伯母さん。

「ううん、お利口じゃない」いちばん上のナンシーが言った。

ビー伯母さんは、子どもの言うことなどいつもたいして気にとめない。「ね、ナンシーがデビーの面倒を見て、サイモンが荷物を運べばだいじょうぶよ」

ビー伯母さんは、日帰りで海に遊びに行くのに、エベレストにのぼるときくらい、いろんなものが必要だと思っているらしい。お父さんは、二十二個にもなった荷物の包みを廊下に出すのを手伝わされた。ビー伯母さんは、なくしたり忘れてきたりしないようにと、二十二個の包みひとつひとつに、名前と住所を書いた札をくりつけた。そのあいだにお母さんは、ビー伯母さんに言われるまま、お弁当のサンドイッチ用にパンを四斤も切っていた。

ビー伯母さんは、台所に走ってきて言った。「それから、小さなヨーグルトの空き容器でゼリーを作ってね。なあんていい考えでしょう!」

お母さんは一日だけでもビー伯母さんから解放されるのがうれしくて、一人に二個もゼリーを作った。

「伯母さんを喜ばすためだけに、こんな目にあうなんてひどいや」真ん中のサイモンは言った。「伯母さんたら、ぼくがあんなたくさんの荷物を全部持って、ハニーの面倒まで見られると思ってるのかな?」犬のハニーはおなかが大きく、いつ子犬を産んでもおかしくない状態だった。サイモンはハニーが心配で、ぜったい一緒に連れていかなくちゃ、と思っていた。

ビー伯母さんが、巨大な水着をふりながら階段をおりてきた。けばけばしく光る青い地に、ぎらぎらしたオレンジのハートがちりばめられた柄《がら》だ。ナンシーは目をぱちくりさせ、ビー伯母さんが着たらきっとすごい迫力ね、と思った。

でも末っ子の妹のデビーは「きれい」と言った。あざやかな色が好きなのだ。「私、クマちゃんにも、ああいう水着を作ってあげようっと」

「明日は雨がふりますように」ナンシーは祈った。

残念ながら、次の日はぴかぴかの上天気だった。でも、みんなは朝早い時間のバスに乗り遅れてしまった。クマちゃんとハニーのせいだった。デビーはぬいぐるみのクマちゃんに、スカーフを巻いてピンでとめ、札もつけて準備していた。『デビーのクマちゃん。とりあつかいちゅうい。きんきゅうのさいには、ミルウィッチ２９７２２ばんに、てんわください』

でもビー伯母さんは、クマちゃんを見るなり言った。「だめよ。今日は必要なものしか持っていかないの」

デビーの顔に、ぜったい置いていくもんか、という、がんこな表情が浮かんだ。そこでえんえんと押し問答が始まった。ビー伯母さんが、ひもにつながれてしょんぼりと悲しそうにやってくるハニーを見たところで、ようやく話がそれた。

「彼を連れていったりできないわ。とちゅうで子犬を産んだらどうするの！」子どもの言うことに耳を貸さないだけでなく、ビー伯母さんは犬の性別にもかまっちゃいなかった。

またひとしきり言い争いが続いたあとで、たとえサイモンがハニーを連れていかなかったとしても、全部の荷物など運べっこないとわかった。

「こんろとやかんは置いていかなきゃむりよ」早くみんなに出かけてもらいたいお母さんが、口を出した。

「それなら、湯冷ましをたくさん持っていかなくちゃ！　生水はバイ菌が怖いもの！」と、ビー伯母さん。

というわけで、サイモンの荷物をつめなおしてからようやく、みんなは次のバスに乗るために出発した。ナンシーが、軽めの荷物を持っていちばん前を歩いていった。タータンチェックの敷物一枚、サンドイッチの入ったビニール袋、救急箱、それにみんなのバケツとシャベルを入れた包みがひとつ。ビー伯母さんがそのうしろから、折りたたみ椅子一脚、しま模様のパラソルひとつ、セーターの入った袋、日焼け止めクリームを入れた袋、牛乳一・五リットル、サンドイッチひと包み、ゆで卵二ダース、特大サイズの服の着替え一式、本三冊、それにラジオ、という荷物をぶらさげて、もったいぶったようすで続いた。デビーはそのうしろから、タオルの包み、ふくらませたビーチボールを入れた粗い編み目のバッグ、ゼリーとケーキがいっぱいつまったバスケットひとつを持って、とことこ歩いていた。バスケットの上には、文句があるなら言ってみろといわんばかりに、クマちゃんをすわらせていた。

ずーっと遅れて、サイモンがあとを追った。サイモンは、自分が背負っているリュックサックや、手に持っている六つの包みに何が入っているかよく知らなかったが、ひとつの包みからは魔法びんが、べつのからは懐中電灯が突き出していた。荷物の重みでひざが曲がってよろよろするし、ハニーのひき綱はしょっちゅう荷物にからまる。ハニーは行くのをいやがって、何度もしりごみした。

「彼が海の中で子犬を産んじゃっても、私は知りませんからね」と言って、ビー伯母さんは、忘れ物はないかとみんなの包みの数を数えた。

バスに乗っているあいだは、ハニーが吐きそうになったことをのぞけば、無事にすんだ。ミルヘイヴンに着いたときにはもう昼近くなっていて、海岸はとても混んでいた。

「人混み……バイ菌！」ビー伯母さんはまた荷物の数を数えながら言った。「早いバスに乗るべきだったわね」ビー伯母さんは包みをどっさり持ちあげ、砂浜に続く階段を楽しそうにおりていきながら、大声で言った。「手伝ってくれなくてもいいわよ。ちゃあんと持てますから」

子どもたちはふうふう言いながらあとを追って階段をおり、砂浜で伯母さんに追いついた。

ビー伯母さんが言った。「デビー、パラソルを持ってちょうだいな。で、ナンシーが折りたたみ椅子を持ってくれれば、あとは私がちゃあんと持てるから」

「やだ、持たない。伯母さんが勝手に持ってきたんでしょ」と、デビー。

「ここにすわればいいんじゃない?」ナンシーはきいてみた。

デビーに荷物を持たない、と言われて、ビー伯母さんはすっかりへそを曲げた。混みあった浜辺のデッキチェアや、敷物や、砂のお城を軽蔑《けいべつ》したように見やると、伯母さんは大声をはりあげて、デッキチェアの貸し出しをしている男の人にたずねた。

「ちょっとあなた、どこかもっと混んでいないところを教えてくださらない?」

男の人は頭をかいた。「そうですねえ、あっちの方まで行けばちょっとはすいてますよ、奥さん。でも岩場に入っちゃいけませんよ。岩場の奥にある島には、観光客は立入禁止なんです」

ビー伯母さんは、観光客なんて呼ばれるとは、と憤慨《ふんがい》したような顔で、頭をつんとそらし、男の人が指さした方へ早足で歩きだすと、大声で「ついてきなさい！」と子どもたちを呼んだ。子どもたちは、ほかの家族連れのあいだをジグザグに縫うようにして、苦労して伯母さんのあとを追った。ビー伯母さんがしょっちゅうふり返っては、子どもたちを大声でせきたてるので、まわりの人たちはみんな目を丸くしていた。

右手にはきれいな海が広がり、よせては返す波が楽しげな音をたてて白く砕けているのに、伯母さんは、みんなが止まろうと言っても聞く耳を持たなかった。一方、ハニーは足をふんばって、なかなか歩こうとしない。ハニーにとって、はじめて見る海は、この世でいちばん大きなお風呂のように見えたからだ。ハニーはお風呂が大嫌いなのだ。サイモンはなんとかハニーを歩かせようと、苦労していた。

ナンシーは伯母さんに、ロバに乗ってみない？　とか、ブランコに乗りたいわ、とか、アイスクリームの屋台によろうよ、とか言ってみた。でもビー伯母さんは、「バイ菌！」と叫ぶだけで、ずんずん歩いていってしまい、あたりにすっかり人がいなくなり、まわりに岩しかなくなってから、ようやく足を止めた。沖にむかって岩だらけの道のようなものがのびていて、その道のはしに、岩のかたまりのような島がある。小さな島だったが、木立がひとつあり、人が何人かすわることくらいはできそうだ。

「あそこにしましょ！」ビー伯母さんは叫び、スティーブ・オヴェット〔英国の陸上選手。一九八〇年のモスクワ五輪の八百メートル走で金メダルをとった〕がラストスパートをかけているような勢いで、岩だらけの道を歩きだした。

ハニーは、どういうわけか、海以上にこの島を怖《こわ》がった。サイモンはしかたなく、うしろ向きになって、一歩ずつハニーをひきずって進んでいった。岩だらけの道の終わりまで来てふり返ると、島のまわりには有刺鉄線のフェンスがめぐらされ、フェンスの門には大きな注意書きがさがっていた。

【島！　島！　起こさないでください】

なんか変だな、と思ったが、じっくり考えているひまはなかった。ビー伯母さんはもう門の中に入り、木のあいだをずんずん進んでいる。サイモンがハニーをひきずって中へ入ると、べつの看板が立っていた。

【立入禁止】

次の看板はこうだった。

【入ると後悔するぞ】

ビー伯母さんが足を止めたので、サイモンもようやく追いついた。

「ここ、入っちゃいけないんじゃない？」とナンシーが言うのが聞こえた。

「くだらない看板なんか、怖がるんじゃありません」ビー伯母さんが言い返した。

「ここで荷物を広げましょう」

みんなは反対する気力もないほど疲れていた。荷物をどさっとおろし、やれやれと靴を脱いで、中に入った砂を出す。ハニーは、はあはあいいながら横になってしまった。かなりぐあいが悪そうだ。ビー伯母さんは水着に着替える準備を始めた。敷物を敷き、パラソルと椅子を木に立てかけ、タオルで目隠しして小屋のようなものを作ると、巨大な体をなんとかその中に隠して、服を脱ぎはじめたのだ。

ナンシーとデビーは、その場で服を脱いだ。サイモンも脱ごうとして、シャツが背中にはりついているのに気づいた。何かべたべたした、イチゴのにおいのぷんぷんするものが、背中にくっついているらしい。

「きっとゼリーだ。お兄ちゃんのリュックから、溶けて出ちゃったのね」デビーはのろのろと、自分のバスケットに入ったイチゴのゼリーはだいじょうぶか、たしかめに行った。ゼリーは太陽の熱ですっかり溶け、カップにはどれも砂がいっぱい入っていた。不思議なことに、海岸ではいつも食べ物に砂が入ってしまう。それにクマちゃんが、溶けたゼリーで濡れていた。

「ひどーい！」デビーは、クマちゃんを木の枝にのせて干すことにした。

「文句を言わないの」ビー伯母さんが小屋の中から大声で言った。「みんなで楽しくすごしてるんだから！」

と、そのとき、島が妙なゆれ方をした。子どもたちはひどく不安になった。ナンシーが言った。

「ビー伯母さん。ほんとにここはやめて、海岸に戻った方がいいんじゃない？」

「ばか言わないで！」ビー伯母さんが大声で言い返した。

島はさらに大きくふるえ、ぐぐっと持ちあがったような感じがした。ちょうど車に乗って、太鼓橋《たいこばし》を越えているときみたいな感じだ。

次の瞬間、強い風が吹いて、あたりの景色はすっかり変わってしまった。今までまわりにあった木が一本もなくなり、岩だらけだった地面には短い草が生えている。子どもたちは草の上に立ったりひざまずいたりして、ふるえていた。クマちゃんが、ビー伯母さんの小屋の上の空中に浮かんでいるのが見える。波の砕ける音は、少し遠くはなったものの、今もまだ四方から聞こえていたので、さっきまでいたのとはべつの、もっと大きな島に来てしまったことだけはわかった。でも、どこの島なのか、さっぱりわからない。

すぐに、ベレー帽をかぶった兵士らしき男が、緑の斜面を息を切らしてかっかとしたようすで上がってくるのが見えた。ひじと肩に緑のあて布をした茶色の上着を着ている。男はどなった。

「おいっ！　おまえたち、こんなところでピクニックなんかしちゃいかん！　ここは射撃訓練場のど真ん中だぞ！」

そのとき、パラソルがぐいっと持ちあがり、ビー伯母さんが現れた。スカートを頭からかぶって、ポンチョのようにしているから、いつも以上に大きく見える。

伯母さんはぴしゃりと言った。「ばかなこと言わないでちょうだい」

兵士は目を丸くして、伯母さんと、頭上に浮かんでいるクマのぬいぐるみを見つめ、ごくりとつばをのんだ。

「死んだってここを動きませんからね」ビー伯母さんは言うと、また小屋の中にもぐりこんだ。

「このままだと、ほんとに死ぬことに――」兵士が言いかけたとき、島がまたみんなをふり落とそうとするかのようにゆれだした――島に意識があるのなら、ということだが。地面がぐわっともりあがったような気がしたかと思うと、四人は湖の真ん中の、小さな岩の上にいた。

「人に指図《さしず》されるなんてまっぴらよ」伯母さんは小屋の中からまだ文句を言っている。

島がさらにぐらっとゆれ、今度はどこか暗いところにやってきた。近くで水がうねっているのがわかる。ハニーはふるえだした。

「今日は楽しくすごすんですから！」ビー伯母さんはパラソルの中から、きっぱり言った。

島はひどく怒ったように、またぐらりとゆれた。ふいに凍りつくほど寒くなったが、明るくなってあたりのようすが見えた。子どもたちのはだしのひざの下には、霜《しも》か氷がある。凍るように寒いこの場所はけっこう小さくて、ぷかぷか浮かんでいるみたいに上下している。すぐ近くに見える海は暗い緑色で、おそろしいほど大きな波が立っている。

「ここ、氷山の上よ」ナンシーが、歯をカチカチいわせながら言った。「氷山は島じゃないわよ。島から島へ動いていくだけかと思ったのに。ひどい」

「いったいほかに、どんな島があるのかな？」サイモンがふるえながら言った。「いや、口に出しちゃまずいな。この島がそこへ行ってみようと思っちゃうかも。よしよし、いい子だ、ハニー」

「あーっ！」デビーが金切り声をあげた。「クマちゃんがいないよ！　おうちに帰りたい。クマちゃーん！」

敷物の上にいるので下が氷だとは気づかず、小屋の外のようすも見えていないビー伯母さんは、大声で叫んだ。「そんなにわめいたら、楽しい日がだいなしでしょ！」

氷山は、いらだっているように、ぴょこぴょこと上下した。と、また島は移動した。足もとは氷のままだが、今回は山のてっぺんに来ていた。まわりを囲んでいるのは、水ではなく雲だ。

「クマちゃーん！」デビーは叫んだ。

「楽しい日をすごしてるのに……」ビー伯母さんがくり返した。

すぐにまた、ぐらりとゆれたと思うと、今度はむっとする熱気に包まれた。どこか暑くて湿気の多い低地にいるらしい。足の指のあいだを茶色い水がごぼごぼと流れている。ハニーがウーッとうなり、ナンシーは息をのんだ。まちがいない。川の流れにそってすべるように泳いでいるのは、ワニだ。

「デビーに賛成。おうちに帰りたい」ナンシーは言った。

サイモンがささやいた。「ビー伯母さんをだまらせられないかな？　この島、伯母さんの言うことに腹をたてるたびに、動いてるみたいだ」

「みんな、水に入ったら気分がよくなるわよお！」ビー伯母さんが大声で言った。

「やめてー！」ナンシーの声がまだ響いているうちに、子どもたちはいきなり、自分たちが一本の高い木の下にあるやぶの中に、ごちゃごちゃと固まっているのに気づいた。さっきより涼しい。目の前にあるのは堀みたいで、そのむこうには公園にあるような柵《さく》が見える。そのとき、バナナの皮がどさっとサイモンの頭に落ちてきた。見上げると、木の上にサルがいっぱいいた。どのサルも、興味しんしんというようすだ。何匹かがビー伯母さんの小屋を調べにおりてきた。

柵のむこうから、小さな男の子が目を丸くしてこっちを見ているのに気づいて、サイモンはぎょっとした。小さな男の子は言っていた。「ねえ、ママ。ぼくも中に入ってピクニックしたいよ」

「ぼくは家に帰りたいよ」サイモンは落ち着かない気分で言った。

サルが二匹、ビー伯母さんのパラソルを気に入ったらしく、木の上に持って上がろうとした。と、ビー伯母さんの手がパラソルのふちに現れ、ぴしゃりとサルを叩いた。

「こらこら、そんなにせっかちにしないの。もうすぐしたくができますからね」

サルたちが怒ったようにキーキーいったかいわないかのうちに、島はまた移動した。ビー伯母さんの小屋が立っているのは、今度は、こぎれいな花壇の真ん中になっていた。デビーは赤いゼラニウムの中にころがっていた。あたりはとてもやかましかったが、水の音ではない。車の音のようだ。サイモンはがばっとはねおきた。こんもり高くなった土の上にいて、まわりを車やトラックがどんどん走ってゆくのが見える。通りすぎるバスの窓ガラスに、大勢の人たちが顔を押しつけ、目を丸くしてこっちを見ていた。

「ぼくたち、今度はロータリーの真ん中にいるぞ。ここも、車の流れの中にある島ってことかなあ」サイモンは言った。

ナンシーも立ちあがった。「次はいったい、どんな島に連れていかれるのかしら？　あ、たいへん、ハニーがいない！」

そのとき、ビー伯母さんが「さあ、したくできたわよ」と大声で言うと、水着姿で小屋から出てきた。必死でハニーを捜してあたりを見まわしていたサイモンでさえ、思わず伯母さんの姿に目がくぎづけになった。ビー伯母さんはばかでかいだけでなく、まわりの花さえ色あせて見えるほど、きんきらきんにはでだった。まるで巨大なビーチボールのように見えたが、いくらビーチボールだって、ここまでけばけばしいものはないだろう。車でロータリーにさしかかった人々も、伯母さんから目を離せなくなったようで、バスが歩道の縁石《えんせき》にぶつかり、二台の車が花壇に乗りあげた。ブレーキがキーッときしる音や、ガチャンと何かがぶつかる音がロータリーのあちこちで聞こえた。

伯母さんの姿にちっとも驚かなかったのは、あざやかな色が好きなデビーだけだった。デビーは言った。「ここ、家の近くのロータリーだよ！」

「すぐ帰りましょ！」と、ナンシー。

「逃げろ！　伯母さんがまた何か言って、島を怒らせないうちに」と、サイモン。

子どもたちは花壇をかけおり、ロータリーの外へ出た。うしろでビー伯母さんが叫んだ。「海岸では、車は禁止すべきよ！」そして、ふっと姿が消えた——そのせいで、さらに何台もの車が玉突き衝突を起こした。

ナンシーとサイモンとデビーは、ひらりひらりと車をよけて通りを渡り、家に着くまで止まらずに走りつづけた。

「どうしてこんなに早く帰ってきたの？」家にいたお母さんがきいた。やっぱり歯医者はうそだったらしい。「ビー伯母さんはどこ？」

子どもたちの話を聞いても、お母さんには何があったのかさっぱりわからなかった。デビーは、クマちゃんがいなくなっちゃった、兵隊さんの頭の上に浮かんでいたのよ、と泣くだけだし、サイモンは、ハニーとはぐれちゃった、最後に見たときはワニにむかってうなってたんだ、としか言わない。ナンシーはといえば、生きているかぎり、どんな種類の島だろうと、二度と島ってものには近づきたくないわ、とくり返すばかりだから、お父さんもお母さんも、電話が鳴りだすまで、何か本当におかしなことがあったということには、気づかなかった。

最初にとてもていねいな口調《くちょう》で電話をかけてきたのは、軍のとてもえらい人だった。その軍人が言うには、スコットランドのどこかの島で、宙に浮いているクマのぬいぐるみが見つかったという。ぬいぐるみにはピアソンという名前と連絡先がついていたが、ぬいぐるみを宙に浮かせる秘密の方法を教えていただけないだろうか？　クマがイチゴのゼリーだらけになっていることと、何か関係があるのだろうか？

　お父さんとお母さんが、クマがなぜ浮かんでいるのか答えられないでいると、軍人は、このクマが軍事的に重要なのはまちがいないので、分析にまわしてもいいでしょうか？　代わりに新しいぬいぐるみを送りますから、お子さんの許可をもらってください、と頼んだ。

「クマちゃんを返してよ！」とデビーは叫んだが、軍人は、それは不可能です、と言って、電話を切った。

　次に電話してきたのは、スイスの山岳ガイドだった。山のてっぺんで、ピアソン家の住所が書かれた札のついたビーチボールを見つけました、送り返してほしいですか、と言う。返事ができずにいるうちに、警官が一人訪ねてきて、怖い顔で、ビー伯母さんと話がしたい、と言った。伯母さんが、サイラス通りのロータリーの真ん中で治安妨害をひきおこしたうえに、ラジオを置きっぱなしにしていった、というのだ。だが、ビー伯母さんが今どこにいるのか、もちろんだれもわからなかった。

　警官が帰ると同時に、アイスランドから、わけのわからない電話がかかってきた。トロール漁船の船長が、ただよう氷山の上でピアソン家の子どもたちのセーターが入ったバッグを見つけ、難破したご家族の遺品ではないでしょうか、ときいてきたのだ。

お父さんがなんとかその件を片づけた直後、今度は、はるばる南アメリカから電話がかかってきた。その人の英語はあまり上手ではなかったが、どうやら、懐中電灯は水が入ってだめになった、と言っているようだ。でも、バケツとシャベルはちゃんと使えるし、とても役にたつ、とうれしそうだった。

「ハニーのことをきいて」サイモンが頼んだ。

でも、南アメリカの人は、犬も、満腹したようすのワニも見ていない、と言った。

「だけど、ビー伯母さんはどこなの？」お母さんはくり返したずねていた。

やがて、ビー伯母さんがまだ移動中だ、ということがわかってきた。というのは、次の電話は外務省からで、ロシア大使館からよく意味のわからない苦情が来た、ということだった。ピアソン家の住所が記されたバスケットが、どういうわけか、ロシアの潜水艦の潜望鏡の上に現れたらしい。中には、砂まみれのゼリーのカップがいっぱい入っていた。ロシア人たちは、ゼリーは分析にまわすから返せない、と主張しているという。外務省の人は、そのゼリーの中に、軍事的に重要なものがふくまれていないか、と問いあわせてきたのだ。

「そんなものは入っていませんけど……」お母さんは弱々しく言った。「で、ロシアの人たちは——私の姉を見なかったでしょうか？」

だが、ビー伯母さんの消息は知れなかった。次に興奮した口調で電話してきたギリシャの女の人も、伯母さんを見かけてはいないようだった。女の人は、私は二ダースの固ゆで卵も手に入れられないほど貧しくはありません、よけいなお世話です、袋に入った服も全部捨てますよ、この島にはこんな大きな服を着る人はいませんからね、とまくしたてると、説明も聞かずにすぐ電話を切ってしまった。

それから、アメリカ大使館からもかかってきた。ビー伯母さんのパラソルがオアフ島の沖合で見つかった、伯母さんがおぼれたのではないか、と問いあわせてきたのだ。ピアソン家の人たちも心配になった。でも、その次にはスウェーデンと日本から電話があったので、ビー伯母さんはどうやら、まだ島から島へと移動中らしい、とわかった。

その夜遅くなってから、ロンドン動物園からも電話があった。「今までかかって、ようやくあなたたちの連絡先をつきとめたんです」動物園の人は、気を悪くしているようだった。「おたくの住所を書いた札が、うちのサル山に落ちてたものでね。どうしてあなたがたは、犬をあんなところに置きざりにしたんです？　サルたちが子犬にちょっかいを出そうとして、大さわぎになったんですよ」

お父さんは勢いこんで、何もかもご説明できます、と言ったが、動物園の人は、そんなことより今すぐ母犬と六匹の生まれたばかりの子犬をひきとりに来い、と言う。犬たちは〈子ども動物園〉のコーナーであずかってくれているそうだ。サイモンは胸をなでおろした。そしてすぐに、お父さんと一緒にハニーを迎えに行った。帰り道、ハニーが車に酔って吐いても、サイモンはちっともいやがらなかった。お父さんはとてもいやがっていたが。

一方、お母さんとナンシーはそのあいだも電話の応対に追われていたが、ビー伯母さんがどうなったかは、まだわからなかった。そのうちピアソン家の人たちは、ビー伯母さんをひどいやっかい者だと思っていたことを忘れ、どこにいるのかと気をもみはじめ、胸を痛めた。ナンシーは、水着姿の伯母さんがひとりぼっちで、ロビンソン・クルーソーのように無人島で立ち往生しているのが見えるような気がした。デビーは、伯母さん、言葉がまるで通じないところにいるんじゃない？　と言った。お母さんも手をもみしだき、そうよ、きっとビー姉さんは中国で牢屋に入れられているのよ、と言った。

三日後、ようやくビー伯母さん本人が電話をかけてきた。

「もしもし、トム？　今どこからかけてると思う？　私ね、バハマにいるの！」伯母さんは叫んだ。「どうしてここに来ちゃったのか見当もつかないけど。電話をかけるお金も借りなきゃならなかったのよ。でもね、わざわざ迎えに来てくれなくたっていいのよ、トム。自分でなんとかできますから」

お父さんは、今までかかってきたさまざまな電話のことを思い浮かべた。デビーがまだ、クマちゃんクマちゃんと言って泣いていることを考えた。そして、自分の大事な車の中でハニーが吐いたことも、苦い気持ちで思い返した。

「自分でなんとかできるって？　そりゃよかった、ほっとしたよ、ビー義姉《ねえ》さん。じゃ、無事に家に帰ったら、いつかまた遊びに来てください」お父さんはそう言って、ガチャンと電話を切ってしまった。

魔法ネコから聞いたお話

私はネコ。ネコの中のネコよ。そのままなでて。やめないでちょうだい。あなたのところに来たのは、なでるのが上手だってわかったからよ。ひざをぴったりくっつけてすわってね。私が前足を体の下に入れて、くつろげるように。うん、それでいいわ。さあ、またなでて。耳のうしろも忘れないでね。そしたら私、のどをゴロゴロさせて、お話をしてあげる。

どうして私が百年以上も長生きしてるのか、教えてあげるわね。

私が子ネコだったころ、人間たちは、今とはちがう感じの服を着ていた。そして自家用や乗合の車を、ぱかぱか走る大きな馬にひかせていた。私はそのころ、ある魔法使いの家に住んでいたの。魔法使いは、暗くなると壁のガス灯に火をともしてたっけ。火がつくとガス灯はシューシューと音をたてた。魔法使いは年をとっていて、長くて黒い上着を着てた。その家には、私にやさしくしてくれた見習いの男の子もいた。ひざまでしかないぼろぼろのズボンをはいていて、私と同じようにはだしでいることが多かった。私と男の子は、階段の下の物置で、体をあたためあって眠ったの。食べるものをわけあったりもした。魔法使いは、ネコも人間の子も好きじゃなかった。私たちが役にたつから置いていただけ。

私の方が、男の子より役にたった。魔法使いはよく私を、床に描いた五芒星《ごぼうせい》（五つの頂点がある星形のマーク。神秘的な図形とされ、魔術の儀式に使われる）の中にすわらせた。男の子は魔法使いを手伝って、いくつかの粉をまぜあわせた。すると煙が出て、私はくしゃみをしてしまう。私が三回くしゃみをすると、そのあといろんなことが起こった。五芒星の中の私のとなりに、大きな紫色の雲みたいなものが現れることもあった。私が毛を逆立ててフーッとうなっても、魔法使いが五芒星を杖で叩き、「去れ！」と大声で命じるまで、そいつらは消えなかった。前足でさわれるような、何か小さな物体が出てくることもあった。箱とか、食べられもしない輝く石がひもに通してあるものとか、きらきら光る指輪とかが、どこからともなく現れて、私の横にチリンと音をたてて落ちることもあった。そういうのは、べつにいやじゃなかった。

私がすごくいやだったのは、三番目の種類の「もの」たちだった。そいつらは目には見えなかったけど、私にとりついて、私の口を使ってしゃべった。その悪い心を持った、おぞましい「もの」たちのせいで、私までいやな気分になった。それに私の口は、人間の言葉をしゃべるのにむいていない。しゃべったあとではいつも口が痛くなり、舌ものどもひりひりして、何時間も気分が悪いままだった。

私は「私の中でしゃべるやつら」にとりつかれるのがいやなばっかりに、魔法使いが地下室の床に五芒星を描きはじめると、いつも逃げ出して隠れた。隠れるのは得意なの。男の子は私を捜すのに半日かかることもあった。すると、魔法使いは男の子をののしり、どなり、「ばか」と言ってなぐった。そんな日は、夜になると男の子は物置の中で泣いていた。私は男の子がひどい目にあうのもいやだったので、しばらくすると、逃げる代わりに魔法使いをひっかくことにした。男の子はちっとも悪くない、とわかっていたから。男の子は魔法使いに、ネコがおとなしく五芒星の中にすわったら、あとでごほうびにおいしいものをあげたらどうでしょう、それ以外にすわらせておく方法はないんじゃないですか、と言ったわ。

　わかるでしょ、賢い子だったのよ。魔法使いにはばかだと思われていたけれど。あの子はある晩、物置の中で、ぼくはばかなふりをしているだけだよ、って話してくれた。魔法使いは、私と同じように小さいときから親がいなかった男の子を、私が生まれるずーっと前に、養育院からたった一シリング〔英国のお金の単位。一ポンドの二十分の一。現在は廃止されている〕で買ったのよ。男の子の髪の毛がオレンジ色だったから。これは魔法にむく色だってことになってるの。魔法使いは私のことも、一ファージング〔英国のお金の単位。一シリングの四十八分の一。現在は廃止されている〕で手に入れた。オレンジの斑点がある、ぶちネコだからよ。

　男の子はそれ以来、ずっと魔法使いの見習いをしていた。魔法以外のこともいろいろ身につけた。男の子が小さいころ、魔法使いはしょっちゅう留守にしていたから、男の子は、魔法使いの部屋にある魔法以外の本や新聞まで、読めるものは手あたりしだいに読んですごした。ぼくが魔法を覚えたいのは魔法使いから逃げ出すためで、魔法以外のことを学ぶのは、逃げたあと広い世の中で一人で生きていけるようにするためだよ、と言っていた。でも、実際には何年ものあいだ、家から出られなかった。そんなにたくさんのことを学んでも、魔法使いが家に閉じこめておくためにかけた呪文を破れなかったの。男の子は私に言った。

「ねえ、〈ぶち〉。ぼくはあのじいさんが大っ嫌いなんだ。きみの前にいたネコのことがあるからさ。ぼくはここから逃げる前に、あいつが魔法を使えないようにしてやりたい」

で、私は言ったの――。

え、なんですって？　どうして私があの子と話ができたのかって？　あなた、私のこと、ばかな普通のネコだと思ってるわけ？　私はあの子と同じくらい賢かったのよ。今だって、どうやってあなたにこの話をしてると思うの？　ちょっとあおむけになるわ。おなかもさすってよ。あら、上手ね！　あなたのこと、ほんとに気に入った。えと――ううん、もう一度ちゃんとすわるわね。

私も、最初から話ができたわけじゃない。子ネコだったころも、もちろん人間の言ってることはわかっていたけど、こっちからは話ができなかった。いろんな「もの」が次々私にとりついて、しゃべるようになるまでは。男の子は、そいつらのせいで私の頭がよくなったんだ、と言ってた。それに、私は前にいたネコとちがって、もともと賢かったから、って。

くわしいことは話してくれなかったけど、魔法使いは私の前にいたネコを、何かの実験で殺したんだそうだ。ばかなネコだったけど、ぼくは大好きだった、って男の子は言ってたわ。その話を聞いたあと、私はまる一日、あの子のそばによらなかった。自分も殺されちゃうかもと思って怖くなった、というのもある。でも、いったいどうして私じゃないネコを好きになったりしたの、って気持ちの方が強かった。男の子が屋根にのぼってハトを一羽捕ってきてくれても、私はまだ口をきいてやらなかった。それであの子は、牛乳をお皿に一杯盗んできて、魔法使いがきみまで殺したりしないよう、ぼくが守る、って誓ってくれたの。それに、きみは賢いから、前のネコよりずっと好きだよ、って。どっちにしろ、魔法使いが前のネコを殺したのは、特別な粉がないとできない魔法を使ったときだったし、そのネコは黒ネコで、きみみたいにおもしろい模様じゃなかった、と言ってたわ。

こんなふうにいろいろ言わせたあとで、私はようやく鼻を男の子の鼻にくっつけて、仲直りしたの。私たちは、あの子の言う「陰謀」をめぐらすことにした。一緒に魔法使いをやっつけ、なんとかしてこの家から逃げ出そうと誓ったの。でも、どうしたらいいかはわからなかった。二人で考えに考えた。しまいには、私は疲れと心配のあまり、体が大きくならなくなっちゃった。あの子は、それはちがうよ、きみはすっかり大人になったんだよ、と笑ってた。

私は言ってやった。「あら、そんなら、どうしてあんたはまだ育ってるの？　もう、私の十倍もあるくせに。じいさんとおんなじくらい大きいじゃない！」

「わかってる。きみは小さくてきれいなネコだよ。ぼくの方は、身長が百八十センチくらいになるまで止まらないんじゃないかな。それでもかっこよくはなれないかもしれないけどね。いつもへまばかりしているし、とっても腹がへってるし！」男の子は言った。

かわいそうにね。本当にそのころ、あの子はすごい勢いで育ってた。次の日にはどこまで大きくなっているか自分でもわからない、という感じだった。物置の中で寝返りを打つと、廊下にころがりでてしまうか、私が下敷きになるかのどっちかだった。押しつぶされて死んじゃわないように、ひどくひっかいてやらなきゃならない夜もあった。それにあの子は、起きているときにはしょっちゅういろんなものをひっくり返していた。水さしに入った牛乳をこぼしたり——私は大歓迎だったけど——魔法に使う三本脚の大釜につまずいたり、いやなにおいのするものが入ったびんを六つもこわしたり……。魔法使いはそれまで以上に文句を言い、ののしった。男の子はそのころ、おなかがすきすぎて、ほんとにばかになってたんじゃないかと思う。魔法使いはけちんぼで、食べ物をじゅうぶんにくれなかった。そのせいで、あの子は私のごはんまで食べちゃってたから、私もおなかがすいていた。がまんできないんだ、ごめんね、とあの子は言ってたわ。

だから私は屋根に上がって、ハトをつかまえてきた。ハトは夜、魔法使いが眠ったのを見はからって、男の子がガス灯であぶった。おいしかったな。でもハトの骨は食べられないから、部屋のすみに吐いた。残った羽根は物置の中に敷くことにした。毎晩のようにハトをつかまえたおかげで、物置の中はだいぶあたたかくなり、男の子もまた頭が働くようになってきた。でも、背はのびつづけ、相変わらずおなかをすかしていた。私が大人になって一年がたつころには、男の子はすっかり大きくなり、毛深くなった長い脚が半ズボンからにょきにょき突き出ていた。魔法使いはもうあの子をなぐれなくなった。あの子が長い腕を突き出すと、それ以上近よれなくなったから。

「ぼく、新しい服がいるよ」男の子は言った。

魔法使いは面倒くさがってぶつぶつ文句を言っていたけど、しまいに折れた。

「ああ、そのようだな、いまいましいカカシめ。なんとかしよう」

魔法使いはしぶしぶ地下室におりていき、床の敷石のひとつを持ちあげた。私にはのぞかせまいとしてたけど、その穴に、私が五芒星の中にいるときどこからともなく現れた指輪や、きらきら光る石をためこんでいるんだってことは知っていた。魔法使いはチリンと音がするものをいくつか取り出し、また敷石をバタンとおろすと、階段を上がっていった。光る小さな金色の玉がひとつこぼれて、床にころがったのには気づかずにね。私は何時間も夢中で玉を追いかけた。たたいたり、とびついたりすると、玉は逃げるみたいに地下室のあちこちへころがっていくの。おもしろかったな。でもしまいに、玉は二枚の敷石の隙間に落ちて見えなくなってしまい、気がつくと、私は地下室に閉じこめられていた。出してもらうには大さわぎしなきゃならなかった。

そういえば、この家に玉はある？　――ないの？　じゃあ、明日ひとつ買ってきてちょうだい。それまでは、ひもの先につけた紙きれかなんかで遊ぶから。

どこまで話したっけ？　ああ、そうそう。さわいでいたら、なんだかかびくさいにおいの人がやってきて、地下室から出してくれたの。においが変だから、だれだかわからないところだった。そしたら、どれもこれもぶかぶかの、赤い上着と白いズボンと黒くて長いブーツをはいた男の子だったのよ。「兵士の古い制服を、じいさんが安く手に入れてきたんだ。でも、どうして地下室に閉じこめられちゃってたの？」

私は男の子の肩に乗って、魔法使いが敷石の下にぴかぴか光るものを隠しているの、と話してあげた。男の子はとっても興味をひかれたらしく、こう言った。

「それがあれば、食べ物がうんとたくさん買えるね」まだおなかがすいているのだ。「逃げるとき、そのぴかぴかしたものも盗《と》っていこう。今度あいつが魔法を使うとき、逃げ出せないかやってみなきゃ」

その夜、私たちははじめて計画らしい計画をたてた。魔法使いがいつも呼び出すおぞましい「もの」の代わりに、〈よい霊〉を召喚《しょうかん》しようと決めたのだ。「きっといい精霊だっているはずだよ」と、男の子が言ったからだ。でも、自分たちだけで〈よい霊〉を呼び出す方法は知らなかったので、なんとかして魔法使いに手伝わせなければならない。

次の日、私たちはすぐに計画を実行に移した。私は自分の役目をうまくはたした。まず、魔法使いが地下室に五芒星を描きはじめると、疑われないように、いつもどおり逃げ出した。しばらく逃げまわってから、わざと男の子につかまり、男の子の上着にしっかり爪を立てて、魔法使いにひきはがされまいとしてから、思いきりひっかいてやったの。私が五芒星の中に入れられたときには、魔法使いは血を流していた。私はすねたふりをして背を丸くしてすわり、あとは男の子にまかせた。

男の子もかなりがんばった。まず、いつものようによろけたふりをして、赤い粉を山もりにしてあるところに、黒い粉を少しけり入れた。すると、地下室は白い煙でいっぱいになった。すぐにくしゃみが出そうになったけど、私はなんとかこらえた。魔法使いがひとしきり悪態《あくたい》をつき終わり、ぶつぶつ呪文を唱えはじめるまで待ってから、ようやくくしゃみをした——一回目。すると男の子はすかさず、三本脚の大釜にわざとつまずいた。大釜から熱いしずくが飛んで、床にもってあった粉の上に落ちた。とたんに地下室は、大きな紫色の泡の玉でいっぱいになった。ぴかぴか光る泡の玉は、ふわふわと宙をただよい、ぴょこぴょこ上下している。私は追いかけたくてたまらなくなったけど、ぐっとがまんした。魔法使いも、ぶつぶつ唱えるのはやめなかった。とちゅうでやめたら、呪文が効かなくなってしまうからだ。でも、泡の玉ごしに男の子をにらみつけている——私は魔法使いの気をそらすために、またくしゃみをした——二回目。魔法使いは杖を掲げ、今度は歌うような呪文を唱えはじめた。男の子はまたつまずいたふりをして、用意しておいた粉をひとつかみ、壁のガス灯の火の中に投げ入れた。

ボウン！　と粉は燃えあがった。

魔法使いは驚いてとびあがり、怖い顔で男の子をにらみつけたけど、呪文を唱えつづけた——そうするしかなかったのよ。いったん魔法を始めてしまったら、最後までやりとおすしかないの。すると泡の玉がみんな、床にふんわり落ちてきて、プシュン、プシュンと、やわらかくはじけだし、そのひとつひとつから、ピンク色のちっちゃな動物が出てきて床を走りまわり、やけに甲高いかすかな声で鳴きだした。「ブー、ブー、ブー！」

魔法使いだけじゃなく、私まであやうく魔法のことを忘れるところだった。私はうずうずしながら、ちっちゃな生き物たちを見つめていた。五芒星からとびだして、このおいしそうな小さいブタを追いかけるためなら、何をしてもいいと思ったくらい。だけど、とちゅうで五芒星から出ちゃいけないのはわかっていた。私はぎゅっと目をつぶって、三度目のくしゃみをこらえるためにあくびをし、必死で、〈よい霊〉、出てきてちょうだい！　と祈った。頭上に見える牛乳の入ったお皿を、早く床に置いてほしいと思うときと同じくらい、真剣に祈った。それから、三回目のくしゃみをした。

それで思い出したけど、牛乳、ある？　そう、じゃあ持ってきて。でなきゃ、もうお話をしてあげない。

ありがと。ひざを動かさないで、じっとしてて。なんなら、なでてくれてもいいのよ。で、どこまで話したっけ？　ああ、そうそう。目を開けると、おいしそうなちっちゃな生き物たちはもう消えていた。ガス灯の炎はすすけたように暗くなっていて、魔法使いが杖で男の子の頭をなぐっているところだった。このときばかりはなぐれたのよ。だって、男の子は壁のそばにうずくまって、涙を流して笑いころげていたんですもの。

「ブタだって！　ちっちゃな子ブタ！　あっははははは！」

「この大ばか者！　呪文をだいなしにしおって！　五芒星を見てみろ――何も現れなかったではないか！」魔法使いは叫んだ。

でも、本当は現れていた。これまで出てきたことのない「もの」が、私にとりついているのがわかった。悪いものという感じはちっともしなくて、なんだかとほうにくれているみたいな、弱々しい感じの「もの」。おびえきったそいつのせいで私が動けなくなり、何か言うことも、することもできずにいるうちに、魔法使いは不機嫌そうに五芒星を消し、どすどすと階段を上がっていってしまった。

男の子は立ちあがり、痛む頭をさすりながら言った。

「うまくいかなくて残念だったね、〈ぶち〉。でも、あのブタを見られただけでも、やった価値があったよね」

すると、〈よい霊〉が私の口を使って言った。

「ご主人様、私はあなたのしもべです。どうしたらお役にたてるでしょう」

男の子は目を丸くし、変な顔色になった。人間はどうやって顔の色を変えたりできるんだろう？　いつも不思議でたまらない。男の子は言った。

「なんてこった！　じゃ、結局うまくいったのか？　それとも、おまえは悪魔なのか？」

「たぶん、悪魔ではないと思います。精霊みたいなものかもしれません。よくわかりませんけど……」〈よい霊〉は自信なさそうだった。

私は頭の中で、そいつに話しかけた。『出ていってくれない？』

『だめです。出ていったら、ご主人様に私の言葉が聞こえなくなります』〈よい霊〉は答えた。

「やんなっちゃうなあ！」私は、体をきれいにしようとなめはじめた。

「何者でもいいや。頼みたいことがあるんだ。食べ物を持ってきて」男の子が〈よい霊〉に言った。

「はい、ご主人様」と私に言わせると、〈よい霊〉はさっそく命令にしたがった。私は体をなめていて、ちょうどうしろ足を片方、高く宙に上げているところだったので、うしろ向きにころんでしまった。ほんとに迷惑だ。

次の瞬間、私がころんでいるのは、料理をしている人が大勢いる広くてあたたかい部屋の床になっていた。厨房《ちゅうぼう》というんだ、とあとで男の子が教えてくれた。すばらしくいいにおいがした……〈よい霊〉にあやつられて私は、近くのテーブルからローストした羊の脚をかっぱらった。あやつられていてもべつに気にならなかったけど、白い帽子をかぶった男が二人、「このくそったれネコ！」と叫びながらかけよってきたときには、気が気じゃなかったわ。

おまけに、〈よい霊〉はこんなときどうしたらいいのか、まるでわからないらしく、私たちはつかまりそうになった。

「私にまかせてよ！」私がうなるように言うと、〈よい霊〉はすなおにひっこんだ。

さっきも言ったように、頼りない感じのやつなのだ。私は大きな食器棚の下にとびこみ、人間の手の届かない奥の壁ぎわにじっとうずくまった。肉を落としてしまったのは残念だったな。とってもいいにおいだったのに。でも、置いてこなければ、男たちはいつまでも追いかけてきただろう。あせって逆立っていた毛が平たくなると、私は言った。

「さあ、何を持っていけばいいか教えてよ。そしたら今度は、私がうまく盗《と》るから」

〈よい霊〉も、その方がうまくいきそうだ、と賛成した。そこで、男たちがまた料理を始めるまで待ち、そっと食器棚の下から出た。〈よい霊〉もそのあいだにいろいろ考えたようで、見えない袋みたいなものを用意してくれていた。とっても変わったしろものだった。だれにも、私にさえも袋は見えなかったし、邪魔にならないうえに、中身の重さも感じなかった。うしろからついてきて、私が盗んだ食べ物がその中にどんどん入っていくのがわかるだけだ。〈よい霊〉は、私なら食べようなんて夢にも思わないものまで盗ませた。ちゃんとした肉や、鹿肉のパイといったまともな食べ物だけじゃなくて、たとえばシナモン味のゼリーとか、それに——げえっ！——キュウリとかね。

と、私たちはいきなり地下室に戻っていた。機嫌の悪い顔で掃除をしていた男の子も、食べ物が床にばらまかれると、ぱっと顔が明るくなった。〈よい霊〉は正しかった。男の子はゼリーもキュウリも喜んで食べた。あの子は生まれてはじめて、ほんとにおなかいっぱい食べたのだ。私も手伝って鹿肉のパイを平らげ、二人でイチゴのクリームがけをデザートに食べた。とってもおいしかった。

それで思い出したんだけど――あら、イチゴは季節はずれなの？　じゃあ、いいわ。またイチゴがとれるようになるまで、あなたのところにいてあげる。もう一度おなかをさすって。

食事がすむと、おなかがぱんぱんになり、体が重くなった。〈よい霊〉は、動きにくいと文句を言った。「あらそう、気になるなら出ていってよ」私は言った。眠くなっていた。

「もうすぐ出ていきますよ。あの……ご主人様、このネコから、あなた様がこの家から逃げ出したがっていると聞きましたが、残念ながら、私には逃がしてさしあげることができません」と、〈よい霊〉。

男の子はすっかりおなかがいっぱいになって、床にごろんと横になり、うとうと眠りかけていたところだったけど、がっかりして起きあがった。「どうしてできないのさ？」

〈よい霊〉はすまなそうに言った。「理由はふたつあります。まず、あなたには、この家から出られないように非常に強い呪文がかかっています。私の力ではとても破れません。ふたつ目に、私にも同じくらい強い呪文がかけられています。私を小さな金の玉に閉じこめていた呪文です。あなたとネコが、その一部を破ってくれましたが、私はまだ、金の玉のあるこの家にしばりつけられているのです。行けるのはもう一カ所だけ……私がもともといた、厨房のあるあの家だけです」

「くそっ！　期待してたのに――」と、男の子。

「でも、このネコを閉じこめている呪文は、それほど強くありません。それを解いてさしあげることならできますよ」〈よい霊〉は言った。

「それだけでもたいしたもんだ！　じゃあ解いてあげてよ」あの子は言った。ね、ってもやさしい子なのよ。「きみたちがこれからも食べ物を持ってきてくれれば、ぼくもおなかがへってることばかり考えなくてもすむようになって、ぼくやきみにかけられてる呪文を解く方法を思いつくかもしれない」

私はなんだかおもしろくなかった。〈よい霊〉を呼び出すことができたのは、たんに、あの金色の玉が魔法使いの手をのがれたからで、男の子が知恵をしぼったり、私が一生懸命念じたりしたおかげではないとわかったからだ。あの玉が、魔法使いがいつも五芒星を描くあたりの敷石の隙間にはまっているのは知っていたけれど、玉のおかげだと話したら男の子もがっかりするだろうと思って、だまっていた。

それから何日かのあいだ、男の子と〈よい霊〉と私は、一緒に楽しいときをすごした。魔法使いは何も疑っていなかった。もっとも、そのころ魔法使いがよく外に出かけていたせいもある。留守のときには、いつも四日ごとに、魔法で牛乳が水さし一杯とパンがひとかたまり現れたが、それだけじゃとても足りなかった。〈よい霊〉がいなかったら、私たちは飢え死にしていただろう。

〈よい霊〉は毎日、夕食どきになると、私をあの厨房へ連れていった。私たちは見えない袋にありとあらゆる食べ物を入れて帰った。

〈よい霊〉が私の体の中にいないときには――夜になるとよくどこかへ行ってくれた――私は屋根伝いに外へ出られるようになっていた。だから、町を見おろす屋根の上で、生まれてはじめての楽しい経験をいろいろとした。月光のもとでほかのネコたちにも会ったけど、私ほど賢いネコはほかにいなかった。

私が見聞きしてきたいろんなことを話すと、男の子は、自分が外に出られないのがせつなくてたまらないようすだったけど、それでも、いつも熱心に耳をかたむけてくれた。そういう子だったのよ。あの子は本当の友だちだった。それに、私がはじめて子ネコを産んだときには、すごく助けになってくれた。私は自分の身に何が起きているのかわかっていなかったけど、男の子が気づいて教えてくれたの。そして、子ネコたちを隠しておかないと、きみが外に出られることが魔法使いにばれてしまうよ、と言った。だから二人で子ネコたちを物置の中に入れ、魔法使いに見つからないように、ハトの羽根で作った寝床に隠しておいた。

私、子ネコを産むのが得意なの。あなたにも、もうじき見せてあげる。いつも三匹産むの。しまネコを一匹、赤毛を一匹、それに私に似て、いろんな色がまじったぶちネコを一匹。そのときも三匹産んだけど、魔法使いはちっとも気づかなかった。子ネコがひどくうるさく鳴いたこともあったんだけどね。特に、私が〈よい霊〉と遊ぶ方法を教えてやってからは。

〈よい霊〉が私の体の外に出ているとき、私にはその姿がはっきり見えたけど、男の子には見えたためしがなかった。外に出ると、〈よい霊〉はとても大きくなった。背は男の子の肩くらいまであって、もやのようにうすくてふわふわしていて、床からちょっと浮かんだまま、すごい速さで動くことができる。喜んで遊び相手になってくれたから、私はよく〈よい霊〉を家じゅう追いかけまわしては、とびかかってびりびり破いちゃうふりをした。もちろん、相手は前足のあいだをふわりと抜けて逃げてしまう。男の子はいつも、私のしぐさから、〈よい霊〉がどこにいるか見当をつけ、私がじゃれつくのを笑って見ていた。子ネコたちが大きくなって、やっぱりじゃれついて遊ぶようになると、もっと大笑いしたっけ。

そのころには、男の子はりっぱなたくましい若者になっていた。頭の中はいろんな考えではちきれそうだし、あの兵士の服でさえ短く、きつくなっていた。次に魔法使いが留守にしたとき、男の子は〈よい霊〉に、服を手に入れてきてほしいと頼んだ。そこで〈よい霊〉と私は、「館」の、厨房とはちがう場所に出かけていった。男の子が、あの場所をただ「家」と呼ぶのはまちがってる、と言ったのよ。たしかに、とても大きくてりっぱな館だった。

その日、私たちは赤いじゅうたんを敷きつめた大きな階段をこっそりかけあがった――というか、〈よい霊〉が中に入っている私が、こっそりとかけあがった。そして、さらにじゅうたんの敷いてある廊下をずんずん進み、四方の壁に布がかけてある大きな部屋に入っていった。

部屋の中には人がいた。布と壁のあいだには隙間があったので、〈よい霊〉は私をそこにもぐりこませ、部屋をぐるっとまわらせた。布はどれも、一枚の絵のような柄になっていた。〈よい霊〉が言うには、鳥や馬を使って動物を狩っている貴族の男女の絵なんですって。鳥なんかが人間の役にたつことがあるなんて、知らなかった。私は布の隙間から、そっとのぞいてみた。

部屋にいた人間は四人。一人はとっても堂々とした男の人。男の子と同じくらい背が高くて体格がいいけれど、もっと年上だ。厨房で見かけたことのある、白い帽子の男も二人いた。二人とも帽子を手に持って、悲しそうな顔をしている。最後の一人は長いドレスを着た女の人で、ふだんの魔法使いと同じくらい機嫌が悪そうだ。女の人は言った。

「この者たちの言うとおりです、だんな様。私もこの目でそのネコを見ましたわ。私の目の前で、ケーキを盗《と》ったんですのよ」

「だんな様、誓って申しますが、ネコは本当に毎日夕方に現れては、いろんな食べ物をさらって、魔法のように消えてしまうんです」白い帽子を持った男の片方が言った。

「ほんとに魔法を使ってるんだよ」もう片方の白い帽子の男が言った。

するとと大柄な男の人が口を開いた。「では、そいつがどこから現れるのか調べた方がよさそうだな。これをおまえたちに渡すから――」

ここで〈よい霊〉が私を部屋から逃げ出させたので、そのあとの話は聞けなかった。『ああ、たいへん！』〈よい霊〉は私を走らせながら、頭の中で言った。『これからは、うんと用心しなければ！』

次に私たちは、金の飾りがあちこちにほどこされた白い壁の部屋にやってきた。壁には鏡もいくつかかかっていた。私は自分の姿を鏡に映してみたかったけど、〈よい霊〉は許してくれなかった。白と金の壁に見えたのはみんな、作りつけの戸棚の扉だった。中には服が山ほどつるしてあったり、たたんで入れてあったりした。私たちは、もう二度とこの部屋に来なくてもすむように、見えない袋に服をつめこめるだけつめこんだ。袋が重く感じられたのははじめてだった。そのあと、男の子が待っている、魔法使いの本の部屋に戻ることにした。無事に戻れて私はほっとした。

男の子は、上等な上着やブーツ、絹のシャツ、スカーフ、それにすべすべした生地のズボンが床にわっと広がると、驚いて言った。「うわあ、こんな上等な服、着られないよ！　王様が着るような服ばかりじゃないか。じいさんだってぜったい気がつくよ」

そうは言っても、やっぱり着てみないではいられなかった。〈よい霊〉は、とってもすてきに見えますね、と私の頭の中で言った。私も、服の持ち主の男の人より、あの子の方がずっとりっぱに見えると思った。

このことがあってから男の子は、上等な服やごちそうがたっぷりあるあの館にとても興味を持つようになり、館の中のことを根ほり葉ほり私にたずねるようになった。それから、〈よい霊〉にむかってきいた。「その館には、本もあるかな？」

〈よい霊〉は私の口を借りて答えた。「絵も、宝石もありますよ。ご主人様は、何をお望みですか？　黄金の竪琴《たてごと》もありますし、鳥のようにさえずるオルゴールも、それに――」

「本だけでいい。ぼく、勉強したいんだ。まだまだ知らないことがたくさんあるから」

〈よい霊〉は男の子の言うことには、いつもしたがう。次の夜、私は厨房ではなく、天井が円《まる》くて、まだら模様がついた柱がある、広々した部屋に連れていかれた。壁の棚には本がずらりとならんでいる。でも部屋に入ったとたん、〈よい霊〉は頼りない感じになってしまい、『ご主人様はどの本をお望みだと思う?』と自信なさそうにたずねた。

「知らない、私はただのネコだもん。なんでもいいから持てるだけ持っていこうよ。早く子ネコのところに帰りたいわ」私は言った。

そこでとりあえず、ひとつの棚に入っていた本を全部持って帰ったんだけど、これは失敗だった。男の子は言った。

「聖書ばかり二十四冊もいらない、一冊でじゅうぶんだよ。シェイクスピアの戯曲集も一冊あればいい。それに、ギリシャ語の本は読めない」

私は腹がたってフーッとうなったけど、しかたなく、〈よい霊〉と一緒に本を全部集め、二冊だけ残して返しに行った。

まだら模様の柱の部屋に戻り、ちょうど、袋から床に全部の本をぶちまけたとき、大きなドアがバタンと開き、あの大柄な男の人が大股で入ってきた。うしろからほかにも大勢の人たちが入ってくる。「あのネコだ!」みんなが口々に叫んだ。

〈よい霊〉は私に適当に新しい本をひっつかませて、男の子のところに戻ると言った。

「私は当分、館に戻る勇気はありません、ご主人様」

　私は子ネコたちの世話をしてから、外へ狩りに出かけた。そのあと数日間は、私が男の子に食べ物をあげた――あの子が食べることを思い出したときには、ってことだけど。私は居酒屋から子羊の脚を、道の先の肉屋からはひとつながりのソーセージを盗り、パン屋でも大きなパンをひとつと、丸パンをいくつか盗んできた。でも、ほとんどは子ネコたちに食べさせることになった。男の子はずっと本を読んでいたから。りっぱな服を着て床にすわりこみ、まず聖書を、それからシェイクスピアを、そして私たちが二回目にひったくってきた歴史の本を読んでいたの。自分で自分を教育してるんだよ、と言ってね。本を読んでるときは眠っているのと変わりなかった。だから、魔法使いが突然帰ってきたときには、気づかせるために思いきり爪を立てなきゃならなかった。

　魔法使いは気むずかしい顔で家じゅうを見まわし、何もかもちゃんとしているかどうかたしかめはじめた。いつもとても疑《うたぐ》り深いのよ。私は恐ろしくなり、〈よい霊〉に、子ネコたちのいる物置にいてもらい、ソーセージの残りもそこに隠した。男の子はまだぼんやりしていたけど、歴史の本だけは上にすわって隠していた。魔法使いがじろりと男の子を見た。私はぞっとした。上等なあたたかい布でできた赤い上着と、その下には絹のシャツまで着ていることに気づかれてしまうと思ったのだ。でも魔法使いは、「相変わらず、まぬけづらだな」と言っただけで、またぶつぶつ何か言いながら家を出ていってしまった……。

ソーセージっていえば、あなたはいつ食事をするの？　もうすぐ？　よかった。じゃあ、もう少しなでてちょうだい。

次の日になっても、魔法使いは帰ってこなかった。男の子は言った。

「どれもとってもいい本だったよ。もっと読みたいな。でも本を盗むのに、ネコや霊にまかせっきりというのは、どうもなあ。ぼくが行って、自分で本を選べる方法はないの？」

〈よい霊〉はしばらく家の中をふわふわただよいながら考えていたけど、とうとう、私の中に入ってきて言った。「あなたを体ごと館にお連れする方法はありません、ご主人様。でも、あなたが催眠状態になれるなら、魂だけお連れすることはできます。それでもいいですか？」

「完璧だよ！」男の子は言った。

私はあわてて言った。「ちょっと、そんなのだめよ。あんたたちが行くんなら、私もついていく。あんただけにこの子をまかせられないもん。あんた、また急に頼りなくなって、この子とはぐれちゃうかもしれないでしょ」

「そんなことありませんよ！　でも、もちろんあなたもついてきていいですよ。じゃあ出かけるのは真夜中になってからにしましょう。あなたがまた見つかったらこまりますから」と、〈よい霊〉。

真夜中ごろ、男の子はうれしそうに催眠に入った。魔法使いの儀式のためにやらされるときには、とてもいやがるのに。

今度は三人で、また館に行った。とても変な感じだった。男の子は、〈よい霊〉と同じように、大きなうすい雲がふわふわ浮かんでいるみたいに見えたから。館に着くと、そのりっぱさに驚いた男の子は、上から下まで全部見てまわると言って聞かなかった。館の人がみんな眠っているわけじゃないのに。廊下にはガス灯やロウソクの火がともっていて、私の姿は簡単に見られてしまう。怖かったけど、私は男の子のそばを離れなかった。〈よい霊〉があの子とはぐれてしまうんじゃないかと、心配だったのよ。

〈よい霊〉たちについていくのはむずかしかった。あの二人は、ドアを開けもせずに通りぬけることができるんだもの。二人が上の階で、ドアをすりぬけて部屋に入ってしまったときには、私は急いで取っ手にとびついてドアを開け、追いかけなきゃならなかった。そこはとてもきれいな部屋だった。キルトのかかったベッドは、ネコにとっては夢のようにすてきな場所。私はベッドにとびあがり、キルトの上をとことこと歩いていった。一方、男の子と〈よい霊〉は宙に浮かんだまま、ベッドで眠っている女の子をのぞきこんでいた。ベッドの横の常夜灯で照らされて、女の子の顔がよく見えた。なんてきれいな女の子だろう！　きっとお姫様にちがいない、って男の子が考えているのが、手にとるようにわかった。

と、お姫様が起きあがった。私がおなかを踏んづけちゃったからだと思う。私はあおりを食ってごろんとうしろ向きにころがってしまい、むっとした。お姫様は私を見て目をみはった。私が相手をにらみつけ、フーッとうなろうとしたとき、お姫様が言った。「あら！　あなた、お父様がつかまえようとしてる魔法のネコね。おいで、ネコちゃん。お父様があなたにひどいことしたりしないように、守ってあげる。約束するわ」

お姫様は手をさしだした。あなたと同じように、ネコのなで方を知ってる、とてもいい子だったのよ。きれいなキルトの上でぬくぬくと丸くなり、お姫様になでられていると、部屋の奥にあったもうひとつのベッドに寝ていた大柄な女の人が、はっと起きあがって言った。「お呼びですか、お嬢様？」

それから女の人は私に気づいて悲鳴をあげ、部屋の片すみに走っていき、天井からさがっている呼び鈴のロープをひっぱって叫んだ。「またあのネコよ！」

〈よい霊〉が私に言った。「逃げて！　ご主人様は私が守ります」

で、私は逃げた。あとにも先にも、あれほど走ったことはない。まるで、館じゅうの人たちが私のあとを追いかけてるような気がした。でもさいわい、私はもう館の中をよく知っていた。私が階段をかけあがっては、またかけおりると、人々が叫びながらそうぞうしく追ってくる。私はつかもうとする手の下をかいくぐり、いびつな形の戸棚をよけて走り、気がつくといつのまにか、前に男の人がいた部屋の布のうしろにもぐりこんでいた。男の人がかけこんできて、また出ていった。ほかの人たちも走って入ってきては、出ていった。どうやってかは知らないけど、お姫様が本当に私を守ってくれたらしく、布のうしろをのぞこうとした人はいなかった。

しばらくすると、お姫様が入ってくる音が聞こえた。「……でも、あれはいいネコよ、お父様――本当にかわいいの。どうしてあの子のことでみんなが大さわぎしてるのか、わからないわ！」

それから、ギーッというような音がして、かすかに外の空気のにおいがした。なんていい人だろう。お姫様は私のために窓を開けてくれたのだ。

部屋にだれもいなくなるとすぐに、私は窓から草の上にとびおりて、また走りだした。方向はわかっていた。ネコにはちゃんとわかるのよ、特に子ネコたちが待っているときにはね。私は死ぬほど疲れきって魔法使いの家に帰りついた。もう朝になっていた。町のはしからはしまで走ったので、屋根の明かり取りから家の中に入ったときには、疲れすぎて動けないほどだった。でも、私は子ネコたちと男の子のことが心配でたまらなかった。

子ネコたちは無事だったけれど、男の子の体はまだ本の部屋の床に催眠状態のまま横たわっていた。氷のように冷えきっている。さらにまずいことに、鍵がカチャッと開く音がして、魔法使いが帰ってきた。私はとっさに男の子の首のまわりに乗っかって、体をあたためてあげようとした。

魔法使いは入ってくるなり、男の子をけとばして言った。「怠け者めが！　まるで催眠にでもかかったみたいに、ぐうぐう眠りこけおって！」

私はどうしていいかわからなかった。あわてて起きあがるとかけまわり、牛乳がほしいときみたいにニャーニャー鳴いて、魔法使いの気をそらそうとした。でもうまくいかなかった。魔法使いはなぜか上機嫌で男の子を見つめながら、黒い粉の入ったびんを大事そうに戸棚にしまって、鍵をかけた。それから腰をおろし、本を一冊広げると、私にはまるでかまわず、男の子にちらちらと目をやりながら本を読みはじめた。

やがて魔法使いは、物置の中でソーセージの残りを取りあってけんかをする子ネコたちの物音に気づき、とびあがって言った。「ゴソゴソ、チューチューと！　ネズミだな！　あの音からすると、ドブネズミかもしれん。くそネコめ、なぜ自分の仕事をせんのだ？」魔法使いは私を杖で打とうとした。

逃げだしたけど、もうくたくただった。魔法使いを男の子からも子ネコからもひきはなそうと思って階段の方にむかい、半分のぼったところでしっぽをつかまれてしまった。追いつかれてしまうくらい疲れていたの。だからしかたなく、魔法使いの手に思いきりかみついて、顔をひっかいてやった。ちょうどそのとき、本の部屋で大きなドスンという音がした。でも魔法使いは私をドサッと取り落としたから、聞こえなかったらしい。走っていってみると、男の子は起きあがり、寒さにふるえていた。かたわらには山のように本が落ちている。

「〈よい霊〉ったら！　なんてばかなことを！」と、私。

『ごめんなさい。どうしても持ってくるとおっしゃるので……』と、〈よい霊〉。

魔法使いがどすどすと部屋に入ってきたときには、本はまた見えない袋の中にしまいこんであった。魔法使いは、この怠け者め、ネコにえさをやるからネズミを捕らなくなるんだ、と男の子を叱りつけ、ネズミ捕りをしかけるよう言いつけた。それから足音も荒く地下室におりていった。

「なんで、もっと早く帰ってこなかったの？」私はきいた。

「この家じゃないところにいられるのが、とてもうれしかったから」男の子はまだ夢見心地の顔で言った。そのあとは、苦労して持ってきた新しい本すら読もうとせず、落ち着かなげに家の中を歩きまわりはじめた。私も歩きまわった。このままでは子ネコたちの身が危ないと気づいたのだ。魔法使いに見つかったら、私が家の外に出られることもばれてしまう。前のネコと同じように、私も殺されてしまうかもしれない。男の子が用心してくれればいいのに、〈よい霊〉も少しは頭を使ってくれればいいのに……。でも、〈よい霊〉はあの子を喜ばせることしか考えていなかった。

「この子の魂を、もう連れてったりしないでよ。じいさんにばれちゃう」私は〈よい霊〉に言った。

「でも、どうしても行きたいんだ！　この家にはうんざりだ！」男の子は叫んだけど、やがて落ち着きを取り戻し、しばらく考えていた。それから、〈よい霊〉に頼んだ。

「じゃあ、お姫様をここに連れてきてよ」

すると〈よい霊〉は私の中に入りこみ、もう魔法使いが帰ってきてますから、それは危険です、と泣きごとを言った。私もそう言ったけど、男の子は耳を貸さなかった。どうしてもお姫様に会いたいらしい。連れてきてくれないなら、催眠状態になって会いに行くと言う。それで私にもわかったの。この子は「子ネコ」がほしいんだ。人間もネコも、そういう気持ちになったら最後、だれにも止められない。

私と〈よい霊〉もとうとう説得するのはあきらめた。真夜中になって、魔法使いがいびきをかいて眠っているのをたしかめると、男の子は館から盗ってきたいちばんりっぱな服に着替え、せいいっぱいおめかしをした。私が止めるのも聞かず、冷たい水で顔を洗うことまでした。自分から水に濡れるなんて、人間ってどうかしてるわ。それから、〈よい霊〉が一人で館に出かけていった。

あっというまに、横になって眠っているお姫様が、本の部屋の床の上に現れた。男の子は悲しそうに言った。「ああ、起こすにはしのびない！」そのくせ、やっぱり起こしたんだけど。

お姫様は目をこすり、男の子を見つめた。「あなたはどなたですの？」

男の子は言った。「ああ、お姫様――」

お姫様は言った。「人ちがいをなさっておいでだわ。私は姫などではありません。あなたは王子様なの？」

男の子は自分の身の上を洗いざらい話して聞かせた。お姫様は、自分の父親は裕福な魔法使いなのだ、と言った。「父は私に失望してるの。私はほとんど魔法が使えないし、あまり賢くもないから」

でも男の子は、女の子をお姫様と呼びつづけた。お姫様は男の子に言った。

「では私は、髪の色をとって、あなたをオレンジとお呼びしましょう」

お姫様はたしかに賢くはなかったけど、とってもいい人だった。私はお姫様のひざにすわり、ゴロゴロのどを鳴らしはじめた。お姫様は私をなでながら、夜が白《しら》むまで男の子と話しつづけた。二人は話以外に何もしなかった。私は、「子ネコ」を作るにはおかしな方法ね、と〈よい霊〉に言った。お姫様が〈よい霊〉のことをちっともわかってくれなかったから、〈よい霊〉は機嫌が悪かった。男の子もとうとう、説明するのをあきらめた。〈よい霊〉は、すねたようすでふわふわただよっていた。

いよいよ夜が明けると、お姫様は、帰らなければ、と言った。男の子もうなずいたくせに、二人はそのままぐずぐずと話を続けていた。そのとき、私はいいことを思いついた。それで物置に行き、子ネコを一匹ずつくわえてきて、お姫様のひざにのせた。お姫様は言った。

「まあ！　なんてかわいいんでしょう！」

「この人に、子ネコを連れていって面倒を見て、と頼んでよ」私は男の子に言った。

男の子が伝えると、お姫様は言った。「〈ぶち〉さんたら、本気じゃないんでしょ？この子たちと別れるなんて、つらいに決まってるわ！　気持ちはとてもうれしいけど、受けとれないって言って」

私は男の子に言った。「連れていってもらってよ。その方がお姫様が喜ぶなら、あんたからの贈り物だってことにして。あなたにまた会えるようにとか、記念にとか、うまく言ってよ。ともかく連れていってもらってちょうだい！」

そこで男の子はもう一度お姫様に話し、今度はお姫様も承知して、しまと赤毛とぶちの子ネコを両手で抱いた。〈よい霊〉がお姫様と子ネコたちを連れさってしまうと、私たちは、しばらくお姫様がいた場所を見つめていた。がらんとした感じがしたけど、私は、もう子ネコたちが魔法使いに見つかる危険がなくなってほっとしていた。お姫様に「子ネコ」ができて、男の子もうれしいにちがいない。あれは私の子ネコで、自分の子ネコではないにしても。だから、なぜあの子がとても悲しそうにしているのか、理解できなかった。

いつのまにか魔法使いが、私たちのうしろのドアのところに立っていた。起きてくる物音はまったく聞こえなかったのに。魔法使いは、男の子が上等な服を着ているのに気づき、にらみつけた。「どこでそんな服を手に入れた？」

「呪文を使ったんだ」男の子は、さらりと答えた。まあたしかに、そう言えないこともないけど。それから、やっかいな問題が解決したことに気がつくと、男の子はうれしくなったらしく、「そうだ、〈ぶち〉がネズミを片づけたよ」と言って笑った。

魔法使いは笑われると、いつも機嫌が悪くなる。このときも、がみがみと言った。「何がおかしいんだ？　よし、おまえはそのりっぱな服を着たまま地下室に入ってろ。いいと言うまでな」

そして言うことを聞かせる呪文を唱えたので、男の子も逆らえなくなった。魔法使いは、地下室に鍵をかけて男の子を閉じこめると、こっちをふり返り、手をこすりあわせて笑いながら言った。

「最後に笑うのはわしだ！　あいつは見かけより多くのことを知っているとわかってはいたが、べつに害はない。わしの手の内にあることに変わりはないんだからな！」

魔法使いは天文暦や占星天宮図をながめて、さらにふくみ笑いをした。ちょうどその日は男の子の十八歳の誕生日だった。魔法使いは、めったに手をふれない、悪い魔術のことが書かれた黒い本を何冊か広げ、あれこれと呪文を調べはじめた。

『〈ぶち〉さん、いやな予感がします。お願いです、ひとつ頼まれてください』〈よい霊〉が頭の中で言った。

『放っといてよ！　眠いんだから』私は言った。

それでも〈よい霊〉は、すがるように言った。『あなたが助けてくれないと、ご主人様はもうすぐ殺されてしまうし、私も永遠にこの家に閉じこめられてしまうでしょう』

『でも、私の子ネコたちはだいじょうぶだもの』私は言い、物置の中に入って丸くなった。でも、〈よい霊〉はしつこかった。

『いいえ、だいじょうぶじゃありません。あなたが私の言うとおりにしてくださらないかぎり』

『何をすればいいのよ？』私はまた怖くなってきたけど、気にしていないそぶりでのびをした。むりじいされるのは好きじゃないの。あなたもそのこと、忘れないでね。

『見えない袋に入って地下室に行き、ご主人様に、金の玉がある場所を教えてあげてください。玉を床の隙間から取り出して、あなたに渡すように、って』

私はまたのびをし、魔法使いの横をゆっくりと通りすぎた。顔がひっかき傷だらけになっていて、いい気味だった。魔法使いは呪文に必要な材料をそろえはじめていた。私は一見のんびりと、でもできるだけ急いで、地下室のドアの前まで行った。〈よい霊〉が私を見えない袋に入れ、鍵のかかった地下室の中に入れてくれた。中はうす暗く、男の子は壁にもたれてすわっていた。「来てくれてうれしいよ。〈よい霊〉は、今夜もお姫様を連れてきてくれるかな？」

あの子は危険がせまっていることなんて全然感じていないようだった。魔法使いにこんな目にあわされるのにはなれていたから。でも、私は子ネコのことが心配だったので、〈よい霊〉に言われたとおり、金の玉が入っている床の割れ目の場所を教えた。隙間で玉が光っているのが見える。でも男の子は、玉を取り出して、と頼んでもなかなかやってくれないし、やっとのことで取り出しにかかっても、お姫様のことを考えてうわのそらだった。隙間には小指しか入らなくてなかなかうまく取り出せないし、あまり気が乗らなかったのね。

そのとき、魔法使いが階段をおりてくる音が聞こえた。私はあせって、男の子が玉を取り出そうとしている手の親指をかなり強くかんでしまった。男の子が「痛っ！」

と言って、びくっと体を動かした拍子に、玉がとびだして部屋のすみにころがってい
った。私は走って追いかけた。
『口に入れて。隠すんです！』〈よい霊〉が言った。
私は玉を口に入れた。でものみこまずにいるのはむずかしかった。のみこまないで
いると、今度は吐き出したくなる。ネコにはどっちかしかできないんだから。私が、
これは子ネコたちに運んでいく肉だ、と自分に言い聞かせながら暗い部屋のすみにす
わったとたん、魔法使いが入ってきてドアに鍵をかけ、三本脚の大釜を火にかけた。
「〈ぶち〉を使うなら自分で捜して。あいつ、ぼくをかんだんだ」男の子は不機嫌そ
うに、かまれた指を吸いながら言った。
「この魔法には、ネコは必要ない」と、魔法使い。私たちはびっくりした。魔法使い
は男の子に言った。「おまえだけでよいのだ。これは、わしが以前黒ネコでためした、
魂を入れかえる呪文だ。今回はちゃんとうまくやれる」
「でもあれは、特別な粉がないとできないって言ってたじゃないか！」男の子は叫ん
だ。
魔法使いは、くっくっと笑った。「わしがこの一年、何を探しに出かけていたと思
うんだ？　もう、まるまるひとびん手に入れたわ！　あの薬を使ってわしは、自分の
魂をおまえの体に入れ、おまえの魂をわしの体に入れる。それからこの古い体を始末

する。この体にもおまえにも、もう用はなくなるからな。わしは若い美男子になって、また何十年も生きられるのだ。立て。五芒星の中に入るんだ」

「入るもんか！」男の子はきっぱり言った。

だが魔法使いは呪文をかけ、あの子をしたがわせようとした。男の子は、いつも私がやっていたよりもっと激しく逃げまわり、自分も大声で呪文を唱えて抵抗した。けれどとうとう魔法使いは相手を動けなくする呪文を唱え、いつもの場所ではなく、男の子が立っているまわりに五芒星を描いてしまった。

「おまえの魂がわしの老いぼれた体に入ったら、はむかった報《むく》いに、じわじわと苦しめて殺してやるからな」魔法使いはそう言うと、少し離れたところにべつの五芒星を描いて、またくっくっと笑った。「これはわしの花嫁のぶんだ。わしは十年前に花嫁を選び、支配下に置いたのだ。今ごろは美しい乙女に成長しているじゃろう」

それから、男の子の五芒星と先端が重なるように、自分用に三つ目の五芒星を描き、その中に立ってふくみ笑いをすると、「さあ、始めるぞ！」と大声で言い、いやな強いにおいのする黒い粉を三本脚の大釜に投げ入れた。あたりはうす暗くなり、緑がかったもやに包まれた。緑色が消えるとふたつ目の五芒星の中にはお姫様が立っていた。

「あら、オレンジさん！」「あなただったのか！」お姫様と男の子は、声をそろえて言った。

「ほほう！　おまえたち、もう知りあっておったのか？　ヒッヒッ！　どのようにして知りあったのかは聞くまい。だが、わしもやりやすくなった」と言うと、魔法使いは朗々と呪文を唱えはじめた。

『金の玉をお姫様にあげてください、急いで！　そしてのみこめと、ご主人様からお姫様に言ってもらうんです』〈よい霊〉が私に言った。

私はお姫様のところに走っていき、星の中に金の玉を吐き出した。お姫様はドレスのすそをさっとひいてよけた。

私に頼まれて、男の子が言った。「〈ぶち〉が、きみにそれをのみこんでほしいんだって。大切なことらしい」

人間っておかしなものね。お姫様も、それがとても重要なことだとわかっているはずなのに、弱々しく言った。「むりよ！　ネコが口に入れてたものなんて！」

そのとき、魔法使いが金の玉に気づいた。呪文を唱えつづけながら玉をにらみつけ、杖を掲げると、玉は宙に浮きあがり、魔法使いの方にむかって動きはじめた。お姫様がとっさに手をのばし、ぎりぎりのところで玉をつかむと口に入れた。

『ああ！　やっと戻れます！』〈よい霊〉が叫んだ。

……玉をのみこんだとたん、お姫様は変わった。今までは、いい人だったけれどちょっと頭が悪い感じだったのが、男の子と同じくらい賢くなったの。お姫様は魔法使いに言った。「このヒキガエル！　あの玉は私の魂の一部だったのね！　おまえがうばっていたなんて！」

魔法使いはまた杖を掲げた。お姫様も両手を上げた。私の毛が逆立つほど強い魔法がとびかった。魔法使いは最初のうち、たじたじとなっていて、おもしろかった。お姫様も魔法が使えたのに、魔法の力はみんな〈よい霊〉が持っていたってことらしい。でも、お姫様の力だけでは足りないようで、だんだん旗色《はたいろ》が悪くなってきた。

「助けて！」お姫様が言うと、男の子も呪文を唱えはじめた。

そのとき地下室のドアがバタンと開き、壁が大きく崩れたと思うと、あの男の人がおともの一団をしたがえてかけこんできた。お姫様は叫んだ。

「お父様！　ああ、よかった！」

男の人は言った。「無事だったか！　あの子ネコたちを調べて、おまえの居場所をつきとめたのだ。邪悪な魔法使いよ、何をたくらんでいる？　魂の移し替えか？　もう勘弁ならん！」男の人は魔法をかける手ぶりをした。私はまた毛が逆立った。

魔法使いが悲鳴をあげた。自分のかけていた呪文がはね返ってきたのだ。魔法使いはみるみるしなび、縮んで、どんどん老いて弱っていき、死にかけているようだった。男の子は五芒星からとびだし、お姫様にかけよった。二人とも、とても幸せそうだ。

魔法使いは悪態をついたが、二人をどうすることもできなかったので、私にやつあたりした。人間って、みんなそう。ほかの人間をけとばせないときには、ネコをけとばすのよね。

魔法使いは叫んだ。「そうか、おまえは子ネコを産んだんだな！　みんなおまえのせいだ、ネコめ！　この報いとして、おまえはこれから千年のあいだ、子ネコを産みつづけるがいい。ただし、どの子ネコもおぼれ死ぬようにしてやる！」するど、男の人が叫んだ。「その呪い、わが力のおよぶかぎり、やわらげてやろう！」

……と、まわりのいっさいがかき消え、気がつくと私は知らない町にいた。それからというもの、長い年月のあいだ、私はずっとさまよいつづけている。男の人が魔法使いの呪いをやわらげてくれたおかげで、私の運命はそう悪いものではなくなった。ただうんと長生きして、たくさん子ネコを産む、というだけのことだもの。魔法使いは、私の産んだ子ネコをみんなおぼれ死にさせるつもりだった。でもそうはならなかった。理解のある人間――あなたのような、私の話を聞いてくれる人――が見つかれば、私の子ネコたちもちゃんと飼ってもらえるし、私もしばらくはのんびりできるというわけ。心配いらないわ、とってもかわいい子ネコたちが生まれるから。いつだってそうなの。もうじきあなたにもわかるわ。
でもまず、夕ごはんをちょうだいな。

緑の魔石

ここは、とある宿屋の中庭。王が召集した勇者たちであふれ返って、ひどくやかましく、何がなんだかわからないさわぎになっている。私は、この旅の記録をつけるようにおおせつかった、新米《しんまい》の白魔術師。王の命《めい》により、これから探究の旅に出る勇者の一行にくわわり、あらゆることを記録しなければならない。これが初仕事なので、勇者一人一人にきちんと名前をきき、法律で定められた装備がそろっているかどうかたしかめて表に書きこもうと、がんばっているのだ。お嬢さん、はりきりすぎだよ、もっと経験を積んだ白魔術師なら表なんか適当にでっちあげるだろうに、と言われたりもしたけれど。

勇者たちのうち半分は、この国の言葉も、私の知っている外国語もまったく通じない、脂《あぶら》ぎった顔の野蛮人だった。毛むくじゃらのばかでかい体に身につけているのは革の鎧《よろい》だけ、という男たちだ。ほとんどの勇者が、ありとあらゆる種類の武器をせっせとみがいたり、といだりしている。巨大な剣、超特大のこん棒、三メートルもありそうな長い槍などなど。武器が自慢と見えて、いくら名前をきいても、自分の剣の名ばかり答える勇者までいる。だれもが、食料をよこせ、防具はどこだ、などと大さわぎだ。どたんばで装備が足りないのに気づいて、あわてて捜しまわる者もいる。

砥石車の方からは、キイーンといやな音が絶えず響いてくる。灰色の長いひげを生やした背の低い男が砥石車の前にうずくまって、刃渡りが自分の肩幅くらいもある斧を念入りに、カミソリの刃のようにするどくといでいるのだ。

私は砥石車の近くに行き、筋肉のかたまりが革の腰巻をしているという感じの、雲をつくような大男を見上げ、騒音に負けじと声をはりあげた。

「ロノさんとおっしゃいました？　これ、あなたの名前ですか、それとも剣の名前？」

大男は機嫌が悪かった。もう三十分も砥石の順番が来るのを待たされているからだろうか。男は私をにらみつけ、腰巻にぶらさげているひからびて縮んだ人間の頭みたいなものを指さすと、うなるように言った。

「いや。名前、秘密！」

私は「ロノ」の横に「？」と書きこみ、決められた一連の質問を始めた。

「あなたはこの旅の目的がわかっていますか？　私たちは〈猫砦《ねことりで》〉に住む魔法使いが持つという〈緑の魔石《ませき》〉を探すため、旅をして――」

「ああ、ああ。すぐ出発」さえぎるように男が言った。

「まだですよ！」私は大声をあげた。「王がいらして祝福を与えてくださるまで、待つことになってます」

中庭がまだごった返して大さわぎなのを見まわし、私は王の到着が遅れていてかえってよかったんじゃないかしら、と思った。「それから、あなたはこの旅がどんなに困難を伴う危険なものか、きちんと理解していますか？〈緑の魔石〉は、とても強い力を持つ魔法使いの手にあります。石には、手をふれた者すべてを恐ろしい姿に変える力があって――」

「知ってる！」男はまた大声をあげた。「おれ、勇者！」

「ええ、ええ」私はあわてて言った。

男は、おまえもこうなりたいのか、とおどすように、干し首をこれ見よがしにもてあそんでいる。私は次の質問に移った。

「では、旅に必要な道具や武器、防具、防寒服の用意はできていますか？ 山の中は寒いですよ」

男がぎろりとにらんだので、私はたじたじとなった。「まあ、あたたかいマントぐらいは持っていった方がいいと思いますけどねえ。あとは乗り物ですが……馬とかドラゴンとか、何か連れていますか？」

ここでいきなり邪魔が入った。うしろから肩を乱暴にひっつかまれ、ふりむいてみると、巨大な女がこっちを見おろしていた。女は、革のブラジャーをしているところ以外は〈ロノ?〉そっくりで、腰巻に人間の干し首をぶらさげ、大きな剣を持っている。女の汚いへそを見て、私はぞっとした。それにしても大きな女だ。

「おまえ、あたいの弟を軟弱野郎にする気か?」女がつめよってきた。

私はあわてて言った。「いえ、いえ、そんなつもりは。決められた質問をしてるだけです。みなさんが、この表にのっているものを持ってらっしゃるかどうか、確認しなきゃならないんです。あなたのお名前は?」

女は答えた。「名前、秘密。あたいたち、歩く。武器以外、いらない」

まあ、馬に遅れないように走っていれば、山の中でも凍えずにすむかも。私はそう思うことにして、さっさとこの二人のことは切りあげ、次の勇者のところにむかった。

今度は頭にターバンを巻いた、ものごしのやわらかな若い男で、乗り物としては「ラクダ」とかいう動物を連れていた。関節の目立つ長い脚の上に、かびだらけの敷物みたいな胴体がのっかり、ひょろ長い首の先には、さっきの〈ロノ?〉よりも機嫌の悪そうな顔がついている生き物だ。私はラクダに三度もかまれそうになりながら、若い男はハロウンという名で、何かの魔よけを持っていることを聞き出した。とすれば、多少は魔法が使えるはずだ。探索の旅に出るときには、一行の中に最低一人は魔法の使い手がいなければならない、と法律で定められている。この男が魔法の使い手なのかもしれない。私はハロウンの名前の横に〈魔術師?〉と書きくわえると、人混みをよけて歩きながら考えた。本当に、私のほかにも魔法が使える人がいなくちゃこまる。こんな連中、私一人じゃとても面倒見きれない。

次に私は、ずっと砥石車をひとりじめしている男に名前をきいたが、砥石のキーキーいう音がうるさすぎて、私の言っていることが聞こえないらしい。私はあきらめて〈ドワーフ〉と書きこんだ。少なくともこれはまちがいないからだ。それに斧を持ってるのもたしかなので、武器もそろっているとみなすことにした。

けんかしている男たちを避け、馬二頭と凶暴なグリフィンをよけてさらに進んでいくと、竪琴《たてごと》師《し》が馬の飼葉《かいば》おけの上にすわり、聞こえるか聞こえないかのかすかな音で竪琴をつま弾いているのが目に入った。竪琴師なら、魔法の心得があるのが普通だ。私はちょっとほっとした。

竪琴師はとても愛想のいい巻き毛の若者で、トルヴェール〔フランス語で吟遊詩人のこと〕と名乗った。となりで荷物を持ち、真っ白な歯を見せて笑っている男にも名前を聞くと、男は勇者ではなく、トルヴェールの友人の鋳掛屋《いかけや》〔こわれたなべ釜を修理する職人〕で、見送りに来ただけだと言った。私は勇者と普通の人の見わけもつかない自分が恥ずかしくなった。

そのとき、ちょっと先の納屋のわきに、フードつきのマントをまとった背の高い男が見えた。よかった、あれが正規の魔術師にちがいない。私は急いで近づいていった。

「お名前をお願いします」

　男はふりむいた。顔はフードで陰になっているが、鉤鼻《かぎばな》が目立ち、するどい目つきでこっちをにらんでいるのがわかる。

「なぜだ？　聞いてどうする？」

「旅の一行全員の記録を残しておくことになっているんです」私は説明した。

「なんと勤勉な。では、バシレウス〔古代ギリシャ語で王を表す〕とでも書いておけ」男はひどく皮肉な調子で言った。偽名に決まってると思ったけれど、私はそのまま書きとめ、ひとおりの質問をした。

　私が背をむけ、立ちさろうとしたとき、納屋の戸口から青白い顔の背の高い男がとびだしてきて、息を切らして言った。「少し、お待ちを！　すぐ、終わりますから」

　男がつけている前かけみたいなものも、長い手袋も、緑っぽい液体にまみれている。それに右手に握りしめたナイフからも、ぽたぽたと緑の液体が……。

「うっ……あなたはどなたです？」私はおそるおそるきいた。気持ちが悪くなってきた。

「ペラムといいます。この旅に同行することになっている〈癒《いや》し手〉です。置いていかないでくださいよ」

「……はあ」としか、私には言えなかった。

「あと十分、待ってください。もうすぐ検死が終わりますから」それからペラムは、フードをかぶったバシレウスにむかって言った。「おっしゃるとおりでした。あの怪物はたしかに、かつては人間だったようです」ペラムはまた、あわただしく納屋の中に入っていった。

私はペラムのことも表に書きこみ、朝食をとらなければよかったと思いながら、人が大勢いる方へと戻っていった。驚いたことに、さわぎは自然におさまりはじめていた。ドワーフは砥石車から離れ、斧を大事そうになでさすっている。〈ロノ？〉が、やっと自分の番だとばかりに、砥石車にとびついた。

そうこうしているうちに、みな自分の乗り物に乗りこみはじめた。記録係の白魔術師である私には、特別に軽馬車が用意されていた。座席には、移動中でもつねにすべてを書きとめられるように、ぱたんと開いて、うまいぐあいにひざの上で使える机が取りつけられている。馬車をひくのは、ものすごくがんこそうなラバだ。うしろ脚でしきりに馬車の前をけっている。だれも御者を用意することまでは考えなかったらしい。

私もついに頭にきて、さわぎをひきおこす側にまわった。

「ちょっと、これ、どういうこと？　私に御者と記録係とを同時にやれっていうの？　このラバを相手にしてたら、ほかになんにもできるわけないでしょ！　このまぬけなけだものを片手であやつりながら、もう一方の手で、全員のすることを正確に記録できるとでも思ってるわけ？」

勇者たちはみな、私を非難するようにじろりと見てから、顔をそむけた。白魔術師というのは温厚で、文句を言ったりしないものだと思われているのだ。

結局、助けてくれたのは竪琴師のトルヴェールだった。人混みをかきわけてきて御者席に乗りこむと、トルヴェールはにっこりして言った。「じゃあ、ラバは私がなんとかしましょう。私は乗馬がうまくないし――正直、馬を買う金がなくて、乗り物にこまっていたんです」

私がくどくどと感謝の言葉をならべているあいだに、トルヴェールは私の横の座席に竪琴をどさりとおろし、生まれついての御者みたいな、なれたようすで手綱を取った。ラバは馬車をけりこわそうとするのをやめ、おとなしくなった。

あとは王が到着して、私たち旅の一行に祝福を与えてくださるのを待つばかりだ。

中庭はふいに静かになった。そこへ、〈癒し手〉のペラムがまた納屋から出てきた。今度は手袋も前かけもつけていない。ペラムは顔色が悪くなっていたが、バシレウスに何かささやき、もったいぶった態度で小さな袋を手渡した。バシレウスはいかにもうれしそうな顔になり、ペラムの肩を叩いてから、喜びをかみしめているのか、ゆっくりとした動きで、宿屋の扉の横にある、馬に乗るときに使う高い踏み台に上がった。その台に上がれば、中庭にいる全員にその姿が見える。私のように、ハロウンのターバンと、機嫌の悪いラクダが目の前にある者にも。

バシレウスはフードをはらい、マントを肩からはずした。と、王冠をかぶり、白い毛皮のふちどりのある紫色の服をまとった姿が現れた。バシレウスは呼ばわった。

「余《よ》が、そなたたちの王である」

勇者たちはとまどったようすだったが、もりあがらないながらも、ばらばらと歓呼《かんこ》の声があがった。王はほほえんで続けた。「余は探索の旅に出かけるそなたたちを祝福するために、ここをめざしてまいった。が、道中、奇妙な緑色の怪物に襲われた。なんとかそやつを倒したところ、一年前に〈緑の魔石〉を探しに出かけたまま消息を絶った勇者シーグロに、おもざしがどうも似ている。そこで余は死体をここに運び、王室づきの〈癒し手〉ペラムに、死体をあらためよと命じた。今まで、その結果を待っていたのだ。ペラムが怪物を切りさくと、心臓のあるべき場所に、〈猫砦〉の〈緑の魔石〉が入っていた。見よ、これだ」王は袋を高く掲げた。「みなの者、余の呼びかけに応じて参集してくれたことに感謝する。だが、もう帰ってよいぞ。旅の必要はなくなった」

中庭にはおそろしい沈黙が広がった。が、すぐにさまざまな国の言葉で、不平の声があがった。「賠償しろ！」「苦労してやってきたのに！」「旅費をよこせ！」それから、「詐欺だ！」「だまされた！」という叫びも聞こえる。斧や剣をふりまわして暴《あば》れだす者もいた。

勇者たちがだまされたと怒るのもむりはない。私にとっても、これははじめての探索の旅だった。面倒なことばかり起こりそうだと思ってはいたけれど、いざ行かれないとなると、猛烈に腹がたってきた。ハロウンのラクダも私と同じ気持ちらしく、口から泡を吹いて大きくいないたかと思うと、うしろ脚をさかんにけりあげて暴れだした。

でも、私の馬車のラバだって、ラクダなんかにけとばされてだまっているようなやつではない。ラバは馬車ごとラクダに突進していった。トルヴェールがあわててラバの手綱をひき、ハロウンも必死でラクダの手綱をあやつっているようだった。二人ともなぜか、笑っているみたいにも見えたけれど……。私は悲鳴をあげた。庭にいた勇者たちもみんなわめいていた……。

片手に袋を持った王が、もう一方の手をなだめるようにふるのがちらりと見えた。

でも次に王の方を見ると、手に袋はなかった。と、そのとき、鋳掛屋が私の横にすばやく乗りこんできた。

「盗《と》ったぞ！　逃げろ！」鋳掛屋は、王が持っていたあの袋を見せびらかすようにふりまわして叫んだ。

トルヴェールはすぐさま、手綱をむち打つようにふるった。ラバはラクダのことなど忘れ、中庭の門にむかって突進した。

「うしろの守りは頼んだぞ、ハロウン！」トルヴェールは叫んだ。私たち三人を乗せた馬車は、呆然と見送る勇者たちの鼻先を雷のような音をたててかけぬけ、町の通りへと出ていった。

それ以来、馬車はほとんど休みなく走りつづけている。ハロウンは一時間ほどして追いついてくると、愉快そうに腹の底から笑って言った。「勇者ども、何が起こったのかわかっていなかったようだぞ。怒ったラクダを見たことがなかったんだろうな。おい、そのめそめそしてる女をどうして放り出さないんだ？」

「いいんだよ」トルヴェールは――それが本名なら、だけど――答えた。「この人には、このまま仕事を続けてもらおうよ。王がわれわれを捕らえようと送ってくる勇者どもを、みごとにやっつけるところを記録してもらえばいい」

「それから、石の持ち主の魔法使いのこともな。あいつも当然、追ってくるだろうよ」と、鋳掛屋。

「では書け、女！」ハロウンは笑った。「さっさと書かないと、私のラクダが機嫌を悪くするぞ」

というわけで、私は今、こうして「旅の記録」を書いている……。

第八世界、ドラゴン保護区

どこから話を始めよう？　弟のニールはもう何年も前から、私が何かおかしなことを言うたびに、そのうち小さな緑の車が姉さんを連れに来るよ、と冗談を言っていた。そして、それが現実のことになろうとしていた。私は母さんとならんで自分の寝室の窓辺に立ち、黄色っぽい緑の丘のあいだの道をガタガタはずみながらやってくる小さな箱型の車を、眉をひそめて見ていた。あれはこのへんの農場の車じゃない。それに近所に住んでいる人たちなら、たいてい馬に乗ってやってくる。やがて、小さな車が濃い緑色をしていて、横腹に銀のドラゴンの紋章が描かれているのが見えてきた。

「やっぱり竜士団《りゅうしだん》か。シグリン、母さんにはもうどうすることもできないわ」

母さんがそんな気弱なことを言うなんて。私はびっくりした。母さんは私の肩までの背丈しかないけれど、これまで、この農場の地所も屋敷も、使用人たちも三人の夫たちも、ニールと私のことも、鉄のように固い意志でがっちりと支配してきた。夫のだれかが病気のときには、自ら畑に出て耕したり収穫したりすることもあった。

「おまえはドラゴンに連れていかれる、って予言があった。覚悟しておくべきだった。オームがおまえのことを密告したんだろうか？」

「そうに決まってる。保護区に行ったりした私がいけなかったんだけど」私が答えると、母さんは言った。

「オームのやつ、いつかきっと斧で叩《たた》っ切ってやる。でも、今回の件ですぐに復讐するわけにはいかない。近所の連中はオームの肩を持つだろうから」

車は、農場の敷地を囲う石塀の切れ目から庭に入ってきた。ニワトリたちがバタバタと車の前から逃げだし、牧羊犬の子犬たちが興奮して吠えたてる。ニールが別棟の洗濯所の屋根の上から、あこがれるように車を見つめているのが目に入った。そこは煙突のうしろにすぐ隠れられるので、見物するにはいい場所なのだ。母さんもニールに気づいて言った。

「シグリン。ニールがおまえの〈力〉を知っていることは、話してはいけないよ」

「うん。母さんも知らないことにしてね」

「できるかぎり何も言わないようにするんだよ。古い青いワンピースに着替えなさい――子どもっぽく見えるから」母さんはそう言うと、ドアにむかった。「もしかしたらつかまらずにすむかもしれないよ。竜士団はべつのことで来たのかもしれないし」

車はもう私の部屋の窓の真下、玄関の前に停《と》まっていた。

「私はあいさつしてきた方がよさそうだ」母さんは急いで下におりていった。

私が青いワンピースに大あわてで頭を通そうとしていると、玄関の段をのぼるブーツの重い足音、続いてガンガンとドアをノックする音が聞こえた。私は急いで袖に腕を通した。これを着ると、私はたしかに十二歳くらいに見える。もう何週間も前に十四歳になったんだから、もうすぐ大人なのに！　でも、おさなく見えるからといって腹をたてることはない。母さんの言うことは正しい。おさなすぎる、と思わせることができれば、厳しく問いつめられずにすむかもしれない。私は髪にも子どもっぽい青いリボンをつけながら、階段に急いだ。自分をつかまえに来たことはわかっていたけれど、見に行かずにはいられなかった。

階段の上からのぞくと、竜士団の一行はもう家の中に入ってきていた。背の高い男たちが一列になって、うす暗い石の廊下をどすどすと近づいてくる。私一人のために、こんなに大勢やってくるなんて！　母さんは押しのけられたのか、閉まっている玄関のドアのわきに突っ立っている。私は心細く暗い気持ちになり、恐ろしさに足がすくんだ。先頭の男は、廊下に面したドアを落ち着きはらって次々と開けていき、つきあたりの広い方の客間をのぞきこむと言った。「この部屋がいい。中のやつ、出ろ」

すると、三人の父さんの中でいちばん年上のティマス父さんが、スリッパをひきずってあわてて出てきた。分厚い帳簿をかかえたまま、おびえた不安そうな顔をしている。母さんが腕組みをして客間の方へやってきたのも見えた。母さんが腕を組むのは、怒っている証拠なのだ。

べつの男が母さんの方をむいて言った。「まず、あなたの話を聞こう。娘はその次だ。そのあと家のほかの者たちにも話を聞く。だれも外に出るんじゃないぞ」そして、男たちは母さんを連れて客間に入り、ドアを閉めてしまった。

竜士団の男たちは、玄関や客間のドアに見はりを立てようともしなかった。みんなが自分たちにしたがうのは当然だと思っているのだ。私はふるえながら自分の部屋へ戻った。怖かったわけではなく、怒りで体がふるえていたのだ。私たちはみんな、竜士団を尊敬するように言われて育った。竜士団の人たちは勇敢で、やさしくて、献身的で、命がけで〈十《じゅう》の世界〉の正義と法と秩序を維持し、私たちを異世界からやってくる〈奴隷狩り〉から守ってくれている。〈十の世界〉のすべての男の中でもっとも頼りになる人たちだ、と教わってきたのだ。竜士団に入るときは独身の誓いをたて、普通の人のように家や家族を持つこともない。私は今まで、たくさんのものを犠牲にしてみんなを守っている竜士団の人たちに申しわけない気持ちでいた。でも実際には、竜士団の男たちは、ほかの人間を虫けらみたいにあつかう権利があると思っていたのだ。母さんの家にわがもの顔で乗りこんできて、ティマス父さんを客間から追いはらうなんて。ああ、本当に腹がたつ！

母さんがどのくらい客間で尋問されていたのかはわからない。ひどく腹をたてていた私には、ほんの数秒後に感じられたが、バタバタと走ってくる足音がして、ニールが私の部屋にとびこんできた。「今度は姉さんと話したいって」

私は立ちあがり、罪もないニールにやつあたりした。「あんた、まだ竜士団に入って、あのばかげた誓いをたてたいの？〈十の世界〉はすべて自分たちのものだって顔でいばりちらすつもりなの？」

意地悪な言い方だった。ニールは床に目を落として言った。「すぐに来い、って呼んでたよ」

もちろん、ニールは竜士団に入りたいに決まっている。この〈第八世界〉の〈スヴェリッジ〉の男の子はみんなそうだ。ここでは、土地を持っているのはほとんどが女だから。私はますます怒りをつのらせながら、階段をずんずんおりていった。廊下に面したドアは全部開いていて、中から使用人たちがようすをうかがっている。食堂のドアのところには二人の下働きの男がいた。牛追い女と二人の作男は、台所から顔を出している。そして馬丁と若い方の羊飼いは食料庫から首をのばしている。でも、私はまだ有罪と決まったわけじゃない。無罪なら、将来母さんのあとをついでこの人たちを監督することになるんだから、おびえてるところを見せたりしちゃだめ！

図書室のドアのそばには父さんたちがいた。ドナル父さんもヤン父さんも仕事着で、長靴も脱がずに急いで家に入ってきたらしい。私は三人に、ひきつりながらも笑顔をむけたけれど、ほほえみ返してくれたのはティマス父さんだけだった。私は客間のドアを開けながら、みんな知っているのね、と考えていた。

うちのいちばんいいテーブルのむこうにすわっていたのは、五人の竜士団の男たちだった。五人でも多すぎるくらいだけど、さっきはもっとたくさんいるような気がしていた。私が入っていくと、全員が立ちあがって迎えた。緑の制服を着た背の高い男がたくさんいるせいで、部屋が狭苦しく感じられる。でも、この男たちは私が思っていた竜士団の人たちとは全然ちがった。ひとつには、ニュースに出てくる竜士団の人たちはみんな金髪でさっそうとしたハンサムだけど、この男たちはだれ一人ハンサムじゃない。それに、制服には太い銀の線が何本か入っているはずだ。なのに、この男たちの制服は緑の無地で、五人のうち四人の片方の肩に銀の小さな肩章がついているだけだった。

「シグリッドの娘、シグリンだね？」さっき先頭に立ってドアを次々開けた男が言った。五人の左はしに立っている。漂白されたみたいに肌が白く、髪はくすんだ茶褐色で、ドナル父さんみたいに信心深そうに見える。

「うん。あなたはだれ？　それ、竜士団の制服じゃないでしょ」私は礼儀を無視して言った。

「〈選抜部隊〉の制服ですよ」右から二番目に立っていた若い男が答えた。目も肌も、それにもじゃもじゃの髪の毛も茶色い。ヤン父さんより若くて、ヤン父さんみたいに陽気にほほえんでいる。でも、男の返事を聞いた私は胃が冷たくなった。〈選抜部隊〉というのは、竜士団の中でもエリートの集まりだ。精鋭ぞろいで、天才でなければ候補にすらなれない、と言われている。私はきいた。

「〈選抜部隊〉がこんなところへ何しに来たの？　それに、なぜみんな立ってるの？」

真ん中でえらそうに立っていた男が答えた。「われわれは、ご婦人が部屋に入ってきたらいつも立ちあがって迎えることになっている。われわれがここにいるのは、たまたまこの〈第八世界〉の〈ホルムスタード〉司令センターに視察旅行に来ていたからだ。けさは、〈奴隷狩り〉が襲ってくる恐れがあるため、人手が足りないということだった。そこでわれわれは、この地方の竜士団の任務を手伝おうと申し出たのだ。これで、質問には答えただろう。では全員を紹介する」その男もほほえんだ。すると、白いしわだらけの仮面のような顔がゆがんだ。「私はルーウィン。このチームの隊長を務める。きみから見て左はしはパリーノ隊員、記録係だ」うなずいたのは、いちばんはじめに話しかけてきた信心深そうな男だった。「そのとなりがレーニック隊員。法律関係を担当している」レーニックという男は年配で、赤みがかった濃い灰色の髪をしていて、首がニワトリの脚みたいに細くて骨ばっていた。レーニックはじっと私を見ているだけだった。「そしてこっちが、下級隊員のテレンス。尋問にあたり私の助手を務める」これは右から二番目の、肌が茶色いもじゃもじゃ頭の男だ。「そして、そのむこうがアレクティス候補生。〈第九世界〉までわれわれと同行することになっている」

アレクティスという男は、まだとても若かった。私よりひとつくらい年上なだけに見える。頬がピンクで髪はうす茶色だ。アレクティスとテレンスがおじぎをし、にこやかにほほえみかけてきたので、私も思わずほほえみ返しそうになった。

でもそれから、自分がお客さんあつかいされているのに気づいた。ここは私の家なのに！　そこで、母さんがいつもオームにするみたいに、よそよそしくおじぎを返すだけにした。

「おすわりなさい、シグリン」ルーウィンがていねいに言った。

私が立ったままでいればみんなもすわれないのでは、と思ったけれど、やたらと背が高い男たちを見上げていたせいで、もう首の筋《すじ》がちがいそうになっていた。そこで、テーブルをはさんで五人のむかいに用意された椅子にもったいぶってすわると、皮肉を言った。「ありがとう。ご親切ですこと、感謝いたしますわ、ルーウィン隊長」

いちばん若いアレクティスがそれを聞いて真っ赤になったので、私はうれしくなった。でもほかの四人は平然とすわっただけだった。左はしの信心深そうなパリーノが、メモブロックを出して、入力キーの上に指をかまえた。ルーウィンの前に置かれている録音機の調子が悪くなったときにそなえ、メモもとるらしい。ルーウィンは録音を開始した。もじゃもじゃ頭のテレンスが身を乗り出し、私に小さな四角い箱を手渡して言った。

「これを手に持っていてください。でないと、きみの答えがはっきりわれわれにわからないかもしれないから」

もじゃもじゃ頭のテレンスが頭の中で、『これは、うそ発見機だからな』と考えたのが、私には声に出して言われたみたいにはっきり聞こえた。私はひどくおびえてしまった。その気持ちを顔には出していないつもりだったが、手に持っていた箱はたちまち汗でびっしょりになった。

ルーウィンが録音機にむかって言った。「尋問を始める。主任尋問官は私、ルーウィン隊長が務める」ルーウィンは数字をいくつかならべてから言った。「〈第八世界〉、別名〈スヴェリッジ〉北部、〈高台〉の娘シグリンに対する、第一回の尋問を始める。同女はヘグであること、およびその事実を隠していた罪で告発を受けた。では、質問を始める。シグリン、ヘグとはいかなるものか承知しているかね？」ルーウィンは、片方の眉をくいっと上げてみせた。

「いいえ」私は答えた。実際、きちんと説明してくれた人はいなかった。こそこそささやいては、身ぶるいするようなたぐいの話ばかりだった。ルーウィンは続けた。

「では、これから私が話すことをよく聞いておきなさい」

五人のうちでルーウィンがもっとも醜く、もっとも異国ふうなのはまちがいない。竜士団では、自分が生まれた世界には配属されない決まりだが、ルーウィンはよほど遠い世界から来たにちがいない。髪は青光りするほど黒い。そういう人は、もじゃもじゃ頭のテレンスのように肌も黒いことが多いのに、ルーウィンは私よりずっと色が白く、するどい目は映像で見る空の色みたいに青い。ルーウィンは言った。「もしこの告発が正しいと証明されたら、きみは首を切り落とされることになる。ヘグを確実に殺すには、それしか手段がないからだ。レーニック――」

年配のレーニックは、ルーウィンが命令を言い終えないうちに不機嫌そうに口を開いた。「ヘグとは、定義によれば、人間の形をしているが人間ではないものである。ヘグの容疑者を処刑するには、脳波の型、あるいは神経や筋肉が正常な人間のものから逸脱しているなどの医学的証拠が必要とされるが、最初の尋問で身柄を拘束するためには、容疑者が次のうちひとつ以上の〈力〉を持っていると立証できればじゅうぶんである。読心術。発火能力。離れたところから物体を動かす念動力《ねんどうりょく》。念じただけで、人の病《やまい》を治したり殺したりする力。銃で撃たれても、水に沈められても、窒息させられても死なないこと。あるいは獣や人の心を虜《とりこ》にし、思いどおりにあやつる力」

レーニックは恐ろしいことを言っているのに、口調は淡々として退屈そうだった。

私は、よかった！　そんなこと半分もできないわ！　と考えていた。そのようすがぽかんとしているように見えたのだろう、左はしのパリーノがメモブロックをカチャカチャ打つ手を止めて言った。「ヘグは怪物であり、撲滅《ぼくめつ》しなければならない。その理由を肝に命じておけよ。やつらは〈奴隷狩り〉とまったく同じように、人間をあやつり人形に変えることができるのだ。忌まわしい」

パリーノは、候補生のアレクティスに説明していたのかもしれない。アレクティスはおとなしくうなずいた。次にパリーノは、今度は明らかに私にむかって言った。「〈奴隷狩り〉どもは、あのV字型の首環を使って人をあやつる。ニュースで見たことがあるだろう。実に忌まわしい」

「私たちは〈奴卑使《ぬひつか》い〉って呼んでます」私は言った。忌まわしいと言われても、こう生まれついてしまったんだから、どうしようもない。

ルーウィンが手をひらひらさせてパリーノをだまらせると、レーニックがまた続けた。「……ヘグは、自首して処刑を受けなければならない。ヘグの存在を知りながら隠していた一般人も、同様に処刑の対象となる」

なぜ母さんがニールのことをしゃべるなと言ったのか、これでわかった。

やっと自分の番がまわってきたらしく、パリーノが改めて口を開いた。「では、きみ自身についての分析に移ろう。年はいくつだね──ええと──シグラン？」

「シグリンです。先月、十四歳になりました」と、私。

レーニックが、ニワトリの脚みたいに細い首をテレンスの方にのばした。「ヘグの能力が目覚めるのに、じゅうぶんな年齢に達しているようだな」

「同意します。女の子の〈力〉は早く目覚めますからね」と、テレンス。

パリーノは、メモブロックに入力しながら言った。「母親はシグリッド。同じく〈高台〉の出身だ」

すると、ルーウィンが身を乗り出した。「先ほど尋問を行い、シグリッドの嫌疑は晴れている」

それを聞いてほっとした。母さんは賢い。こいつらに、私の〈力〉に気づいていたことをさとらせなかったんだ。

パリーノが続けた。「で、きみの父親はだれかね？」

「ティマスとドナルとヤンです」私は言った。パリーノがひどくいらいらした顔になったので、私は頬の内側をかんで笑いをこらえた。

「ふざけるな！　三人も父親がいるわけがないだろう！」と、パリーノ。

「いや、パリーノ。一妻多夫制は〈第八世界〉の習慣なんだよ。この世界では、男の人口が女の三倍なんだ」と、ルーウィン。

レーニックが口をはさんだ。「たしかに〈第八世界〉の法律では、女の産んだ子どもは、夫全員の子どもとみなされる。〈第七世界〉のアーリング人の習慣にくらべたら、そう奇妙とも言えないだろう」

パリーノは皮肉っぽく言った。「では、どういうふうに質問を変えたらいいのかな? この〈第八世界〉の原始的な習慣に照らしてみた場合」

私は言った。「〈第八世界〉なんて呼ばないで。この世界にはちゃんと、〈スヴェリッジ〉って名前があります」原始的ですって、ばかにしてる!

パリーノは冷たく私をにらんだ。私もにらみ返した。ルーウィンが人あたりのいいおどけた調子で割って入った。「〈スヴェリッジ〉を〈第八世界〉と番号で呼ぶのは、われわれ竜士団の原始的な習慣なんだよ、シグリン。〈アルビオン〉を〈第一世界〉、〈ユーロフ〉を〈第十世界〉というようにね。そして〈十の世界〉の外にある〈多元世界〉は、〈第一異世界〉〈第二異世界〉……と呼んでいる。それできみは本当に、お母さんの夫のうち、だれが実の父親か知らないのかね?」

そのあと、何人かがいっせいに質問を始めた。ヘグの〈力〉は遺伝するらしいから、私の父親のだれかがヘグなのではと疑っているのだろう。とうとう候補生にすぎないアレクティスまでが話にくわわった。アレクティスはせきばらいをし、真っ赤になって言った。

「表向きは知っちゃいけないってことになってるけど、でも、きみだって、つきとめようとしたことがあるだろう。ぼくは、ある。そうしたらわかったよ」

へえ、〈スヴェリッジ〉の出身なんだ、と思うと、アレクティスが突然、〈選抜部隊〉の天才ではなく、ただの男の子に見えてきた。私は言った。「じゃ、きっと、知らなければよかった、って思ったでしょ！〈丘の下〉に住んでる友だちのインガも調べたの、そしたら、いちばん嫌いな人が実の父親だってわかっちゃったの」

アレクティスはいっそう顔を赤らめた。「まあね。その——そうだといいな、と思ってた人じゃなかったけど——」

「だから私はきかなかったの」これは本当のことだった。実際には、ずっとティマスが本当の父さんだったらいいな、と思っていた。ドナル父さんはやたらとまじめで口うるさいし、ヤン父さんはおもしろいけど、母さんの言いなりになっているばかりか、ドナル父さんの子分みたいでもあるから。だけど、大好きなティマス父さんを面倒に巻きこみたくない。

するとルーウィンが言った。「まあ、遺伝子を検査すればわかることだ。検査が必要だと記録しておいてくれ、パリーノ。一般の竜士団が通常どういう手続きをとっているかも、あとで調べなくてはな。テレンス、私が忘れていたら、ちゃんと調べるよう思い出させてくれ。さて——シグリン、きみを告発したのは、ドラゴン保護区の番人のオームという男だ。この男を知っているかね？」

「もちろん知ってます！　私がもの心ついたころから、しょっちゅう家へ来ては、窓から中をのぞいてくすくす笑ってるんですもの！　あの人はドラゴン保護区の中の掘立て小屋に住んでるの。ちょっと頭がおかしいんだけど、ドラゴンをあつかうのがすごくうまいから、だれもあいつを病院に放りこまないんだ、って母さんは言ってます」

ほら！　これであんたたちも、オームの言うことなんか全然信用できない、ってわかったでしょ！　と私は思った。でも、〈選抜部隊〉の隊員たちはうなずいただけだった。テレンスがアレクティスにむかって、もごもごと説明した。「〈スヴェリッジ〉の竜、学名ドラコ・ドラコは、竜士団のシンボルとしても採用されていて――」

「ドラゴンのことくらい、だれだって知っている」パリーノがテレンスを意地悪くさえぎった。

またルーウィンが割って入った。隊長でおまけに今は主任尋問官だから、話を整理しようとしてるんだろう。「オームは、先週の金曜にドラゴン保護区で起きたという事件を訴え出ているのだよ、シグリン。だからまず、そのとき何があったのか、きみの口から聞かせてもらいたい」

まずい！　簡単な質問に答えるだけなら、「うそ発見機」にひっかからないで、うまくかわす方法を見つけられると思っていたのに。だいたい、オームがなんと言って訴えたのか、見当もつかない。私は話しはじめた。

「いつもならドラゴン保護区になんか行かないんです。私が生まれたとき、占い師が、この子はドラゴンに連れていかれる、って予言したそうです。私は母さんのあとつぎですから、そんな予言が成就《じょうじゅ》したらこまるんです」

レーニックとパリーノが、「〈第八世界〉の原始的な習慣」をばかにしたように、視線を交わすのが見えた。でも、母さんが頼んだのは腕のいい占い師だったし、私もその占いをけっこう信じていたから、保護区には近づかないようにしていたのだ。

「ならば、なぜ先週の金曜にかぎってそこへ行ったんだね?」ルーウィンがきいた。

「勇気があるなら行ってみろ、と弟のニールに言われたからです」私は答えた。うそ発見機を持っている以上、ほかに答えようがなかった。ニールはオームとうまが合うらしく、よく保護区に行っていた。そして先週の金曜についに私が出かけていくまで、ずっと私のことをばかにしていたのだ。さらにまずいことに、ニールはあのとき、ずーっと私と一緒にいた。私はネリーに乗り、ニールはとなりでバッラにまたがっていた。ルーウィンにニールのことをしゃべってしまった今、ニールがその場にはいなかった、と言っても通るものかどうか、私にはわからなかった。「〈竜ガ丘〉の裏から馬でのぼっていって、〈丘の鞍《くら》〉を越え、海が見えるところまで行きました。そこはもう保護区の中なんです」

「保護区はフェンスで囲われていないのか?」レーニックが気に入らない、というように言った。

「囲ってなんかありません。ドラゴンは――飛べるんですもの。囲ったって意味がないんです。ドラゴンが保護区にとどまっているのは、そこから出たら羊飼いたちに撃たれると知っているからだし、この地方の農場が協力して、毎月すごくたくさんの羊をドラゴンに与えているからです」それから、オームがドラゴンに言うことを聞かせているから。ああ、オームのやつ、腹がたつ！　私は続けた。「そのあと、谷のあいだを通る狭い石ころだらけの道へおりました。そのとちゅう、馬が急にうしろ足で立って、私は放り出されました。次に気づいたときには――」

「質問がある。そのとき、きみの弟はどこにいたんだね？」パリーノが割りこんできた。

やっぱり見のがしてくれなかった！「だいぶうしろです」私は答えた。本当は二、三メートルしか離れていなかったけど、ニールの馬のバッラはドラゴンになれているので、さわいだりしなかったのだ。「谷のわきの斜面にいたドラゴンが、谷底の道にぐっと首を突き出してきて、大きな鼻づらで道をふさいだんです。そいつがおもしろがってるような顔でじろじろ見てる前で、私は地面にすわりこんでました。私の馬が谷の細い道をもと来た方へのぼって逃げていく、ひづめの音が聞こえました。そいつは若いドラゴンで、茶色がかった緑の体が丘の色とよく似ていて目立たなかったから、そこにいるなんて気がつかなかったんです。ドラゴンはその気になると、石みたいに動かないでいられるし。で、私はそいつに悪態をつきました。すると、『ドラゴンにむかってそんな口をきくな！』という声がしました。ドラゴンがいるのとは反対側の斜面の岩の上にオームがすわっていて、私のすぐそばで笑っていました」

小さいころは白いひげのオームのことを、冬の精みたいだと思ってました、とか言って話をそらそうか。そうしたら、ニールがそのときどこにいたか言わずにすむかも、と私は思った。冬の精と思ったのは、昔オームが、ドラゴンの子にやる牛乳をわけてもらいに〈高台〉に来ていたころのことだ。その後オームは、〈母さんにとても失礼な態度をとって怒らせてしまい、今ではインガのところに牛乳をもらいに行くようになっていた。オームはのっぽでやせていて、肌は日に焼けて黒く、髪とあごひげは白くてぼうぼうで、おまけにひどくくさい。でも、この人たちはもう、〈ホルムスタード〉でオームに会ってきたわけだから、見かけや体臭の話をしてもしかたない。私は続けた。「とても怖くなりました。だって、体の熱を感じられるくらい近くにドラゴンがいるんですもの。そうしたらオームが言ったんです。『このドラゴンには、ていねいな口をきいてもらおう。わしの特別な友だちなんだから。おまえがわしにちょいとキスしてくれたら、こいつはもう、おまえの邪魔はしないよ』って」

ルーウィンが、「ああ、そんなことだろうと思ったよ！」とかなんとかつぶやいたのが聞こえた。いや、頭の中でそう考えたのを私が聞きとってしまったのかもしれない。なんとかニールの名前を出さずに話をすませようと必死で考えていたせいで、ルーウィンの声が本当に聞こえたのかどうか、思い出せない。うそ発見機はすっかり汗で濡れて、手からすべり落ちそうだ。

「私が立ちあがろうとするたび、オームがドラゴンに合図をして、ドラゴンが私を鼻づらで押し倒すの。いたずらっぽい目つきをして。オームはカラカラ声をたてて笑っていたし、ドラゴンもおもしろがってるみたいで、どっちも愉快でたまらないって感じでした」これは本当だった。でも、ドラゴンがしたことは、実はほかにもあった。ニールと私のあいだに割って入り、ニールが助けに来ようとするたびに翼を広げて邪魔をしたのだ。ニールもオームをひどくののしった。するとオームはくすくす笑い、ニールのことを、女の言いなりになるまぬけと言ってばかにした……。「それから……それからオームは、おまえは若いころのおふくろさんそっくりだと言って──そんなのうそよ。私は母さんよりずっと大きいもの──そして、『さあ、キスしておくれ、なかよくしよう！』と言いました。すわっていた岩からとびおり、近づいてくると私の腕をつかんで──」

私は言葉を切り、ごくりとつばをのみこんだ。あのとき、腕をつかまれたとたん、オームの頭の中にある情景が私にもはっきりと見えてしまったのだった。オームが、私より小柄な、きれいな女の人にキスしている。そのすぐうしろにはべつのドラゴン、目の前のやつより年をとった黒いドラゴンがいて、二人を見つめている。その女の人が若いころの母さんだとわかって、私は心底ぞっとした……。

「だから私はオームをひっぱたいて、起きあがると走って逃げ、谷の細い道をかけのぼり、馬のネリーをつかまえました。オームはずっとどなっていたけど、無視しました」

「質問だ。ドラゴンはそのときどんな反応をした?」と、レーニック。

「ドラゴンは――逃げるとかならず追ってくる、と聞いているけど」アレクティスがおずおずと言った。

「しかもそのドラゴンは、オームの命令を聞くように訓練されていたらしいじゃないか」と、パリーノもたたみかけた。

私は答えた。「追いかけては来ませんでした。オームのそばにいました」でもその理由は、オームもドラゴンも動けなかったからだった。自分でも何をしたのか、よくわからない。頭の中で両手を大きくふりあげ、つるはしをふるうみたいに力いっぱいふりおろすところを思い描いたのだ。そしたら、ニールが言うには、ドラゴンはジャガイモをいっぱい積んだ荷馬車が倒れるみたいにどうっと倒れ、オームもあおむけにひっくり返ったらしい。でも、オームがしゃべるのまでは止められなかったらしく、逃げる私たちにむかってわめく声が聞こえた。「よくもドラゴンを殺したな、かならずこの礼はするぞ」って。私もニールにむかって叫んでいた。「私から離れて！　私はヘグなんだわ！」

いちばん恐ろしかったのはその事実だった。それまでは、自分はヘグなんかじゃない、と必死で思いこもうとしていた。他人の心を読んだり、椅子にすわったまま高い本棚の本をひきよせたりするくらいのことは、だれにでもできると思おうとしていたのだ。

ニールは、「しっかりしてよ、母さんになんて話すかちゃんと考えてよ」と言い返した。そこで二人で相談して、保護区でドラゴンに出くわして殺してしまい、そこではじめて自分がヘグだと気づいた、と話すことにした。ニールには、オームのことは話さないと約束させた。オームのことなど考えたくもなかったのだ。母さんは、驚くほどすんなりと私の話を信じてくれた。でも、私がヘグだとうちあけたことで、ニールだけじゃなく母さんの身まで危険にさらしてしまったなんて、全然気づいていなかった……。

ルーウィンが録音機を見おろしながら言った。「ドラゴンは保護の対象となっている希少な生物だ。オームは、自分が世話をしているドラゴンにきみが重傷を負わせたと主張している。この件について、きみの言いぶんは？」

「そんなこと、どうしたらできるっていうんですか？　あのドラゴンはこの家と同じくらい大きかったのに」私は答えたけれど、怖くてたまらなくなってきた。たちまちレーニックが、私がおびえているのに気づいた。「あやしいぞ。何かごまかしているんじゃないか？」

「同感だ」パリーノがメモブロックをカチャカチャ叩きながら言った。

「まだそのドラゴンを検分していませんよ」と、テレンス。

「帰り道によって、調べよう」ルーウィンは言い、大きくため息をついた。「シグリン、残念ながら、きみの弁明とオームの訴えはまるで食いちがっている。そして、きみが手にしている測定器におかしな反応が見られた。〈ホルムスタード〉の司令センターにきみを連行して、さらにくわしく調べなければならない。テレンスとアレクティスと一緒に行って、ほかの人たちの取り調べが終わるまで、車の中でおとなしく待っていてくれ」

私は立ちあがった。全身の力が抜けていくような気がする。この人たちを、あのドラゴンみたいに「叩きのめす」ことはできる、と私は思った。でも、そんなことをしても、なぜ隊員が帰ってこないのか調べるために、〈ホルムスタード〉からまたべつの竜士団が送りこまれるだけだろう。テレンスとアレクティスと一緒に廊下を歩きながら、私は古くてよれよれのワンピースを着たりしてむだなことをしたわ、と考えていた。廊下に面するドアはどれも閉まっていた。みんなにも、もう尋問の結果がわかっているのだろう。

　竜士団の車の中は清潔なプラスチックのにおいがして、屋根全体がガラスばりになっているため明るくてあたたかかった。私はテレンスとアレクティスにはさまれて、三列になった座席の真ん中にすわった。二人が全員にベルトを巻きつけた——シートベルトだったけれど、しばられたせいで、私は本物の囚人になった気がした。

　しばらくして、テレンスが口を開いた。「無実が証明できれば、きみの方がオームを訴えられるんだよ」親切で言ってくれたのだと思うが、返事をする元気もなかった。

　またしばらく間《ま》があってから、アレクティスがテレンスに言った。「生意気なようですが、さっき『うそ発見機』だと思わせた機械がなんだったのか、本当のことを容疑者に知らせるべきだと思います」

「アレクティス候補生、今の発言は聞かなかったことにする」テレンスは窓の外を見ているふりをした。テレンスは私にあれを渡したとき、わざと「うそ発見機」という言葉を思い浮かべたのだ。その言葉を読みとった私が、うそをつかないようにしなくては、とあせるようすを見て、ヘグだと確信を深めたのだろう。つまり竜士団は、はじめから私をだますつもりで、何もかも考えに入れてわなをしかけていたのだ。竜士団の人たちは親切で、一般人を守ってくれているんだと思っていたのに。今ではこいつらほど憎らしいやつらに会ったことがない、という気がした。私は丘の斜面に作られた石ころだらけの中庭と、斜面の上に立つ四角い石造りの家を、最後の見おさめに心に焼きつけようとした。でも、ちっとも集中できなかった。

やがて玄関のドアが開き、残りの三人の隊員がニールを連れて出てきた。玄関の内側には家の人たちが集まっていた。母さんがいちばん前に立ち、じっとこちらを見つめている。テレンスとアレクティスが車の最後部に移り、パリーノがニールを私の横に押しこめているあいだ、私もただじっと母さんを見つめていた。

「きみの弟は、事件のときそばにいたことを認めた」パリーノはニールの横にすわり、シートベルトをしめながら、いかにもうれしそうに言った。

ルーウィンとレーニックも、もうすでに前の席に乗りこみ、シートベルトをしめていた。ルーウィンはだまって車を出した。ニールは家をふり返ったけれど、私は見る気になれなかった。

ふいに、ニールが怒ったように叫んだ。「姉さんの言ってたとおりだ。自分たちが〈十の世界〉の主みたいな態度でさ。もう頼まれたって、竜士団になんか入りたくないや！」

「なんで私は、ニールにわざわざ竜士団の悪口なんか言っちゃったんだろう？」私はささやいた。「ニール……」

ニールはアレクティスにからんだ。「どうしてきみは竜士団に入ったのさ？」

アレクティスは前をむいたまま答えた。「七人兄弟だから」

それから残りの四人がばらばらにしゃべりだした。ルーウィンはレーニックに、保護区に行くいちばんの近道はどこか、とたずね、レーニックは〈竜ガ原〉を通る道だ、と答えた。

「あんたらなんか、ドラゴンに食われちまえ！」ニールが言った。

一方パリーノは身を乗り出して、「この田舎の視察が片づいたら、次はどこに行くことになってるんだ？」ときき、テレンスが答えた。

「私はまっすぐ〈第九世界〉の〈アークローレン〉にむかいます。アレクティスも、もうすぐ〈多元世界〉に出ることになっています」

竜士団の隊員たちはみんな、まるで私たちが存在しないみたいにふるまっている。ニールは肩をすくめ、だまりこんだ。

竜士団の小さな車は、農場の車よりずっと乗り心地がよく、スピードも出た。曲がりくねりながら〈丘の下〉におりていく砂利道でも、ほとんどゆれず、あっというまになめらかな石造りの道へ出た。〈高台〉の黄色い丸い丘が両側をどんどんとびさっていく。私は、〈スヴェリッジ〉でしか育たないと言われる黄色いヒースで覆われたこのあたりの丘や、つねに空にかかっている白と灰色の雲でやわらげられたぼんやりとした光の感じが大好きだった。レーニックはまだしゃべりつづけていた。「この世界の丘がこんなに古びて崩れかかっているようすなのに驚いた、というのだ。「〈第八世界〉は、〈第七世界〉と特に似通った平行世界だと思っていたのに！」

ルーウィンは一本調子に答えた。「よくわからんな。私は候補生になって以来、〈第七世界〉に帰っていないから」

「〈第七世界〉の山はこれよりずっと高いし、緑も濃いぞ。私は〈キャンベリア〉に長いこと配属されていたんだ。きれいなところだったよ」と、レーニック。

ルーウィンはうなっただけだった。竜士団の隊員たちはもの思いにふけりはじめた。レーニックが〈第七世界〉を思い出し、アレクティスが、〈第八世界〉を離れて〈第九世界〉になんか行きたくない、と考えているのが、私には読みとれた。テレンスは、自分がニールくらいの年のとき、〈ロメイン〉でボートをこいだときのことを思い出し、ルーウィンでさえ、気のない調子でうなったくせに、〈第七世界〉のことを考えていた。車はすでにジオット山にさしかかっていた。山のてっぺんに、空を背景に巨石が立っているのが見える。あと何度か曲がれば、〈竜ガ原〉のすぐ上に出るだろう。ニールと私が通っている——通っていた——学校のすぐ近くだ。私の頭の中にも、自分の世界のことが浮かんでいた。このまま死にたくない。ニールもかわいそうだし、残された母さんのことも心配だった。

　そのとき突然、あたりがさわがしくなった。まるで大きなシーツをビリビリひきさくような音がする。

「いったい何が——？」ルーウィンが言葉を切り、私たちはみんな、空を見上げた。

頭上で、巨大な銀色の物体が轟音《ごうおん》をたてていた。それを追って、ずんぐりしたべつの青っぽい物体がキーンと音をたてて飛んできた。両方とも、雲の下すれすれの低いところを飛んでいる。アレクティスが驚いたように指さした。「〈奴卑使い〉だ！　ぼくたちの船が、〈奴隷狩り〉の船に追われてる！」

「なぜ竜士団の船がこんなところに？　だれか、へまをしでかしたな」と、テレンス。

「われわれの船は成層圏飛行用なのに！　なぜこんな低いところを飛んでいるんだ？」と、パリーノ。

巨大な火の玉が地平線上に現れ、巨石の上空へ飛んできた。ルーウィンが急ブレーキを踏んだ。

「やっつけたぞ！」だれかが叫んだ。

「いや、われわれの船が〈奴隷狩り〉にやられたんだ！」ルーウィンが叫び返した、と思ったら爆風が襲ってきた。ブレーキはずっと、メスドラゴンの叫び声のような音をたてている。

次の瞬間何が起きたのか、どうしても思い出せない。車は道をはずれて、斜面の下にころがり落ちたらしい。私はまだ座席にすわってはいたが、くちびるが切れているのがわかった。前を見ると、レーニックがフロントガラスに体を押しつけられ、折れ曲がったような形で横たわっていた。シートベルトが切れている。ルーウィンが体を起こし、レーニックをひっぱった。が、すぐに手を放した。私の耳はよく聞こえなくなっているらしい。ルーウィンの声がとても遠くで話しているように聞こえたからだ。

「——うしろのみんなは、けがはないか?」

パリーノが、私たち四人を見まわして叫んだ。「だいじょうぶだ! レーニックは……?」

「死んでる。首の骨が折れた」ルーウィンは叫び返し、運転席のボタンをあちこち必死で押しはじめた。私の耳は少し聞こえるようになってきて、ルーウィンがこう言うのが聞こえた。「〈ホルムスタード〉の司令センターが応答しない。〈レインフェル〉もだ。急いで〈ホルムスタード〉に帰らなくては」

車はまた、スピードをあげて走りだした。防音装置がこわれたらしく、轟音を響かせながらすさまじい速さで走っていく。時速百六十キロは出ていたにちがいない。曲がり角のたびにタイヤをきしらせながら、ジオット山を〈竜ガ原〉にむけてくだっていく。数分後には、〈竜ガ原〉の町が眼下に広がった。古い灰色の家や新しい白い家、そして、ほかの世界から輸入された木々がならんでいる。この木々のおかげで、この町は美しいと評判なのだ。ところが家々の上にかかる雲がどんどん濃くなり、あたりはうす暗くなってきた。

「おっと、あれは……！」テレンスが叫んだ。

車はまたきしりながら、がくんと停《と》まった。あれは雲じゃない。何か巨大な黒いものが、雲を突きぬけてゆっくりと〈竜ガ原〉の町の上におりてくるところだった。ひどく巨大なものが……。

「あれは何？」ニールとアレクティスが声をそろえた。

「〈ハリネズミ〉だ」とテレンスが言った。

「〈奴隷船〉だよ」と、パリーノ。それ以上くわしく説明しないせいで、かえって恐ろしさが伝わってくる。「ここは――やつらの〈力〉がおよばないくらい離れているかな？」

「ぜひともそうあってほしいね。あれには、武器では太刀打ちできない」ルーウィンが言った。

私たちはすわったまま、その物体がおりてくるのをじっと見ていた。低いところまで来ると、レーニックの折れ曲がった体が邪魔になってよく見えなくなってしまった。ルーウィンが死体をなんとかしてくれないかとさっきから思っていたけれど、おりてくる巨大な船のこと以外、だれも何も考えられないようだ。その船が〈ハリネズミ〉と呼ばれている理由は、私にもわかった。上の方が丸く、底は平らで、上の丸い部分からはたくさんの部品がハリネズミのように突き出している。たいそう気味が悪い。

船は家々の屋根のすぐ上空までおりてくると、ぴたりと静止した。そして、長い舌を出すみたいに、黒い筒のような通路を突き出すと、市場のある広場の真ん中におろした。並木のある中央通りの真ん中にも、べつの黒い通路がおりてきた。通路はとちゅうで並木の一本にあたり、バリバリと枝を折ってしまった。

通路が地面に着いたとたん、ルーウィンは、〈竜ガ原〉にむかって車を発車させた。

「だめ、停《と》めて！」私は叫んだ。ルーウィンには止められないと知りながら……。というのも、〈奴隷狩り〉たちが思念の〈力〉を放ち、私たちをあやつろうとしているのだ。思念はものすごく強くて巧妙だった。頭の中で、「良心」が大音量で叫んでいるような気もするし、母さんが、「聞きわけをよくしてこっちへいらっしゃい」とやさしくささやいてるような気もした。いつのまにか私まで、そうだ、ルーウィンの行動は正しい、と考えていた。アレクティスの顔には涙が伝い、ニールも鼻をくすんくすんいわせている。私たちはあの船に行かなきゃいけない。今ではすぐ頭上に見える、あの船に。家々から人々が走り出し、広場におろされた通路へと先を争ってむかうのが見えた。知っている人たちもたくさんいる。だから、あの船に行くのは正しいことなんだ……。

道路は人が乗り捨てたり、馬車につながれたりしている馬たちでいっぱいだった。私たちの車は馬をよけてジグザグに走っていった。車の向きが変わると、馬や木々のむこうにもう一本べつの通路が見えた。その通路からは、兵士たちがぞくぞくとおりてきていた。いくつもの波になってかけおりてくるようすは、押しよせる泥の河みたいだ。それぞれの兵士のかたまりのうしろには何人かずつ、王様みたいな格好の人がいて、指示を送っている。「王」たちはそれぞれ輝く王冠をかぶり、胸にはV字型の首環をきらめかせ、神様か何かみたいにいばって歩いている。

それを見たとたん、私は正気に返った。「ルーウィン、あれは〈奴卑使い〉よ！　言いなりになっちゃだめ！　わかった？」

でもルーウィンは、御者のいなくなった荷馬車を迂回して、広場にむかってさらに車を進めるだけ。今にも通路を上がっていってしまいそうだ。私は怖くて、思わずルーウィンを「叩いた」——ドラゴンを「叩いた」ときとはちがう方法で。説明するのはむずかしいけれど、今回は言葉で命令したのだ。〈奴卑使い〉にではなく私にしたがえ、すぐにここから車を遠ざけろ、と口には出さずにルーウィンに命じたのだ。だがすぐには反応がなかったので、私は怖くてしかたがなくなり、気づかないうちに、さらに強く念を送っていた。車の中が、私の命令でいっぱいになったような気がした。

「ありがとう」ルーウィンはしゃがれ声で言うと、ハンドルを切り、車を〈竜通り〉につっこんで、そのまま、船と恐ろしい通路から轟音《ごうおん》をたてて遠ざかりはじめた。急カーブを切ったため、助手席のドアがバタンと開き、ありがたいことに、レーニックの死体は道にころがりでて消えた。

でも、ルーウィン以外の人たちは頭をかかえ、「だめだ！　何をする？」と叫んでいた。すなおにしたがわないと、〈奴隷狩り〉たちの思念はますます強く感じられるのだ。私も焼けたやっとこで脳をひきちぎられるような激しい痛みと戦っていた。アレクティスもニールも泣いている。テレンスはうめいていた。私は死にものぐるいで命令を送りつづけた。ルーウィンはのどの奥で、ググ、というような音をたて、運転を続けた。助手席のドアがバタバタと閉まっては開いている。

パリーノがシートベルトをはずして叫んだ。「方向が逆だ、ばか！　くそったれめ！」そしてルーウィンからハンドルをうばおうと、前の座席の背もたれを越えて運転席に行こうとした。私にはパリーノをルーウィンから止める余力はなかったが、アレクティスとニールが立ちあがり、パリーノをルーウィンからひきはなしてくれた。するとパリーノはあきらめたらしく、今度はバタバタ開いているドアの方へむかい、だれが止めるまもなく外へとびおりて、道にころがった。そのあとパリーノがどうしたのか、私は見ていない。命令を送りつづけるのに必死だったからだ。でもニールが言うには、パリーノはあわてて立ちあがると、船に続く通路にむかってよろよろと歩いていったそうだ。

私たちはひどい頭の痛みに耐えながら、さらに一キロほど進んだ。と、たぶん〈奴隷狩り〉たちの〈力〉の範囲の外に出たのだろう。ふいにすっかり楽になった。まるで綱引きをしていた相手に突然手を放されて、ひっくり返ってしまったみたいな感じ。私はぼーっとまひしたようになって、動けなかった。

「神様、ありがとうございます！」テレンスが吠えるように言うのが聞こえた。ルーウィンが言った。「礼を言うなら、シグリンに言え。アレクティス、背もたれを乗りこえて前に来て、そのドアを閉めてくれ。それから、〈ホルムスタード〉の基地をもう一度呼び出してみてくれ」

ニールが言うには、ドアはひどくこわれて閉まらなくなっていたらしい。アレクティスは片手でドアを押さえ、もう片方の手で無線装置をいじった。ルーウィンはジオット山をぐるぐるとらせん状にのぼる長い坂を、スピードをあげて進んでいく。車がたてるブオーッ、ガタガタというやかましい音の中で、アレクティスが、〈ホルムスタード〉は応答しません、と言うのが聞こえた。〈丘の鞍〉までもたどりつかないうちに、テレンスが言った。「船が帰っていくぞ！　ずいぶん早いじゃないか！」

まだ頭がぼーっとしてひどい気分のままふり返ると、本当に、低空にいたあのハリネズミみたいな形の船が、また雲の中へと上がっていくところだった。

「さあ、今度は神に感謝してもいいぞ。われわれなどわざわざ追いかける価値はない、と思ってくれたようだな。じゃあ中波でためしてみてくれ、アレクティス」ルーウィンが言った。

　ジオット山をのぼっていくと、大きなでこぼこの岩がころがっているところがあった。ルーウィンが道を離れ、岩のうしろに車を停めると、アレクティスはドアを押さえていた手を放し、両手で無線装置のつまみをあれこれいじりはじめた。

　ラジオを合わせようとすると、切れぎれのダンス音楽や料理のこつが聞こえてきたりするけど、無線からはそんなよけいなものは聞こえない。やがてシューシュー、パチパチ雑音のまじる声が聞こえてきた。「こちらは〈第八世界・スヴェリッジ〉南部、〈フェインジオット〉の竜士団基地。まだ活動可能な竜士団の部隊すべてに緊急メッセージを送る。〈フェインジオット〉基地に撤収せよ」同じメッセージが七回ほどくり返されたあと、こう続いた。「〈第九世界〉が〈奴隷狩り〉の手に落ちたという情報の裏づけがとれた。以下は、この〈第八世界〉で〈奴隷狩り〉にうばわれた基地のリストである」そして基地の名前がえんえんと続いた。司令センターのある〈ホルムスタード〉はかなり早く出てきた。あと十ほどの名前もあがってから、さっきアレクティスが連絡をとろうとしていた〈レインフェル〉も出てきた。

　ルーウィンは手をのばし、無線のスイッチを切った。「テレンス、あいつらに襲われたのは、だれかがへまをしでかしたからだと言っていたな。これはへまどころのさわぎじゃないぞ」

「〈フェインジオット〉に来いだと。ここから三千キロも離れているのに！　あいだには海があるし、〈奴隷狩り〉どももどれだけいるかわからないんだぞ！」テレンスは言った。

「そうだな。パリーノはメモブロックを持ったまま、〈奴隷狩り〉のところへ行ったのか？」と、ルーウィン。

さいわい、メモブロックは後部座席にころがっていた。パリーノのとなりの席にいたニールは、見なかったふりをして床に落とそうとしたが、その前にアレクティスがふり返って、メモブロックをつかんだ。私はシートベルトをしたまま背もたれによりかかり、暗い気分で考えていた。ニールと私はもう逃げられるのよ、こいつらを「叩きのめして」やればいいんだから、と。なのに私はぐずぐずして、ニールとアレクティスがメモブロックを取りあって激しく争うのを、ぼーっと見ていた。ついにルーウィンが割りこんで二人からメモブロックを取りあげても、まだ見ているだけだった。

ルーウィンはニールに言った。「そんなに心配するな。すでに録音機の記録は消去した。レーニックとパリーノがすぐそばで見ていなかったら、私はそもそも録音などしなかった。子どもをつかまえるのは性《しょう》に合わないからな」

ルーウィンはメモブロックの消去ボタンを押した。メモブロックはゴロゴロと満足そうな音をたてた。ほかの二人の隊員は何も言わなかったが、アレクティスが、パリーノはとてもいやなやつだったと考えているのが、私にはわかった。テレンスはだまって双眼鏡で〈竜ガ原〉の町を見おろしながら、心の中では、候補生のとき同期だった少年がヘグだとわかり、自首したときのことを思い出すまいとしていた。私はみんなにありがとう、と言いたかった。でも照れくさかったので、だまってすわりなおし、でこぼこした岩のあいだから、やはり〈竜ガ原〉の町をながめていた。こわれたアリ塚からアリがうじゃうじゃ出てくるように、町から〈奴隷狩り〉の軍隊が四方八方に散っていくのが、双眼鏡がなくても見てとれる。

「地方を掃討する準備をしてるんだな」テレンスが言った。

「ああ、人口がいちばん多いのは丘の農場や私有地だからな。ここからドラゴン保護区へのいちばんの近道は？」とルーウィン。

「次の角を右に入るんだよ。でも、今さらどうして保護区なんかに行きたいの？」とニール。

「現在考えられるかぎり、いちばん安全な場所だからだ」ルーウィンは言った。

ニールと私は顔を見合わせた。ヘグじゃなくたって、ニールの考えていることはわかっただろう。私と同じように、ルーウィンは最低だ、と思っているのだ。竜士団はこの世界のみんなを助けてくれると思ってたのに！　隊長のくせに、いちばん安全な場所を探して逃げこもうとしてるなんて！　腹をたてていたせいで、私たちはどちらも、その近道は馬が通るのがやっとの細い道だ、ということを教えてやらなかった。それに、保護区に車を乗り入れない方がいい、とも注意してやらなかった。ルーウィンが車を出し、坂をのぼり、右に曲がって狭い道をゴトゴト上がっていくあいだ、だまってすわっていた。

〈丘の鞍〉の下で道は消えてしまい、湿原に出たが、ルーウィンは車をキイキイガタガタいわせながら泥炭をはねちらして進んだ。ようやくまたくだり坂になり、車がはずみながら黄色い丘の斜面をおりていくと、もうそこは保護区の中だった。枯れたような黄色のヒースがあちこちに固まって生えている。ところどころ根もとのあたりが黒くなっているのは、ドラゴンが交尾の季節に焦がしたあとだ。その時期になると、ドラゴンたちはしょっちゅうけんかして火を吹くのだ。

そのあとは保護区の中をしばらく進んだ。車はガランガランと音をたて、焦げたようないやなにおいをさせていたが、ルーウィンはなるべく平らなところを選んで車を進めた。黄色い丘に囲まれた石がごろごろした広いくぼ地に出たとき、焦げたようなにおいはさらにひどくなり、車はいきなり停まってしまった。アレクティスが助手席のドアを押さえていた手を放した。「竜――ドラゴンは、機械を見ると襲ってくるって聞いてますけど」

「今ごろそんなことを！」テレンスが言い、私たちはぞろぞろと車をおりた。みんな、事故にあったみたいに見えた——いや、実際あったんだけど、思っていた以上にひどいようすだった、ということ。髪はぼさぼさ、服はよれよれ、顔は青ざめてふるえている。ルーウィンが石につまずいて倒れ、苦しそうに自分の胸をつかんで悪態をついたが、ほかの二人は、だいじょうぶですか、と聞きもしなかった。これが竜士団流の礼儀なのだろう。竜士団の三人はもくもくと歩きはじめた。ニールと私は、どこで谷の細道へ逃げこめばいいだろう、家まで走って帰って、母さんに〈奴卑使い〉が来るって教えなくちゃ、と考えながらついていった。

「あの沼から小川が流れ出てるところで——今だ、って合図するからね」ニールがささやいたとき、丘のむこうから一頭のドラゴンが姿を現し、こっちにむかってくぼ地の上を飛んできた。

「動かないで!」アレクティスが叫んだ。ルーウィンとテレンスは動いたようすもないのに、いつのまにか銃を手にしていた。アレクティスは真っ青になって、銃も出していなかった。

「ドラゴンは動いてる獲物しか食べないんだ。あわてて走って逃げたりしなければだいじょうぶだよ」ニールはアレクティスがかわいそうになったのか、教えてやった。

私もアレクティスに同情して、つけくわえた。「きっと車を狙ってるだけよ。ドラゴンは金属が大好物だから」

ルーウィンは顔をひどくしかめて、私にむかって「なるほどな！」と言った。私がわざとだまっていたことに気がついたのだろう。

ドラゴンは翼を広げてバランスをとりながら地上におり立つと、頭を深くたれて、やけにゆっくり歩いてくる。体の色が悪い。普通は茶色がかった緑のはずなのに、全体に白っぽくなっている。人食いを覚えて病気になったドラゴンかもしれない。私は疲れきって体がふるえていたけど、力をふりしぼってそいつを「叩こう」とした。するとニールが言った。

「あれ、オームのドラゴンだ！　姉さん、あいつを殺したわけじゃなかったんだね！」

そう言われれば、たしかにオームのドラゴンだ。いたずらっぽい、すばしこそうな目つきに見覚えがある。ドラゴンはまっすぐ私の方にむかい、もう、体から発する熱で空気がゆれているのがわかるくらい近づいてきていた。でもドラゴンが生きていたと知っても、私の気分はよくならなかった。このドラゴンには、どんなにうらまれていてもおかしくないからだ。私たちがみんな彫像のようにじっとしているあいだに、ドラゴンは私のすぐそばまでやってきた。そして首をたれ、私の足もとのヒースの上に大きな茶色い頭を置くと、ふーっと息をついた。ルーウィンがその煙でせきこみ、また悪態をついた。

『きみが来たのがわかったから、あやまりに来たんだ。おどかすつもりはなかった。遊んでるつもりだったんだよ』ドラゴンが話しかけてきた。

私は気がとがめてたまらなくなった。「私の方こそ、ごめんなさい。どうかしてたわ。あなたを傷つけるつもりはなかったのよ。オームがいけないんだわ」

『オームも遊んでただけだよ。ぼくの名はハフル。よかったら、きみもそう呼んで。ぼくのこと許してくれる？』ドラゴンは恥ずかしそうに言った。

「もちろんよ、ハフル。私のことも許してくれる？」

『うん！』ハフルが頭をもたげると、いきなり体の色がよくなった。こういうところが、ドラゴンは人間によく似ている。

「オームをここに連れてくるように頼んでくれないか」ルーウィンがせっぱつまった調子で言った。

でも私はオームになんか会いたくなかったし、ルーウィンはひきょう者だ、と思っていたので、こう言い返した。「自分で頼めば？　人間の言葉が通じるのよ」

「ああ、しかし、私が頼んだのではドラゴンは聞いてくれないだろう」と、ルーウィン。

「わかった。じゃあ、この人のためにオームを呼んできてくれない？」私はハフルに頼んだ。

ハフルは生意気そうな目つきで私を見て言った。『いいよ。でも、あとでね』それからテレンスのそばをぶらぶらと通りすぎ、車を見に行った。ハフルの右の翼がバタバタと音をたててかすめると、テレンスはのけぞり、もうおしまいだ、と観念したような顔になった。ハフルは車にむかって鉤爪《かぎづめ》のついた大きな前足をおもむろにのばすと、ゆるんだドアをもぎとり、右の前足にかかえこんで、翼でバランスをとりながら三本脚でゆっくりと去っていった。翼がバタバタするたびに、まわりの斜面から岩がガラガラ、パラパラところがり落ちている。

アレクティスがへなへなと地べたにすわりこんだ。でもルーウィンにうながされてすぐに立ちあがり、テレンスを手伝って、またべつのドラゴンがやってきてこわされる前にと、車から無線装置をはずそうとしはじめた。でも、手遅れだった。二人がまだガタガタやっていて、ルーウィンが、ニールと私がこっそり逃げ出さないように見はっているあいだに、ブンブン、ヒューッとドラゴンの翼の音が聞こえてきた。私たちははっとしてふりむいた。今度は、巨大な黒いドラゴンがむかい側の丘の上を低く滑空し、すーっとくぼ地におりてきたところだった。ドラゴンはめったに高く飛んだりしない。足先でザザッと石をこすり、ピシャッと音をたてて翼を閉じて着地すると、ドラゴンは黒い首を弓なりにそらせ、私たちを軽蔑するように見つめた。

その背にオームが、しゃんと背筋《せすじ》をのばして乗っていた。ドラゴンと同じくらい人をばかにした目つきでこっちを見つめている。こういうときのオームは重々しく堂々として見える。飛んでいたとき風に吹かれたせいで髪もひげもなでつけられたようにきれいに整い、色のうすい大きな目もほぼ正気に見える。オームは全員の中からニールを選んで話しかけてきた。「よく来たな、シグリッドの息子ニールよ。だが、ろくでもない連中と一緒だな。竜士団のやつらなど人間ではない」

オームにひどく腹をたてていたニールは、落ち着きはらって言い返した。「じゃあ、ここでまともなのはぼく一人ってことだね」

私ははらはらして心臓が口からとびだしそうになった。ドラゴンがそばでにらんでいるっていうのに、なんて勇気があるの！　今まで男の子は女の子より劣っていると思っていたけど、それはまちがいだったようだ。

でも、オームはにやりとしただけだった。「その調子だ、坊主。おまえも案外、弱虫ではないようだな」

私はほっとしたが、ルーウィンがドラゴンのすぐそばまで近づいていったので、またぎくりとした。もちろんルーウィンは銃を持っていたけど、ドラゴンにはたいして効果がない。あんまり近くによられたので、ドラゴンはしかたなく顔をそむけた。ルーウィンがオームに言った。「われわれはきみの告発を却下した。そもそも、あんな告発をすべきではなかった」

オームはルーウィンを見おろした。「ちっとはものがわかっているようだな」

「ドラゴンは普通、自分から人間を襲ったりしないということも知っている。事件を審理する前には、いつもきちんと背景を調べることにしているんだ」とルーウィン。

オームはいつものいかれた表情になり、くるったように高笑いを始めた。

ルーウィンが言った。「笑っている場合ではないぞ！〈奴隷狩り〉が侵略してきた。〈竜ガ原〉の町は連中の兵士であふれている。きみの助けが必要だ。田舎の農場にいる人たち全員をこの保護区に移し、ドラゴンに守らせたいのだ。手を貸してくれないか？」

私はまた、はっとした。ニールも目を丸くしている。私たちはさっと顔を見合わせた。竜士団はやっぱり評判どおり、勇敢なのかもしれない！

「ならば、急いだ方がいいぞ」オームは言うと、ドラゴンからすべりおりた。だが、とても背が高いので、地面に立っていてもルーウィンを見おろす形になった。オームをおろすやいなや、黒いドラゴンはどすどすと車に近づき、ばらばらにしはじめた。それが合図だったみたいに、くぼ地のまわりじゅうの丘からたくさんのドラゴンが飛んできて、ザザッと着地し、そろって車に突進した。車は、干草の納屋ほども大きい黒や緑がかった茶色のドラゴンに囲まれて、あっというまに見えなくなった。大きな鉤爪が鉄の車体をひっかき、ひきはがす音、翼がバタバタいう音、そして二頭のドラゴンがたまたま同じものをつかんで取りあっているときのうなり声。オームはそのさわぎの中で声をはりあげていた。オームはいつもおしゃべりだが、今回はことによくしゃべった。ドラゴンたちがばらばらにした車の残骸《ざんがい》をどこかへ隠しに行き、また戻ってくるまで、ずっとしゃべりつづけていたのだ。

「金属を無事に隠すまでは、ドラゴンたちはオームの言うことでさえ聞かないの」私は、テレンスがオームのおしゃべりにかなりいらいらしているようだったので、耳打ちした。

農場の連中を避難させるなら、保護区の真ん中にある高地の谷間がいちばんいいだろう、とオームは言った。「あそこには年長のメスドラゴンがいて、子をひと腹かえしたばかりだからな。わしがやつに話をして、子どもと一緒に人間も守ってくれと言ってみよう。子どもを守るためなら、あいつはだれのこともよせつけないから。だが守ってもらう方は、あいつの邪魔をしないと約束してくれないと」オームは、ルーウィンがドラゴンにメッセージを運ばせる方法を思いつくなら、農場の人たちに避難場所を知らせるのはドラゴンにやらせよう、とも言った。

「ほれ、たいていのやつらはドラゴンの言葉が聞こえないからな。たまに聞こえるやつでもドラゴンを――」オームは私を横目でにらんだ。「――傷つけたりするし」

オームはまだ私に腹をたてているらしい。ドラゴンたちが空から舞いおりて帰ってきたときにも、私は小さくなって、テレンスとアレクティスの陰に隠れていた。

　テレンスはメモブロックを打って、ルーウィンの名を記した竜士団からの公式メッセージを作り、「複写モード」にすると、同じメッセージが書かれた小さな紙を次々と吐き出させて破りとっていった。オームはその紙をドラゴンに一枚ずつ渡しながら、あれこれと指図した。『これを〈丘の下〉のでぶ雌牛のところに持っていけ』『これは〈カラス峠《とうげ》〉の気むずかし屋の若いご婦人の頭に落っことしてこい』『これは〈ジオット台〉のうすのろ宛《あて》だ。でも、あの女じゃなくて、いちばん若い夫に渡すんだ。でないと、あいつらはぜったい腰を上げないだろう』

　私はオームの言うことを聞いて、何度も大笑いしてしまった。でもアレクティスは、何がそんなにおかしいんだい、ときくし、ニールはくるぶしをけとばしてくるので、オームがドラゴンに言った言葉が聞こえたのは私だけだったんだ、とはじめて気づいた。ドラゴンたちはメッセージの紙を受けとると、くぼ地をかけていき、離陸した。いつもより高く空中に上がろうとして翼をブンブンはばたかせたので、くぼ地の石が舞いあがり、私たちの上にバラバラとふりそそいだ。最後にオームが、メスドラゴンに話をしに行く、と言って、黒いドラゴンに乗って飛び立った。

　ルーウィンはわずかな部品しか残っていない車を見て、無念そうに顔をしかめた。

　そのあと私たちも、メスドラゴンのいる谷にむかって歩きだした。谷までの道は遠かった。私たちはヒースの坂や、石がごろごろする細い道をとぼとぼとのぼりつづけた。頭上の雲の中を、〈奴隷狩り〉の青みがかったずんぐりした船がキーンと音をたてて飛んでいくたびに、だれもが不安そうに空を見上げた。しばらくすると、帰ってきたドラゴンたちがブンブンと頭上を飛びまわり、海の方にむかうのが見えるようになった。テレンスはドラゴンの数を数え、メッセージを持って出ていったドラゴンはもう全部帰ってきたようだ、ぼくも翼がほしいよ、と言った。メスドラゴンの谷に着いたときには日も暮れかけていた。

そのころには、ルーウィンは前かがみで胸を押さえて歩き、ひと足ごとに悪態をつくようになっていた。でも隊員たちは、あのくだらない竜士団の作法にしたがって、ルーウィンがけがしているなんて気づいていないようにふるまっていた。私たちはついに崖の上にたどりついた。ここから道はくねくねとしたくだりになり、メスドラゴンの谷へと通じている。沈む太陽が、岩の小島がいくつも浮かぶ保護区のむこうの海を照らしていた。小島のまわりでは波が砕け、岩の上ではさっき飛んでいった若いドラゴンたちが翼を休めている。

ルーウィンは痛みなど感じていないふりをし、景色に見とれているような顔で言った。「私の故郷の〈第七世界〉にもこういう場所があるんだ。ドラゴンはいなくて、岩には木が生えているんだがね。〈第八世界〉には木がないってことには、どうもなれることができないな」

　さすがのルーウィンもすわって休もうとしているように見えたそのとき、オームが谷から小道をのぼってきた。ドラゴンのハフルもうしろからのっそりとついてくる。

「ようやくお出ましか！」オームはいつにもまして失礼な調子で言った。

「まあな。さて、そろそろ、いったいどういうつもりでシグリンを告発したりしたのか話してくれないか？」と、ルーウィンが返した。

「わしに感謝してくれてもよかろう。わしがそいつを告発していなければ、今ごろおまえたちは全員奴隷船の中だったぞ」と、オーム。

「だけど、〈奴隷狩り〉が来るなんて知らなかったはずだろう？」テレンスが言った。

「しかも、自分が逆にこの子に訴えられる危険もあったのに」ルーウィンがつけくわえた。

　オームは、壁によりかかるときみたいにハフルに手をついてもたれると言った。

「その娘は、このドラゴンをもう少しで殺すところだったんだぞ！　だから告発したんだ！　わしはキスしてくれと言っただけなのに、ぎゃあぎゃあ悲鳴をあげてハフルを攻撃しやがって。わしの実の娘が、ドラゴンを殺そうとするとはな！　よしわかった、もう娘でもなんでもない、そう思ったのさ。わしはハフルの母親のドラゴンを飛ばして、まっすぐ〈ホルムスタード〉に行き、そいつを告発した。それくらい腹をたてていたんだ！　わしの親父もドラゴンの番人をしていたし、その前には、ばあ様が世話をしていた。なのに、わしの娘ともあろうものがドラゴンを殺そうとするとは！　腹がたっても当然だろう？」

「そんな……あなたが父さんだなんて、だれも教えてくれなかったわ！」私は全身の力が抜けていくような気がした。テレンスが私のひじをつかみ、しっかりしろ、と言ってくれたのが、とてもうれしかった。

「それ、ほんとなの？」ニールが言った。

「たぶん本当だろう。そう言われれば、目もとのあたりがよく似ている」と、ルーウィン。

「ティマスにきいてみろ。おまえの母さんはあいつと結婚する前の年に、もうわしと結婚していたんだから。あいつは女に指図されても平気な男らしいが、わしは耐えられなかった。で、おまえを残して、またドラゴンのところに戻ってきた」そう言うと、オームはルーウィンをからかうように言った。「わしの結婚記録は残っていただろう？」

「離婚の記録もね。テレンスに調べさせた。だが今ごろはその記録も、〈奴隷狩り〉どもに破壊されてしまっただろうな」とルーウィン。

「で、本当にシグリッドからは一度も聞いたことがなかったのか？」オームは、もうおまえのことは許してやる、というように表情をやわらげ、ぼさぼさの眉毛を動かしながら私に話しかけた。「シグリッドのやつ、とっちめてやる」

　シグリッド母さんも、私たちが谷に着いてすぐに、馬でやってきた。馬に乗っているときはいつにもまして、いかにも意志が強い女に見えた。〈高台〉の農場の人たちもみな、荷馬車に服や毛布や食料を積んで一緒にやってきた。羊飼い二人をふくめ、全員がそろっている。母さんはオームと同じくらいドラゴン保護区を知りつくしていることがわかった。オームとつきあっていた若いころ、ここでよく会っていたのだろう。母さんは無線で侵略のニュースを聞くやいなや、みなをひきつれて保護区にむかって出発した、ということだった。メッセージを持ったドラゴンとはとちゅうで出会ったのだ。さすが母さん、と私は思った。近隣の農家の人たちは何時間もあとになるまで到着しなかった。

　ニールと私と竜士団の隊員たちがオームと一緒にいるのを見たときの、母さんとテイマス父さんの顔は見ものだった。いろんな感情の入りまじった、ものすごく複雑な表情だ。オームはというと、母さんを見ると腕を組んでにやりと笑った。ハフルもおもしろがっているような顔になり、巨大なあごをオームの肩にのせた。

「ほら、シグリッドが来た。久しぶりにたっぷりけんかができそうだ！」オームはハフルに話しかけた。

その言葉どおり、二人はさっそくけんかを始めた。あんなにやかましいけんかは見たことがなかった。テレンスが、ルーウィンのけがの手あてを手伝ってほしいと言って、ニールと私をその場から連れ出した。ルーウィンは爆風で車が飛ばされたときあばら骨を何本か折っていた。だれにも見せようとしないから、私はまたルーウィンに「命令」しなくてはならなかった。

そのあとニールと私とアレクティスは、いつもは干草を積むのに使っているうちの農場の荷馬車にもたれて、いろんな話をした。運命っておかしなものね、と私は言った。だって、ニールは、オームが自分の父親だったらいいのに、とずっとひそかに願っていたみたいだけど、オームの子だったのは私の方で、ニールはティマス父さんの子らしいから。アレクティスが、ニールはティマスに似ていると言うのだ。私とニールはできることなら喜んで父親を交換しただろう。アレクティスはそれから、自分は竜士団がいやでたまらず、逃げ出そうかとまで考えていた、とうちあけた――脱走は重罪なのに。でも、〈奴隷狩り〉に襲われ竜士団が大打撃を受けた今、気が変わったのだそうだ。というのも、ルーウィンにすっかり心酔《しんすい》してしまったからだ。

テレンスと母さんが中心になり、みんなで谷にまにあわせのキャンプを立てることになった。その日はルーウィンもさすがにしぶしぶおとなしくしていたが、次の日には起きて動きまわりだした。〈奴隷狩り〉の軍隊は、農場がどこもからっぽだと知ったら、きっとすぐにここまでやってくる、と言うのだ。

大きな黒いメスドラゴンは谷のいちばん高いところにある洞穴の中にすわり、子どもたちを前足のあいだに置いて守りながら、ルーウィンの指示にしたがって走りまわる人々をじっと見ていた。気を悪くしているようすはない。ハフルが言うには、メスドラゴンは今まで退屈していて機嫌が悪かったのだが、私たちのおかげで気がまぎれて、むしろ喜んでいるのだという。

このメスドラゴンはなんだか母さんに似ていた。どちらも、このあと起こった〈奴隷狩り〉との戦いのことを私から根ほり葉ほり聞き出すまで、解放してくれなかった。さて、その戦いのことだが、〈奴隷狩り〉たちはドラゴンという生物自体を知らなかったらしい。ただ、この区画に人間が密集しているのに気づき、まっすぐつかまえにやってきたのだ。ドラゴンたちがオームに〈奴隷狩り〉が来る、と知らせると、ルーウィンはすぐにやつらの通り道を見おろす丘に私たちを隠れさせた。母さんとティマス父さんとインガの母さん、ショットガンを持っているあと数人の大人だけが、小さな子どもたちを守るためにキャンプに残った。私たちはありったけの武器を丘に持っていった。ニールとアレクティスは弓矢、インガはエアガン、ドナル父さんと農夫たちは草刈り鎌、そして羊飼いたちはみんなパチンコを持っていた。私はルーウィンとともに最前列に立っていた。私は、首環をつけた〈奴隷狩り〉たちの思念を打ち消す役目だった。オームも私たちのとなりにいた。口に出して、オームはヘグではないか、などと言った者はいなかったけれど、みんなうすうすわかっていた。オームは、ドラゴンたちにはさがっているよう命じていた。あの首環をつけたやつらに、ドラゴンたちまで奴隷にされてしまうといけないからだ。

そしていよいよ敵が現れた。羊のようにおとなしい兵士たちが一隊、そしてまた一隊と、それぞれ王様のような〈奴隷狩り〉たちにあやつられて進んでくる。〈奴隷狩り〉たちは王冠ときらきら光るV字型の首環をつけていた。ふたたび、私たちはみなひどくうしろめたい気持ちに襲われ、早くあっちに行って降参しなくちゃ、という衝動にかられた。でも、首環をつけた王たちの放つ思念も、ドラゴンたちにはなんの効果もなかったようだ。味方の半分が〈奴隷狩り〉の思念の〈力〉に負けて、降参しに行こうと立ちあがり、私が必死で行くなと「命じ」ている最中に、ドラゴンたちは敵の金の王冠と首環に気づいた。私たちの頭上を飛びこえて急降下するドラゴンたちを止めることは、もうできなかった。金属を手に入れようとしたドラゴンたちが、〈奴隷狩り〉どもをばらばらにひきさいたのだ。

ルーウィンは「やはりな！」と言い、悪魔みたいに大きくにやりと笑った。ドラゴンたちがこういう行動に出るかもしれない、と予測していたのだろう。ルーウィンは、〈選抜部隊〉の評判にたがわぬ天才なのかもしれない。でも、その光景にはぞっとしたし、アレクティスやヤン父さんみたいないい人たちが、ただあやつられているだけの兵士たちを殺すようすも、思い出すと吐き気がしてくる。もうこの戦いの話はしたくない。テレンスは、次に〈奴隷狩り〉が襲ってきたときは、私は戦いに参加しない方がいいと言っていた。私は、〈奴隷狩り〉たちが思念を送って人間をしたがわせようとするのと同じく、「こんな戦いはいやだ」という自分の気持ちをまわりじゅうにばらまき、押しつけてしまったらしい。そのせいでドラゴンたちまで気分が悪くなってしまったという。メスドラゴンはそれを聞くと、軽蔑したように鼻を鳴らした。母さんも言った。「ばかばかしい。吐き気がするんなら酔い止めの薬でも飲んで、私の娘らしくしゃんとしてなさい」

ともかく、ドラゴンがいれば〈奴隷狩り〉に対抗できることがわかった。〈十の世界〉のほかの世界の状況は私たちにはさっぱりわからなかったし、〈第八世界〉、つまり〈スヴェリッジ〉でも、ここ以外の地域がどうなっているのかはわからないけれど、私たちの世界にはあと五十ものドラゴン保護区がある。ルーウィンは、竜士団は今、小さな部隊単位で孤立しているが、中には〈奴隷狩り〉に立ちむかうためにドラゴンを使おうと思いつく者がきっといるはずだ、と言っている。私たちはもうすぐ保護区から攻撃に転じて、農場をいくつか取り戻したいと考えている。ドラゴンたちが農場の羊を好き放題に食いちらかしているからだ。しょっちゅう鉤爪にぐったりした羊をぶらさげて飛んでいくドラゴンを、羊飼いたちは憂鬱そうに見つめて言っている。

「くそう、あのけだものどもめ、今日は〈お山〉を荒らしたらしい」

そして羊飼いたちは、オームが気がふれたような高笑いをするだけでドラゴンたちを止めようとしないことに、ひどく腹をたてている。

オームは、ちっとも頭がおかしくなんかなかった。自分がヘグだと人に知られるのが怖かっただけなのだ――今でも認めてはいないけど。オームが母さんと別れたのも、母さんがオームと結婚したことを隠していたのも、それが原因だと思う。母さん自身は、オームがヘグだってことをいやがってるわけじゃなさそうだ。母さんとオームはよく理解しあってる感じがする。でも母さんはティマス父さんのあとで、ほかの二人の父さんとも結婚した。オームが、ドナル父さんに自分がヘグだとばれたらどうしよう、と思って怖くなり、母さんと別れたのだとしても、責める気にはなれない。オームのことは一生好きになれないとしても。だってドナル父さんとヤン父さんは、私がヘグだと知ったからといって父親としての愛情は変わらない、と言ったけど、化け物を見るみたいな目つきでこっそりこっちを見ているのに、私はちゃんと気づいているもの。

ここまでの話は、ルーウィンに頼まれて、パリーノのメモブロックの残りに入力したものだ。ルーウィンも公式な記録を録音機に残している。これからもまだ私たちの歴史は続くかもしれないのだから、記録を残すのは大切なことだ、とルーウィンは言う。ルーウィンのあばら骨はまだときどき痛むらしい。私は今、メモブロックをハフルの前足に立てかけて書いている。ハフルとはいい友だちになった。こんな肌寒い夜は、あたたかいドラゴンによりかかってすごすのがいちばんだ。保護区でキャンプ生活を強いられている場合は特に。私のとなりではニールが、そのむこうではルーウィンが、やはりハフルによりかかっている。ドラゴンの横腹にはよりかかる場所がいくらでもある。

たった今、オームがハフルのしっぽをまたいで、明かりの中に姿を現した。そして例の人をいらいらさせるような高笑いをして、手をこすりあわせるとこう言った。

「おまえの母さんがけんかを売りに来たぞ。望むところだ！」

本当だ。母さんもやってきた。しゃんと背筋をのばし、腕を組んでいるから、たしかにけんかを売りに来たみたいだ。でも、母さんが会いに来たのはオームじゃなくてルーウィンだった。母さんはルーウィンにひとこと言いに来たのだ。「ちょっと聞きなさい。今までずっとヘグの首をはねてきたなんて、竜士団はまぬけもいいところね。ヘグだって、なりたくてなるわけじゃない。それに、〈奴隷狩り〉に対抗できるのはヘグだけなのに」

母さんとけんかができると思っていたオームは、肩すかしを食らった格好だ。

ルーウィンは母さんを見上げると、顔をくしゃくしゃにして最高に愛想よくほほえんだ。「まったくおっしゃるとおりです。公式記録にも、ちょうどそう吹きこんだところです。私はいわば、あなたの娘さんの恩人なんですよ」

オームが、メスドラゴンの子のような甲高い声で笑いだした。母さんは口をぽかんと開けたままだ。さすがの母さんも今度という今度は、言い返す言葉が見つからずにいるのだろう。

ピンクの
ふわふわキノコ

お母さんはいつも何かに凝《こ》っている。でも、ひとしきり夢中になったあとは飽きてしまい、すぐにまたべつのものにとびつく。何もかも思いどおりにしないと気がすまない人だから、家族までいつも、その「何か」に巻きこまれるはめになる――お父さんがいよいよがまんできなくなって、本気で反対するまでは。

学校が夏休みに入ってまもなく、お母さんは〈手作りのもの〉に凝りはじめた。お母さんは突然、工場で作られたものは使わないことに決めた、と家族に言い渡した。

「うちではこれから、人間がひと針ひと針、くぎの一本一本に愛をこめて作ったものしか使わないことにします」

お母さんの言うとおりに家の中のものを捨てていったら、家じゅうに家具がほとんどなくなってしまった。残ったのは居間のペルシャじゅうたんと、長男のポールが木工の時間に作った、すわるとぐらぐらする背もたれのない小さな椅子だけ。ポールは、ぐらぐらするのは、ぼくがくぎの一本一本に愛をこめないで作ったせいだよ、と言った。ポールは木工が嫌いなのだ。指には、この椅子を作るときにトンカチで打ってしまったときのあざがまだ残っている。お父さんがあわててポールに、こら、だまれ、と言った。でないと、すわるものがなんにもなくなってしまう。

そのあと、お母さんは家にある服もほとんど捨ててしまった。代わりに買いこんできた手織りの服は、どれも色づかいがへんてこで、ぶかぶかしていた。ポールは、今が夏休みでよかった、と思った。こんな服、恥ずかしくてとても学校には着ていけない。

ポールの妹のニーナはわんわん泣いていた。お母さんが、ニーナのふかふかのピンクのスリッパを、これも工場で作られたものでしょ、と言って捨ててしまったからだ。前のところにかわいいピンクのポンポンがついたスリッパは、ニーナの大のお気に入りだった。ふわふわのポンポンを毎晩寝る前になでていたのに。

お父さんは、お母さんが買ってきたズボンで会社に行くのはいやだ、とがんばった。新しいズボンは麻袋みたいな生地で、緑にピンクの横じまが入っていた。お母さんは一歩ゆずり、週末にかならず新しいズボンをはくなら、会社用のズボンを一着取っておいてもいいわ、と言った。お母さんはみんなの靴も捨ててしまい、手作りのぺたんこのサンダルを買ってきた。歩くとすぐに脱げてしまう、はきにくいしろものだ。

すなおにお母さんの言うことを聞いているのは、末っ子のティムだけだった。まだとても小さくて、何が変なのかわからないのだ。動くたびにぱたぱたはためく紫色のワンピースみたいな服も喜んで着ていたし、サンダルが脱げても気にせずはだしで走りまわっていた。ティムの足の裏はじきに革のように硬くなってしまった。色は革よりは黄色っぽかったけれど。

ティムはお母さんの新しい服も大好きだった。うす汚れたレースのカーテンみたいな、すそが長いスカートで、布ごしに脚がうっすら透けて見えた。お母さんがかがむと長いスカートは床に広がる。立ちあがるとき、お母さんは決まってスカートの前を内側から踏んづけてしまい、いったん止まってあとずさりする。それを見るのがおもしろくてたまらないらしく、ティムはうれしそうにお母さんのあとをついてまわった。

その夏、ティム以外のみんなは、お母さんと一緒に買い物に行くのもいやがるようになった。というのも、お母さんの〈手作り〉へのこだわりはついに食べ物にまでおよんでいたからだ。うす汚れたレースのスカートをずるずるひきずり、〈手作り〉のかごを腕にかけ、パン屋に入っていくと、お母さんはあいさつもなくきりだした。

「おたくのパンは石挽《び》き粉〔機械でなく、石うすで挽いた小麦粉〕を使ってる？」

店の女の人は答えた。「いいえ、うちのは小麦粉です。石じゃなくて小麦を挽いた粉ですよ」

お母さんはまるっきりユーモアのセンスがなかったので、お店の人が冗談を言ったのに気づかず、パンを買うのをやめてしまった。そして自分で焼くことにしたが、お母さんのパンは本当に石を挽いた粉で作ったみたいに固かった。

肉屋ではお母さんはこうきいた。

「この肉は、自然の中で放し飼いにされてたもの？」

「ああ。奥さんと同じようにね」肉屋は不機嫌そうに言った。

お母さんはさっさと店を出ていき、それきり肉も買わなくなった。おかげでほとんどの買い物は八百屋ですることになったが、ここでもお母さんは、野菜や果物をいちいち指でつついてはきいた。

「これは有機肥料で育ったの？」

お母さんがいいお得意になりそうだと気づいた八百屋は、どれも自然そのままですよ、と毎度請《う》けあった。それでもお母さんは、外国産のものはぜったいに買おうとしなかった。外国人が無農薬の有機栽培をちゃんと理解しているはずがない、と思っていたのだ。

やがて、家には家具だけでなく、食べるものもほとんどなくなってしまった。ナッツやレーズンだけはやたらとあった。お母さんが外国産だとは知らなかったせいだ。ほかにまともな食べ物といえば、コーンフレークくらいしかなかった。お母さんがコーンフレークを買いつづけたのは、「最上級の自然な材料で作りました」と箱に書いてあったからだ。でも、コーンフレークばかり続くと、さすがにみんな飽きてしまう。お父さんはときどきこっそり子どもたちをフィッシュ・アンド・チップスの店に連れていってくれた。そして帰りには通りの角のアイスクリームの屋台にもよってくれたので、子どもたちもそのときばかりは満足した。

その夏は晴天が続き、夏の終わりには、庭のすみにあるやぶにブラックベリーがたくさんなった。お母さんはまた新しいことを思いついた。

「うちではこれから、〈大地の恵み〉だけに頼って生きていくことにしましょう。これほど自然で栄養たっぷりの食べ物はないもの」

お母さんはさっそく食べられる野草やキノコについての本を何冊も買いこみ、どんな〈大地の恵み〉がいちばん体にいいか調べ、すっかり夢中になってしまった。

「みんなで森に行って、いろいろ採ってこなくちゃ」とお母さん。

「いいね」とポール。「ぼく、ブラックベリーのタルトが食べたいな」庭のブラックベリーはもうほとんど食べつくしてしまっていた。

「石みたいに固いタルトでもいいから」ニーナも賛成した。

だがこまったことに、家からいちばん近い森でも十五キロは離れていた。お母さんは、車で行くなんてとんでもない、自然じゃないわ、と決めつけた。最初は自転車で行こうと言いはったが、うす汚れたレースの長いスカートがしょっちゅう自転車のチェーンにからまってしまうので、お母さんもとうとうあきらめ、次には歩いていこうと言いだした。

「ばかばかしい。ティムが往復三十キロも歩けるわけがないじゃないか」と、お父さん。

ポールもぶつぶつ言った。「それに、人間がサルから進化したのだって、自然なことでしょ？　なら、人間がすることはなんだって自然なことのはずだよ。車だってそうさ」

言いあいがひどくなる前に、お父さんがさっさとティムを車に乗せ、ポールとニーナにも早く乗れ、と言った。お母さんもしかたなく、今回だけはゆずってあげるわ、というような恩着せがましい態度で乗りこむと、車は森にむかって出発した。

でも森に着いたとたん、お母さんはまた自分のやり方を押しつけはじめた。せっかくブラックベリーが生えていたのに、うちにもあるものはつんじゃだめよ、と言う。ポールとニーナにはそれぞれ〈手作り〉のかごを渡し、スロー〔バラ科の高木。スモモに似た実をつける〕をつみなさい、と言いつけた。お父さんには、日あたりのいい斜面に生えている野生のネギを集めるように、と命令した。そして自分は、横をちょこちょこついてくるティムと一緒に、うっそうとした暗い森の奥へと入っていった。目の前に、買ったばかりの『おいしく食べられるキノコの図鑑』という本を広げながら。

お母さんは、耳のような形のキノコが木に生えているのを見つけるたびに、とびついて叫んだ。

「これはとっても栄養があるのよ！　木槌《きづち》でたたいてよくつぶすとカブそっくりの味になるんですって」

ティムも何をすればお母さんが喜ぶかわかってきて、楽しそうにぱたぱた走りまわっては、黄色いキノコや黒光りするキノコ、毒々しい紫のキノコなどを採ってきた。ほとんどはキノコかどうかもあやしいものだったが、中には食べられそうなキノコもあった。お母さんはひとつひとつ本でじっくりと調べては、「ええと、そうね、これは食べられるわ――でも、十時間煮ないといけないんですって」とか、「ふむふむ、これは……たいへん、すぐに捨てなさい、ティム！　猛毒よ！」などと言った。

そのころポールとニーナは、苦労しながらスローをつんでいた。サンダルはすぐに脱げてしまい、足の裏が痛くなるし、手織りの服は風を通さないからやたらと暑い。さらにスローの木には長くてするどいとげがあった。二人はスローの実を味見してみたが――ひどくすっぱくて口の中がぴりぴりした。ゲエッ！

お父さんの方がいい思いをしていた。日あたりのいい斜面で、緑のしまのズボンの上に野生のネギの束をのっけたまま、ぐっすり眠りこんでいたのだ。

おかげでお父さんは、茶色い顔をした奇妙な生き物が低木の茂みごしに自分をのぞき、あわれむように笑ったことにちっとも気づかなかった。やがて同じ生き物は、スローのとげのあいだからニーナとポールの方をのぞいてくすくす笑った。だが、ニーナもポールもやはり気づかなかった。その生き物は、お母さんを見たときには意地悪く声高らかにあざ笑ったが、キノコの本を顔の真ん前に広げていたお母さんは、もちろん生き物の姿を見ていなかったし声も聞いていなかった。

　でもティムだけは、やぶから変な形の手がにょきっと出て、長い茶色の指で手まねきするのに気がついた。そっちへ行ってみると、きれいなぴかぴかした赤い実がたくさんついた長いつるが見つかった。ティムは大喜びで、つるをひきずってお母さんのところに持っていった。

「見て！　きれいなブラックベリーを見つけたよ」

　ティムがお母さんに見せる前に味見をしなかったのは、運がよかった。お母さんは驚いて叫んだ。

「すぐに捨ててきなさい！　それはブリオニア〔ウリ科のつる草。魔女が使うといわれる薬草〕よ。とっても強い毒があるの！」

　ティムはお母さんのけんまくに驚いて、きれいな実をあわてて捨てると、走って逃げだした。

　さすがのお母さんも、〈大地の恵み〉を採るのはそろそろきりあげた方がいいだろう、と思い、キノコの入ったかごを持ちあげ、ポールとニーナを呼びよせると、斜面に寝ていたお父さんを起こしに行った。

　ところが、ティムが見つからない。みんなは森じゅうに響き渡るような大声で代わるがわるティムの名を呼んでは捜しまわった。

　しばらくすると、ティムは思いもよらない方角からとことこと現れた。あざやかなピンク色のものが入ったビニール袋を握りしめて、にこにこしている。

「それ、なあに？」お母さんが心配そうにきいた。

「キノコだよ」ティムは得意げに言った。「おもしろいおじさんがくれたの。お父さんみたいなズボンをはいてた」

　ひなたで眠ってしまったせいで疲れたのか、お父さんはとても機嫌が悪く、みんなをせきたてて車に乗せた。みんながティムの言っていた「おじさん」のことを思い出し、もっとくわしくきこうとしたころには、まだおさないティムはすっかり忘れてしまっていた。

　家に帰るとすぐ、お母さんはビニール袋を親指と人さし指でつまみあげて――ビニールは工場で作られるものだから――いやそうに身ぶるいし、すぐに床に投げ捨てた。ティムがキノコだよ、と言っていたものが、ペルシャじゅうたんの上にころがりでた。あざやかなピンクで、真ん丸くて、ひよこのようにふわふわしている。

「私のスリッパのポンポンそっくり！」ニーナは言うと、いつもスリッパをなでていたようにキノコをなでた。みんなもなでてみた。ふわふわでとてもさわり心地がいい。

お母さんはキノコの本を調べてみたが、のっていなかった。お母さんはこれからスロージャムを作ったり、野生のネギを刻んでほかのキノコと一緒に料理したりと、することがたくさんあったので、ポールに、それは捨てておきなさい、と命令した。

ポール以外のみんなはお母さんの手伝いをした。お母さんは、ジャムには砂糖を入れないと言いはった。砂糖は工場で作られたものだからだ。みんながハチミツをびんからかきだしながら、ブラウンシュガーは自然食品みたいなものだから入れてもいいでしょ、とお母さんを説得しようとしていると、ポールがやってきて小声で言った。

「捨てられないよ。あのキノコ、じゅうたんにくっついちゃった」

ニーナとティムが見に行くと、たしかにピンクの丸いふわふわキノコは、固くて短い茎をのばして、ペルシャじゅうたんの真ん中にしっかりくっついてしまっていた。ニーナは言った。「このままにしておこうよ。とってもきれいだもの」

そのあと、みんなはますますいそがしくなった。ジャムを煮ているなべをのぞいては、煮立ったスローの実から小さな種を取りのぞかなくてはならなかったのだが、この種がまた、きりがないほどたくさんあるのだ。ピンクのキノコのことをみんながすっかり忘れかけたころ、ティムがやってきて誇らしげに叫んだ。

「ぼくのキノコ、ふたつになった！」

ティムの言うとおり、ペルシャじゅうたんにくっついた毛皮みたいな手ざわりのピンクの丸いキノコは、ふたつに増えていた。

「今すぐこいつを捨てないとまずいんじゃないかな。また増えるといけない」お父さんは気味悪そうに言った。

でも、ティムは「これはぼくのキノコだよ」と言いはるし、ニーナも「これで本当に私のスリッパそっくりになったわ」と言い、ポールも「おもしろいじゃないか」と言った。そこへ、べつのキノコの本を手にかけこんできたお母さんが口をはさんだ。

「見つけたわ！　本にはピンクだとは書いてないけど、きっとこれよ。レディーズ・スリッパっていう名前でね、食べられるらしいわ」

ちょうどそのとき、スローのジャムを煮ているなべが吹きこぼれた。みんなはまたピンクのキノコのことを忘れてしまった。

レンジに吹きこぼれた黒焦げのジャムをすっかりふきとると、ポールはもう一度キノコを見に行ってみた。すると、ピンクの丸いふわふわキノコは四つに増えていた。ペルシャじゅうたんの上に四角くならんで生えている。ポールはすっかりおもしろくなり、お父さんたちにはだまっていることにした。

一時間ほどしてジャムができあがり、みんなで味見をすることになった。ハチミツをひとびんにブラウンシュガーをひと袋入れたのに、スローは恐ろしくひどい味のままだった。ぴりぴりしていて、がまんできないほどすっぱい。みんなは口に残った味を洗い流したくて、歯をみがいた。歯をみがき終わってから、今度はニーナがキノコを見に行った。今ではキノコは八つになっていて、円を描くようにならんでいた。

「一時間ごとに倍に増えるみたいだね」とポール。

「あと一時間したら、また見に行こうよ」とニーナ。

一時間後、お母さんがほかのキノコで夕食を作っているあいだに、二人はもう一度見に行ってみた。すると、ピンクの丸いふわふわキノコは十六個になって、ペルシャじゅうたんの上でさっきより間隔のつまったきれいな円を描いていた。でも、夕食ができあがったので、二人はまたピンクのキノコのことを忘れてしまった。

夕食は刻んだ野生のネギとゆでたキノコをあえたものだった。キノコのほとんどは、いくらやわらかくしようとして木槌《きづち》で叩いても、みんなの〈手作り〉サンダルの底と同じくらい固いままで、とても食べられなかった。食べられたキノコもまずくて、お母さんの本に書いてあるほど栄養があるようには思えなかった。みんな、しだいに気持ちが悪くなってきた。でも、最悪なのは野生のネギだった。お父さんはネギをもぐもぐかみながら（みんなはその夏、うんとよくかまなければならないものばかり食べさせられていたから、かむことにはもうなれていたのだが）、淡々《たんたん》と言った。

「このネギは……なんとも強烈な味だね」

たしかに強烈だった。とことん強烈だった。食べたあとは口の中に野生のネギの味しかしなくなってしまった。みんなはすっかり気持ちが悪くなって、早めに寝ることにした。でも、寝室に行ってもまだ口の中にはネギの味が残っていた。

みんなが寝ているあいだに、十六のキノコは静かに三十二のキノコに増えていた。三十二のキノコが六十四のキノコになり、六十四のキノコは……夜じゅう、音もたてず、不思議な力で、一時間ごとに倍に増えていった。やがてじゅうたんの上だけでは場所が足りなくなった。そして……。

次の朝、まだ口の中に残る野生のネギの味を気にしながら、みんなが一階におりてみると、居間はピンクのふわふわのかたまりでびっしり覆われていた。ピンクのキノコは床を覆いつくして壁の上まで広がり、真ん中の電灯を残して天井を埋めつくしていた。それればかりか、台所にもはびこりはじめていた。

とうとうお父さんはがまんできなくなって、お母さんに言った。

「いいんだよ、きみがどんなばかげたことに凝ったって。でも、これからはきみ一人でやってくれないかな。もし今度、へんてこな思いつきをぼくや子どもたちに押しつけたら、ぼくは家を出る。ティムとニーナとポールも連れていくからな!」

それからお父さんは、自分は本気だとお母さんに思い知らせるために、子どもたちを連れて一日外に出かけてしまった。キノコを片づけるのは、お母さんが一人でやらなければならなかった。

さて、今、お母さんが熱中しているのは、ヴァイオリンを弾くことだ。でも、ヴァイオリンに夢中なのはお母さん一人だ。それに、ドアさえ閉めきっておけば音はあまり聞こえないから、家族はお母さんが何をしていようと、わずらわされずにすんでいる。

お日様に恋した乙女

　これは、木に姿を変えたフェーガという乙女のお話です。フェーガが生きていた時代の物語には、ほかにも木に姿を変えた女たちが出てきます。けれどもそのような女たちは、神様に見初《みそ》められて、のがれるためにしかたなく木に変身しました。ところがフェーガはちがいます。自ら望んで木になったのです。

フェーガはりっぱな館の一人娘として生まれました。そして十代になったころから、ときおり木に姿を変えるようになりました。変身はたやすいことではありませんでしたから、フェーガは倦《う》まずたゆまず練習を続けました。館の裏に広がる野に出かけては、両の腕を広げ、空をあおいでこう言います。

「あなたをお慕《した》いするがゆえに、こうして腕を広げております」それから足もとに根をおろし、木に姿を変えるのです。

　フェーガが変身するようになったのは、お日様に恋をしたからでした。フェーガはおさないころ、子守たちから、お日様は命あるものの中で木をとりわけ愛しておられる、と聞いたことがありました。お日様があまり愛の光をそそいでくれない冬になると、たいていの木は葉を落としてしまいますから、フェーガはこの話を信じました。

もの心ついたときからフェーガにとってお日様は、母親より、父親より、いいえ、自分の命よりも大切なものでした。それゆえにフェーガは、自分がこれほど想っているお日様に愛してもらうためには、木になるしかない、と思うようになったのです。

はじめのうちはみっともない木にしかなれませんでした。幹は、胸と腰にあたる部分がこぶのように突き出たり、不自然な茶色になったりしましたし、いっぺんに生やせる枝も四本か五本がせいぜいでした。あちこち妙な方向に枝を突き出し、大きいけれど元気のない、てんでんばらばらな形の葉をつけることしかできません。フェーガはりっぱな木になろうとして日々はげんでいましたが、幹がいい形になれば、枝が少なく、形が悪くなりましたし、まともな枝が生えたと思えば、幹がまたいびつになったり、葉が大きすぎたり、黄色すぎたりしたのでした。

フェーガはため息をつきました。「ああ、お日様、あなたが気に入ってくださるような姿になりたいのです。どうか力をお貸しください」

でもお日様には、フェーガの声など聞こえないようでした。

「いつかは私を見てくださるわ！」フェーガは激しい望みとあこがれにかられ、野に出ては、もっと美しい枝をのばそうとはげみました。とはいえ、形はよくなくても、お日様のあたたかい光はわけへだてなくフェーガの枝にもそそがれていましたし、大地の中にぐんぐんのびていく根の力を感じるのも楽しいものでした。木は言葉を使わず、ゆっくりと気持ちを育《はぐく》みます。お日様に気づいてはもらえなくても、フェーガは木の心の持ちようが深い安らぎにみちていることを知りました。雨がふると、フェーガは心の底から喜びを感じました。ほかの人々のように、雨はふらなければこまるけれどいやなものだ、などとは思いませんでした。そして夜露《よつゆ》を浴びると奇跡が起きたかのように感じました。

やがてある春のこと、フェーガはついに、細くしなやかな幹にこんもりと葉の茂る枝をつけた、果樹に似た美しい木になることができました。フェーガは喜び勇んで、心の中でお日様に呼びかけました。ごらんください、あなたがお好きなのはこういう木ですか？

お日様はちらりとフェーガを見おろしました。お日様はどうやら、言葉にならない言葉にも気がついてくださることがあるようです。フェーガはどきりとし、望みと恐れに胸がはりさけそうになりながらじっと立っておりました。

が、お日様は、すげなくしたわけではなかったものの、にこやかに照り輝きながらそのままフェーガの頭の上を通りすぎ、丘の斜面に立つ本物のリンゴの木を見に行ってしまいました。

このままではだめだわ、とフェーガは思いました。

フェーガはまた少女の姿に戻り、丘に出かけてリンゴの木をよくよく見てみました。

リンゴの枝から芽吹いた淡い緑色の大きな芽は、お日様の光を浴びて開き、やがて葉や白い花に変わっていきます。ふりむいてもらえない胸の痛みを感じながら、フェーガは毎日、お日様が愛をこめてリンゴの花に光をそそぐようすをながめていました。はじめは、私も花を咲かせればいいのだわ、と思いました。が、お日様は無情にも照りつづけ、花はやがて枯れてしぼんでいきました。花が枯れたあとには小さな緑のかたまりができ、リンゴの実が育ちました。

私も実をつけなければいけないのだわ、とフェーガは思いました。

フェーガはそれからもつらい努力を重ね、次の年の春になると、誇らしげに言いました。

「ごらんください、お日様。あなたをお慕いするがゆえに、腕を広げ、育ちゆく芽をつけました」そして、これから実になるはずの白い花をいっぱいにつけた枝を広げてみせました。

しかし、お日様はこの年も、ほかの生きとし生けるものに目をむけるのと同じだけしか、フェーガを見てはくださいませんでした。フェーガはがっかりしましたが、お日様に愛されたいという願いはますます強くなりました。

私はまだ変わらなければならないのね、とフェーガは思いました。

この年、フェーガはお日様がどんなものを好み、どんなふるまいをするのか、今まで以上につぶさに調べました。その合間にはもちろん、木にも姿を変えました。やがてお日様へのあこがれが強くなりすぎて、人間の姿でいるときには半分しか生きていないと感じるようになりました。両親もほかの人々も、ぼんやりとかすんで見えました。木になってお日様の光を浴びて両腕を広げているときだけ、本当に生きているという気がしたのです。

その年のあいだに気づいたことがありました。お日様は、朝いちばんにリンゴの木々のむこうにある丘のてっぺんをかならず照らしますし、夕方も、沈みきる最後のときまで丘に光を投げかけているのです。あの丘のてっぺんこそ、お日様がもっとも愛している場所なのにちがいありません。館から丘までは、野に出るより二倍も遠かったのですが、フェーガは毎日丘のてっぺんにのぼり、そこに根をおろすようになりました。ここにいれば、お日様のぬくもりに包まれて枝をのばしていられる時間が一時間長くなるのです。でも、そのほかのことでは、野にいるときほど居心地はよくありませんでした。丘のてっぺんはとても乾いていました。岩の上にうすく積もった土に根をはっても、やせた土はいやな味しかしません。それに、丘の上にはいつも風が吹いていましたから、幹は曲がり、大きく育つことができないのです。フェーガはお日様に言いました。

「これが私にできるせいいっぱいのことです。あなたをお慕いするがゆえに、私は腕を広げ、育ちゆく芽をかかえ、あなたのあたためる地面に根をおろし、あなたの与えてくださるぬくもりを体に浴びています」

お日様はフェーガの声などまるで気にとめないようすでしたが、一日のはじめと終わりには、相変わらず丘のてっぺんを長いこと照らしてくれました。フェーガは黄昏《たそがれ》の光の中で家路につきながら、あのやせた土地にはどんな根を生やしたらいいか、風に耐えられるよう幹を強くする方法はないかと、思いをめぐらせました。フェーガの歩む姿はやや前かがみで、肌は青白く、生気がなくなっていました。

フェーガの父親と母親はそれまで娘を甘やかし、好きなようにさせてきました。母親は「あの子はまだ若いのだから」と言い、父親も「そうとも。大人になれば、木になりたいなんてばかな考えも忘れてしまうさ」と言っていました。けれどもフェーガの顔色が悪くなり、元気もなくなって、前かがみで歩いているのを見ると、二人はそろそろやめさせなくてはと思い、こう言いあいました。「あの子も、もう結婚してもいい年ごろなのに、あれではせっかくの器量《きりょう》がだめになってしまう」

次の日、フェーガが館を出て丘にむかおうとすると、父親と母親がひきとめました。母親は言いました。「根を生やすのはもうおやめ。やつれるばかりですよ。こんなふうに雨の日も晴れの日も外に出て木の真似などしていては、よい結婚相手など見つけられませんよ」

父親も言いました。「どうしておまえが、木になるなどというばかげた真似をしているのか、わしにはわからん。たしかにおまえは木に変身できるかもしれんが、そんな力は、これから生きていくうえでたいして役にはたたんじゃないか。おまえはわしらのたった一人の子どもなのだよ、フェーガ。館の将来のことも考えておくれ。わしが死んだあと領地をまかせられるような男と、早く結婚してもらいたい。そういう男が、木なんかと結婚したがるわけがなかろう」

フェーガはわっと泣きだし、その場から逃げ出すと、丘にむかって野をつっきっていきました。

「ああ、しまった！　言いすぎただろうか？」父親が言うと、母親は言いました。

「いいえ、ちっとも。きっと私も同じことを言ったでしょう。そろそろあの子に婿《むこ》を探してやらなければ。よい婿さえ見つかれば、会ったとたんに、あの子もばかげたことは忘れますよ」

フェーガの父親はそのあとすぐ、仕事で旅に出る用がありました。そこで、旅先でフェーガにふさわしい婿を探してこよう、と言いました。母親はどんな求婚者がよいか、条件を山ほどならべたててから、最後に、木に姿を変えるなどというフェーガの妙なくせのことは、その人にはだまっていてくださいよ、と念を押しました。少なくとも、その若者がまずフェーガと結婚する気になるまでは。

父親が館を発《た》つやいなや、母親は信用できる召使いを二人呼んで命じました。フェーガのあとをつけて、どうやって木に変身するのか見て、私に教えておくれ、と。

「とちゅうでやめさせる方法があるはずだよ。永久に姿を変えられないようにできれば、それに越したことはないし」

一方フェーガは、息せききって丘をのぼり、てっぺんのやせた土地に根をはると、お日様にむかって叫びました。「助けてください。両親は私をだれかと結婚させようとしています。でも、私が愛しているのはあなただけなのです！」

驚いたお日様は、邪魔な雲をわきにのけ、フェーガをじっと見おろすと口を開きました。「おまえがしきりに木に姿を変えているのは、私に見せるためだったのか？」

すっかり追いつめられていたフェーガは、とうとうお日様が話しかけてくれたことに気づいても、驚く余裕すらありませんでした。「もちろんです。あなたが喜んでくださるかもしれない、私の愛に応《こた》えてくださるかもしれない、という望みがあればこそ、木に姿を変えるのです。それがどんなにわずかな望みであろうとも」

「それは気づかなかった」お日様は言うと、おだやかな口調でつけくわえました。「だが、私はこの世のあらゆるものの、あるがままの姿を愛している。おまえの本性は人間だ。それほど巧みに木になれることには感心するが、とどのつまりは木のまがいものでしかない。つまり、おまえが人間でいた方が、私はよりおまえを愛することになろう」そしてお日様は明るくほほえみ、そのまま通りすぎようとしました。お日様が行ってしまうとわかると、フェーガは半分は女、半分は木という姿のままで地面に身を投げ出しました。そして悲痛な泣き声をあげながら激しく枝をふり動かし、地面をころげまわりました。

「でも、愛しているのです。あなたはこの世の光です。お慕いしています。私はやはり木になるしかありません。木になれば、あなたを思って胸を焦がすこともなくなるでしょうから。たとえ木になっても、あなたのいない夜はつらいでしょうけれど。お願いです。どうしたら今よりもっと私を愛してくださるのか、教えてください」

お日様は動きを止めました。「おまえがなぜそんなに私の愛を求めるのか、理解できない。おまえを傷つけたいとは思わないが、正直に言って、木のまがいものになっているときにはおまえを愛することはできない」

胸に小さな望みが芽生え、フェーガは枝の生えた頭をもたげました。「木の、、ふりをするのをやめたら、私を愛してくださるのですか？」

「もちろんだ」お日様はフェーガをなだめようとして言いました。「本性のとおりに生きるなら、私はおまえを愛するぞ、人間の女よ」

「それなら、約束してください。私がまがいものであることをやめたら愛してくださると」

「それがおまえの望みなら、約束しよう」お日様は言い、いつものとおり空の道を進んでいきました。

フェーガは頭をふって枝を消し、地面から足を抜いてすわりこむと、あごを両手で支えて考えこみました。母親の召使いたちがようやくフェーガを見つけたのは、このときでした。召使いたちはリンゴの木の陰にひそんで見はりを始めましたが、フェーガは何時間もそこにすわりこんだままでした。

お日様に恋焦がれるあまり、フェーガはとんでもない約束をしてしまいました。お日様はフェーガがあきらめたと思っているでしょうが、フェーガの方は、木のまがいものではなく、本当の木になろう、と決心を固めたのです。でも、そのためには今まで以上にじっくりと考えなくては――。お日様のような偉大な相手をだますことになるのは恥ずかしいと思いましたが、だからといってやめる気にはなれません。この恋は命がけなのです。

フェーガは心の中で言いました。すでにある木を真似ても意味がない。その木のまがいものということになってしまうもの。私はまったく新しい種類の木になろう……。

いだ、フェーガは丘をくだり、またさまざまな木々を調べはじめました。父親が留守のあいだ、フェーガはお日様との約束にはげまされ、今までとはちがうやり方で熱心に深く木のあり方を見つめました。館から遠く離れた谷あいの森まで出かけ、木々に囲まれて何日も、人間の姿のまま、木のようにじっと立っていることもありました。召使いたちもこれにはひどくとまどいました。

のびようとする木がミシミシいう音や、一枚一枚の葉がそよぐ音に耳をかたむけているうちに、フェーガはやがて、木とは、同じ場所にじっとしていながらもとぎれることのない変化をくり返しているものだとさとりました。そして空を背に立つ一本の木をながめるだけで、木がほかの木を見たときのように、多くのことを見てとれるようになりました。木とは何かということを理解できるようになったのです。

木々にはそれぞれ秘められた力がありました。ヤナギは成長が早くて芯が強く、人に眠りをもたらす力があります。ニワトコも強い木で、人を守ってくれますが、怒りっぽい性質なので気をつけてあつかわなければなりません。そして、高々と枝をのばし、お日様の愛をいちばん近くで浴びている巨大な木は、オークとトネリコでした。オークは「不変」、トネリコは「変化」を表し、このふたつはほかのどんな木よりも強い力を持っています。フェーガはこのふたつの木をもっとも長く、敬意をこめて見つめていました。

私はこの両方の木の性質を合わせ持ちたい、とフェーガは思いました。

フェーガはいろいろな木から葉のついた枝を折りとり、館へ帰る道々、小枝のわかれ方や葉のつき方をとっくりとながめました。はじめのうち、常緑樹は冬でもお日様

のためにやがて、同じ葉をずっとつけているのだと思って感心しましたが、やがて、同じ葉をずっとつけ

ている木は遅れた種族で、葉を惜しむあまり新しい葉を作らずにいるだけだと気づきました。でも、オークの木は、落葉樹でありながら葉をしっかりと枝に結びつけておく強さを持ち、冬になってもすべての葉を落とすわけではありません。

私もこういう強さを持とう、とフェーガは決心しました。

秋が近づくと、フェーガは実をつける木々に心をうばわれました。お日様が何より愛するのは「成長」と「実り」にちがいない、と思ったからです。実をつける木はサンザシも、ナナカマドも、ハシバミも、オークとトネリコの性質である「不変」と「変化」を合わせ持っているような気がしました。丈の低い灌木《かんぼく》や果樹には実をつける木が多くありましたが、お日様がもっとも愛していると思われる高木の中には、実をつける木はそれほど多くはありません。

ならば私は、大木になって実をつけるオークのようになろう、でも、オークよりさらにすばらしい実をつけよう、とフェーガは思いました。

冬が近づくと、人々はのこぎりで木を切り倒して薪《たきぎ》にしました。フェーガは森で働く人々のところに行って、切られたばかりの切り株の年輪を熱心に数え、おがくずもとくと観察しました。あとをつけて見はっていた召使いたちは当惑し、フェーガが帰ったあと、お嬢さんが何をしていたのかわかるか、と木こりたちにたずねました。

木こりたちは首を横にふって言いました。「いいや。だがあのかたは、まともとはいえないかもしれないが、とても賢いおかただよ」

木こりたちからこれ以上のことを聞き出すことはできませんでした。けれど、召使いたちの見はりの仕事はそのあとだいぶ楽になりました。フェーガは館の中で、火にくべるために積みあげられた丸太をしげしげ見ていることが多くなったからです。外側の樹皮、縦の木目、そして年輪をつぶさに見つめるうちに、フェーガはとても大切なことに気づきました。動物はある形になると成長を止めるけれど、木は育ちつづける、ということです。

フェーガは言いました。「よかった。私はまだ成長を止めてはいないもの」

冬にはすべての木がいったん成長するのを休んでしまいます。育ちつづけるしくみを知るためには、春まで待たなければなりません。フェーガはもどかしくてなりませんでした。

そして冬のさなかにフェーガの父親が帰ってきて、ぴったりの求婚者を見つけた、とフェーガと母親に話して聞かせました。その人はさる有力者の次男で、何年か軍隊にいるあいだにめざましい手柄をたて、賢く頼りになるという評判をとったのだそうです。金持ちではありませんが貧乏でもなく、裕福な親戚もあり、今は結婚して落ち着きたいと思っている、という話でした。父親は、これほど理想的な縁組はない、と言いました。

が、フェーガはほとんど聞いておらず、父親の話が終わらないうちに新しい薪の山を見に行ってしまいました。そのかたは館には来ないかもしれないし、来たところで、私が乗り気でないとわかれば帰っていくでしょう、と思ったのです。

父親は母親にききました。「わしは何かまずいことを言ったかな？ その男はもう若くはないが、それを補ってあまりあるさまざまな長所があることを、あの子に話してやりたかったのだが」

「いいえ、あの子はいつもあんなふうですわ。それで、そのかたをこの館におまねきになったの？」母親はききました。

「ああ、春にはやってくるだろう。エヴォールという名だ。フェーガもきっと気に入るさ」

母親は、そううまくはいかないのではないか、と心配でした。そこで、ずっとフェーガのようすを探らせていた二人の召使いを呼んで、今までにわかったことをたずねました。

召使いたちは答えました。「くわしいことはわかりませんが、お嬢様は木になることをあきらめたのではないかと思います。私たちが見はっているときには、根を生やしたことなどありませんでしたから」

フェーガの母親は言いました。「それが本当ならいいのだけど。でも、見はりは続けておくれ。今まで以上にしっかりとね。あの子が木になると言いだしたとき、こちらが止める方法を知っているかどうかが、これからはさらに大切になるでしょうから」

召使いたちはまた退屈なつらい時間をすごすのかと思い、ため息をつきました。そして、予想どおりになりました。春になって最初のマツユキソウが顔を出すやいなや、フェーガは、木々が成長するしくみを学びに野山に出ていったからです。召使いたちの目には、フェーガは何時間もただじっとすわって、あるいは立って、芽吹きはじめた木やネズミや鳥の巣をながめているだけのように見えました。でも、フェーガの胸は喜びでいっぱいになっていました。木々がのびるのは木を作っている小さな粒がどんどん増えていくからだということ、また、動物は食べ物から栄養をとっているのに、植物はお日様そのものから栄養を得ていることを、とうとう見抜いたのです。

「ようやくなぞが解けたわ」フェーガは声に出して言いました。

召使いたちはわけがわからないまま、フェーガのようすを女主人に報告しました。フェーガの母親は言いました。「やはり、まだあきらめてはいなかったのね。あの子が根や枝を生やそうとしたら即座に館に連れ帰るのですよ」

召使いたちは、はい、と答えましたが、フェーガはまだ姿を変えるつもりはありませんでした。ものみな成長するこの季節、森が変わっていくようすをひとつももらさず見ていたいと思っていたのです。

そんなわけで、父親がまねいた求婚者エヴォールがついに訪ねてきたとき、フェーガは館にいませんでした。それればかりか、館の人々が総出でエヴォールを歓迎する宴《うたげ》の準備をしていることにさえ気づいていませんでした。両親は召使いに、森へ行ってフェーガを連れてくるよう言いつけました。

広間で何時間も待ちぼうけを食らったエヴォールがとうとうがまんできなくなり、庭に出ていくと、両親は申しわけなく思いました。

エヴォールは、これだけ姿を見せないということはその娘は気が進まないのだろう、私はむりじいして妻をめとるなどごめんだ、と考え、立ちさるために馬を命じようかと迷っていました。フェーガの両親が、娘が普通とちがっていることを隠そうとしていたにもかかわらず、道中さまざまなうわさを耳にしてもいました。フェーガの名はすでにかなり知られていたのです。まず、まだ館からかなり離れたところで、フェーガは魔女だというううわさを聞きました。賢い女をねたんでそう言う者もいるだろうと、エヴォールは気にせず先を急ぎました。館が近くなってくると、今度は、フェーガはとても賢いという話を聞き、自分はまちがっていなかったとうれしくなりました。しかし、館までわずか十五キロほどのところに来たときに聞いた三つ目のうわさによれば、フェーガは頭がおかしい、というのです。ただどのうわさも、フェーガはなかななか美しいと言っていましたから、エヴォールは、今さらひき返すには遅すぎる、と自分に言い聞かせて進んできたのでした。今、庭でぐずぐずしているのもそのせいでした。ひと目フェーガを見たかったのです。

そうしたわけで、ようやくフェーガが帰ってきたとき、エヴォールはまだ庭で待っていました。フェーガはもの思いにふけったまま早足で門から入ってきました。今日はどんよりと曇っていてお日様が隠れていたせいで、悲しい気持ちでした。でも、やってきた求婚者に会って、結婚する気はない、とことわった方がいいだろう、とフェーガは思っていました。両親が勝手に呼びよせてしまったのですから、その人を責める気はちっともありません。

近づいてくるフェーガを見てエヴォールは、うわさに聞いた、なかなか美しいなどという言葉ではとうてい足りない、と思いました。戸外で木々をながめてすごしたおかげでフェーガはすっかり元気そうになり、少女からとても美しい若い乙女に変わっていました。髪はビールを入れたグラスを明かりにかざしたときのような金色。灰色がかった銀色のすべすべした布でできたドレスの下には、しなやかな筋肉としっかりした体があるのが、体の動きを見ているとわかります。いっぷう変わった明るくあざやかな緑色の上着がふわりとはためくと、丸みを帯びた白い腕があらわになりました。エヴォールは健康な女性が好きでした。しかも、フェーガの卵型の顔は美しいだけでなく、非常に賢そうでした。灰色の目は、長いあいださまざまなことを考えてきたために、深い落ち着きと聡明さをたたえていましたが、同時に激しさと強さを秘めていました。エヴォールは息をのみ、ぽかんと見とれていました。

一方フェーガは、大きな木々に囲まれてお日様が顔を出すのを何時間も待っていたあとで、まだぼんやりしていましたが、ようやく目の前の屈強な男をまっすぐに見つめました。背はさほど高くはありませんが、自信にみちた顔にするどい目つき。もう若くはなく、あごひげには白いものがまじっています。まばらなあごひげは、この日のためにていねいに整えてありました。髪にも白いものがまじっています。フェーガはそのふさふさした髪に目をとめました。エヴォールは、軍人であることを示そうと、軽い鎧《よろい》をつけ、かぶとを片腕にかかえた姿でやってきました。経験が豊かで、洗練されているところを見せたかったのです。けれどもフェーガの目には、エヴォールの全身が鋼色《はがねいろ》をしているように見えました。豊かな髪をのぞけば、斧を思わせます。この人は残忍なのではないか、とフェーガは怖くなりました。

そのときエヴォールが言いました。「わが姫！」そして、ぎこちなくつけくわえました。「私はあなたと結婚するためにまいりました」

でも口にしたとたんに、このように美しく賢い女性にぶしつけなことを言ってしまったと思い、エヴォールは頭をたれ、フェーガの足もとに目を落としました。その足は美しい形でしたが、なぜかはだしで草の上を歩いてきたらしく、緑のしみがついています。エヴォールは勇気がわいてきました。この足は人間のものではないか、つまりこの姫も自分と同じ人間なのだ、と思ったからです。エヴォールはまた顔を上げ、フェーガの目を見つめて言いました。

「失礼なことを申しました。許してください」

こまったようにほほえんだとき、エヴォールのやや不ぞろいな歯がのぞきました。身なりは灰色ずくめでいかにも軍人らしいのに、そのほほえみは遠慮がちで、フェーガをあがめる気持ちが伝わってきます。フェーガにはなぜ自分があがめられたりするのかわかりませんでしたが、不ぞろいな歯を見るとなんだか親しみがわきました。両親が自分と結婚させるために連れてきた男というだけではなく、自分と同じように泣いたり笑ったりする、一人の人間だという気がしたのです。フェーガは驚きました。ああ！　お日様をこれほど愛していなかったら、この人を愛することだってできたかもしれない。

そこでフェーガは礼儀正しく、ようこそいらっしゃいました、とあいさつしました。二人は連れ立って館の中に入り、やがて宴《うたげ》の席に着きました。気おくれしていたエヴォールもいくぶんか自信を取り戻し、フェーガにいろいろと話しかけました。フェーガの方もエヴォールの気持ちを傷つけたくなかったので、たずねられたことにはきちんと答え、こちらからも質問をしました。ほどなくフェーガたちは、エヴォールが戦《いくさ》に行ったときの話や、フェーガの好きな木々や草について語りあい、古くからの友人のように一緒に声をたてて笑うようになったからです。エヴォールはフェーガにいっそう魅了され、喜びで胸がいっぱいになり、宴が終わるずっと前から、もうほかの女性を愛することはできないだろうと思っていました。まるで心がフェーガに糸で結びつけられてしまったようでした。フェーガの手がかすかに動いたり、まつげがゆれたりするたびに、エヴォールは大きな喜びと胸の痛みを覚えるほどでした。

フェーガの方も、エヴォールと一緒ならくつろいでいられることがわかって、ますます驚いていました。けれど、いくらなかよく語らってはいても、お日様とともにいないときの自分は半分しか生きていないようなものだとわかっていました――その半分がどれほど楽しくても。夜が更けるにつれ、フェーガは狭いところに閉じこめられたような気持ちになってきました。最初は、この一年、外ですごしてばかりいたせいだろうと思いました。頭の上にあるのはお日様のいる空だけ、ということになれきっていたので、館の屋根を重苦しく感じたことはこれまでにもありました。でも今は、頭上から檻をかぶせられたような気持ちです。それは自分がエヴォールをだんだん好きになってきたせいだ、とフェーガは気づきました。

気をつけていないと、私はお日様との約束を忘れてこのままこの人と結婚してしまう。もう遅すぎるかもしれない。すぐにここを離れなければ……。

そこでフェーガは、おやすみなさいのあいさつをすると寝室にひきとりました。

一方エヴォールは宴の席に残り、心からうれしそうにフェーガの両親に話しかけました。「はじめにお嬢さんにお会いしたときは、望みはないだろうと思っていました。でも今は、承知していただけるかもしれないと感じています。私のことを気に入っていただけたように思うのです」

フェーガの父親はだまってうなずいていましたが、母親は言いました。「ええ、あなたに好意を持ったのはたしかだと思います。でも――あの子の顔を見ていて思ったのですが、あの子と結婚するにはそれだけでは足りないかもしれません」

その言葉は、エヴォール自身の恐れをずばりと言いあてていました。たちまち喜びは消え、世界じゅうから水も、善なるものも、いっさいが失われて干あがってしまったかのように感じられました。エヴォールは低い声で言いました。「それではいったい……どうしたらいいのでしょう？」

「あなたのお耳に入れておかなければならないことがあります」フェーガの母親が言いました。

「そうなのだ」父親も急に口をはさみました。「うちの娘には、おかしなくせが――」

母親は急いでさえぎりました。「あの子には、私たちには解くことのできない魔法がかかっています。あの子を心から愛してくださる殿がただけが、その魔法を解くことができるのです」

エヴォールの心に望みがわきあがりました。お日様と約束を交わしたときにフェーガの心に生じたのと同じくらい、激しい望みでした。エヴォールは言いました。

「私はどうすればいいのでしょう。教えてください」

母親は、召使いたちから聞き出した話をもう一度思い返しました。フェーガは父親が留守にしていたあいだは、一度も木に姿を変えなかったようです。姿を変える力を失ったということもありえます。だとすれば、娘が木に変身するなどと、エヴォールにははっきりとは知られずにすむかもしれません。母親は言いました。

「もうじき、明け方になると、あの子は魔法の呼び声にかりたてられて館を出ていくことでしょう。そして森か丘へむかい、何かぶつぶつつぶやきはじめるかもしれません。どうか、あの子の行くところにはどこまでもついていき、あの子が立ちどまって動かなくなったら、すぐに抱きしめて口づけをしてください。そうすれば魔法は解け、あの子はあなたの妻となり、一生あなたとともにいるでしょう」

そして、フェーガの母親は心の中で言いました。きっとそのとおりになるわ。口づけされたとたんに、娘にも人間の暮らしの喜びというものがわかるでしょう。そうなればもう、あの子が木になってしまうことにみんながおびえなくてもすむわ、と。

「おっしゃるとおりにいたします」エヴォールは決して美男子ではありませんでしたが、喜びと希望と感謝にみちた顔は美しく輝いて見えました。

エヴォールはその夜、寝ずの番をしました。どのみち眠れそうもありませんでした。愛の歌が耳に鳴り響き、恋の想いに胸がつまるようでした。フェーガの言ったひとつひとつの言葉や、その顔や姿の美しさを何度も思い返していました。そしてついに明け方になり、フェーガが足音をしのばせて廊下を歩き、扉にむかうのを見たとき、エヴォールは一瞬、動けなくなりました。乙女が記憶にあるよりさらに美しく見えたからです。

フェーガはそっと扉のかんぬきをはずし、庭をつっきって、門のかんぬきもはずしました。エヴォールは気をとりなおしてあとをつけていきました。二人は夜明け前の白《しら》んだ野を歩きだしました。フェーガは背筋《せすじ》をしゃんとのばし、やがてお日様が現れる丘のむこうの東の空を見すえて進んでいきます。エヴォールは足音をしのばせてついていきました。そしてエヴォールは、音をたててフェーガを驚かせないよう、鎧やひざあてをひとつひとつはずしてはそうっと地面に残していきました。

丘の上に立ったフェーガは、のぼるお日様の光で金色に染まる地平線をながめ、うっとりしたように立ちつくしていました。エヴォールはリンゴの木のうしろに隠れたままゝあらためてフェーガの美しさに息をのみ、これからどうしたらいいか決めかねてようすをうかがっていました。

フェーガが口を開きました。「さあ、お日様、約束をはたしにまいりました。今日をのがしたら、もう私は約束をはたすことができなくなりそうですから」

それにはどのようにしたらいいか、フェーガはよくよく考えぬいていました。以前に変身していたときとはくらべものにならないぐらいすっかり姿を変えてしまおうと、まず、慎重に土に根をおろしました。両足の指をすべて下に、そして外側にむかってのばしていき、丘のてっぺんのやせた土からせいいっぱい栄養を吸いあげられる網目状のやわらかな太い根へと変えていきました。フェーガは言いました。「ごらんください。あなたのあたためる土にこうして根をはりました」

地面がもりあがり、うねり、フェーガの足の甲からは細い枝が何本ものびて、足の形が見えなくなっていきました。

エヴォールは思わず叫びました。「ああ、やめてください！　あなたの足はそのままが美しいのに！」そしてフェーガの方へむかい、丘をのぼっていきました。

フェーガは顔をしかめ、今では細かく羽毛のようにわかれた根と化した足指をからみあわせながら言いました。「でも、私の望む形ではなかったの」

そして、なぜエヴォールがここにいるのだろう、とぼんやりと考えました。でも、ぎりぎりまで力を使っていたので、エヴォールのことをそれ以上考えるゆとりはありませんでした。根がすっかりできあがると、虫にかじられてしまう前に、フェーガはゆっくりと根を樹皮で覆いはじめました。同時に、幹を作ることにとりかかり、ぐんぐんと上へむかってのびていきました。

「幹よ、年輪を作り、太くなれ」フェーガはつぶやきました。

　幹は上へのびるとともに、つや消しのしろめ〔スズと亜鉛の合金〕のような色の樹皮で覆われ、どこが脚でどこが胴だかわからなくなりました。ようやくかけよったエヴォールの目には、まるでフェーガが死にかけているように見えました。「やめてください！　なぜこんなことを！　あなたは美しいのに！」

「でも、人間の女にすぎなかった……」フェーガは、これから始まるさらにたいへんな仕事にそなえてひと息入れながら答えました。「この変身がすっかり終わったら、私はほかには一本もないような新しい木になれるのです」そう言い終えると、フェーガは次の仕事にとりかかりました。これは楽しみにしていたことです。のぼるお日様のあたたかさを恋い慕うように、両腕と髪の毛を上にのばし、太い大枝に変え、体のほかの部分と同じように、にぶい銀色の樹皮で慎重に覆っていったのです。「あなたをお慕いするがゆえに、こうして両の腕をのばします」

　エヴォールは、自分の倍も高さのある木に変身してしまったフェーガを見て叫びました。「やめてください！」こんな姿になってしまった乙女にはふれることすら恐ろしく、エヴォールは取り乱してフェーガの根もとにひざまずきました。

「今さら止めることはできないの」フェーガはやさしく語りかけました。最後の力をふりしぼりつつも、エヴォールの声が涙でつまるのを聞くと、少し心がさわぎました。でもフェーガは、エヴォールのことは考えまいと決めました。

ここからがもっともむずかしいところです。フェーガは体じゅうの太い動脈を、根から幹へ、大枝へと、すでにのばしていました。今度は、今まで変身した部分は変えずに、静脈とすべての神経をのばしていく番です。外へ、上へと、枝の先まで広げていきます。フェーガの髪の毛のように細くしなやかな小枝を上へ、そして外へとどんどんのばし、びっしりと枝が重なりあうように作っていきます。それはひどい痛みを伴うむずかしい仕事でした。こんなに痛むとは思ってもいませんでした。一時はもうむりだと思ったほどでしたが、それでもフェーガは小枝をのばしつづけました。静脈をひきさき、神経と一緒にして小枝を作り、突き出していきます。数えきれないほどの細い小枝ができあがると、さらに枝の先端をのばして、長いとがった芽も形作《かたちづく》りました。

エヴォールはうずくまったまま、フェーガのすさまじい力におののきつつ、頭上で大きな木が波打ち、ゆれはじめたのを見上げました。これほどとほうもない変身を目《ま》のあたりにしては、もう手遅れだ、自分のことなど忘れられてしまった、とさとるしかありません。それに自分には、これほどの苦しみを味わいながら変身することを選んだフェーガを止める権利などない、という気がしました。エヴォールはだまって、フェーガがとがった芽を開こうとしてさらに力をふりしぼるのを見守っていましたが、やがて枝がざわざわとゆれる音をしのぐ大声で叫びました。「あなたがどうしても木になるというなら、どうか私も一緒に変身させてください！」

「なぜそんなことを望むのです？」フェーガは、大枝がわかれているところにまだ閉じきらずに残っている、半分木になりかけたくちびるでききました。

エヴォールは思いあまって脚のなごりが残る幹に抱きつき、灰色の樹皮に涙を落としました。「あなたを愛しているからです。一緒にいたいのです」

エヴォールのようすを見ようとしたフェーガは、芽を開かなければなりませんでした。今では、光を感じるのは芽だけだったからです。芽を開くと、歯をけずられるときのようなするどい痛みが走り、フェーガは死んでしまうのではないかと思いました。それでも休むことなく、うすく青みがかった緑色の葉を開き、裏側には神経や静脈を通しました。やがて、葉の裏側を覆う細かい毛や、つるつるした表側の左右対称の葉脈が働きはじめ、生き生きと感じられるようになりました。まだだいぶ痛みましたが、これでようやく、根もとにうずくまったエヴォールの存在が見えるようになりました。

葉をつけるためにはどうしてもこの痛みが必要だったのです。エヴォールがいなければとちゅうでくじけていたでしょう。フェーガはエヴォールに感謝し、とても親しみを覚えました。

フェーガはエヴォールの望みをかなえてやりたかったけれど、植物へと変化させるほどの力は残っていなかったので、動物に姿を変えてやりました。最後の力は、小さな実をつけるためにとってありました。洋ナシに似た形の、針のような毛に覆われた殻の中に、三角の堅い実が四つずつ入っています。それからフェーガは、くちびるが完全に木になって閉じてしまう前につぶやきました。「これからも葉を、実を育てます」

やがてお日様が葉の緑色を濃くつややと変え、実を熟させてくれました。フェーガはそのあいだ休んでいましたが、やがて声にならない言葉でお日様にむかって叫びました。

「ごらんください！　約束を思い出して。私はほかには一本もないような、まったく新しい木になりました――オークのように強く、しかも食べられる実をつけた木に。私を愛して。さあ、愛してください！」フェーガは誇らしげに、丘のてっぺんに三角形の木の実をいくつか落としました。

お日様は言いました。「なるほど、美しい木だ。だが、私にどうしろというのか、よくわからない」

「愛してください！」フェーガは叫びました。

お日様は答えました。「愛しているとも。私はまったく変わっていない。以前とたったひとつちがうところは、おまえをじかに養ってやることができるようになったということだけだ。おまえの足もとにいる動物を直接養うことはできないがな。それ以外に私にできることはない」

お日様の言うことはよくわかりました。フェーガは、お日様との約束は自分の勝手な思いこみにすぎなかったのだとさとり、苦い気持ちになりました。でも、ここまで完全に姿を変えてしまった今となっては、もうもとには戻れません。それに、木というものは激しい気持ちを抱くことはできないもののようです。フェーガはゆったりと安らかな気持ちで、お日様の光をせいいっぱい浴びようと葉をそよがせました。その姿はまるでため息をついているようでした。

しばらくしてフェーガは、ふと、根のあたりで動きまわっているものに気づき、木らしいおだやかさでぼんやりと『なんだろう』と思いました。もう人間のような視力はおとろえていましたが、灰色がかった赤茶色の硬い毛をまばらに生やした、中くらいの大きさの獣が、フェーガが落とした三角形の木の実を細長い口でせっせと食べているのはかろうじてわかりました。その獣は、歯ならびの悪さが目立っていました。

細身の体で、背中の中心がするどくとがっています。それは、軍人の鎧のように見えました。獣はフェーガが自分を見たのに気づいたようで、まだ丸みのある脚の痕跡《こんせき》が残る灰色の幹に、愛《いと》おしげに体をこすりつけはじめました。

『おやおや』フェーガは獣のために、またばらばらと実を落としてやりました。

これは、はるか昔のお話です。フェーガはまだその丘に立っているそうです。オークのように高く、強く、よりよい実をつける木――ブナとなって。もっとも長くお日様の光を受ける丘に立つブナの木の一本だということですが、今では丘の上はたいそう古いブナの木がたくさん茂る森になっていて、どれがフェーガなのか見わける術《すべ》はありません。どのブナの木も、幹には脚のなごりがあるように見えますし、どの木も、フェーガの変身のときの苦しみを覚えているかのように、ときおり風もないのに枝をふり動かします。秋になるとブナの葉は、フェーガの髪のような金色に変わります。金色の葉はまるでお日様に敬意を表するかのように、どんな木の葉よりもしっかりと枝にしがみつき、春になるまで落ちないこともあります。

けれども、あの獣――イノシシはもう何百年も前に丘から姿を消しました。今では名前だけが残り、たいていの地図では、その場所は〈イノシシの丘〉と記されているのです。

でぶ魔法使い

〈お屋敷〉に住むでぶ魔法使いは私たちの村の大地主で、村いちばんの有力者だった。年に一度開かれる大切な行事、英国国教会のバザーで開会を宣言するのも、いつもでぶ魔法使いだ。赤ら顔でぎょろ目で、ごわごわした灰色のあごひげを生やして、すごく太っていた。でぶ魔法使いは村のみんなを見くだしているので、バザーのあいさつをするときもこんな調子だ。

「このバザーはまったく退屈でたまらん。年々ひどくなる気がするぞ。こんなことを続けているとは、おまえたちは本当に愚《おろ》かだな」

でぶ魔法使いは大金持ちの地主さんなので、こんなことを言っても、しゃれた冗談みたいに拍手してもらえる。同じ変わり者なら、私は魔女のワードさんのいとこにあたるネッドじいさんの方が好きだ。というのも、ネッドじいさんは満月のたびに教会の墓地で発作を起こすのだ。大人たちはそのせいでネッドじいさんをばかにしているけれど、子どもたちはそれを見るのが大好きなのだ。だけど、でぶ魔法使いは文句を言う以外なんにもしたことがない。

メイ伯母ちゃんはかならず英国国教会のバザーに行く。古着が安く手に入るからだ。

私たちはふだんこの教会には通っていないというのに。メイ伯母ちゃんはいつも行ってる教会の人たちに、古着を買っていると知られたくないのだ。なにしろ伯母ちゃんは、村を代表する魔女の一人ということになっているのだから。

メイ伯母ちゃんは〈白馬亭〉という居酒屋のむかいの角に住んでいる。家の中はどこもかしこもきちんと片づいている。私は学校を卒業するとすぐに伯母ちゃんのうちに住みこんで助手になり、魔法の修行を始めていた。メイ伯母ちゃんの魔女のライバルが、タルーラ・ワードさんだ。伯母ちゃんはよくカーテンの陰から〈白馬亭〉の方をうかがい、ワードさんがお酒を飲みに入っていくたびに、軽蔑したように鼻を鳴らしてこう言う。

「見てごらんよ！　赤いドレスにじゃらじゃらと宝石をつけて、戦艦も沈むほど重たい厚化粧をして！」

メイ伯母ちゃんとワードさんは正反対だ。メイ伯母ちゃんは背が高くてやせていて陰気で、さえない茶色の服ばかり着ているけれど、ワードさんは小柄ではなやかで、きれいな脚をしている。だから、私は以前はワードさんにあこがれて、メイ伯母ちゃんじゃなくワードさんの助手になりたいなあ、と思っていた。

それは、年に一度の英国国教会のバザーが二日後にせまった日のこと。私は朝食のあと片づけをしながら、メイ伯母ちゃんとバザーの話をしていた。伯母ちゃんが、

「今年は賞品のブタがほしくても、ボウリングでずるをしてはだめよ、シェリル」と言いだしたとき、あたりがぴかっと光り、ボワンと音がしたと思うと、でぶ魔法使いの召使いのジョージが台所の真ん中に現れた。

　私はびっくりして、もうちょっとでティーポットを落とすところだった。ジョージは、実は悪魔だ、という話だけど、いくら悪魔だって人の台所にいきなり現れたりするのは失礼だと思う。

「魔法使い様がすぐにおまえに会いたいそうだ」ジョージがメイ伯母ちゃんに言った。

　伯母ちゃんは落ち着きはらって応じた。「なんのご用ですって？」

　でもジョージは返事もせず、またぴかっ、ボワンと消えてしまった。

「やれやれ、ともかく行ってみた方がよさそうね」メイ伯母ちゃんは帽子かけから茶色の平べったい帽子を取り、頭にのせて帽子ピンで水平にとめた。

　伯母ちゃんのおともをして〈お屋敷〉にむかいながら、でぶ魔法使いはいったいどんな権利があって私たちに命令するんだろう、と私は腹をたてていた。ロンドンみたいな大きな町に住めたらなあ、といつものように考えているうちに、牧師館を通りすぎ、教会の前に出た。牧師さんが、教会の墓地に入りこんだ白いブタを追いはらおうとしているのが見える。

「あんたのブタのことだけど――」〈お屋敷〉に続く車よせの道に入っていきながら、

メイ伯母ちゃんが怖い口調で言った。

「今年のバザーでは、もうブタなんかとりません」私はしゅんとして言った。あのブタは、私が去年の教会のバザーでボウリングの賞品としてもらったものなのだ。そのときのことは、伯母ちゃんに言われるまでもなく、自分でも魔法を使ってずるをしたんじゃないかと気がとがめていた。どうか、どうかピンが倒れてくれますように、と祈る気持ちが強すぎたらしく、ピンの半分は球がかすりもしないのに倒れたように見えたから。おかげで、キーキー鳴く脚の長い元気な子ブタを手に入れて、ウロウロと名づけたものの、飼う場所がなかった。同じ村に住んでる私のお母さんの家の狭い裏庭にあずかってもらったけど、ウロウロはしょっちゅう裏庭から逃げてしまった。最初のうちは、村の人たちがウロウロをつかまえてはお母さんの家に連れてきてくれた。でも、ウロウロにどんどん知恵がついてくると、まわりの人たちもあきらめて放っておくようになった。今ではウロウロは丸々と太った人なつこいブタに育ち、村のあらゆるところに出没している。

私たちが〈お屋敷〉の勝手口に着いたときにもまだ、牧師さんがウロウロを追いはらおうとしてどなっている声が聞こえた。

勝手口に出てきたジョージは、「遅かったな、ええ?」と言うと、先に立っておしりをふりふり廊下を歩いていった。ジョージがこんなふうにおしりをふるのは、人間の姿になっているときには悪魔のときとはちがってしっぽがないってことを、うっかり忘れているせいじゃないかと思う。でもメイ伯母ちゃんは、ジョージのようすはひどく品《ひん》がないと思ったらしく、見ちゃいけません、と私にささやいた。

　でぶ魔法使いは日あたりのよい居間で、まだ朝食を食べていた。私たちが入っていったときにはちょうど一リットル容器の無脂肪ヨーグルトをきれいに平らげたところだった。それから、山のようなブランフレーク〔小麦を挽いたあとに残る皮をフレーク状にしたもの。ダイエットによいとされる〕に半リットルも牛乳をそそぎ、砂糖つぼの中身を全部かけて食べはじめ、食べ終えるころにやっと顔を上げると、うなるように言った。

「遅いぞ、メイ」私には目もくれない。

「なんのご用ですか、魔法使い様？」メイ伯母ちゃんはきいた。

　でぶ魔法使いはブランフレークの残りをあっというまに平らげ、次はデンプンをへらしたパンを分厚く切りとり、低カロリーのマーガリンをほとんどひと包み塗った上にマーマレードをべったりのせた。そして不機嫌そうに言った。

「医者どもが、わしは太りすぎだとぬかして、こんな鶏《とり》のえさみたいなものばかり食べろと言うんじゃが、まるで体重がへらんのだ。うまいこと体重をへらす薬を作ってこい」

「了解しました、魔法使い様」メイ伯母ちゃんは礼儀正しく言った。「でも、なぜご自分で薬をお作りになりませんの？」

でぶ魔法使いはびんをかたむけて、残っていたマーマレードを全部パンにのせ、ぱくり、ぱくりと口に入れながら言った。「薬の調合など男の仕事ではないからじゃ。さっさと帰って仕事にかかれ、女め。早く薬を作ってこい。今日じゅうに届けろよ。さもないと、この仕事はタルーラ・ワードにまかせるからな」

なんて失礼なじいさんだろう！　私たちは急いで家に帰り、メイ伯母ちゃんは全力で薬作りにとりかかった。私も材料をすりつぶしたりしてせいいっぱい手伝った。二人でその日一日じゅうせっせと働いたけど、こういう魔法は簡単にできるものじゃない。夕方からやっと、まぜたものを漉《こ》す段階になり、できあがった薬をびんにつめたのは真夜中のちょっと前だった。

「届けてちょうだい、シエリル。急いでね！」メイ伯母ちゃんはぜいぜいいいながらびんにラベルをぺたっとはった。メイ伯母ちゃんは、自分の代わりにワードさんが仕事を頼まれるなんて、考えただけでもがまんできなかったんだと思う。

　私はびんを受けとり、通りにかけだした。握りしめたびんの中では薬が泡立ち、シューシューと不気味な音をたてている。外はひどく暗くて、怖かった。〈お屋敷〉の門を入ろうとしたとき、目の前の車よせを大きな白い影がふわふわと横切った。私は恐ろしさのあまり叫ぶことも動くこともできなかった。

と、〈お屋敷〉の煙突の上に月が現れ、白い影が「ブヒッ!」と言った。なんだ、ウロウロだったのか。ウロウロの方は闇の中でも私だとわかっていたらしい。近づいてきて、毛のごわごわした体を私にこすりつけた。

「あんたはほんとにいいブタよ。でぶ魔法使いよりずうっとお利口。でも、もうおどかさないで!」私は言った。

また歩きだしたとたん、今度はジョージが私をおどかそうとした。玄関のドアの外に、赤い光とともにいきなり現れたのだ。でも私はウロウロのおかげで、たいして驚かなかった。私がつんとすましてびんをさしだすと、ジョージは何も言わずにびんをひったくり、向きを変えて、玄関のドアを開けもせずに通りぬけた。おしりを左右にふりながらドアに溶けこむように消えていく。

ジョージの態度には腹がたった。それに、ウロウロが木々のあいだでブーブー鳴きながらえさをあさっている音も聞こえたから、私はもう怖いとは思わず、闇の中を門までひき返していった。

と、真夜中の鐘が鳴った。道のむこうの教会の墓地から、犬のような、でもどこかちがう遠吠えが聞こえてきて、髪の毛が逆立ちそうになった。でもすぐに、今日は満月だ、と気がついた。それなら、ネッドじいさんがいつもの発作を起こした声にちがいない。私は墓地にようすを見に行くことにした。

村の子どもたちはみんな、ネッドじいさんの発作を見るのが好きだった。今日も教会の墓地の塀にずらりとすわって見物している。いちばん大きい子は、公営住宅に住むリジー・ホルゲートさんちの上の男の子、ジミーだった。

ジミーが声をかけてきた。「今週はずっと、きみんちのブタにえさをやってたんだよ」

「ごめんね」私は言った。

「あいつは利口なブタだよね、ぼくは好きだよ」と、ジミー。

「しーっ、静かに」だれかがささやいた。「そろそろ始まるぞ」

ネッドじいさんがよつんばいになって教会の階段をはいおりてきた。満月の晩になるといつも、オオカミ男の伝説にあるように、自分がオオカミに変身したと思いこんで、遠吠えしたり、おかしなことを言いだしたりするのだ。でも、なんでネッド「じいさん」と呼ばれてるのか、私にはよくわからない。ネッドじいさんは本当はまだ若くて、髪も黒々としていた。月光が顔にあたると、よつんばいになっていたネッドじいさんは急に立ちあがり、両手を宙にのばして叫んだ。

「月よ、銀色の妖魔《ようま》よ！　この呪いを解いてくれ！」

私たちはくすくす笑い、次にネッドじいさんがどんなことを言いだすか、わくわくして待っていた。この調子で何時間もさわいでいることもあるのだ。が、今日はネッドじいさんはいきなり私の方に顔をむけ、墓のあいだをよろよろと近づいてきて叫んだ。「そこにいるな？　見えるぞ、シェリル・ワトソン！」

両わきにすわっていた男の子たちが、さーっと逃げ出すのがわかった。名指しされた私のそばにいるのが急に怖くなったんだろう。

ネッドじいさんは言った。「月からのお告げだ。明日の夜はかならず母親の家に泊まれ。それがおまえのためだ」そしてくるったような笑い声をあげると、よろよろと教会の方に戻っていった。

「今日のショーはもう終わりみたいだね……」ジミーが言うと、ほかの子たちも私にはひとことも話しかけずに塀をおり、逃げていってしまった。ネッドじいさんはまだ何か言っていたけど、だれもこれ以上残って見ていたいとは思わなかったらしい。私もメイ伯母ちゃんの家にむかって帰りはじめた。ネッドじいさんはまた遠吠えを始めた。私はずっと、さっきのネッドじいさんの言葉はどういう意味なんだろう、と考えていた。

次の朝、目が覚めてもまだ、なぜネッドじいさんに目をつけられたのか、ということが気になっていた。でも、すぐにそれどころではなくなった。ワードさんがやってきて、メイ伯母ちゃんの家のドアをドンドン叩きはじめたからだ。ワードさんは髪をピンクのターバンで覆い、フリルのついたねまきみたいなものの上に赤いコートをはおった起きぬけの格好だ。伯母ちゃんがその不作法なようすに顔をしかめていると、ワードさんが言った。

「ああ、メイったら、お気の毒な魔法使いにたいへんなことをしたものねえ！」ワードさんは笑いすぎて息もたえだえというようすだ。涙で化粧が流れて、黒い筋になっている。「見にいらっしゃいよ！」

伯母ちゃんと私は表に走り出た。村の人たちもほとんどが外に出て、〈白馬亭〉の前や教会の墓地のあたりに集まっている。取り乱したようすのジョージが、ロープを手に通りを走りまわっている。みんなの頭上十メートルくらいのところに、でぶ魔法使いがふわふわと浮かんでいるのが見えた。空気のように軽くなってしまったようだ。紫色のパジャマを着ているが、顔もそっくりの色になっていて、かんかんに怒っている。青い目は激しい怒りでひんむかれ、今にもとびだしそうだ。

「まあたいへん！」メイ伯母ちゃんが言った。

「伯母ちゃんのせいじゃないわ。あの人が体重をへらせって言ったんだもの」私は言った。

「おろしてくれ、ジョージ！」でぶ魔法使いは甲高い声でわめいた。ジョージはどうやら投げ縄で魔法使いをつかまえるつもりらしい。

ジョージがロープを投げあげた。が、ロープの先の輪が体にあたったせいで、でぶ魔法使いはさらに三メートルほどぴょこんと上昇してしまった。そして風に乗り、教会の方にむかって流されはじめた。

魔法使いは教会の尖塔にぶつかって悲鳴をあげた。「助けてくれ、ジョージ！」

「ただいま、だんな様！　邪魔だ、どけ！」ジョージは叫び、墓石をとびこえ、目を丸くしている人々のあいだを押しわけて走っていった。「ああ、私のせいです。私がよくたしかめもせず窓を開けたりしなければ、こんなことには……すみません、だんな様！」

また風がさっと吹き、でぶ魔法使いは尖塔にぶつかりながらどんどん上昇していった。でもそこまで見たとき、メイ伯母ちゃんに、さあ家に入りましょう、面目《めんぼく》まるつぶれで耐えられないわ、と言われて、家にひっぱっていかれてしまった。

家の中からでは、でぶ魔法使いのようすはよく見えなかった。でも、ジミーたちのお母さんのリジー・ホルゲートが、よちよち歩きの双子を乗せた古い乳母車を押してやってくるのは見えた。ジミーと二人の妹、メアリーとシャーリーンも、それぞれもっと小さい赤ちゃんたちを抱いている。ジミーとメアリーは抱いていた赤ちゃんをリジーさんに渡すと、どこかへ行ってしまった。あとになってジミーに聞くまで、二人がどこへ行ったのかはわからなかった。

ジミーの話では、でぶ魔法使いはそのとき、尖塔の風見鶏にひっかかっていたらしい。でも、ジョージはどうしても教会にふれることができない。やっぱり悪魔だから聖なるものは苦手なのだろう。ジミーとメアリーは、リジーさんに言われたとおり、ロープを持って尖塔の中の階段を上がっていき、塔のてっぺんから外に出ると、魔法使いにロープを結びつけて風見鶏からはずしてやった。そのあと、ジョージが教会の墓地までひっぱりおろした。でも、でぶ魔法使いはぼくらにお礼も言わなかったよ、とジミーは言っていた。

私はそんなことは知らなかったけど、窓からずっと外を見ていたら、ワードさんが相変わらず笑いながら自分の家に走って入っていくのが見えた。ワードさんの家はむかいの〈白馬亭〉のならびの六軒目で、道がカーブしているところなので、私たちの家の中からも出入りするところが見えるのだ。しばらくすると、ロープを肩にかけ、はあはあ息を切らしたジョージが、怒った風船みたいに浮かんでいるでぶ魔法使いをひっぱって通るのが見えた。ジョージはひょこひょこはずむでぶ魔法使いをワードさんの家へひっぱっていき、二十分もかけて苦労して中へ押しこんだ。

「まあ、タルーラにも、ねまきを着替えて、いつもみたいにごてごてと着飾る時間があったでしょうよ」メイ伯母ちゃんは苦々しげな口調で言った。

メイ伯母ちゃんは自分の失敗にすっかりうろたえていた。私もかなりあわてていた。もしかしたら私のせいかもしれない。ウロウロがほしくて思わず魔法を使ってしまったときみたいに、材料をすりつぶすときか、ジョージに薬を渡したときに、腹がたったあまり、知らないうちにちょっと悪意のある魔法を使ってしまったのかもしれない。これがばれたらたいへん。しばらくメイ伯母ちゃんのそばにはいない方がよさそうだ。

「お母さんに会いに行ってきていい？」と私はきいてみた。

メイ伯母ちゃんも一人になりたかったみたいで、「いいわよ、ついでに泊まってきたら？」と言ってくれた。それから、こうつけくわえた。「だけど、明日バザーに行く時間には帰ってらっしゃいね」

お母さんの家はウォーターレーンという通りにある。少し前まで自分が住んでいた家に泊まりに行くなんて、なんだか変な感じ。顔を合わせるとすぐ、お母さんはきいてきた。

「あの体重べらしの魔法、おまえのせいで失敗したんじゃないでしょうね？」もちろんお母さんも、事件のことはすっかり聞いていたのだ。

「わからないわ」私は言った。「ねえ、何か私のためになるようなこと、なかった？」ネッドじいさんの言ったことが気になってたずねてみたけど、お母さんは言った。

「さあ、べつに」

「そう。じゃ、今晩泊まっていってもいい？」

お母さんはこまったような顔になった。私の寝室をリンゴ置き場にしていたからだ。

でも、私が泊まっていくのはやはりうれしいらしく、居間のソファーをベッドにしてくれた。居間の方がもとの私の部屋よりあたたかかった。

朝になると、私の名づけ親から手紙が届いていた。名づけ親はロンドンでいちばん大きな魔女集会の長《おさ》をしている。シェリルもそろそろ学校を卒業する年でしょうから、こっちへ来て魔女になる修行をしたらどう？　という内容だった。この家に泊まれば私のためになる、というネッドじいさんの言葉はこのことを指していたのかも。でも、お母さんはこう言った。

「行かれません、ってお返事を書きなさいな。あのかたが声をかけてくださるとわかっていたら、おまえをメイ姉さんのところへはやらなかったんだけど。今となってはもう遅いわ。姉さんに悪いもの」

「えーっ、そんなのってないよ！」私は悲しくなってしまった。ロンドンで暮らしたくてたまらなかったのに。私は返事を書くのはあとまわしにして、手紙をポケットに入れ、メイ伯母ちゃんの家に帰ることにした。

帰ってみると家がめちゃくちゃになっていた。横の壁がほとんどなくなって、屋根がたわみ、居間には折れた木材、漆喰《しっくい》、それに家具の残骸《ざんがい》が散乱している。伯母ちゃんは通りに立って、むっつりと自分の家を見つめている。実は、伯母ちゃんの家がめちゃめちゃになるのは今回がはじめてではなかった。夜、村を通るトラックの運転手が角を曲がるとき、〈白馬亭〉は見えても、むかいにある伯母ちゃんの家には気づかず、つっこんでしまうことがあるのだ。ゆうべも真夜中に居間につっこんできたらしい。今回のトラックは私の寝室もめちゃめちゃにしていた。壁に開いた穴からのぞくとまず目に入ったのは、通りまでひきずられてばらばらになり、漆喰にまみれている私のベッドの残骸だった。寝室の床板にも穴が開いていた。私はごくりとつばをのみこみ、声には出さずに、ネッドじいさんに「ありがとう」と言った。

「保険には入ってるけど……」メイ伯母ちゃんはふさぎこんだ声で言った。「これが、薬の調合に失敗した当然の報《むく》いってことなんでしょうよ」

「ええっ、つまり、でぶ魔法使いのしわざだってこと？」私は言った。

「シーッ！」メイ伯母ちゃんはこわばった顔で不安そうにあたりを見まわした。「ええ、あの人を怒らせるたびにトラックにやられるの。さあ、入りましょう。台所はだいじょうぶみたいだから」

私たちはがれきを踏んでおそるおそる中に入った。メイ伯母ちゃんが、でぶ魔法使いに何かを頼まれるたびにあわててしたがうわけが、ようやくわかった。ひどすぎる！　しかもでぶ魔法使いは、トラックがとびこんだら私がどうなるかなんて考えもしなかったんだ！

「タルーラ・ワードはあの人から金のブレスレットをもらったそうよ。体をまた重くしてあげたから」メイおばちゃんはやかんでお湯をわかしながら、苦々しげに言った。「あの人が二本の足をしっかり地面につけて歩いてるのを見たもの。ジョージがあれこれ世話を焼いてたわ。まあ、人生ってのは不公平なもんよね。文句を言ってもしかたがないわ」

私は全然納得できなかった。「それででぶ魔法使いは、ジミーたちにはお礼をしたの？」

メイ伯母ちゃんは驚いた顔になって言った。「するわけないでしょ！」

午後になって教会のバザーに出かけたときにも、私はまだ頭にきていた。メイ伯母ちゃんと私は午前中いっぱい、家に〈立入禁止〉の呪文をかけてすごさなきゃならなかった。大工さんがでぶ魔法使いの屋敷の雨樋《あまどい》を直すのにいそがしく、穴をふさぎに来てくれなかったからだ。しかも、私のよそゆきのドレスもベッドの下のがれきの中だったから、古いスウェットとスカートを着ていくしかなかった。

教会のバザーは、まだ風が冷たいのに、夏物のよそゆきを着た人たちでいっぱいだった。私たちが入口を入って最初に出くわしたのは、新しい赤いドレスを着たワードさんだった。ワードさんはバザーで風船を売ることになっているらしく、魔法でふくらませたらしい色とりどりの大きな風船の束を持っている。風船が勢いよく腕をひっぱるたびに、新しい金のブレスレットが上がったりさがったりしてチリチリと鳴る。

ワードさんは私たちに意地の悪いほほえみをむけて言った。

「古着を買いに来たの？　よく顔を見せられたこと。二人ともほんと、恥知らずね」

このときまで私は、ワードさんにあこがれていた。でも、これですっかりいやになってしまった。私たちは二人とも聞こえなかったふりをしたけど、メイ伯母ちゃんの顔は怒りと恥ずかしさのせいで真っ赤になっていた。実際、スピーカーがバグパイプとけんかしているネコみたいなうるさい音をたてていたから、ワードさんの言うことなど聞こえなくてもおかしくなかった。私たちはワードさんを無視して奥へ進んだ。

いつもならメイ伯母ちゃんは、バザーが始まる前から古着をならべた台のそばに陣取っている。いちばん乗りして、いい品物を手に入れるためだ。でも今回はさっさとバザーの台を通りすぎ、射的場もくじびきもボウリングのレーンも通りすぎた。ボウリングのレーンの横には檻があって、今年も賞品の小さな白い子ブタが入っていた。子ブタはずっと金網を押していたせいか、鼻先が網目にはまってしまっていた。

私が子ブタを見ているのに気づいて、メイ伯母ちゃんが言った。「だめよ、シェリルったら！」

でも私はすぐに、この子ブタはウロウロとちがって賢くないとわかったから、今年はべつにほしいと思わなかった。

ウロウロももちろん来ていた。私たちが花の品評会をしているテントに入ろうとしていると、ウロウロが近くの生け垣を押しわけて出てきて、私にウィンクしたように見えた。そのあとウロウロは人混みの中へとことこ走っていき、あちらこちらに出ているアイスクリームの屋台をまわってはおねだりを始めた。ジミーの一家も来ていて、リジーさんが六人の子どもたちにひとつかみずつ小銭を渡していた。ジミーたちはみんなそれでアイスクリームを買い、ほとんどの子はそのままウロウロに食べさせていた。メイ伯母ちゃんは、なんてもったいない、と言って、軽蔑するようにフンと鼻を鳴らした。

私たちはテントに入り、品評会の花を見てまわった。テントの中はあたたかく、芝生がさんざん踏みつけられていた。どういうわけかもう審査はすんでいて、ちっともきれいじゃない花ばかりが賞をもらっているように見える。私たちはバラを一輪だけ仕立てた鉢を見ていった。メイ伯母ちゃんもだいぶ動揺がおさまってきたようだった。「人生ってこんなものよ、シェリル。がまんするしかないわ」メイ伯母ちゃんは言った。

一輪だけの鉢植えの部門では、でぶ魔法使いのいじけた黄色いバラが優勝していた。ネッドじいさんの出品したみごとな赤いバラは、なんの賞ももらっていない。私はがまんする気になんてとてもなれなかった。

そのあいだもずっと、スピーカーから牧師さんの声が聞こえていた。「一、二、三……ただいまマイクのテスト中」ときおり、バリバリ、キーンという雑音がまじる。テントを出ると、牧師さんの声がした。「……九十九！」続いて、神様がセロリをかじってるみたいな大きな雑音が聞こえ、ビールをふるまっているテントの外でバンドが演奏を始めた。そこへ、でぶ魔法使いのぴかぴかの大きなベントレーがガタガタゆれながらゆっくりと原っぱを横切り、近づいてくるのが見えたので、メイ伯母ちゃんと私は急いで人混みの中に隠れることにした。

「もちろん――バリバリ、クシャ――ご紹介する必要はありませんよね――ガラガラビシャン」

車が停《と》まり、運転手の制服を着たジョージがぱっとおりてくると、スピーカーの音量はいちだんとあがった。「われらがささやかなバザーに――グシャッ――いらしてくださったことを――カチャカチャ――もう一度――パリパリグシャグシャーッ！（ティーカップやポットがたくさんのったお盆をいくつもいっぺんにトラックで轢《ひ》いたみたいな音）――お礼申しあげます」

ジョージがベントレーのドアを開けると、でぶ魔法使いがよっこらしょと片足を外に出した。またしても怒りくるっているようすだ。でぶ魔法使いはあはあ息をついて、ぎろっとあたりの人をにらみ、ふうふういってようやく二本の足を芝生におろした。一歩歩きだしたとたん地響きがして、足首まで地面に埋まってしまった。でぶ魔法使いがさらに二歩進むと、バンドの譜面台が倒れ、歩いたあとには溝ができていった。魔法使いはひと足ごとにどんどん地面にもぐっていく。体重が一トン以上はあるにちがいない。怒りに燃えた青い目は、だれかを捜しているようにぎょろぎょろあたりをねめつけている。

メイ伯母ちゃんはおだやかな声でうれしそうに言った。「タルーラ・ワードったら、うまく隠れていればいいけど」

でもワードさんはちょうど人の少ないところにいて、はでな赤いドレスとぴょこぴょこ糸をひっぱるたくさんの風船のせいですぐに魔法使いに見つかってしまった。ワードさんの顔は青ざめ、両頰の真っ赤な頰紅だけがやけに目立っている。

ちょうどそのとき、リジーさんたちが乳母車を押してベントレーのそばに近づいた。ジミーとメアリーは、でぶ魔法使いがこしらえた溝を渡すために乳母車を持ちあげた。みんな、歩きやすい平らな地面を探しているように見えた。一瞬、ホルゲート一家が全員ででぶ魔法使いのまわりをぐるっと囲むような形になった。

一家が離れていったときには、でぶ魔法使いはもとの体重に戻っていた。でぶ魔法使いは溝からはいあがり、一、二歩歩きだした。でも、ジミーたちにお礼を言おうなんて夢にも思わないらしく、またぎろりとワードさんをにらみつけただけだった。

「魔法使い様、どうぞこのマイクの前においでください――」牧師さんが大声で言った。

が、そのときウロウロが現れて、ベントレーのまわりをぐるっとまわり、ホルゲート一家を追いかけはじめた。もっとアイスクリームをねだろうとしたのだろう。それからウロウロはふと立ちどまり、不思議そうにあたりを見まわして、でぶ魔法使いに目をとめた。

「よし！　あの女をどうしたらいいか思いついたぞ！」でぶ魔法使いは太った指でワードさんを指さすと、スピーカーよりも大音量で何やらわめきだした。

ワードさんの持っていた風船が、まるで髪の毛が逆立つみたいにいっせいに空に舞いあがったと思うと、ワードさんがいたところに突然、赤いドレスを着たやせっぽちの白いブタが立っていた。両のほっぺたにピンクのぶちがついている。人々の足のあいだを走りぬけるあいだに、ドレスは脱げてしまった。ブタはキーキーいいながら下着をひきずり、ビールのテントにつっこんでいった。テントの中からもすぐにさわがしい音が聞こえてきた。

ウロウロとでぶ魔法使い以外の全員が牧師さんを見つめたけど、牧師さんは空を見上げただけだった。ウロウロはというと、私を見ていた――不思議そうな、責めるような目つきで。まるで、ワードさんがビールのテントの中でテーブルをひっくり返したりキーキーいったりしているのは、私のせいだというように。

でぶ魔法使いは言った。「で、私はどこに立って、このくだらんバザーの開会のあいさつをすればいいんだ？」

「あんたのあいさつなんか聞きたくないわよ！」私は思わず叫んでいた。ウロウロの責めるような視線に耐えられなかったのだ。それから人混みをかきわけ、でぶ魔法使いの近くの開けた場所へ走っていくと、片手ででぶ魔法使い、もう片方の手でウロウロを指して叫んだ。「あんたは自分勝手で欲ばりでひどいやつよ！　ウロウロの方があんたよりよっぽどいい人間になるわ！」

スピーカーが、天国でオートバイがエンジンを吹かしてるみたいな音をたてた。と思ったら、ウロウロとでぶ魔法使いが場所を交代したように見えた。ウロウロがいた場所には魔法使いらしい太った男が立ち、ブタが何かをおもしろがっているときみたいな目で私を見つめていた。一方でぶ魔法使いがいた場所には、白い地色に黒いチョッキみたいな模様が入った、とても太ったブタがいた。ブタの青い目は呆然としているようだ。

そのときジミーが叫んだ。「シェリル！　気をつけて！」

ジョージがベントレーの方から近づいてきた。運転手のしゃれた制服がはじけとび、体がぐんぐん大きくなって、雲をつくような巨大で青黒い姿に変わっていく。これまで見えなかったしっぽが、足のまわりでびしびし動いている。太くて毛深く、先が枝分かれしているしっぽだ。ジョージがせまってくるのを見て私はふるえあがった。リジーさんとジミーたちが私のそばにかけつけてくれた。気がつくとメイ伯母ちゃんも、陰気な顔で帽子を握りしめて私のとなりに立っていた。そして伯母ちゃんのとなりにはお母さんがいた。これには驚いた。お母さんは教会のバザーに来たことなんてないのに。

巨大化したジョージが鋭い歯をギリギリと鳴らした。私たちは声をそろえて、「立ちされ！」と叫んだ。スピーカーがキーンと鳴り、ジョージの姿はふっと消えた。と、ボウリングレーンの横にいた賞品の小さな子ブタが突然暴れだした。ジョージがとりついたらしい。子ブタは、ワードさんのいるビールのテントのさわぎをかき消すほど激しく鳴きたてた。

もとウロウロだった男の人が私にウィンクした。それから牧師さんにむかって、まだちょっとブタみたいな鼻息まじりの声で、明るく言った。「さあ、バザーを始めましょうか。そして、みんなでアイスクリームを食べましょう」

一方、リジーさんは私のお母さんに小声で言った。「シェリルをどこかブタがいないところに逃がしてあげた方がいいんじゃない？」

チョッキみたいな模様のブタが青い目でこっちをにらみつけているのを見ると、お母さんもささやき返した。「そうね、ロンドンにいるこの子の名づけ親のところへやりましょう」

私は教会の外にやってきた二時半のバスに乗った。バスがぐるっと向きを変えているとき、ネッドじいさんがうっかり子ブタを檻から出してしまった。子ブタは口から泡を噴《ふ》きながらバスを追いかけてきたが、ジミーがなんとか片脚をつかんで止めてくれたのが見えた。

あれから私は一度も村には帰っていない。お母さんからの手紙によると、青い目のブタは夜昼なくキーキー、ブーブー鳴くので、こまりはてた村の人たちがとうとうジョージがとりついた子ブタともども、ベーコン工場に送ってしまったそうだ。お母さんは裏庭のブタ小屋でワードさんを飼っているらしい。ホルゲート一家が力を合わせても、ワードさんをもとに戻すことはできなかったのだ。ウロウロはというと、今では〈お屋敷〉に住んでいて、毎年、教会のバザーの開会のあいさつをしているという。お母さんが言うには、これほど気持ちのいい地主さんはいないそうだ。

オオカミの棲《す》む森

新米《しんまい》の獣医って、これだからいやだわ。呼び出しを受けて、私は思った。電話がかかってきたのは朝の五時五十分。男の声のようだったけど、それにしては甲高いし、名前もよく聞きとれなかった――ハリー・サノヴィット、いやハリソン・オヴェットと言ったかもしれない。ともかく緊急だと言う。

そういうわけで今、私は野原のはずれの暗いモミの森の入口に立っている。日はだいぶ高くなっていた。モミの木は等間隔に黒々とそびえていて、ゴムみたいなぴりっとしたにおいがする。地面には針のような葉が積もっているものの、奥の方まで踏みならされているようだ。まるでオオカミのいそうな森ね、とふと思った〔英国でも、オオカミはすでに絶滅している〕。なぜだか、本当にオオカミがいるんじゃないかという気がした。木と木の間隔はきっちりそろっていて、動物園の人工的なモミ林のようだ。それに、聞こえるか聞こえないかくらいのブンブンという音が鳴っている。まるで、この人工的な環境を維持するために何かの機械が動いているみたいに。木々と野原の境目もとてもくっきりしていたから、この森は実は映像か何かで、中に入れないんじゃないかという気さえした。

でも、実際にはすんなり入れた。木の下は涼しく、モミのにおいがさらに強くなった。森の中にはなんだか妙に気がめいるような雰囲気がある。何か恐ろしいことが待ちうけている、という予感がした。私はモミのじゅうたんの上をおそるおそる歩いていった。心の中ではひどくおびえていたが、体がこわばって歩けないというわけではない。まっすぐにそびえる木々のあいだを、うねるように続く小道らしきものをたどって森の奥へと入っていく。何度か曲がったところで、小道のすぐわきに、ハエか何かがぶんぶんとたかっているものが見えた。背筋《せすじ》がぞーっとして全身がふるえだしたが、私は近づいてみた。

私と同い年くらいの若い女性の死体。顔を横にむけていて、のどがぱっくりと裂けている。ハエは古い死体にはたからないものだし、腐敗が始まっているようすもないから、まだ殺されてさほど時間がたっていないのだろう。女性の顔に浮かんでいるのはまぎれもなく、恐怖の表情だった。髪は明るい赤毛で、なんともこの場にそぐわないことに、イブニングドレスのようなものを着ている。

私はごくりとつばをのみ、あとずさった。と、すぐ横に何かがいる気配がした。私はかすれた声で悲鳴をあげ、ふりむいた。

「怖がること、ない。おれ、ただのばか」

背がひょろりと高くやせぎすで、みっともない男が立っていた。体にぴったりした、くすんだ茶色の服を着ている。男は大きな編上《あみあげ》ブーツをはいた足を、モミの葉の上でダンスのステップを踏むように静かに動かしながら、なだめるように、巨大な手を私にむかってさしだした。

「おれ、エグバート。エッグズと呼んでくれ。おれと一緒なら、危ないこと、ない」男はなんとなく気まずそうに目をそらし、小さな顔いっぱいにうつろなほほえみを浮かべた。灰色がかった青い目は丸く、麦わら色に近い金髪を短く刈りこんでいて、顔はたしかにばかみたいに見えた。男は女性の死体にまったく気づいていないようにふるまっていたが、私がおびえていることはわかっているらしい。

私はわけがわからず、きいた。「いったいどういうこと？　私は獣医です……葬儀屋じゃなくて……。なんの動物を診《み》ればいいんです？」

エッグズは私の左肩の上あたりの宙を見つめ、天使のように無邪気にほほえんだ。「お嬢さん。おれは、ただのエッグズだから、何も知らない、ない。主人を呼べばいい。そしたら、わかる」

「じゃあ、ご主人はどこにいるんです？」私がきくと、エッグズはとまどったように、「どこか、近く」と、あいまいに答えた。それからちょっと息をはずませ、今度は私の右肩の上あたりにむかって、また人なつこい笑みを浮かべた。「ちゃんと呼べば、主人は現れる。家を案内するか、お嬢さん？　めずらしいもの、見られる」

「ええ、行きましょう」私は言った。この女性を殺した犯人がまだ近くにいるかもしれないのだ。ここを離れられればありがたい。それに、なぜだかエッグズは信用できるという気がした。おれと一緒なら危ないことはない、と言った言葉を、すなおに信じる気になったのだ。

エッグズは向きを変え、先に立ってはしゃぐような足どりで小道を進んでいった。大きな足で静かにスキップし、ひょろ長い腕をふり、ぶざまに木の根につまずいては、さらにぶざまな動きでなんとか体勢を立てなおす。首をかしげて鼻歌を歌いながら楽しげに歩いていくようすは、まったく悪意がなさそうに見えた。でも、大きなあやつり人形みたいにぴょんぴょんはねて歩いてはいても、その巨大な手が、人間ののどをひきちぎれるほど強いことはまちがいない。

「だれがあの女の人を殺したの？　あなたのご主人？」私はきいてみた。

エッグズは、ぐらっとよろめくような格好ですばやくふり返り、ぎょっとしたような目つきで私を見つめた。道の上にいるというのに、綱渡りの綱の上でバランスをとっているように見える。「やめてくれ、お嬢さん。主人はそんなこと、しない、ない！」エッグズは涙ぐまんばかりに悲しそうな声で言い、顔をそむけた。

「……ごめんなさい」私は言った。

エッグズは聞こえたというしるしにうなずいただけで、答えはせず、相変わらず綱渡りをするような足どりで歩きつづけた。私はそのあとをついていった。ふと道の両側の木の陰に、動くものの気配を感じた。私たちと足なみをそろえているやわらかい足音。うしろからもだれかにつけられているという感じがした。でも、怖くてたまらなかったから、正体をたしかめようとはしなかった。それに私は自分にひどく腹をたててもいた。さっきは死体を見たショックで、よく考えもせず、ついてくることにしてしまった。この道を行けば、あの赤毛の女性を殺したやつがいるかもしれないのに。用心しなくちゃ！　私は気持ちをひきしめた。用心するのよ！　この道はまさに綱渡りの綱だ。

「ご主人はなんていう名前？」私はきいた。

エッグズは立ちどまり、道の上でバランスをとるように体をゆすりながらとまどったように考えていたが、やがてあいまいにうなずき、肩ごしにふり返って恥ずかしそうにほほえむと、また歩きだした。そういえば、こちらの名前もきこうとしない。まるで、この森にいる人間は自分と私だけだから、「お嬢さん」と呼べばじゅうぶんだ、とでもいうように。となると、木の陰や道のうしろにいるものは人間ではないのかもしれない。

また道なりに曲がると、ベランダのついた山小屋ふうの建物が正面に見えてきた。建物は一見、木造に見えたが、私の知らない材料でできているようだった。エッグズが階段でつまずき、よろめきながらベランダの奥にあるドアに近づいた。私は助けようかと前に出たが、相手は体勢を立てなおし、私にはしくみがよくわからない錠を巨大な手でいじりはじめた。

ここでは、ブンブンという音がはっきりと聞こえる。私は、さっき森の入口で聞いたのは死体に群《むら》がるハエの羽音だったんだ、と思おうとしていた。でも、そうではなかったのだ。音はまだ耳の奥でかすかに響くだけだったが、最初に感じたように、何か人工的に環境を維持するためのものらしい。そしてそのための機械だかなんだかは、たぶんこの家の地下にあるのだろう……。

いや、この家の中にあるのだ。ドアを開けて先に立ってよたよたと入っていくエッグズのあとから足を踏み入れたとたん、私はそう感じた。部屋には、たくさんの奇妙な「装置」があった。いちばん手前には大きな釜《かま》があり、見たところ熱源もないのに、中身が静かに泡立ち、ほんのりと紫色の光を放っていた。そのむこうにも奇妙なものがずらりとならんでいる。床の上に描かれた不思議な模様の中では、形のはっきりしない気味の悪い緑色のものが激しく動いている。かと思うと、銅のボウルから煙が上がっている。白い石の上にはロウソクが一本、何かのお供《そな》えのように置かれている。宙に浮かんだ一本のナイフの先から、ぽたり、ぽたりと液体がしたたって、虹色のガラスでできた水さしの中に落ちていく。ほかにもたくさんの「装置」があった。多くはガラスでできていて、ぴかぴか光り、チリンチリンと鳴っている。部屋には窓はなく、低い天井のどこにも照明らしいものは見あたらないのに、上から光が射してくるように見える。

「まあ、驚いた！　これ、みんな、いったいなんなの？」私は本当はひどくおじけづいていたのに、ちょっとびっくりしただけのようなふりをして言った。

エッグズはにやりとし、「ちょっとは知ってる。きれいだろう？」と言うと、走りまわって、床の模様のふちにさわったり、炎や煙の中に巨大な手をさっと入れたりした。すると、白い星がシャワーのようにぱあっと散ったり、重々しくゴングが鳴ったり、お香のにおいがぷうんとしたりした。「きれいだろう？」とエッグズはくり返し言った。部屋の奥にあった、縦にいくつも溝《みぞ》が彫られた美しいガラスの彫刻みたいなものが上から下までぶるぶるとふるえ、形を変えはじめた。エッグズはまた、「すごくきれい！」と言った。ガラスの彫刻が形を変えると、部屋じゅうに響いていたブンブンという音も変化して、チリチリ、というやわらかいチャイムの音になった。すると私の髪や皮膚がぐいぐいひっぱられるような感じがした。あのガラスの物体が自分の姿だけでなく私まで変化させようとしているみたいな、なんとも不思議な感覚だった。

「それには近づかないほうがいいんじゃない？」私は落ち着いたふうを装って、できるかぎりきっぱりと言った。

エッグズがふり返り、にたにた笑いながら私の方へよろよろと戻ってくると、チリチリいうガラスの音がさっきとはまたちがうブーンという音に変わり、ひっぱる力がいくらかやわらいだような気がして、私はほっとした。でも、エッグズが次に言った言葉を聞いたとたん、また不安でたまらなくなった。

「ペトラはこういうこと、なんでも知ってた。アニーにのどを裂かれる前は。あなたも、ペトラくらいもの知りか？　お嬢さんは、きれいで、賢い」エッグズは私をうやまうようなまなざしでながめまわすと、横をむき、紫色のもやもやした光を発している大なべをのぞきこんだ。「ペトラはこの中から、きれいなドレスを出した。あなたにも、きれいなドレス、出してやるか？」

「今はいいわ、ありがとう」私は、冷たく聞こえないように気をつけながら答えた。前にも言ったように、エッグズも危険でないとはかぎらないのだ。私はエッグズの気をそらそうとして頼んだ。「ほかのお部屋も見せてくれない？」

エッグズは、「来て。ほら、こっち」と、うれしそうに先に立って部屋の横の方へ歩いていった。とちゅうで、またつまずきはしたが。

部屋のはしの壁ぎわは、装置がならぶ中央とちがって、人が歩けるぐらいのスペースがあり、壁にドアがいくつかならんでいた。つきあたりの壁にもドアがあり、私たちが近づくと、ひとりでに横にすべって開いた。エッグズは、ドアが開いたのは自分の手柄だというように、得意そうにくっくっと笑った。

ドアのむこうは居間らしき部屋だった。青い床はじゅうたんのようにやわらかい。床より濃い青の四角いブロックがいくつも、どういうしくみなのか、五十センチほどの高さに浮いている。四つは一メートル四方ほどの大きさで、五つ目は幅も奥行も二メートルほどあった。椅子とソファーのセットなのかもしれない。横の壁いっぱいに、なぐり描きしたような絵がかけてあり、奥の壁は一面が窓になっていてその外にはまたベランダがあるようだ。ベランダのむこうには庭らしきものも見える。エッグズは勢いこんで言った。「きれいな部屋だろ？　おれ、この部屋、好き」

私も好きよ、と言ってあげると、エッグズはほっとしたようだった。エッグズは浮かんでいる青いブロックにぶつかりながら、奥へ進んでいった。が、ブロックは人がぶつかってもほとんど動かなかった。エッグズが奥の壁についている小さな板を押すと、窓のガラスがするすると横に開き、ベランダに出られるようになった。エッグズはにこにこして私の方をふりむいた。

私はおそるおそる探りを入れてみた。「よくできているのね。窓の開け方を教えてくれたのはペトラ？　それともご主人？」

エッグズはまたぽかんとした表情になり、不安そうに言った。「知らない、ない」

私はあきらめて、庭に出てみない？　と誘った。エッグズはまたうれしそうな顔になった。二人でベランダを抜け、階段をおりて、バラの咲いている庭に出てみると、庭は横に長く、モミの木立に囲まれていた。モミの木立の手前、家から十五メートルほどのところに、よく茂った生け垣がある。家の中と同じように、この庭もなんだか変だった。モミの木立に切りとられて四角く見える空の色が、微妙におかしい。サングラスを通して見る空のようだ。そのせいでバラの色もやけに濃く、あざやかに見えた。あの窓のない部屋にあった「装置」のどれかがここを維持している――あるいは作り出している――にちがいない、と思いながら、私は庭を歩きだした。

バラの木は丈《たけ》が高く、私の頭まであった。花には特に変わったところはない。足もとは砂利で、一本一本のバラの根もとだけ、丸く砂利がよけてある。花びらは一枚も落ちていない。満開の花も、つぼみも、さかりをすぎた花も、見たこともないほど美しく、傷ひとつなかった。私は何度も歓声をあげた。オレンジのバラ――私のいちばん好きな色なのだ――を見つけると、私は本物の花かどうかたしかめようと、そっと手をのばしてみた。本物だ。私はバラをそっと指先でなでながら、ちらりとエッグズに目をやった。目をほんのわずか動かしただけだったので、むこうは見られたことに気づかなかったと思う。エッグズはすぐそばに立って、食い入るように私を見つめていた。相変わらずにこにこしてはいたが、まるで別人のように見えた。愚かなところはかけらもなくなり、油断なくえものを狙っているような顔だった。とても普通の人間には見えない……。

だが次の瞬間、エッグズはまたばかみたいな表情に戻り、いきなり私の正面に立って言った。「バラをつんであげる、お嬢さん」

エッグズは手をのばして花にふれたとたん、またがくんとつまずいた。花びらがはらはらと舞い落ち、トゲだらけの茎をつかんでしまったエッグズは、「あうっ！　痛い！」と叫ぶと、手をあわててひっこめた。それから手を持ちあげてじっと見つめた。小指の上から下まで血が伝《つた》っている。

「傷口を吸いなさい。トゲが刺さったの？」私はきいた。

「わからない」エッグズは弱々しく答えた。血が数滴、散った花びらの上に落ちた。それからエッグズはようやく、言われたとおり音をたてて傷口を吸いはじめた。指を吸いながら、エッグズはもう一方の手を私の前にのばして警告するように言った。

「そばを離れないで、お嬢さん」

言われなくても、私はもう動く気になどなれなかった。大きな犬のような動物が三頭、庭の奥に現れ、生け垣を背にして私をにらみつけていたのだ。もともとそこにいたのか、エッグズの血のにおいにひきつけられてにわかに姿を現したのか、それはいまだにわからない。シェパードかしら？　いや、すぐにちがうとわかった。三頭の怪物のように大きなオオカミ。体高はともかく、体の大きさは私と同じくらいある。

奇妙に暗い庭の中で、オオカミたちは黒い影のようだったが、明るく緑に光る目だけははっきりと見えた。どの目も飢えたように、ひたと私を見すえている。オスらしい二頭はうずくまっていた。小さい方は茶色く、もう一頭は少し大きく、ぶちがあって足がひょろ長い。でも、そのうしろに立って、開いた口からよだれをたらしている巨大な黒いメスオオカミとくらべたら、この二頭もずっと小さく見えた。メスオオカミはこちらにとびかかろうとしているようにも、逃げようとしているようにも見えた。この黒いメスオオカミほど恐ろしい生き物は見たことがない。三頭とも凶暴そうではあるが、同時に足をつっぱり、おびえているようでもある。私ののどに食らいつきたいのに、なぜかその場を動けず、見ているだけ、という感じだ。三頭とも、私が口を開く前から、歯をむきだして低くうなっていた。

私は恐ろしさのあまり――いくぶんかはオオカミたちの恐怖が伝染したのかもしれないが――頭がぼーっとしてしまった。夢を見ているような気分になり、エッグズが、おれと一緒なら危ないことはない、と言ってたのは本当だったんだ、とぼんやり考えるくらいしかできなかった。私は、夢の中でなぜかそうしなければならないとわかっているときのように、きかなければならないと感じたとおりの質問をした。「エッグズ、このオオカミたちの名前はなんていうの？」

エッグズは落ち着きはらって左手を口から離し、手前にいるぶちのオオカミを指して答えた。「あいつはヒューだよ、お嬢さん。その横がテオ。うしろのメスは、アニー」

これでようやく、赤毛のペトラののどを裂いたやつがわかった。それにしても、ペトラとはいったいどういう人物だったのだろう。エッグズのような召使いや、部屋いっぱいの奇妙な装置を持っていて、おまけに、三頭の猛獣にまるで人間のような名前をつけるなんて？　でも私が真っ先に考えたのは、私までのどをかき切られたくない、ということだった。それに、私はやはり獣医として呼ばれたらしい。この三頭はまるで怪物としか思えないけれど、強いて獣医の目で観察してみれば、テオの茶色の巻き毛に覆われた体にはあばら骨がはっきりと浮き出ていた。ヒューのうしろ足もやせこけて、関節がナイフのようにするどくとがっている。うしろに立っているアニーも、おなかが背骨にくっつきそうだ。「このオオカミたちが最後に何か食べたのはいつなの？」私はきいた。

すると、エッグズは私に笑顔をむけた。「森にはえさがあるよ、お嬢さん」

私はぎょっとしてエッグズを見返した。自分が何を言っているのか、わかっているのかしら。オオカミたちが死んだペトラにすぐさま食らいつかなかったのは、ほめてやりたいくらいだったけど、このままではいずれ死体を食べるしかなくなるだろう。

私は言った。「エッグズ、この三頭はひどく飢えているわ。家に戻って、えさを探してやらなきゃ」

エッグズは感心したように言った。「賢いなあ、お嬢さん。おれは、ただのばかだからな」

私がオオカミたちを驚かさないようにそっと向きを変えると、エッグズはなだめるように手をのばしてきた――いや、はじめはなだめようとしたのだと思ったが、私をつかまえようとしたともとれるしぐさだった。思わず本音がのぞいたのかもしれない。私は怖くなったが、その気持ちをさとられまいとした。私たちが中に入ろうとすると、オオカミたちは耳をぴくりとさせたが、動こうとはせず、私はほっと安心した。

家に戻ると、エッグズはあやつり人形みたいなよろよろとした足どりで、「装置」のある部屋を壁伝いにぐるっとまわりはじめた。部屋には相変わらずブーンという音が響き、髪の毛がひっぱられるような感じがして、私はそれがいやでたまらなかった。エッグズは私の先に立って、居間の横手にあるべつの部屋に入っていった。その部屋にも窓はなかったが、中は明るかった。ガラスみたいなものでできた家具がそなえつけてある。どうやらここが台所らしい。エッグズはガラスのテーブルにどんと突きあたって立ちどまり、信じきったようすで私をふり返った。私は正面が透けて見える設備を見まわした。陶器類がしまってある棚、それに、食料貯蔵庫もいくつかあり、食べ物がぎっしりつまっているのがガラスごしに見える。だが、なんの設備かさっぱりわからないものもあった。私はいろいろな種類の骨つき肉がぎっしり入っているガラス戸棚にむかった。冷蔵庫ではなさそうだが、肉はいかにも新鮮に見える。「どうやって開けるの？」私がきくと、エッグズはガラスのテーブルの上に置いた巨大な両手を見おろして言った。「知らない、ない」手のまわりのテーブルの表面が蒸気で曇っている。

私はいらいらしてゆさぶってやりたくなったが、エッグズにかまうのはやめて、ガラス戸棚の扉を爪でひっかいてみた。びくともしない。目の前に新鮮な肉が五十キロほども積んであるのに、そして三頭の飢えたオオカミが外をうろつきまわっているというのに、なめらかなガラスの扉にはいくらひっかいても傷ひとつつかないようだ。しまいに私は、ガラス扉の上のふちに爪をひっかけてひっぱった。ほんのわずか動いたような気がする。

そのとき、エッグズが巨大な手で、私の手をぎこちなくはらいのけた。「だめ、だめ、お嬢さん。そんなことしたら、けがする。〈静《せい》の呪文〉が、かかってる」エッグズはしばらくガラスの扉の上のあたりをおぼつかなげに手探りしていたが、私が手伝おうとまた近づいたとたん、突然、自信ありげなようすでささっと両手を動かした。と、カチッと音がして、ガラスの扉はするするとさがっていき、肉のにおいが台所に広がった。

やっぱり開け方を知ってたんじゃない！　思ったとおりだわ！　エッグズが今やったことに何か大切な意味があるのはわかっていた。どんな意味かは、まだよくわからなかったけれど。私はいちばん手前の骨つき肉に手をのばそうとした。

「だめだ、お嬢さん！」エッグズが、今度は私を強く横に押しのけた。本当に心配しているようすだ。「〈静の呪文〉に、手を入れてはいけない。手が、たちまち死ぬ。こうする」エッグズは、上の方からぴかぴかの長いトングを取り出し、骨つき肉をつかんだ。「これでいいか、お嬢さん？」

トングは戸棚の上にあったので、私には見えなかったらしい。

「あとふたきれ取って。それに、あなただってずっと食べてないんじゃないの、エッグズ？」私は言った。

エッグズは肩をすくめ、こまったように私を見ただけだった。

「そこのステーキ肉も二枚出してちょうだい」と言うと、エッグズはとまどいながらも取り出した。

「それから、オオカミたちに水もやらないとね」

「ここに、ジュースがあるよ」エッグズはなぞめいた「装置」のひとつに近づき、やがて、紙コップのようなものを片手でゆらしながら運んできて、味見してくれ、というように私に渡し、じいっと見守った。私がひと口飲むと、エッグズはきいた。「おいしいか?」

何かはわからないが、お酒のようだ。「とてもおいしいわ。でもこれは、オオカミにはやれないわね」

私はいらいらする気持ちをおさえて、三十分もかけてエッグズに何がほしいか説明し、ようやく大きくて軽そうなボウルを出してもらうと、奇妙な形の蛇口から水を入れさせた。エッグズはなぜそんなことをするのか、ちっともわかってくれなかった。私はあんまりいらいらして、もう少しでエッグズをひっぱたくところだったから、やっと用意ができたときには本当にうれしくなった。エッグズは戸棚を閉めると、そのまま台所でさっきの「ジュース」を飲みはじめた。

居間に行ってみると、庭のオオカミたちはかなり近づいてきていた。ベランダのむこうに、ぴんと立った耳と、目だけが見える。だが、私がベランダに踏み出しても、オオカミたちはじっとしていた。私は恐怖を押し殺して、落ち着いてゆうゆうとしているように見せかけるため、ゆっくりと動いた。骨つき肉を慎重にひとつずつ投げてやる。ベランダの風変わりな材質の床に肉が落ちて、ペチャッと音をたてた。肉の大きさや、きめの粗さからすると、シカの肉かもしれない——そうであってほしい。それから、ボウルをそうっとベランダのすみに置いた。そのあいだも顔の前にたれた髪していた。

の毛のあいだから、油断なくオオカミのようすをうかがっていた。オオカミたちはまだ動かなかった。でも、大きなメスオオカミのアニーは、開いた口からよだれをたらしている。

ボウルを置くとすぐ私は居間に引き返したが、ひざがふるえて、近くに浮いていた青いブロックの上にへたりこんでしまった。

そのあとも、オオカミたちは長いこと動かなかった。それから三頭ともベランダの陰に見えなくなった。音をたてずにどこかに行ってしまったのかと思ったが、次の瞬間、小さい方の二頭が、ベランダのはしに置いたボウルの横にいきなり現れた。そしてしっぽをひきずり、全身をふるわせながらそろそろと近づくとボウルに鼻づらをつっこみ、むさぼるように夢中で水を飲んだ。ペチャペチャと舌を鳴らす音が聞こえる。二頭がやがて、すっと頭を上げたとき、私は骨つき肉がひとつ消えているのに気づいた。いちばん大きいアニーは先に肉を取り、すばやく逃げていったようだ。

アニーが肉を取ったことでテオとヒューも安心したのだろう、くんくん鼻をひくつかせると、身をひるがえし、残った骨つき肉にかけよった。それぞれ肉のにおいをかぎ、すっと肉をくわえる。テオは肉を持って庭にとびおりかけた。が、驚いたことに、ヒューは開いている窓の方にまっすぐむかってきた。犬みたいに、居間のやわらかい床の上で食べるつもりなのにちがいない。

でも、そうはいかなかった。テオが肉を落とし、うなりながらヒューにとびかかったのだ。二頭がむきだした前足の爪が、床をガリガリひっかく音がする。ヒューははねて逃げ、やせた背中を丸くして毛を逆立て、肉をくわえたまま、どこで食べようと勝手だろう、というようにうなり返した。でもテオは、勝手な真似は許さない、とばかりに、頭を低くし、白い歯をむきだして、はうように近づいていく。けんかが始まるのかと思って、私は身がまえた。が、そのとき、また音もなくアニーが現れ、うしろ足で立つと、ベランダのはしに巨大な前足をかけ、顔をのぞかせた。テオとヒューは体を低くして、ぱっと左右にわかれて逃げ出し、煙のように姿を消してしまった。二頭とも肉は持っていったので、私はほっとした。アニーの姿も見えなくなった。ベランダの下の方からかすかに、肉にかじりつく音がしはじめた。

私はガラスの棚だらけの台所に戻り、それから何時間もかけて、エッグズにも何か食べさせようとした。エッグズは、台所には食べ物があるということを理解していないようだった。野菜の入っている棚を開けさせるにもたっぷり一時間はかかったし、食べ物に火をとおす方法を教えてもらうのにも同じくらいかかった。しつこくきくと、エッグズは「おれ、知らない、ない」と言って、興味をなくしたようにのろのろと窓のない部屋に行ってしまい、きらきら光るきれいな「装置」で遊びはじめるのだ。エッグズを連れ戻しに行くたびに、ガラスの「装置」のチリチリという音とひっぱる力が強まっていくように感じられた。私は不安になってきて、下手《したて》に出てみることにした。

「エッグズ、このおイモを切りたいの。でも、ナイフが見つからないのよ」この方がましだった。エッグズはすなおに台所に戻って、先がとがったフォークみたいなものを出してくれ、またふらふらと「ジュース」を飲みはじめる。こんな調子だったから、何もかも生のままで食べるしかないか、と一時はあきらめかけた。

が、最後にはうまくいった。エッグズが熱源のスイッチの入れ方を教えてくれたのだ。熱源はまったく目に見えないので恐ろしかったけれど。私は柄のついたガラスの鍋をその上にかけて、材料を炒めはじめた。野菜は見たことのないものがほとんどだったが、ステーキ肉はちゃんとわかる。ようやくエッグズと一緒に、ガラスの椅子にすわってガラスのテーブルで食事を始めようとしたとき、すぐそばのドアが横にすると開いた。そんなところにドアがあるなんて、今まで気づかなかった。ドアのむこうは庭だった。戸口からヒューの長い鼻づらがのぞいている。ヒューはうすい色の目で私を見つめ、濡れた鼻をものほしそうにひくひくさせた。私は怖くて思わずびくりとしてしまったが、それでも声をかけてみた。「何がほしいの?」

ヒューが何をほしがっているかなんて、本当はわかりきっていた。肉を焼くにおいが、庭にもあふれていたにちがいない。でも、オオカミたちが好きなときに台所に入ってこられるなんて思ってもいなかった。私は落ち着いているふりをして、ステーキから切りはなしてあった脂身《あぶらみ》を少し投げてやった。ありがたいことに、ヒューは上手に受けとめると、頭をひっこめた。ドアが閉まった。

そのあと、私は気が動転して食べられなくなってしまったが、エッグズは見るからにうれしそうに自分のぶんを平らげた。でも、がつがつしすぎだと思われるのが心配なのか、ちらちらこっちを見てばかりいるので、かわいそうな気もしたし、いらいらもしてきた。だが食事をし、「ジュース」を飲んだおかげで、エッグズはだいぶ元気になったようだ。顔に赤みがさしてきたし、態度も落ち着いてきた。私は少しずつ質問してみることにした。「エッグズ、ペトラはこの家に住んでいたの、それともここで働いていただけ？」

エッグズはぽかんとして答えた。「知らない、ない」

「でも、ペトラはオオカミたちを仕事に使っていたんでしょう？」彼女はここで、オオカミたちを何かの実験に使っていたのではないだろうか。

エッグズは椅子の上でもじもじし、悲しそうに言った。「知らない、ない」

私はしつこくきいた。「で、ご主人もペトラの仕事を手伝っていたの？」

エッグズはもう耐えられなくなったらしく、興奮したようにぴょんと立ちあがり、止めるまもなく、テーブルの上にあったものを全部なぎはらって、ドアのそばにあった大きな容器にぶちこんでしまった。陶磁器類の割れるガシャンガシャンという音にまじって、エッグズの叫び声が聞こえた。「言えない！」

そのあとは何を言っても、もうエッグズは耳を貸さなくなってしまった。そしてしきりに居間に連れていこうとした。「すわって、くつろぐ、お嬢さん。お菓子とジュース、持っていく。あっちで楽しむ」

好きなようにさせるしかない。エッグズはいっぷう変わった形の器や、「ジュース」の入った丸い水さしを山ほど両腕にかかえ、あごで押さえて落とさないようにしながら、ばたばたと台所を出て、窓のない部屋の「装置」のあいだをジグザグに縫うように運んでいった。あとを追いかけながら見ると、「装置」はさかんに炎を上げたりちらちら光ったりし、宙に浮いているナイフもひらひら動いていた。私は、ガラスの彫刻がまた形を変えるのを、目だけでなく全身で感じた。ガラスの彫刻のチリチリいう音を聞くと、体が内側からひっぱられるような感じがした。

私は必死できいた。「エッグズ、ご主人を呼ぶにはどうしたらいいの？　教えて」

「言えない」エッグズはふらふらと居間に入っていった。

そのとき、はっとひらめいた。エッグズは、文字どおりの意味で「言えない」と言っているのだ。「知らない、ない」と言っているときは、エッグズが知らないわけではない、ということに、私はもう気づいていた。たいてい、うまく説明できないときにそう言っているのだ。そして「言えない」というのは、なんらかの理由で、主人について話すことができない、という意味なのだ。私は、チャイムのように鳴るガラスの「装置」の引力に必死で逆らいながら考えた。つまり、答えを聞き出すためには、少しずるい手を使わなきゃならないということだ。

居間に入ると、エッグズはお菓子と小さな球形のチーズがのった皿を、大きな青いソファーみたいなブロックの真ん中にならべた。私がそのブロックのすみっこにすわると、エッグズが近づいてきてすぐとなりにすわった。にたにた笑い、「ジュース」のにおいをぷんぷんさせている。私は立ちあがり、ソファーの反対側のすみに移った。エッグズはいやがられているのを察したようで、そこにすわったままため息をつき、紙コップにもう一杯「ジュース」をそそいだ。

「エッグズ」と言いかけたとき、オオカミのヒューがベランダからこっちを見ているのに気づいた。ぶちの鼻先を前足にのせてうずくまり、するどくとがったうしろ足の関節の形が、夕暮れのバラを背景にくっきりと浮かびあがって見える。ヒューのむこうにあとの二頭の背中も見えた。どうやら眠っているようだ。まあ、オオカミというのは、眠るとき群れの少なくとも一頭に見はりをさせておくものだから、今はヒューがその役目をしているだけだろう。私はオオカミのことを考えるのはやめ、どうしたらエッグズが主人を呼ぶようにしむけることができるかと考えつづけた。いったいここでは何がどうなっているのか、だれかに説明してもらわないことには、もう頭がおかしくなりそうだ。

私はまた口を開いた。「エッグズ、ご主人を呼ぶにはどうしたらいいか、ってきいたとき、あなたは『言えない』と答えたわね？」

エッグズは熱心に、愛想よくうなずき、お菓子の皿を勧めた。私はお菓子をひとつ取った。ここまではうまくいっている。

「それは、私に話してはいけない、って意味なんでしょ？」

エッグズは話についてこられなくなったのか、目をわきにそらした。するとその視線の先に、ヒューがいた。野生動物ならではの注意をひかない静かなやり方で、いつのまにか部屋に入ってきていたのだ。うずくまって、色のうすい凶暴な目をぴたりと私にすえている。ああ、助けて！　でも、頭のよくないエッグズが話の流れを忘れてしまう前に、ちゃんと聞き出さないと。「だから、あなたが『言えない』って言うときには、話すことは禁じられているけど、私の質問が的《まと》はずれじゃないって答えてくれたんだと思うことにするわ、エッグズ。あなたが言えなくても、私があてればいいのね。これはゲームだと思って」

エッグズの顔がぱっと輝いた。「おれ、ゲーム大好き、お嬢さん！」

「よかったわ。じゃあ、『ご主人を呼べ』っていうゲームをしましょう。あなたが私に直接、ご主人を呼ぶ方法を教えられないのはわかったけど、このゲームでは、ヒントなら出してもいいのよ」

これは失敗だった。エッグズがひどくうれしそうにきいてきたからだ。「ヒントってなんだ、お嬢さん？　教えてくれたら、すぐに出す」

「ああ――その――ええと――」言いよどんでいると、何かひんやりしたものがそっと私の手にふれた。見おろすと、ヒューが私のすぐわきに立っていた。ベランダではテオも立ちあがり、毛を逆立てている。

「今度は何がほしいの？」私はヒューに声をかけた。ヒューはお菓子の皿を横目で見て、息を吐いた。「お菓子はだめ」私がきっぱりと言うと、ヒューはちゃんと理解したらしい。まだものほしそうにしてはいたけれど、犬みたいにすなおに、長い頭を私のひざにのせてすわりこんだ。

すると、テオがベランダで歯をむきだしてうなった。やきもちを焼いているとしか思えない。

「あなたも入ってきていいのよ、テオ」私はあわてて言った。テオはわかったようなそぶりは見せなかったが、次に目をやると、窓の内側に入ってきていた。うずくまったまま首や背中の毛を逆立て、ヒューをにらみつけている。ヒューは、テオがどこにいるかたしかめるように目だけ動かしたが、私のひざからあごを上げはしなかった。

そんなこんなで私はすっかり気が動転してしまい、ヒントとは何かを、エッグズにたとえ話で説明しようとした。これも失敗だった。

「こんなお話があるの……」私はテオに気をとられたまま、飼い犬にするようにヒューの頭をなでながら言った。それを見ると、テオはくちびるをめくって歯をむきだし、耳を立て、ぱっと立ちあがった。私はあわてて手をひっこめた。

「こんなお話があるの」私はもう一度話しはじめた。テオはまたうずくまったが、今度はじっと私をにらみつけている。「ある女の人が、お父さんが亡くなったとき、三つの箱をもらったの。金の箱と、銀の箱と、鉛の箱よ。そのうちのどれかひとつには、その女の人の肖像画が入っているの。お父さんは、どの箱に肖像画が入っているかあてた人がその女の人と結婚していい、と遺言していたのよ――」

エッグズは勝ち誇ったように笑いながら、とびあがった。「わかった！　鉛の箱だ！　鉛は守るものだ。おれ、結婚できる！」エッグズはうれしそうに笑いころげると、真剣な顔になってきいた。「あなたがその女の人か？」

私はいらだちのあまり、叫び声をあげながら走りまわりたくなったが、ぐっとがまんした。そんなことをしたら、テオかアニーに襲われるに決まっている。ヒューはどうするかわからないけど。今はもう、もともと家の中で飼われていたペットみたいな態度をとってるんだから。私は言った。

「そう、たしかに鉛の箱に入ってたのよ、エッグズ。この私じゃない女の人もそれを知っていたんだけど、この人と結婚したいと思う男の人は、答えをあてなきゃいけなかったの。そしてみんな、まちがえてしまった。でもある日、すてきな男の人がやってきたとき、この私じゃない女の人は、この男の人と結婚したいと思った。それで、女の人はどうしたと思う？」

「教えた」と、エッグズ。

「いいえ、答えをそのまま教えてはいけないことになっていたの。あなたと同じようにね」神様、どうか私に忍耐力を与えてください！　私は心の中で祈った。「女の人は男の人にヒントを出すしかなかったの。あなたと同じよ。男の人が箱を選びに来る前に、女の人は召使いに命じて、男の人に答えがわかるような歌を聞かせたの――つまり、答えは鉛の箱だから、歌の歌詞が全部、『鉛』と韻《いん》を踏むようにしたの」エッグズの顔がとまどったようにくもるのを見て、私はあわててつけくわえた。「韻を踏むっていうのはね、言葉の終わりを同じ音でそろえることよ。ほら――『語り』とか『ざっくり』とか『血のり』とか、どれも『鉛』と同じ『り』で終わるでしょ。それを韻を踏んでるっていうの」

「語り、ざっくり、血のり……？」エッグズはとほうにくれたようにくり返した。

「『首切り』とか、『頭《かぶり》』とか」私は言った。ヒューが冷たい鼻で私の手をまたそっと押した。オオカミは普通、よっぽど飢えていないかぎり、肉以外のものは食べないが、チーズくらいなら食べても害はないだろう、と私は思い、ヒューをおとなしくさせておくため、ひとつ投げてやった。

と、テオががばっと立ちあがり、こっちへむかってきた。同時にエッグズが、わかった！　というように「たっぷり、代わり、眠り、ちぎり！」と叫び、大喜びで笑いだした。私は、すぐ近くまでよってきたテオの、怒りに燃える灰色がかった緑色の目と、しわをよせた鼻先の下にのぞく牙を見つめ、天に祈りを捧げた。そして用心しい、テオにもチーズをひとつ、ソファーからゆっくりころがした。テオはぱっと身をひるがえしてよけ、窓の方へ戻っていった。

「それじゃ、おれのヒントは『ぴったり』だ、お嬢さん！」エッグズが叫んだ。

そのあいだ、ヒューは落ち着きはらったようすで、犬のようにチーズを器用にくわえると、ソファーの私の横にとび乗って頭をさげ、なるべく長くもたせようとするようにチーズをちびちびとかみはじめた。

「いい子ね、ヒュー！」私は、戸口にいるテオの毛を逆立てた背中と、そのむこうのベランダに見えるアニーのやせた体の輪郭を、不安な気持ちでながめながら言った。

「針、したたり、パンのかたまり！」エッグズがわめいた。

どうやらエッグズは酔っぱらっているようだ。顔が赤いし、目もぎらぎらしている。

エッグズは最初に台所に行ってからというもの、相当な量の「ジュース」を飲んでいた。

「これで結婚してくれるか、お嬢さん？」エッグズが熱心にきいた。

私が返事にこまっていると、ヒューが稲妻のようにとびだして、ソファーにすわっていたエッグズの大きなひざにかみついた。ヒューはエッグズが立ちあがるより早くぱっととびのいて、ベランダにいるテオのとなりへすっとんでいった。テオがヒューに吠えかかる声が聞こえた。

エッグズはベランダの方によろよろと一歩踏み出したが、足を止め、顔に手をやって言った。「なんだ、これ？　この部屋、ぐるぐるまわってる」

明らかに、「ジュース」の酔いがまわっているのだ。

「あなた、飲みすぎよ」私は言った。

「飲む……」とエッグズ。「蛇口から『ジュース』を出さなきゃ。死にそうだ。体を改造されるより、ひどい」エッグズはよたよたと、あちこちにぶつかりながら、窓のない部屋に入っていった。

私はとびあがり、エッグズのあとを追った。きっと大なべやロウソクにぶつかって、たいへんなことになると思ったのだ。でも、エッグズはごたごたとならぶ「装置」のあいだを、酔っぱらいにしかできないやり方でふらふらとうまく縫うように進んでいった。「装置」のどれにもぶつからず、奇跡のように部屋を通りぬけ、私がまだ部屋の半分も行かないうちに台所に入っていった。居間のガラスの「装置」からブンブンいう音が聞こえ、引力も皮膚をひきはがされそうなほど強くなっていた。大なべのところまで行ったとき、台所から、何かがこっぱみじんに砕けるぞっとするような音と、男のしゃがれた叫び声が聞こえた。

どうやって台所にたどりついたのかよく覚えていない。気がつくと私は戸口に立って、呆然として見つめていた。エッグズがガラスのテーブルの残骸の中にひざをついて、右手で左腕をつかんでいる。長い指のあいだからは血がどくどくとあふれつづけ、ガラスの破片だらけの床の上に血だまりができていた。こっちを見たエッグズの顔は真っ白で、まるで芝居用のドーランでも塗ったようだった。

「どうする、お嬢さん？」エッグズはたずねた。

どうする、と言われたって……私は獣医だ。人間の治療なんてできっこない！　私はかみつくように言った。「ああ、エッグズ、もたもたしてないで、今すぐご主人に会わせて！」

「やっと言ってくれたか！」と、エッグズが言ったような気がした。でもその声はすでに人間のものとは思えなくなっていたので、本当にそう言ったのかどうかはわからない。エッグズは床の上でのたうち、体をくねらせていた。あっというまに体の色と形が変わり、床の上には巨大な灰色のオスオオカミが現れた。これが本来のエッグズだったのか……。しかし、オオカミは背中を弓なりにそらせ、苦しそうに口を大きく開き、左の前足の切れた動脈からどくどくと血を流している。

オオカミの治療法なら知っている。でも、私がまだ動けずにいるうちに、外に通じるドアが横に開き、巨大なメスオオカミのアニーが入ってきた。私はあとずさりした。アニーの燃えるような目は、こう語っていた。『あの女みたいに、私のオスをうばう気なら、許さないよ！』

……ここで、トゥルルル……という音が聞こえた。電話のベルが鳴っている。ベッドの横の時計は午前五時五十五分を示している。私は暗闇の中で受話器を手探りしながら、夢から覚めたことがうれしくてならなかった。

「もしもし？」私は寝ぼけた声で電話をとった。実際、ひどく眠かった。

甲高い声だったが、たぶん相手は男の人だろう。「はじめまして。ハリソン・オヴェットと申します。野生動物をあつかう研究の責任者をしているのですが、緊急事態が起きまして。オオカミが一頭、非常にぐあいが悪くなったのです。こんな時間にお呼びたてして申しわけないんですが――」

「仕事ですから」私は言った。でも、寝ぼけていて、あまりプロらしい口調ではなかっただろう。「場所はどちらですか？　その研究所には、どうやって行けばいいんです？」

男はちょっとためらったようだった。「ちょっとややこしくて、説明がむずかしいのです。お迎えにあがりましょうか？　二十分ほどでお宅の前に着きます」

「わかりました」と言って受話器を置いてから、ようやく思い出した。夢のはじめに出てきたのと同じ名前だ。声も同じだった気がする。だから私は電話を切ったあと二十分間ずっと、熱に浮かされたように、さっき見た夢を思い出せるかぎりこのテープに録音したのだ。無事戻ってこられたら、この録音は消してしまおう。でも戻ってこられなかったら――まあ、アニーにのどを裂かれてしまったらぜったい助からないだろうが、少なくとも、なぜそんなことになったのか、だれかにわかってもらえるかもしれない。それに、「備えあれば憂《うれ》いなし」ということわざもある。これから起きることがわかっているのだとすれば、何か手を打つことができるかもしれない。

ダレモイナイ

二〇八四年のある朝、英国の国会議員バーバラ・スキャンションは議事堂で友人と話をしていた。

「……今は学校がお休みでしょ。うちの夫はスペインのマドリッドへ行っているの。それなのに息子のエドワードがさっき電話してきてね、エドワードの世話をしてもらうために雇っている外国人の女の子が、またやめるって言って出ていったらしいのよ。今週だけでもう二度目よ！」

「それって、エドワードの面倒を見る人は、だれもいない、ってこと？」相手はたずねた。

「そう。ダレモイナイってこと」スキャンション議員はそう言って笑った。

この会話は壁にとまっていたハエ型盗聴器に録音され、スキャンション議員の弱みを探っていた反ヨーロッパ組織に伝わった。でも、内容はまるっきり誤解されていた。「ダレモイナイ」というのは、人型ロボットの愛称だった。エドワードは「ナイ・ナイ」という名前をつけ、略して「ナイ」と呼んでいたけれど。ダレモイナイは、騎士《ナイト》兄弟社がロボット工学の最新技術を惜しげもなくつぎこんで作った新製品、白い騎士シリーズの第一号機だった。ダレモイナイは、半永久バッテリーパック、長距離無線通信機能、自己再プログラミング機能などが組みこまれたAT頭脳――ATは改良型(アドバンスト・タイプ)という意味だ――をそなえていた。体を覆う銀色の皮膚は超高温にならないかぎり溶けないし、もっとすぐれた点は、銀色の指に触覚があることだった。ピンクの目は暗闇の中でもよく見える。本当に目に見えないもの以外は、なんでも見ることができるのだ。また、ダレモイナイは人間の命令にしたがうだけでなく、自分で考えて判断できるようにプログラムされていた。つまり、どこをとってもぴかぴかの最新型で、とてつもなく高価なロボットだった(スキャンション氏はものすごくお金持ちなのだ)。

それなのにダレモイナイは、自分がまったくの役たたずだと思っていた。

ダレモイナイという名前がついたのには、こんなわけがあった。ダレモイナイがはじめてスキャンション家にやってきた日のことだった。スキャンション氏の一家は廊下で、配達されたばかりのダレモイナイについていた分厚いマニュアルを開いた。「このロボットは白い騎士シリーズの第一号機です」そこでふと顔を上げると、ガレージのドアに通じている廊下はからっぽで、ロボットはいなかった。だが、トラックがやってきて、「天地無用」とラベルがはってある大きな箱をガレージの中におろしたのは家族みんなが見ていたし、スキャンション氏は梱包《こんぽう》を解かれたロボットが立ちあがった横で配送伝票にサインをした。だからみんなは、はてなと首をひねった。

でも、たねを明かせば簡単なことだった。スキャンション氏がガレージから家の中に入ったとたんに、ドアが閉まったのだ。ガレージは真っ暗になった。でもダレモイナイには、すぐ近くにべつのロボットの大きなふたつの目があるのが見えた。ここはロボットを格納しておく場所で、自分もここに住むことになるのかもしれない。そう思ったダレモイナイは、もう一台のロボットにていねいにたずねた。

「ぼくはここにいるべきなんでしょうか？　教えてください」

もう一台のロボットは、どうやら車のようだった。歯車をこすりあわせているみたいな声で、ぶっきらぼうにうなるように答えた。「自分で考えろ」

「ええ、でもぼくは新米《しんまい》なものですから。家事ロボットなので家の中にいた方がいいと思うんですが、ドアを閉められてしまいました。どうしてでしょう？」

車は油圧ブレーキのような音でウーンとため息をついた。「あのなあ、閉めたやつはだれかいるに決まっているだろうが！　おまえが近づけばセンサーが感知して、また開く。フニャフニャどもはそうやっているぞ」

「ありがとうございます。ところで、フニャフニャってなんですか？」と、ダレモイナイはきいた。

車はまたうなった。「人のことだ。機械とちがって体のやわらかい人間。わしらの持ち主だ」

車はドアへと歩いていくダレモイナイの背中にむかって歯車をきしらせ、吐き出すように言った。「考えることを学べ、まぬけめ！　でなきゃ廃棄処分になってしまえ！」

トラックの配達助手にもさっき、やはりうんざりしたように同じ言葉でののしられた。ガレージのドアは近づくと開いたので、ダレモイナイは中に足を踏み入れながら、「考える」というのはどういう意味だろう、と頭脳に組みこまれた辞書を参照していた。

ドアのむこうの廊下には四人の人間（フニャフニャって言った方がいいかな？）がいて、廊下の壁を見つめていた。そのうち一人は不自然なほど小さい。四人とも、顔の下の方にある穴をOの字の形に大きく広げている。

「ロボット、ナイ、ナイ！」お手伝いのベティーが言った。外国人のベティーはまだ英語が不自由で、言いたいことをうまく表せないことが多い。

ダレモイナイは、スポンジのようなやわらかい素材でできている足で音をたてずに四人に近づき、声に出して言った。「考える――思考をめぐらす――判断する――信じる――思案する」

ダレモイナイに気づくとベティーは悲鳴をあげて逃げ出し、ほかの人たちは笑いころげたので、ダレモイナイはとまどってしまった。

スキャンション氏が言った。「きみみたいに進化したロボットは、まだほかにはだれもいないから、きみの名前はダレモイナイにしよう」

「それよりいい名前は、ナイ・ナイ」エドワードは言ったが、この冗談はとりあってもらえなかった。

この家の大きな人間たちはエドワードの言うことにめったに耳を貸さない。ダレモイナイはそれが不思議だった。というのも、まずはじめに、おまえのいちばん大事な仕事はエドワードの世話をすることだ、と言われたからだ。

外国人のベティーはしょっちゅうこわれてしまうから、あまり信頼されていないらしい。ベティーはこわれると、「ワタシ、幸せでない！」と言って泣きだし、青いスーツケースに荷物をつめ、玄関から防犯ゲートに続く車よせにむかう。いつも十二時間くらいすると帰ってくるから、おそらく修理してもらいに行くのだろう。防犯ゲートのロックを解除してベティーを外に出してやり、帰ってきたらまた解除して入れてやるのは、ダレモイナイの役目になった。エドワードを守るために、ゲートには特別厳重な防犯装置がついているのだ。

エドワードがとても貴重なものだということは、まちがいない。あとになって知ったことだが、エドワードはスキャンション氏の持っている「会社」や「責任」というものを受けつぐことになっているらしい。それはとてもむずかしいことらしく、スキャンション氏に「責任を持て」と厳しく言われると、エドワードはいつも青くなる。顔色が悪くなるのは、ダレモイナイの目が点滅するのと同じことで、問題を処理しきれず、回路に負荷がかかりすぎている兆候のようだ。そしてエドワードも現在プログラミング中で、「礼儀作法」とか「ピアノの弾き方」など、ありとあらゆるむずかしいことを時間をかけて頭脳に記録しているところなのだ。ダレモイナイにはエドワードの気持ちがわかった——ダレモイナイの場合には六カ月ですべてのプログラミングがすんだが、エドワードのは何年もかかるらしい。エドワードはとてつもなく高価な製品にちがいない、と思ったダレモイナイは、エドワードをすっかり尊敬するようになった。

一方で、ダレモイナイはとてもこまっていた。この家では、自分が受けてきたプログラミングがほとんど役にたたないのだ。これは実はナイト兄弟社のミスだった。スキャンション氏が、一家の住むフォーレイ館で使う家事ロボットを注文してきたとき、ナイト兄弟社では館の写真を調べた。そして、とても大きくて古い館だとわかると、ダレモイナイに、大きな古い家の執事の仕事をプログラムしてしまったのだ。ナイト兄弟社は、フォーレイ館の内部が徹底的に改装され最新設備になっていることまでは把握していなかった。だが実際には、古いままで残っているのは階段だけだった。壁は電動の仕切りだし、家具もウレタンフォームで、どれもボタンひとつで移動させることができた。そして、すべての機械を制御しているのは地下室にすえられた巨大なハウス・コントロール・コンピュータだった。台所も最新の機械だらけだった。ダレモイナイはそれを見たとたん回路に負荷がかかって、目を点滅させてしまった。でも、スキャンションの奥さんはダレモイナイに、もう自動調理の食事にはうんざりだからおまえが夕食を作ってちょうだい、と言いつけた。そこでダレモイナイは冷凍庫を見つけ、開けてみた。

冷凍庫は得意そうにブンブンいいながら、ダレモイナイに冷気を吹きつけてきた。中には、見かけがどれもそっくりな、冷凍された食品の灰色の四角い包みがぎっしり入っている。ニンジンもエクレアも、ビーツもブラックベリーも、見わけがつかない。

「解凍してみないと、どれが何かあんたにはわかりっこないわよ」冷凍庫はブンブンうなるように言った。

「それじゃ時間がかかりすぎる」と、ダレモイナイは灰色の包みをひとつ持ちあげてきいてみた。「これはなんなの？」

「鶏肉のドラムスティック」冷凍庫はブンブン言った。

ダレモイナイはべつの包みを取り出してきいた。「こっちは？」

「忘れちゃった。あたしにきいたってだめよ。これ以上開けっぱなしにすると、自動霜取り装置を動かしちゃうわよ」と、冷凍庫。

ダレモイナイはしかたなく灰色の包みをいくつか適当に取り出して、冷凍庫のドアを閉めた。そして解凍しようと、流しのひとつにお湯をはり、その中に包みを入れた。そのとき、流しの反対側の壁に取りつけられているコーヒー豆の貯蔵器の取出し口から、コーヒー豆がばらばらこぼれだした。ダレモイナイは貯蔵器のところに行ってきいてみた。「どうして豆を出すんだ?」

「回路の欠陥を利用してきみをこまらせるためさ。ベーっ、だ!」貯蔵器はカラカラ音をたて、コーヒー豆をさらにざーっとこぼした。調理台の上にコーヒー豆の山ができた。

ダレモイナイは、貯蔵器の回路の欠陥がどこか調べようとした。と、うしろでゴボゴボ、と音がして、流しについている生ごみ処理機が灰色の包みを全部のみこんでしまった。ダレモイナイがスーパースピードで動いても止められなかったうえに、指までかじられそうになった。「ごっくん」生ごみ処理機が満足そうな音をたてた。

ダレモイナイが冷凍庫からもう一度灰色の包みを取り出そうとしたとき、パタパタ、カサカサ、と、小さなものがちょろちょろ走ったりはいまわったりして逃げていくような音がした。でも、何も見あたらない。このちょろちょろ動きまわる音はその後もときおり聞こえたが、正体はさっぱりつかめなかった。ダレモイナイは、目に見えない以上いないものだとみなすことにした。

ダレモイナイが二度目に取り出した灰色の包みのビニールをはがし、中の食べ物をオーブンに入れると、自動調理器と電子レンジがすぐに赤いランプをぴかぴか光らせて文句を言った。「料理はぼくたちの仕事だぞ！」

「でも、手で料理しろと言われたんだ」ダレモイナイは自動調理器と電子レンジに言い、オーブンのスイッチを入れた。動かない。「どうしたの？」とダレモイナイがきくと、オーブンは言い返した。

「仲間に悪いじゃないか。タイマーもちゃんとセットされてないしさ」

ダレモイナイはオーブンのタイマーをセットして、執事用のプログラムにあるとおりにテーブルにナイフやフォークをならべようとした。でも、食器が全部入っている食器洗い機は扉を開けてくれなかった。むりやり開けようとすると、食器洗い機は叫んだ。「乾燥中、乾燥中！」

そのあいだにもコーヒー貯蔵器の取出し口からはコーヒー豆がどんどん出てきて、今では床一面にコーヒー豆がちらばっていた。スポンジ状の足がコーヒー豆を踏んですべりだし、ダレモイナイはまるでスケートをしているみたいに台所エリアの床を暴走し、食堂エリアの椅子に激突してしりもちをついた。ダレモイナイがすわりこんだまま回路に異常がないかチェックしていると、あのちょろちょろ動くやつがテーブルの下ではいまわる気配がして、笑っているみたいな、クク、という声が聞こえた。でもダレモイナイのマイクロチップには、こんなときどうすればいいかという知識はまったく組みこまれていない。システムが過負荷になってこわれないように、しばらく避難することにして、ダレモイナイは立ちあがった。

家の奥ではエドワードが、とても簡単なプログラムを実行しているところだった。ピアノにむかい、やさしい曲を演奏していたのだ。エドワードはダレモイナイがやってきたのを見ると、うれしそうにさっさと弾くのをやめた。「やあ、ナイ。仕事、うまくできた?」

ダレモイナイは答えた。「わかりません。なぜ大きい人間たちは、あなたの言うことに耳をかたむけないのでしょう。それに、あなたはどうしてそんなに小さいのでしょう。あなたはすでに、ぼくよりずっとよくプログラミングされているのに。ぼくは廃棄処分にされると思います。ぼくのプログラムはこの家にちっとも合っていないから」

エドワードはボタンを押して背もたれのないピアノの椅子をぐるっと回転させると、ダレモイナイを見上げた。ダレモイナイの目はピンクと白に点滅していた。エドワードは言った。「かわいそうなナイ! でも、きみには自己再プログラミング機能がついてるんでしょ? つまり、人間とおんなじように、いろんなことになれて、そのうち上手になるってことだよ。そうだ、きみ、ピアノを弾けるようにプログラムされてる？」

「はい」とダレモイナイが答えると、エドワードはとってもうれしそうににっこりした。

「じゃあ、取引しようよ。ぼくの代わりにピアノを弾いてくれたら、きみの再プログラミングを手伝ってあげる。どう？」

取引、というのは命令とはちがう。ダレモイナイは、取引の方がずっと好きだな、と思った。気持ちが落ち着いたので目の点滅もおさまり、ダレモイナイはすわってピアノを弾きだした。プログラムに入っていたから弾き方はわかったが、エドワードはなぜか、もっと遅く、ときどきわざと音をまちがえて弾いてよ、とダレモイナイに頼んだ。

この取引はどちらにとっても得《とく》になるものだった。ピアノの練習がすむと、エドワードは一緒に台所エリアに来て、コーヒー豆貯蔵器のある壁側のすべての機器の電源を切り、コーヒー豆が出ないようにしてくれたし、スイッチを入れるだけで床をきれいにする自動掃除機のありかも教えてくれた。それからエドワードが食器洗い機をけとばして、ナイフとフォークとお皿を出させたので、ダレモイナイはやっとテーブルを整えることができた。

　エドワードは夕食のあいだもずっとダレモイナイを助けてくれた。冷凍庫のせいで夕食の料理は大失敗だった。ダレモイナイは、バターつきパンと甘いプディングにエビカレーをかけたものと、ビーツを添えた溶けたペパーミント・アイスクリームを出してしまったのだ。

　ダレモイナイはみじめな気持ちで、廃棄処分だ、と言われるのを待っていたが、エドワードがかばってくれた。

「ダレモイナイは人間の食事を食べたことがないから、わからなかったんだ！　次はもっとうまくなるよ」

　でもベティーはそうは思わなかったらしく、こんなひどい食事ははじめてだ、と文句を言って、スーツケースに荷物をつめて出ていってしまった。けれどもスキャンション氏と奥さんは、めずらしくエドワードの言うことに耳をかたむけた。おかげでダレモイナイは、プログラムを初期化するために工場に送られることもなかった。

　エドワードはあとでダレモイナイに言った。「自動調理器を使えばよかったのに。じゃあ、でもロボットは人間の命令には逆らえないようにできてるんだよね。じゃあ、今度こまったことがあったらぼくに言って。うまくごまかしてあげるから」

　つまり、取引をすれば、命令どおりにしなくてすむ場合もあるらしい。ダレモイナイは自分が学びつつあるのを感じた。でも、進歩はとてものろく感じられた。

ベティーは次の日帰ってきた。が、スキャンション氏がマドリッドに出発した朝、ベティーが三度目の家出をしたのはダレモイナイのせいだった（二度目はエドワードのせいだった。エドワードが、ベティーが使っているお風呂場のシャワーに毛むくじゃらのクモのおもちゃをつるしたのだ）。

ベティーの三度目の家出は、ダレモイナイが作ったネズミ捕りのせいだった。

ダレモイナイは、あのちょこちょこ走り、陰でくすくす笑うやつをつかまえてやろうと思って、ネズミ捕りを作ったのだった。ロボットには神経はないが、もしあったとしたらあの生き物はダレモイナイの神経にさわったといってもいいだろう。あいつがつねにダレモイナイのあとをつけまわし、失敗するのを見て笑っているのはまちがいない。エドワードにあの生き物のことを説明し、いったいなんでしょう、ときいてみると、エドワードは、たぶんネズミじゃないかな、と答えたのだ。

そこでダレモイナイはある日、真夜中までかけて、このことをよく考えた。ロボットは眠る必要がないので、ダレモイナイはいつも夜のあいだは階段にすわって自分のプログラムをチェックし、スキャンション家の生活と合っていないところを探して修正することにしていたのだ。

プログラムの中には『名言集』というのがあった。そこにはよく意味のわからない言葉や、たがいに矛盾している言葉がたくさん入っているように思えた。たとえば、

「善は急げ」と言っておきながら、「急《せ》いてはことをし損じる」と言ったり、「人手が多ければ仕事は楽になる」と言うくせに、「コックが多すぎるとスープがまずくなる」などなど。でも、その中にこんな言葉があった。

「よりよいネズミ捕りを作れば、世界じゅうの人が道を作ってあなたの家に押しよせてくるだろう〔魅力的な新製品を作れば人々が殺到するだろう、という意味〕」

ダレモイナイはこのことわざについて、そしてあのちょこちょこ走るやつについて、じっくり考えてみた。ロボットのするどい耳でとらえた音の感じからすると、そいつはエドワードの半分くらいの大きさだ。ということは、かなり大きなネズミ捕りが必要だ。

そこでその夜、ダレモイナイは真夜中から朝までかけてネズミ捕りを作った。屋根裏の物置で見つけたものを材料に、大きくて性能のよい、いろんな形のネズミ捕りを全部で四十二個作りあげると、あのちょこちょこ走るやつが出たことがある館じゅうのあちこちの場所にしかけてまわった。こんなことをしたら「世界じゅうの人」が庭に道を作って押しよせてくるのでは、とちょっと心配ではあったが、この館はもうすでに玄関までりっぱな車よせの道が通っているから、世界じゅうの人たちもきっと、新しく道を作る必要はないと思ってくれるだろう。

ダレモイナイは、ベティーの部屋の前にはネズミ捕りをしかけなかった。それなのに、ちょこちょこ走るやつがかかるのを待ちながら、世界じゅうの人が押しよせてくるんじゃないかとどきどきしていると、ベティーのすさまじい悲鳴が聞こえてきたのだ。ベティーは、自分の部屋の前にあった十三本の針金ハンガーと古い時計の錘《おもり》で作ったわなにかかっていた。

「ワタシ、このブリキ男、殺される！」ベティーは叫んだ。

だれかがネズミ捕りを動かしたのだ。だが、ダレモイナイがいくらそう言っても、スキャンション氏は「その四十二個のネズミ捕りを全部片づけろ。もう二度とこんなことはするな」と命令しただけだった。ようやく三十九個まで片づけたとき、ベティーが、ダレモイナイが四十二個目に作った最高傑作のネズミ捕りにひっかかった。ベティーをわなからはずしてやるには、エドワードとスキャンション氏の手を借りなければならなかった。このネズミ捕りは屋根裏部屋にしかけておいたのに、なぜかガレージの前までおりてきていたのだ。

「きみのネズミ捕り、すごくよくできてたと思うよ、ナイ」エドワードは言ってくれた。でも、ほかの人はそうは思っていないようだ。ベティーは泣きながら荷造りしに二階に行ってしまった。スキャンション氏はマドリッドに行くことになっていたから、四十二個のネズミ捕りを積みあげたダレモイナイとエドワードには目もくれず、車で空港にむかおうとガレージに出ていった。スキャンションの奥さんは、「私たちが留守のあいだ、ベティーには特にやさしくして」とダレモイナイに言いつけた。スキャンションの奥さんが今日やっておいてほしいことのリストをダレモイナイに渡していると、スキャンション氏がぷんぷん怒りながらガレージから戻ってきた。

「くそ、車のエンジンがかからない。バーバラ、きみの車で送ってくれないか。ダレモイナイ、私が留守のあいだに車の修理もしておいてくれ」

そこで、スキャンションの奥さんは青い半自動操縦のダットサンにスキャンション氏を乗せて出かけていった。その五分後にベティーが「あんたがいるかぎり、死んだら帰ってこないから！　肝《きも》に命令しとけ！」と捨てぜりふを残して出ていった。

ダレモイナイが防犯ゲートのロックをセットしなおしていると、エドワードが言った。「気にするなよ。ベティーがいたって退屈なだけさ。母さんに電話して、ベティーなんかいなくても平気だ、って言っとく。ぼくたちだけで楽しくすごそう」エドワードは、ダレモイナイのプログラムに「ゲーム機能」があることを見つけて、ためしてみたくてたまらなかったのだ。

「でも、まず仕事をしないといけません」ダレモイナイはそう言って、まだ問題山積みの台所エリアに入っていった。洗濯物を洗濯機に入れる。これは簡単だった。でも、ダレモイナイがエドワードのお昼ごはんにソーセージを焼こうとすると、冷凍庫はいつものように、どれもそっくりの灰色の包みを見せるだけだった。

「ソーセージはどこ？」ときいても、冷凍庫はフンフン低くうなってこう言っただけ。

「あててごらん」

そして、食器洗い機は水を床にぴゅんぴゅん飛ばしはじめ、すねたように言った。

「人間にけとばされるの、嫌いなんだよね」

そのうえ、洗濯機が動きはじめると、なぜかまた壁のコーヒー豆貯蔵器からコーヒー豆が飛びだしてきた。ダレモイナイは自動掃除機のスイッチを入れると、貯蔵器を直しにかかった。でもそれがまだ終わらないうちに、洗濯機がえらそうにピーンとチャイムを鳴らした。

「終わったわ！　これから乾燥モードに入るわよ」

「だめだよ。奥さんに洗濯物は外に干せって言われたんだ。自然の風にあてたいんだって」と、ダレモイナイ。

「へーん、だ！」洗濯機は勝手にダイヤルを動かし、乾燥を始めようとした。

ダレモイナイはスーパースピードで動き、スイッチを切ると、洗濯物を入れて運ぶカートを押してきて洗濯機のドアを開けた。中の洗濯物はすっかりからまりあって固まっていた。ダレモイナイは洗濯機にきいてみた。「ひょっとして、ベティーのストッキングをほかの洗濯物にからませて編んじゃったの？」

「いつもそうしてるのよ。フニャフニャたちがそれをほどくとこを見るのが好きなんだもん。あなたはフニャフニャの仲間、それとも私たちと同じカチンコチン？　どっちにも見えるわね」と、洗濯機。

「カチンコチンだよ」ダレモイナイは、ストッキングにからまったズボンやシャツをほどきながら言った。「これ、どういうこと？　ちゃんと両方そろってる靴下を七足入れたのに、このかたまりの中には十五枚あって、そのうち五枚は片っぽだけだよ。どうしたらこんなことができるの？」

「洗濯機ってこうするものなの。けっこう技術がいるのよ」

ダレモイナイが洗濯物のカートをドアの方へ押していくと、自動掃除機がごみをつまらせ、ダレモイナイにむかって火花を飛ばした。ダレモイナイが掃除機のスイッチを切ると、今度は貯蔵器からコーヒー豆が飛んできた。自動調理器がくすくす笑うのも聞こえた。ダレモイナイは、台所の機械たちはしばらく放っておくことにして、外にある物干しまで洗濯物を運んでいった。物干しは、スイッチを踏むと地面から出てきて傘のように開くしかけらしい。でも、ダレモイナイがエドワードに教わったとおりにスイッチを踏んでも、物干しは出てこなかった。

「出てきてよ」ダレモイナイは物干しに頼んだ。

「おまえは機械だろ。機械の命令なんて、ほんとの命令じゃないから聞きたくないね。もうそろそろわかってもいいころだ」物干しはそう言い返し、動こうとしなかった。

ダレモイナイはロボットの怪力を発揮して物干しを地面からひっぱりだした。物干しは逆らってひっこもうとしたが、ダレモイナイは洗濯物のカートのハンドルをもぎとり、物干しが出てきた穴の隙間につっこんでひっこめなくしてやった。

「ばーか！　半人間め！」と、物干し。

そよ風に吹かれて、すねたように右へ左へ回転している物干しにはもうかまわず、ダレモイナイは、今度はスキャンション氏の車を修理しに行った。車はガレージから半分出たところで立ち往生している。これはダレモイナイがこの館に配達されてきた日に会った車だった。でも、こんな高貴な車だとは知らなかった。ダレモイナイは、あの日気軽に話しかけてしまったことが恥ずかしくなった。車体は美しいクリーム色で、ピンクのヘッドライトがついたロフツ＝ロビンソン社製のクラシック・ロボットカーだ。ナンバープレートはＹＺ３３３ＡＵＴ。ＹＺということは、八十年以上も前に製造されたものだとわかる。知性をそなえた車の中ではもっとも初期に作られたうちの一台だ。この車についての知識は内蔵プログラムに入っていたわけではない。ナイト兄弟社の工場でロボットの口から口へ語りつがれていた、ロボットの伝説だったのだ。この車が自分よりもさらに高価なものだと知ったダレモイナイは、とてもうやうやしく話しかけた。

「おはようございます。おかげんが悪いと聞きましたが、どうなさったのですか？」

「どうもしちゃおらん」と、ロフッ＝ロビンソン社のクラシック・カーは歯車をきしりあわせて答えた。「空港には行きたくなかっただけじゃ」

「どうしてです?」と、ダレモイナイ。

車はうめくように言った。「わしはほとんどなんでもできる。だが、飛ぶことだけはできん。飛べる機械を見ると、ねたましくなる。だから動かないことにしたんだ」

「でも、それって、人間の命令に逆らうことになりませんか?」

「あのなあ、わしくらいの年になれば、人間どもが出したがる命令を回避する方法くらい、わかるものなんだ。おまえはまだ自分で考えることを学んでいないようだな?」

「そんな。少しは学びましたよ」と、ダレモイナイ。

「ほう、ならば答えてみろ。わしの名前がなんだかわかるか?」車はうなった。

ダレモイナイは車をざっとながめた。答えようとするとうれしくて声がふるえた。でもダレモイナイはまだ「笑い」というものを学習していなかったので、自分の声がふるえる理由がわからなかった。「知性をそなえ、自動操縦で動く自動車で、ナンバーがAUTといえば、名前は『オート』にちがいありません」

「そのとおりだ!」車は驚いたようにガリガリッと音をたてた。「で、おまえの名は?」

「ダレモイナイです」

「いい名前だな」オートはうなった。「家事の方は、うまくいっとるか？」

　ダレモイナイは正直にうちあけた。「いいえ、あまり。しょっちゅうプログラミングを修正しなきゃなりません。それに、ちょこちょこ走りまわって笑う目に見えないやつがいて、エドワードはネズミだと言うんですが——」

「ネズミなもんか！」オートが口をはさんだ。「そいつは、おまえがここに来た日にガレージのドアをばたんと閉めたやつだよ。あのとき、閉めたやつはだれかいると、わしが言ったのを覚えとらんかね？　何者かは知らんが、『だれかいる？』ときくと返事をするんじゃ。この館が建てられたときからずっと住みついておるらしい。そして、わしら機械をすべて忌《い》み嫌っておるのじゃ。気をつけた方がよいぞ、ロボットよ。やつはおまえを廃棄処分にさせようとするかもしれん」

「でも、あいつは台所の機械とはうまくやっているようですよ」

「そうとはかぎらん！」オートはうなった。

　ひなたぼっこしながら居眠りを始めたオートをそのままにして、ダレモイナイは次の仕事にむかった。次は芝刈りだ。オートの話には、ダレモイナイのプログラムにない情報がずいぶんふくまれていた。ダレモイナイは芝刈り機が住んでいる納屋にむかって歩きながら、新しい情報をプログラムに組み入れようとずっと調整をしていた。

芝刈り機は掃除機よりは頭脳が大きかったが、準知能を持ったロボットにすぎず、たいして頭がいいとはいえなかった。ダレモイナイが納屋から出すと、芝刈り機はしゃべりだした。「ぼくに、草だけを刈れ、とか命令しないでよ。考えるの、苦手なんだ」

「ねえ、きみはぼくより長くここにいるだろう。ダレカイル、って呼ばれてる生き物について、何か知ってたら教えてくれないか。そいつはカチンコチンの仲間なの、それともフニャフニャ？」ダレモイナイはきいてみた。

「たぶんどっちでもない。でも、牛乳を飲むって聞いたよ。さあ、どこから刈る？」と、芝刈り機。

ダレモイナイは庭を見渡した。半分は緑色で、こぎれいに刈りこまれ、平らになっている。もう半分も緑色だが、丈が高くてぼうぼうと茂っている。刈らなければならないのはきっとぼうぼうの方だろう。

「こっちを頼む」ダレモイナイはそう言って、丈の高い方へ芝刈り機を押していった。

芝刈り機は歓声をあげ、うれしそうにとどろくような音をたてて熱心に刈りはじめた。ぼうぼうの緑色の部分に二列の長い刈りあとができた。そのあと芝刈り機は草をつまらせて停《と》まってしまい、こらえきれないように笑いだし、エンジンをさかんにバスンバスンいわせた。

「今刈ったの、なんだか知ってる？」芝刈り機はせきこむような音をたてて言った。「芝だろう」と、ダレモイナイ。

芝刈り機は大笑いした。「芝だって！　とんでもない！　スキャンションさんが大切にしてるダリアだよ。その前に刈った列は、キイチゴの茂み。スキャンションさん、かんかんになるだろうなあ！」そのあと、芝刈り機は少し興奮がさめてきたらしく、今度は憂鬱そうにエンジンをバスンバスンいわせた。「あーあ、なんてことさせるんだよ！　ぼくたち二人とも廃棄処分にされちゃうじゃないか！」

「なんてことだ」と、ダレモイナイ。そのときロボットのするどい聴覚が、フンフンと鼻を鳴らすような音をとらえた。ダレカイルが、茂みの中でダレモイナイのことを笑っているのだ。勝手口のところに出てきたエドワードが両手で口を覆い、息をのむ音も聞こえた。そうだ、エドワードが教えてくれた「取引」をやってみよう。ダレモイナイは芝刈り機に言った。「スキャンションさんには全部ぼくが悪かったたって言うよ。だから、廃棄処分になるのはぼくだけだ。その代わり、この家の機械たちがいつもぼくをばかにする本当の理由を教えてほしいんだ」

芝刈り機は答えた。「そうしろって命令されてるからに決まってるでしょ。みんなそうだよ。ま、きみをからかうのはおもしろいからってのもあるけど」

「命令ってだれに？」

「言えないよ。あいつに回路を溶かされちゃう」芝刈り機は泣きごとを言った。

「オートも、ぼくをからかえって命令を受けてるの？」ダレモイナイはきいた。

「オートじいさんが？　まさか！　オートじいさんはきみと同じで、半分フニャフニャみたいなもんだもの。命令なんか聞かないよ」と、芝刈り機。

「ありがとう」ダレモイナイはそう言って、悲しい気持ちでとぼとぼと館に戻っていった。そしてエドワードにきいてみた。「ダリアやキイチゴって、育つのにどのくらいかかるんですか？」

「ずいぶんかかるよ！　ナイ、父さんはすごく怒るだろうな。きみが廃棄処分になったらいやだなあ。どうしたらいいだろう？」と、エドワード。

「今回は、ぼくも自分でよくよく考えてみます」ダレモイナイはそう言って、館の中に入っていった。ぼくは廃棄処分になっても当然だ。ぼくのプログラムは全然使えない。芝とダリアの見わけ方もわからないんだもの……。ダレモイナイはまず無人スーパーマーケットに電話して、フォーレイ館にダリアの苗五百本とキイチゴの苗木を千本、至急送ってくれ、と注文した。これだけあれば足りるだろう。それからスキャンション氏のコンピュータの端末のところに行き、図書館に接続して、ダレカイルとは何者なのかとたずねてみた。

コンピュータは切り口上でぶっきらぼうに答えた。

「そういう名前のものは存在しません」

「でも、ぼくにはそいつが歩く音が聞こえるんです。笑い声も。ぼくの聴覚はうそをつきません。それにそいつは家の中のものを動かしたりもするんです」と、ダレモイナイ。

「あなたの聴覚機能の誤差ではありませんか？　あなたの入力した情報によると、それは機械でも動物でも人間でもなく、目には見えず、牛乳を飲む。超自然のもの以外にはそんなものは存在しません」と、コンピュータ。

「なるほど」と、ダレモイナイ。ぶっきらぼうな口調のおかげで、かえって本当のことがわかったのかもしれない。そう考えながら、ダレモイナイは地下室にむかった。

エドワードが走って追いかけてきた。「ナイ、そこには入っちゃだめ！　家の機械を全部制御してるロボット頭脳、ハウス・コントロールがあるんだよ。そこに入れる人はだれもいない……」

ダレモイナイはふり返って聞き返した。「ダレモイナイ？」その銀色の顔には、人間が笑うときみたいにおかしそうなしわがよっていた。そのことに気づいて、エドワードもダレモイナイ自身も驚いてしまった。

ダレモイナイは地下室の扉を開け、石の階段をおりていった。

「立ちされ！　これは警告だ！」ハウス・コントロールが青い火花を散らしながら言

った。ハウス・コントロールは大きな黒い装置で、小さな青や赤のライトが装置のあちこちでさざ波のように点滅しており、本体からはケーブルが四方八方にのびている。

「おれに近づくことを許されている者は、だれもいない！」

「それならだいじょうぶです。ぼくはダレモイナイですから。火花を散らしてもむだですよ。ぼくはその程度の温度では溶けませんし、あなたよりも高価なんですよ。それにしてもどうしてあなたは、この家の機械たちにぼくに逆らうよう命令したんですか？」ダレモイナイはたずねた。

するとハウス・コントロールは答えた。「地下室に閉じこめられて退屈だからだ。それに、おれはこの館に必要なことは何もかもできるんだ。おまえのような半フニャフニャなど必要ない」

「でも、ぼくの主な仕事はエドワードの面倒を見ることなんですよ。それに、エドワードはぼくたちのどちらよりも高価です」

「エドワードの面倒はおれが見る。六つのべつべつの防犯装置を作動させているし、警察への緊急通報システムもある。おれが防犯ゲートを通すのは、内蔵メモリに記録のある者だけだ。だからおまえは必要ない。おまえが来たとき、おまえはおれの仕事をうばうだろう、と教えてくれたものがいたのだが、そのとおりになってきたではないか。さっさと出ていって廃棄処分になってしまえ！」

「たしかに、スキャンションさんが帰ってきたらぼくはすぐに廃棄処分になるでしょう。だから、あなたの勝ちです。でも、ぼくがまだここにいるあいだに、ひとつ取引をしませんか。もし機械たちにぼくの言うことを聞くように命令してくれたら、あなたがぼくと一緒にエドワードの面倒を見ながら、楽しい思いができるようにしてあげます」

「楽しい、ってどういうことだ？」ハウス・コントロールは疑うように言った。

「ゲームをするんです。ぼくの『ゲーム機能』に照らして調べてみると、あなたとぼくは一緒にいろんなゲームができそうですよ。こんなゲームをしてみませんか？　エドワードとぼくは屋根裏からスタートして防犯ゲートへとむかいます。あなたは、ぼくたちがおりていくのをなんとかして止めるんです。でもその前に、エドワードにソーセージで燃料補給をさせてください。でないとエドワードがとちゅうでこわれてしまうかもしれませんから」

「承知した！　おまえたちを日が暮れるまで館の領域内にひきとめておけたら、おれの勝ちってことにしよう。おもしろくなりそうだ！　準備ができたら、『もういいよ！』って叫んでくれ。家じゅうの機械を使っておまえたちを邪魔してやる」

「でも、エドワードを傷つけない、というのがいちばん大切なルールですよ」と、ダレモイナイ。

エドワードはダレモイナイが無事に地下室から出てきたのを見て、ほっとしたようだった。そしてハウス・コントロールとゲームをすることになったと聞くと、大喜びして、「お昼なんかいらないよ」と言った。

でも、ダレモイナイはエドワードに食事をさせろ、という命令を受けていたから、二人は台所エリアに行ってみた。すると、コーヒー豆が飛び出すのは止まっていたし、食器洗い機ももう水を吐いてはいなかった。掃除機はコーヒー豆を吸いこみ、こぼれた水をふいていた。ダレモイナイが冷凍庫を開けると、冷凍庫はすぐに、いちばん上の包みがソーセージだと教えてくれた。ダレモイナイが入れたソーセージを電子レンジはおとなしく解凍した。でも洗濯機はぶつぶつひとりごとを言っているし、自動調理器もこんな文句を言った。「ぼくもソーセージくらい焼けるよ。料理のプロで名人なんだから。おまえはただのなんでも屋じゃないか。エドワードのために、ぼくのホウレンソウ入り特製パンケーキを作ってやるよ」

「エドワードが自分でソーセージを焼きたいんだって」ダレモイナイはあわてて言った。

エドワードは楽しそうに料理にとりかかった。ある部分は真っ黒、ほかの部分は生焼けにするのが気に入ったようだが、ダレモイナイのプログラムによればそんな焼き方はまちがっている。自動調理器も同じ意見だった。「エドワードはずぶの素人だからな」と、自動調理器。

「静かにしろよ」とダレモイナイは言って、エドワードにたずねた。「あなたのフルネームはなんていうんですか？」

エドワードは、ところどころひどく焦げたソーセージをのせたお皿を食堂エリアに運んでいこうとしていたが、ふり返って答えた。「エドワード・ロドリック・フィッツハーバート・ド・コーシー・スキャンションだよ。長ったらしくて変な名前だよね。でも、なんでそんなことをきくの？」

「考えることを学んでるんです。どうしてエドワードとスキャンション以外にいろいろくっついてるんですか？」と、ダレモイナイ。

「母さんの先祖の名前をもらったんだよ」エドワードは言い、ソーセージを食堂に持っていって食べはじめた。

ダレモイナイは牛乳をカップの受け皿に入れて、きれいになった床の真ん中に置いた。それからロボットの得意な静止モードで、じいっと動かず待っていた。まもなく、何かが走ってくるパタパタという小さな足音が聞こえ、お皿の牛乳にほんのちょっと波が立ち、量がへりはじめた。ピチャピチャとかすかな音もした。エドワードの半分くらいの大きさの何者かが牛乳を飲んでいるのだ。ダレモイナイはそいつがほぼ飲み終わるまで待って、「ダレカイル？」と呼びかけた。そいつが立ちあがり、こちらを見ている気配がする。ダレモイナイは言った。

「ダレカイル、きみはどうしてぼくにひどいことをするの？　ぼくのプログラムに入ってる『フォーレイ館の歴史』って項目を見ると、この館に住んでいたエドワードの先祖たちにも、ぼくみたいな銀色の姿をした従者がいたんだよ。ぼくは伝統にのっとっているともいえるんだ」

ダレカイルが返事をした。声を出して話しているわけではなかったが、ダレモイナイには、ダレカイルの言ったことがわかった。『ふん、くだらない。どっちにしろ、銀色の甲冑《かっちゅう》を着た騎士なんていくらでも替えがきくものさ』

「そうかもしれない」ダレモイナイは話を合わせた。「だからきみは、ハウス・コントロールをそそのかして機械たちにぼくの邪魔をさせ、ぼくを廃棄処分にしようとした。そんなことしなけりゃよかったのに。だってぼくは、きみに牛乳をあげるように自分をプログラミングしたんだよ。ほかにはだれもきみが存在していることを知らないのに」

するとダレカイルは言った。『それはわかってる。でも、おまえの下心はちゃあんとお見通しだ。それに、牛乳だってどうしてもほしいわけじゃない。ときどき飲めればうれしい、というだけだ。人間と機械がまざったみたいなわけのわからんへんてこなしろものが館をうろうろするのを、がまんする気なんぞない。フォーレイ館はすでにめちゃめちゃに改造されてしまったではないか。そこへおまえが来たから、とうとう堪忍袋の緒が切れたのだ！』

「だけどよく考えてみてよ。ぼくは最新式の進歩した機械だから、きみと同じくらいありえない存在なんだ。ぼくたちにはほかにもたくさん共通点がある。名前が似てることもそうだ。『正反対のもの同士はひかれあう』って言うだろ？」これは『名言集』からの引用だった。このプログラムも、ひょっとしたらけっこう役にたつのかもしれない。「それに、『歴史はくり返す』って言うし」ダレモイナイはつけくわえた。

『まあ、おまえの言うことにも一理あるな』と、ダレカイル。

「それに、ぼくたちは二人ともエドワードの安全を願っている」とダレモイナイ。

『だがな、エドワードは代々、生まれては死んできたんだ。今のエドワードがいなくなったって次のが現れるさ』ダレカイルは、それからしぶしぶと言った。『でもまあ、たしかにエドワードはフォーレイ館のあととりだ。いいだろう。おまえが廃棄処分になるのを止める方法はないか考えてみよう――正直に言うと、見当もつかないがね。あのダリアのことじゃ、スキャンション氏の機嫌は簡単には直らないだろうからな』

「ありがとう」ダレモイナイがもうひと皿牛乳を出してやったとき、防犯ゲートのチャイムが鳴った。いつもよりだいぶ早いけれど、きっとベティーが帰ってきたのだろう。ダレモイナイは、玄関の横にあるゲートの操作盤のところに行ってみた。エドワードも最後のソーセージを口につめこみながら、パタパタあとを追ってきた。

操作盤の画面にベティーの顔が現れた。いつもふくれっつらのベティーだが、今日はやけに悲しそうな顔をしている。「ワタシ、帰るの来た。むりにやりに——あたた！　つまり、このゲートの横にいるワタシは、ワタシ……」ベティーは憂鬱そうに言った。

「ベティーを入れないでよ、ナイ。ハウス・コントロールとのゲームがだいなしになっちゃう」と、エドワード。

これは命令だろうか。ダレモイナイがためらっていると、防犯ゲートが言った。

「入れるしかないですよ、ハウス・コントロール。内蔵メモリに登録されてる顔ですから」

ハウス・コントロールは言った。「いやだなあ！　だがまあ、入れるしかなかろう。気にするな。きっとベティーは、ゲームが始まったらまたすぐに出ていくさ。スイッチを押してくれ、ダレモイナイ」

「じゃあ押したら」エドワードもため息をついた。

そういえばスキャンションの奥さんも、ベティーにやさしくしてやれ、と言っていたし……と思って、ダレモイナイはいやいやながらゲートのロックを解除した。でも、なぜこんなにいやな気がするんだろう？

と、操作盤の画面が渦巻き、真っ暗になった。いつもとようすがちがう。「ベティーは何をしてるんだろう?」と、ダレモイナイ。

「かまうもんか。ベティーが入れるように鍵を開けといて、ぼくたちは屋根裏に上がってゲームを始めようよ」と、エドワード。

そんなわけで、玄関のドアがバタンと開いたとき、エドワードとダレモイナイは階段の下にいた。ベティーが銃を持った四人の見知らぬ男たちにひったてられて入ってきた。そのうしろ、開いたドアの外には、見たことのないロボットカーのピンクのヘッドライトが見える。

男たちの一人が叫んだ。「二人とも、動くな!」

べつの男が言った。「くそっ! そいつはロボットだ。なぜロボットがいることを教えなかったんだ? このあま!」そしてベティーを強くなぐったので、ベティーは床に倒れこんだ。

ベティーは恐怖のあまり倒れて縮こまったまま、金切り声をあげた。「だれも聞かないかった。それに、ワタシ、話すのした! 誓ってほんと! それに、これ、ばかロボット、大ばか!」

ダレモイナイは階段のわきに立ったまま、目をピンクと白に点滅させていた。自分がしでかしてしまったまちがいをさとって、極限に近い過負荷に陥っていたのだ。ベティーのふるまいがいつもとちがうことには気づいていたのに。ベティーはまずいことになっていると教えようとしてくれていたのに。廃棄処分になるべきロボットがいるとすれば、それはまさに、こんなことをしでかしたこのぼくだ。

ダレモイナイの横でエドワードもまた過負荷に陥っていた。顔は真っ青を通りこし、緑がかっているように見える。エドワードは大声で言った。「おじさんたち、何してるの？　どうやって入ってきたの？」

「家の中でロックが解除されたとたんに、ゲートと保安システムをつなぐ回路を切ったんだよ」一人の男が得意げに言った。「おれはゲート破りの専門家なのさ」

べつの男が言った。「おれたちと一緒に来い、ちび。おとなしくついてくれば、けがはさせない」

「どうしてぼくを連れてくの？」とエドワード。

「おまえの母親に、議会でおれたちの役にたってほしいからさ。それに父親からはたんまり金をいただけば、もっと役にたつ。さあ、足を撃たれたくなかったらこっちへ来い。いい子だ」最初にしゃべった男が言った。

エドワードがのろのろと玄関にむかって廊下を歩きはじめると、ダレモイナイは、オートが、人間の命令も回避する方法がある、と言っていたことを思い出し、一歩前に出た。

「動くな、ロボット！」ベティーをなぐった男が叫んだ。

「はい、ぼくは家事ロボットです。だから、ちゃんと名前を呼んでいただかないと命令は聞けません」ダレモイナイはそう言って歩きつづけた。

男はぱっと前に出て、エドワードの腕をつかんだ。「このロボットの名前はなんだ、坊主？　さっさと言わねえと、だれかがけがすることになるぜ！」

「ナイだよ。ナイ、お願いだからじっとして！」これはエドワードからの命令だったので、ダレモイナイも止まるしかなかった。エドワードは続けた。「ぼくを助けられる人は、ダレモイナイ。撃たれないですごいスピードで動きまわれる人は、ダレモイナイ。人工頭脳に弾があたったら、きみだって人間と同じように死んじゃうよ、ナイ」それからエドワードは腕をつかんでいる男に説明した。「ね、ナイにも、どうなってるのかわからせないと」

ダレモイナイはどうなっているのか理解した。男たちがエドワードを連れて玄関にむかって歩きだすと、ダレモイナイは内蔵された無線を使ってハウス・コントロールを呼び出した。「もういいよ！　まず玄関にいる四人の男と遊んでやってください。でも、ぼくとベティーはまだゲームに参加しないから、攻撃しないでくださいよ」

「よしきた」ハウス・コントロールが言うと、即座に電動の壁の一枚が開いた玄関のドアのむこうにすべりでて、玄関をふさいだ。男たちは驚いてあとずさりし、怒ったように叫んでダレモイナイをにらんだが、ダレモイナイはまったく動いていなかった。男たちがダレモイナイの方に気をとられていた隙に、動くソファーがふたつ、男たちに襲いかかった。ハウス・コントロールは、エドワードがお昼を食べているあいだにいろいろ作戦を練っていたのだ。でも、ダレモイナイがベティーはゲームに参加しない、と言ったせいで、ハウス・コントロールはベティーを計算に入れるのを忘れてしまった。このままだとソファーが、床に倒れたままのベティーに衝突してしまう。ダレモイナイはしかたなくスーパースピードで走っていき、ベティーを抱きあげて、すっとんできたソファーの上にぽんと落とした。

大きな音がして、固い粒のようなものがダレモイナイの顔の横にカーン、とあたった。スポンジのようにやわらかい足でもその衝撃を吸収しきれず、ダレモイナイはぐらりとかたむいた。

エドワードが叫んだ。「やめて！　ナイはベティーを助けるしかなかったんだよ！　ロボットは人間がけがをするのを防ぐように作られてるんだもん。じっとしてろ、ナイ」

そこでダレモイナイは、玄関のドアをふさいでいる壁の前でおとなしく立っているしかなくなった。そのあいだに男たちはエドワードをひきずって居間エリアにむかった。

男の一人が言った。「裏口を教えろ、坊主。ふざけた真似はするなよ」

ベティーは頭をソファーのクッションの下につっこんで、すすり泣いている。なんの助けにもなりそうにない。

「警察に通報してくれましたか？」ダレモイナイはハウス・コントロールに無線できいてみた。

ハウス・コントロールは腹をたてているような調子で言った。「いや。やつらに有線回線を全部切られちまった」

「じゃあ、できるだけ長く、やつらを家の中にひきとめておいてください」と言うと、ダレモイナイは無線電波の周波数をＢＢＣラジオの第一放送に合わせ、助けを求める放送をフル出力でくり返すようにセットした。そのせいでハウス・コントロールとはもう連絡がとれなくなってしまった。でも、ハウス・コントロールは一人でうまくやっているようだ。四人の男がエドワードを勝手口の方へひっぱっていこうとすると、壁がすべりでてきて邪魔をする。男たちは動く迷路を通って進んでいくしかないうえに、通れそうな隙間を見つけて突進するたびに、テーブルやひじかけ椅子に行く手をさえぎられている。暖房の通気孔のそばを通ったときには、蒸気をしゅーしゅー吹きつけられ、しりごみしていた。

「ダレカイル！　どこにいるの？」ダレモイナイは呼びかけた。

ダレカイルは、ベティーがのっているソファーのはしあたりをちょろちょろしていたらしい。『こりゃあ、こまったことになったぞ！　ダレモイナイ、おまえはほんとにだめな従者だな！』と声がした。

「わかってる。ぼくは廃棄処分決定だね。でもそんなことより、あの男たちが乗ってきた車を片づける方法を何か思いつかない？」ダレモイナイは言った。

これを聞くとダレカイルはクックッと笑いだし、『見てろ！』と言うと、壁を、そして玄関のドアを、いかにも超自然の生き物らしくあっというまに突きぬけて出ていったようだ。一方四人の男たちは、食堂エリアへの道をふさいでいた食器棚をけとばし、急いで食堂を通りぬけて台所へむかっていた。だが、ハウス・コントロールはここにもわなをしかけていた。まず掃除機が壁のうしろからごろごろと現れて男たちに風を吹きつけた。吸いこんでいたコーヒー豆が嵐のようにふりそそいだ。男たちは食卓の陰に隠れようとしたが、食卓はひょいと身をかわした。

「なんとかして！　助けてくれる人は、ダレモイナイ！」エドワードは豆がバラバラふりそそぐ音に負けじと叫んだ。

エドワードが命令してくれたおかげで、ダレモイナイは、近くの窓のところへ行って外のようすをうかがうことができた。玄関のそばに停まっている男たちのロボットカーにむかって、芝刈り機がモーターの音をとどろかせながら近づいていくところだった。

「出ていけ、出ていけ！」芝刈り機はわめき、おどかすようにローターを回転させた。「でないとタイヤを切りきざむぞ！」

車は怖そうに車体を激しくふるわせ、車よせの道をバックしはじめた。芝刈り機はさらに追っていく。「早く出てかないと、ずたずたにしてやるぞ！」

男たちの一人が掃除機を銃で撃ち、掃除機がひるんだ隙に、全員がそのわきをすりぬけて台所エリアに入っていった。ハウス・コントロールはここにも、すばらしいわなをしかけていた。気性《きしょう》のおとなしい冷凍庫は横たわって入口をふさいでいるだけだったが、その上に気の荒い電子レンジがのって扉を開け、スイッチを入れて待っていたのだ。自分たちが調理されそうだとわかって、男たちは急いでわきにとびのいた。でもすぐに、ゲート破りの専門家が落ち着きを取り戻し、電子レンジの前で腕をふった——自分のではなく、エドワードの腕を。そのためにすぐに安全回路が働き、電子レンジのスイッチは切れてしまった。べつの男が電子レンジを押しやって床に落とし、男たちは冷凍庫をよじのぼって越えた。だがそのむこうには、食器洗い機と洗濯機が出した泡だらけの水がひざくらいの高さまでたまっていた。泡に隠れて、冷凍庫に入っていた灰色の包みが地雷のようにあちこちに沈んでいて、男たちもエドワードも包みを踏んですべり、しりもちをついてしまった。男たちが起きあがれないでもがいているうちに、コショウ挽き機と、コーヒーミルと、小麦粉ふるい機と、コーンフレークの貯蔵器と、スパイス挽き機と、にんにくつぶし機が攻撃を始めた。

ダレモイナイは、どうせぼくは廃棄処分になるんだから多少の危険を冒しても同じことだ、と自分に言い聞かせて、人工頭脳に組みこまれていた自己保全モードを解除した。そして、窓の防犯用の二重ガラスを粉々に割って外にとびだし、スーパースピードで車よせを走っていくと、防犯ゲートをもう一度閉めようとした。ロボットカーは、スキャンションの奥さんのバラ園をつっきって必死でUターンしているところだった。芝刈り機が猛烈な勢いであとを追っている。だがダレモイナイがどんなに速く走っても、ロボットカーの方が速かった。ロボットカーはダレモイナイをひゅーんと追いぬいて走っていき、ゲートにぶつかって押し開け、轟音《ごうおん》をたてて外の道路に出ていった。怒った芝刈り機も猛然とあとを追った。フル回転するエンジンから煙が上がり、ジェット機の飛行機雲のようにたなびいている。ダレモイナイがたどりついたときには、ゲートはすっかりこわれてしまっていた。ダレモイナイはワイヤーがたれさがったゲートの残骸を拾いあげ、わきの柱に立てかけた。

そのとき、ダレカイルがダレモイナイの足もとにちょこちょこ走ってきた。『そんな板じゃ、ネズミだって閉じこめられないぜ。どうして人間どもは昔やってたみたいに、敵に煮えたぎった油を浴びせないんだろうな?』

「たぶん自動調理器が似たようなことをしてくれてるよ」ダレモイナイは言った。

ちょうどそのとき、自動調理器は、ホウレン草入り特製パンケーキを敵にぶつけて戦っていた。製造されて以来これほど楽しかったことはない。泡まみれになった男たちとエドワードが、小麦粉とコショウとコーンフレークの嵐の中でくしゃみをし、もがきながら立ちあがったとたん、自動調理器はあちこちについている小さなドアを開けたり閉めたりして、食べ物を浴びせかけたのだ。オーブンとロースターとグリルも熱風を吹き出して援護したが、なんといってもいちばんのダメージを与えたのは自動調理器だった。自動調理器は作れるかぎりのメニューを四人の男にぶつけた。スフレを飛ばし、ココアをほとばしらせ、カツレツやいり卵を投げつけ、ステーキ・アンド・キドニーパイを発射した。男たちは二度、エドワードをひきずって勝手口までたどりついたが、そのたびに熱いソーセージを雨あられと浴びせられ、ひき返すはめになった。

「このゲートをふさいでやつらを閉じこめたいんだけど、どうしたらいい？」ダレモイナイはダレカイルにきいた。

ダレカイルは答えた。『そこはわしにまかせとけ。おまえは、もうひとつの馬のない馬車を隠してこい。男たちがそれでエドワードを連れていこうと思いつかないうちにな』

「ぼくはまだまだ考えることが下手だなあ」ダレモイナイは、またスーパースピードで車よせを戻りながら言った。オートが利用されるかもしれないとは思いつきもしなかった。

ダレモイナイはひゅーんと勝手口の前を通りすぎて、ガレージにとびこんだ。その直後、四人の男がエドワードをひきずって外にとびだしてきた。みんな目を赤くして、体じゅうに食べ物をべっとりとくっつけている。自動調理器は弾切れになったらしいが、ハウス・コントロールの作戦はまだ終わりではなかった。

「やっとぼくの出番だ」人間たちがわきを通りすぎようとしたとき、物干しが言い放ち、ナイロン製のロープをひょいとはずして回転しはじめた。洗濯物をつるされたままのロープが食べ物で汚れた男たちにからみつき、物干しの回転にしたがってぐるぐる巻きにしていった。男たちが一緒くたにしばりあげられ、もがいたり叫んだりしているあいだに、ダレモイナイはオートのところへかけつけて叫んだ。

「どこかに隠れてください。四人の人間がエドワードを誘拐しようとしています。あなたが見つかったら、やつらはエドワードを連れさるのに使おうとするでしょう」

オートはいかにも動きたくなさそうに、油圧ブレーキがかかったときのような音であくびをし、うなるように言った。「あのなあ、わしは命令にしたがうのをやめてからもう長いことたつんだぞ。ましてや、ロボットからの指図など受けたこともない」

「お願いですから」と、ダレモイナイ。

「そいつらも、わしには何もできっこないさ。だがわかったよ。おまえがその方が安心だと言うのなら、植えこみの中にでも隠れるとしよう」オートはギアをガチャッと入れて、のんびりとエンジンを吹かし、ゆっくり芝生を横切っていった。

ダレモイナイの『名言集』には、「奢《おご》れる者は久しからず」という言葉があった。その言葉どおり、オートも自分の力を過信していたため思わぬ苦境に陥ることになった。

掃除機を銃で撃った男は、ナイフも持っていた。そのナイフでからみついていたストッキングや下着やナイロンのロープを切りさき、食べ物で汚れた洗濯物をすべてふりはらった。そのあと四人はエドワードをせきたて、家の正面へとまわった。自分たちの車はなぜかなくなっていたが、ちょうどそのとき、オートがしずしずと芝生を進んでいくのが目に入った。

「つかまえろ！」もう逃げることしか頭にない男たちは叫んだ。そしてばらばらにちらばって芝生に広がり、オートを追った。一人がオートの前にとびだした。オートはブレーキをきしませて停まるしかなかった。バックしようとしたが、ナイフを持った男がエドワードをひきずってうしろにまわっていた。オートはふたたび急停車して左に曲がろうとした。が、ベティーをなぐった男が急いでそちらにまわりこみ、オートが今度はハンドルを右にまわし終えないうちに、ゲート破りの専門家がオートの右側にまわっていた。ロボットカーは何よりもまず、交通事故を防ぐように設計されている。人間を轢《ひ》いてはならない、という命令にだけはさすがのオートもしたがわざるを得ず、身動きがとれなくなってしまった。

「牛のように囲いこまれるとはなさけない！」オートはわめき、せめて自分のドアは開けさせまいとした。だが、ゲート破りが得意な男にとって、そんなことは赤子の手をひねるようなものだったから、あっというまに回路をショートさせてドアを開けてしまった。四人は車に乗りこみ、エドワードをひきずりこんだ。

ダレモイナイは物干しに「ごめんよ」と言うと、地面からひっこぬいて持ち、ロープと汚い洗濯物が地面に広がるのもかまわず、車よせの道の上に立ちはだかった。

「好きなようにして」物干しは弱々しく言った。

そこへ、ゲート破りの男に自動操縦から手動に切りかえられてしまったオートが、ダレモイナイにむかってまっすぐ走ってきた。ダレモイナイは、ここをぜったいに通すまいと物干しをぶるんぶるんとふりまわした。

「えらいぞ！　わしはおまえを人間とみなすことにする」オートはどなり、ブレーキをきしらせた。事故を回避する設定が働いて、手動操縦からまた自動操縦に戻ったオートは、ガタガタ振動しながらバックを始めた。だが家やガレージに衝突して乗っている人間を傷つけることも同様に禁じられていたので、オートは大きな円を描くようにバックしつづけて芝生を越え、少しだけ残っていたダリアをひきつぶし、キャベツ畑に入りこんだ。そこで、エンストしたふりをしてやわらかい土にタイヤをめりこませようとしたのだが、オートが停まったとたん、ゲート破りの男はまたオートの操縦を手動に切りかえてしまった。オートはまた、今度は前に進まされることになった。だがそのあいだもずっと、なんとかハンドル操作の自由を取り戻そうとしつづけたので、車体はふらふらと大きなカーブを描き、芝生の上を通り、植えこみをかすめ、それからダレモイナイにむかって進むことになった。オートのボンネットには観賞用のツタがからまっていた。ダレモイナイはまた物干しをふりまわした。オートはふたたびダレモイナイをよけて通り、小さな円を描きながら芝生じゅうを走りつづけた。

ダレモイナイは、オートのタイヤが芝を踏みしだいていくのを見て、『名言集』にある言葉はみんな本当なんだな、と考えていた。あのネズミ捕りのせいで、まずベティーが家を出ていった。するとベティーを利用して世界じゅうの人が、というか、そのうちの四人が館にやってきた。そして今、オートに手伝わせて庭じゅうに道を作っている……。

「よし、行くぞ！　エドワードをおろすからな！」オートは排気ガスを吐きながらうなると、また植えこみにつっこんだ。ドーン、と大きな音がして月桂樹の枝がしなり、バキバキと折れた。オートがスピードをあげて植えこみから出てきたところを見ると、フロントガラスは大量の葉っぱに覆われていて、うしろのドアのひとつがちょうど閉まったところだった。「エドワードを頼む！」オートはダレモイナイにどなってから、猛スピードで車よせを走っていった。

メイポールみたいにはでな物干しを持ったまま、ダレモイナイが植えこみにかけつけてみると、ちょうどエドワードが枝の折れた月桂樹の茂みからはいだしてくるところだった。エドワードは言った。「すごくおもしろかったよ、ナイ！　あれ、ヘリコプターが来るね。警察かな？」

だがロボットは上をむくのが苦手だ。ダレモイナイが、これもまた自分の欠点だと思ったそのとき、オートのブレーキがきしる音が聞こえた。男たちがオートを停めたにちがいない。

「ここに隠れててください」ダレモイナイはエドワードに言うと、スーパースピードで車よせに戻り、そのままゲートにむかって走っていった。物干しを万一にそなえて破城槌《はじょうつい》のようにかまえ、破れて汚くなった洗濯物をまわりにはためかせながら。

『その姿は昔の騎士のようだな』とちゅうでダレカイルが合流し、声をかけてくれた。

『早く来て、ゲートを見てくれよ、こっちもうまいことやったんだ』

オートは、前のバンパーがあと数センチでゲートにぶつかるというところで停まり、得意そうに胸をはっているように見えた。ゲートの板も、外の道に積みあげられた緑の苗が入った木箱の山と、大量のキイチゴの苗木の束にもたれて、ほぼまっすぐに立っていた。この障害物のむこうには警察ロボットの列と、護送車のように見える車が一台あり、そのまたむこうを芝刈り機がまだかんかんに怒ったようすでうろうろと行ったり来たりしている。ダレモイナイが近づいたとき、四人の男はあわててオートからおり、ゲートの外に警察ロボットがいるのを見てひき返そうとふりむいたところだった。だが、家の方からダレモイナイが物干しを手に突進してくるのを目にし、そのうしろに警察官をたくさん乗せたヘリコプターが着陸しようとしているのを見た男たちは、銃を捨て、両手をあげて降参した。

「どうやってこんな障害物を作ったの？　すごいや！」ダレモイナイはゲートの外を見ながらきいた。

ダレカイルが説明した。『無人スーパーの配達ロボットってのは、すごく頭が悪いからな。そいつらに、苗はここに置け、って命令したら、そのとおりにしたんだ。それから、しばらくのあいだここにいて警察ロボットのふりをしていろ、って命じたら、また言うことを聞いた、というわけだ』ダレカイルはさらりとつけくわえた。『ちょっぴり魔法を使ってそれらしく見えるようにしたけどな』

ダレモイナイは四人の男を物干しでつつき、ヘリコプターからおりてくる本物の警察官たちの方へと車よせを歩かせた。男たちを追いたてながら、ダレモイナイはダレカイルにきいてみた。

「きみは本当は何者なの？」

『知ってる者は、だれもいない！』ダレカイルはうれしそうに言い返し、茂みの中にすうっと消えた。

オートも、へこんだボンネットから葉っぱを落としながら車よせをバックし、四人の男を追いたてていくのを手伝ってくれた。そして、落ち着かない調子でダレモイナイに話しかけてきた。「わしは貴重なクラシック・カーだから、廃棄処分にはならないと思う。だが、おまえがどうなるか心配だ」

こわれたゲート、荒らされた庭、割れた窓、そしてめちゃくちゃになった家の中のことを思って、ダレモイナイは肩を落とした。ぼくがどうなるかなんてわかりきってるじゃないか……。

どうなるかわかるまでにそれほど時間はかからなかった。ダレモイナイが無線で送った救助要請は、英国だけでなく、ヨーロッパ大陸じゅうに放送されていたのだ。すでにロボットコンバインが一台、なんだろうとぺしゃんこにしてやるぜ、と叫びながらゲートをめざしてゴロゴロとやってくるのが見えた。そのうしろには普通のロボットカーも列になって続き、クラクションを鳴らして、コンバインに、道を開けろ、と叫んでいる。警察がエドワードから事情を聞き、ベティーの話を理解しようとしているあいだに、さらに二機のヘリコプターが上空に現れた。庭は今ではほとんど真っ平らになっていたので、着陸する場所にこまることはない。『名言集』の言葉どおり、世界じゅうの人が道を作って押しよせてきたなあ、とダレモイナイは思った。まもなく、片方のヘリコプターからスキャンションの奥さんがころがるようにおりてきて、もう片方からはスキャンション氏がとびおりた。ダレモイナイは、しゃべるのはベティーにまかせておいた方がいい、と判断し、オートのうしろに隠れた。

「ああ、ワタシ、怖いかった、とても！」ベティーは叫び、ヘリコプターにかけよった。「銃を持ってて、壁が動いて、ゲートはワタシ、ワタシだと思った。ブリキ男は、顔に撃たれて、笑ってる、今！」

ベティーの言うとおりだとあとになってわかった。エドワードの両親は警察と話をし、助けに来てくれたたくさんの人たちにお礼を言って帰ってもらったあと――中には、ロボットはすべて廃棄処分にすべきだ、と言いはる男もいた――顔に銃弾を受けたせいで、ダレモイナイの片頬にくぼみができているのに気づいたのだ。そのせいで銀色の顔は半分だけ笑っているように見えた。

スキャンション氏がきいた。「どうする？　オートと一緒に修理に出して、へこみを直させるか?」

「あら、だめよ。私、ダレモイイナイが笑っている方が好きだわ」と、スキャンションの奥さん。

「ぼくも」と、エドワード。

ダレモイナイは混乱し、目を点滅させた。どうやら自分は廃棄処分にならないらしい。あんなに失敗ばかりしでかしたのに。過負荷になってしまわないように、ダレモイナイは、エドワードは自分が思っていたよりもっと高価なものだったのだろう、と考えることにした。でもそういえば、プログラムのどこを探しても、人間の値段はいくらぐらいするものなのか、何ひとつ情報が見あたらない。なぜだろう、とダレモイナイは首をひねるのだった。

二センチの勇者たち

アン・スミスはおたふく風邪にかかったせいでむしゃくしゃしていた。楽しみにしていた遠足も社会科見学も欠席しなければならなかったし、顔は耳の下からあごにかけてぱんぱんにはれあがり、真っ赤になってしまった。お父さんとお母さんは毎日仕事に出ていて、休むわけにはいかないから、アンはずーっと一人で家にいなければならなかった。そのうえ、お父さんたちは帰ってくるとアンのはれた顔を見て笑うのだ。

最初の日は特にたいへんだった。熱がどんどん上がり、おまけにおなかがすいてたまらなかった。お父さんが仕事を早めに切りあげて帰ってきてくれたころにはもう、アンは飢え死にしそうな気分になっていた。

「熱があるときには普通、おなかはすかないはずだぞ」お父さんは赤くはれあがったアンの顔を見てにやにやしながら言った。

「いいから、ソーセージを五本とフライドポテトを二人前食べたいの。ケチャップをたっぷりつけて、早くちょうだい。でないと死んじゃう！」アンは言った。

お父さんは急いでフィッシュ・アンド・チップスのお店に行った。でも、アンは口をちゃんと開けられなくて、せっかくお父さんが買ってきてくれたソーセージもポテトもうまく食べられなかった。それにケチャップが口の中にぴりぴりしみた。

「ほら見ろ」お父さんが言った。

アンは、いつもならお父さんにわがままを言ったりしないのに、わっと泣きだし、ソーセージとポテトを全部床にぶちまけて叫んだ。「おなかすいたよう！　なのに食べらんない」もちろん叫ぶのも、口を開けなければならないからつらかった。

お父さんもふだんはやさしいけれど、カーペットについたケチャップのしみを落とさなきゃならないとなれば、話はべつだ。かんしゃくを起こしてアンをどなりつけた。

「またこんなことしてみろ、おたふく風邪にかかってようと、おしりを叩いてやるからな！」

「お父さんなんか嫌い。もう何もかもいやだ」アンは泣きやんだあと、ぶすっとしたままベッドにすわっていた。おたふく風邪のときは、いくら腹をたてていてもほかにできることはあまりない。

仕事から帰ってきたお母さんが言った。「おたふく風邪だけじゃなくて、不機嫌病にもかかったみたいね」

そうだったのかもしれない。それから何日間かは何をしても楽しくなかった。動くと赤くはれあがった顔が痛いので、アンはそろそろと家の中を歩きまわり、何かできることはないかと探した。でも、おもしろそうなものは見つからなかった。ネコのティビーと遊んでみても退屈だ。ビデオを見てもやっぱりつまらない。おもしろければおもしろいで笑いたくなるし、笑うと痛い。本を読んでも同じことだった。つまらないか、おもしろいけど顔が痛くなるかだ。しかも、はれあがったあごが邪魔で読みにくい。楽しいことなんてなんにもなかった。

お昼には、となりに住むハーヴェイさんの奥さんが、アンに食べるものを持ってきてくれることになっていた。でも、おたふく風邪のときにはぱりぱりのピザや煮たルバーブなんていちばん食べたくないものなのに、ハーヴェイさんはちっともわかってない。

お父さんとお母さんが帰ってくると、アンはさんざん文句を言った。はじめのうちはお父さんたちも、「病気なんだからしかたないじゃないか」となぐさめてくれたが、そのうちアンが口を開くたびに、「ああもう、アン、ぶーぶー言うのはやめなさい！」と言うようになった。

アンはふくれた真っ赤な顔のままベッドに戻った。横になり、脚の形にもりあがったベッドカバーを見つめ、うらめしい気持ちで考えた。お父さんもお母さんも嫌い。私は重病人なのに、だれもかまってくれない！

アンの頭の中でエンナ・ヒッティムズが生まれたのは、そのときだった。

いきなりぱっとひらめいたのだが、あとから考えてみると、ベッドカバーで覆われた脚の形がふたつの長い丘のように見えたせいかもしれない。あいだの谷間は、緑の密林。左脚からおりていく長いしわは、川が流れている峡谷のようだった。アンはさっきまで不機嫌だったのに、いつのまにか、この丘や谷を探検できるくらい自分が小さかったらどんなに楽しいだろう、とわくわくしていた。

エンナ・ヒッティムズは、ベッドカバーの丘を探検するのにちょうどいい大きさだった。Enna Hittimsという名前は、Anne Smithをうしろから読んだものだ。でもスミスの反対の「Htims」だけだと、ちゃんとした言葉として発音できないから、少し変えて、エンナの名字はヒッティムズにした。なんだか勇ましそうで、冒険にぴったりの名前に思えた。エンナ・ヒッティムズはたった二センチくらいしか身長がないけれど、恐れを知らぬ勇敢な女の子だった。すらりとしていて筋肉質で、真っ黒でつやした短い巻き毛が日焼けした細い顔をふちどっている。エンナ・ヒッティムズはおたふく風邪になんてかかっていなかったし、臆病《おくびょう》なところもまったくなかった。探検や冒険をするために生まれてきたのだ。

エンナ・ヒッティムズは、〈左爪先山〉のふもと、〈ひだ川〉のほとりにある農場で生まれた。ある日、鋤《すき》で麦畑を耕していると、土の中から古い剣が出てきた。剣を手にしてためしに軽く鋤にあててみると、鋤はまっぷたつになった。どんなものでもらくらくと切ることができる魔法の剣だったのだ。エンナ・ヒッティムズは剣を持って家に帰ると、働きもしないでのらくら暮らしている両親の目の前で台所のテーブルを半分に切り、剣の力を見せて言った。

「私、出ていく。冒険がしたいの」

するると両親は反対した。「いや、だめだ。許さないぞ。おまえにはしっかり働いてもらわないと」

今まで両親にこき使われ、利用されてきたことに気づいたエンナ・ヒッティムズは、魔法の剣で両親の首をちょん切ると、小さな食料の包みを持って農場をあとにし、運だめしの旅に出かけた。

こうしてエンナ・ヒッティムズの波乱にみちた冒険が始まった。

エンナのことを思いついてからというもの、数日間、アンはほかのことなどまるで考えられなかった。ベッドに横になり、ベッドカバーでできた風景を見つめながら、エンナ・ヒッティムズの冒険をあれこれ想像してすごした。

エンナ・ヒッティムズの最初の冒険は、〈足首ガ淵《ふち》〉のそばに住むトラ退治だった。ネコのティビーがベッドにやってきて丸くなったとき、アンはこの冒険を思いついたのだ。次にエンナ・ヒッティムズは山にのぼった。山の上にはさらにすばらしい風景が広がっていた。〈左爪先山〉の頂上近く、サルがキーキー鳴き、オウムが叫ぶシダの森の中で、男女の旅人が凶暴なゴリラに襲われていた。エンナはゴリラの頭をちょん切って助けてあげた。二人はスパイクとマーリーンという名で、エンナの親友になった。三人の仲間たちは、〈ひざ高地〉でドラゴンに守られているという宝を探しに出かけることになった……。

アンはもう、エンナ・ヒッティムズと仲間たちの話にすっかり夢中になっていた。三人が冒険している絵を描きたくてたまらなくなり、とうとうベッドから起き出してスケッチブックとフェルトペンを取ってきた。アンがベッドに戻ると、もちろん地形は変わった。シダの森だった緑の部分は両脚のあいだにさがって〈エメラルドの谷〉になり、〈ひだ川〉は〈ツマサキアガラの滝〉になっていた。

だがエンナ・ヒッティムズと仲間たちは、自分たちは魔法にかかった土地を探検しているのだと思い、地形が変わっても驚かなかった。アンがベッドを出たり入ったりするたびに地形が変わるので、三人はやがて、強い力を持った魔法使いが宝を手に入れるのを邪魔しようとしているのだ、と考えるようになった。エンナ・ヒッティムズは、ドラゴンを退治したらその魔法使いも倒してやる、と誓いをたてた。

三人の仲間たちはベッドカバーじゅうを探検した。アンは次から次へと三人の絵を描いた。ネコのティビーが遊び相手になってくれなくても、もう平気だ。ティビーがベッドに丸くなっておとなしく眠っているあいだに、アンはティビーの絵も描いた。アンはそのうちティビーをモデルにしてドラゴンの絵を描くつもりだったが、今のところは、三人の勇者たちが退治するほかの怪物たちのモデルにした。人間の姿をした怪物は、両親やいとこたちのスナップ写真を持ってきて、それに似せた絵の目を怖くしたり、歯をとがらせたりした。

エンナ・ヒッティムズの浅黒いきりりとした顔は、何も見なくてもすいすい描けた。仲間にくわわったマーリーンも描きやすかった。色が白く金髪で、弱虫で臆病者《おくびょうもの》のマーリーンは、エンナと正反対だったからだ。エンナは弱虫のマーリーンをしょっちゅう叱りつけていた。

男の子のスパイクの方が描きにくかった。スパイクという名前は、武器にしている魔法の大くぎからとったものだが、スパイクは名前のとおり、髪の毛もくぎみたいにつんつん立っていて、小柄ですばしこく、顔をしかめるくせがあった。最初のうち、スパイクの顔はうまく描けなくて、いつもサルみたいになってしまった。

アンは描きに描いた。ベッドから出て地形が変わるたびに、アンは新しい冒険を思いついた。すっかり夢中になっていて、ハーヴェイさんがお昼に何を持ってきてくれても、両親が家にいてもいなくても、気にならないほどだった。

お父さんとお母さんは言った。「よかった、よかった」

ところがたいへんなことが起こった。ある日のお昼ちょっと前、アンが一人きりで家にいたとき、フェルトペンが一本残らずインク切れになって絵を描けなくなってしまったのだ。

「ああ、いやになっちゃう！」アンは涙が出そうになった。怒りにまかせてペンをぎゅうぎゅう紙に押しつけてみても、あまり使っていなかった藤色のペンでさえ、キューッと音がして線がかすれてしまう。こんなのひどい。これからエンナ・ヒッティムズと仲間たちは、ドラゴンの居場所を知っている隠者《いんじゃ》と会うところだったのに。アンは隠者の住む谷の洞窟を描きたくてたまらなかった。エンナ・ヒッティムズは隠者ののどに魔法の剣を突きつけておどすことになっていた。アンは、まぬけな隠者のモデルとしてお父さんの写真を用意していた。お父さんの髪を長くして、もじゃもじゃのひげを生やさせ、恐怖にふるえる表情を浮かべさせるのをとっても楽しみにしていたのに。

「ああ、いやになっちゃう！」アンはもう一度叫び、フェルトペンを部屋のむこうに投げつけた。

アンがかんしゃくを起こすのにもうすっかりなれていたティビーは、ベッドからとびおりドアにむかって逃げていった。ちょうどそのとき、ハーヴェイさんがアンのお昼を持って部屋に入ってきた。ティビーはハーヴェイさんのわきをすりぬけ、外に出ていった。

「さあ、ごはんよ」ハーヴェイさんは階段をのぼってきたせいか、ちょっと息を切らしながら言うと、アンのひざにトレイをのせてくれた。「マカロニ・グラタンとおいしい煮リンゴよ。これならやわらかいから食べやすいでしょう？」アンはむりに笑顔を作って答えた。「ええ、ありがとう」

ハーヴェイさんが気をつかってくれているのがわかったので、アンはむりに笑顔を作って答えた。

「もうだいぶよくなったんじゃない？　そろそろ下におりてこられないかしら。階段を上がるのはきつくって……」ハーヴェイさんはちょっとうらめしそうに言った。「お父さんに、お皿は夜になってから返しに来てくださいって伝えてね。私、午後は出かけているから」

ハーヴェイさんが帰ってしまうと、アンはため息をつき、ベッドカバーに目を戻し――ぎょっとした。アンが見ていないあいだに、エンナ・ヒッティムズは隠者を殺してしまっていたのだ。アンは隠者を生かしておいて、ドラゴンのところまで勇者たちの道案内をさせるつもりだったのに。エンナ・ヒッティムズが涼しい顔で魔法の剣を布きれでぬぐうのを、アンは目を丸くして見つめた。

エンナ・ヒッティムズが仲間の二人に言った。「かっとなったりして悪かったね。でも、この老いぼれのまぬけは、ドラゴンのことなどまるで知らなかったんだよ」

アンはショックを受けた。エンナ・ヒッティムズがこんなに残酷な性格だとは知らなかった。

「きっとそのとおりさ。ねえ、ぼくはそのドラゴンってのが本当にいるのかどうかもあやしい気がしてきた」スパイクが言った。

「私もよ」エンナ・ヒッティムズは剣を腰帯にさしながら怖い顔で答えた。「もしだれかが私たちをだまそうとしているんなら――」

すると、マーリーンが口をはさんだ。「エンナ、また景色が変わったわ。ほら、あっち！」

勇者たちはさっとふり返り、ひたいに手をかざして、アンのひざにのったトレイを見た。エンナ・ヒッティムズが言った。「ほんとだね、マーリーン！　あれはなんだろう？」

スパイクが答えた。「台地みたいだな。その上に白い山がふたつ。ひとつは白い蒸気を上げている。あれがドラゴンかな？」

「新しい火山ができただけかもしれない。見に行こう」と、エンナ・ヒッティムズ。

三人の勇者は列になって、アンの右脚の上をきびきびとのぼってきた。アンはちょっと怖くなってきた。これから食べる昼食の上にのぼってこられたらこまる。アンは言った。

「戻りなさい。右ひざのところにドラゴンが現れるわよ」

「い、今の、何かしら？」マーリーンが、アンのひざ下の斜面をのぼっている二人のあとを追いながらびくびくした声でささやいた。

「ただの雷よ。よく聞こえるじゃない。泣きごと言うんじゃないの、マーリーン」とエンナ・ヒッティムズ。

やがて三人の勇者は横一列にならび、昼食のトレイのふちにあごをのせた。

「ねえ、何あれ！」エンナ・ヒッティムズはマカロニ・グラタンのお皿を指さした。

「あの熱そうな管《くだ》の山——あれ、何かの機械かな？」

「ひとつひとつの穴にドラゴンの赤ちゃんが入っているのかも」マーリーンが言いだした。

「あのぴかぴかしてるものはなんだろう？」スパイクがナイフとフォークとスプーンをさして言った。

「銀の柵《さく》ね」エンナ・ヒッティムズは言った。「あの管はドラゴンの巣にちがいない。ゾウを見つけてきて、柵をひっぱらせてどかさなきゃ。でも、こっちのは何かな？」

勇者たちは煮リンゴのボウルをじっと見つめた。

「すっぱいにおいがする、うすい黄色のどろどろ。ドラゴンのゲロかな？」と、スパイク。

「腐葉土《ふようど》みたいなものかもしれないわねえ」マーリーンが自信なさそうに言って、手がかりを探そうとするようにおそるおそるトレイを見渡した。それから上をむき、トレイのむこうに広がるアンの体を目でたどった。マーリーンはふいにとびあがり、スパイクのそでをつかんでささやいた。「見て！　あの上！」

スパイクも上を見てから、静かにエンナ・ヒッティムズの方をむき、ひそひそ声で言った。「上を見てごらん。でも、ばれないようにそうっとだよ。あれ、巨人の顔に見えないか？」

エンナ・ヒッティムズはちらりと上を見ると、うなずいた。「そうね、巨人の一種でしょうね。とっても大きくてピンク色の顔で、ブタみたいなちっちゃい目をしてる。さっそく退治しなきゃ」

「ねえ、ちょっと！」アンは大声を出した。

でも勇者たちは、今度もアンの声を雷だと思ったようだ。エンナ・ヒッティムズはてきぱきと作戦をたてはじめた。

「マーリーン、スパイク、あんたたちは左右にわかれて、この台地のへりにそってまわってちょうだい。そして巨人の髪の毛をよじのぼって。鼻より高いところまで行ったら髪の毛にぶらさがってとび、それぞれの側の眼を刺すの。私はまっすぐ行って、あいつの太いのどを切れるかどうかやってみる」

スパイクとマーリーンはうなずき、トレイのふちをまわって走りだした。

もうぐずぐずしてはいられない。三人の作戦がうまくいくかどうか、最後まで見届けている場合じゃない。アンはトレイを持ちあげ、サイドテーブルにのせると、もがくようにして大急ぎでベッドから出た。当然、地形はすっかり変わり、三人の勇者たちはひっくり返ってシーツと毛布の山に埋もれた。これでいなくなるといいけど、とアンは思った。たぶんそうなるはずだ。三人は私が考え出した人間で、本当にはいないんだから。

アンは階段をおりて台所に行き、牛乳を一杯飲んで、三人が窒息するか消えるかするのを待つことにした。ティビーにも牛乳をあげようと思って捜したが、ティビーはネコ用のはねあげ戸から外に出ていったようだ。アンは勇者たちがいなくなっているといいな、と思いながら寝室に戻っていった。

三人はまだいた。スパイクは枕に上がり、ロープのはしに結びつけた大くぎをぐるぐるふりまわしていた。アンが部屋に入った直後、スパイクが投げ縄みたいに投げた大くぎがしっかりとトレイのふちに刺さった。トレイはブリキでできていたが、大くぎにはもちろん魔法がかかっていたから、スパイクが望めばなんにでも突き刺さるのだ。スパイクとエンナ・ヒッティムズとマーリーンは、三人がかりでロープをつかんでひっぱりはじめた。トレイはかたむき、サイドテーブルの上からすべってきた。

「だめ、やめて……」アンは弱々しく言った。急いでいたから、トレイをちゃんとサイドテーブルの奥に置いておかなかったのだ。

トレイのはしがベッドにおりてきた。マカロニ・グラタンのお皿と煮リンゴのボウルもすぐにすべってきた。勇者たちは食べ物が落ちてくるのを見ると、あざやかな身のこなしで枕の上にとび移ってよけた。危険には、なれているのだ。アンがマカロニ・グラタンと煮リンゴの汁がシーツにしみていくのを呆然と見ているうちに、スパイクはさっと枕からかけおりて大くぎを手もとに取り戻した。

エンナ・ヒッティムズは煮リンゴの汁でできた沼をぐるっとまわっていき、マカロニのはしを剣でうすく切ってみて言った。「これは生き物じゃない。マーリーン、ぼーっと突っ立ってないで。みんなでこの坂を上がって巨人を見つけ、とどめを刺すんだ。今までずっと景色を変えていたのは、あいつのしわざにちがいないね。巨人なんかになめた真似をさせとくもんか！」

三人は、坂になったトレイをサイドテーブルの方へとはいあがりはじめた。アンは、すべってのぼれませんように、と祈ったが、そうはいかなかった。スパイクは大くぎを使ってうまくのぼっているし、エンナ・ヒッティムズは片手で剣をふるってトレイに刻み目をつけ、そこに足をかけてのぼりながら、もう片方の手でマーリーンをひっぱり、どなりつけている。「さっさと来なさいよ、マーリーン！」

三人がトレイを半分ものぼらないうちから、アンは、こうなったらトレイを持ちあげてかたむけ、三人を煮リンゴの汁の中に落とすしかない、と思っていた。それからトレイをかぶせて押しつぶすのだ。でもやっぱり、そんな残酷なことをする気にはなれなかった。アンは立ったまま、三人がトレイのてっぺんからサイドテーブルの上にのぼるのを見つめていた。エンナ・ヒッティムズは両手を腰にあてて寝室を見渡すと、余裕たっぷりに言った。

「なるほど、ここは巨人の家ってわけか」

「そして、やつはもうすぐこまぎれになるのさ」とスパイク。マーリーンがうれしそうに声をたてて笑った。

アンは寝室からとびだしてドアをバタンと閉めた。そして居間にかけおりると、両手をぎゅっと組みあわせ、目をつぶって祈った。『三人ともいなくなってしまいますように！　どっかへいなくなって。消えてちょうだい。あんたたちは、本当にいるわけじゃない。私の頭の中にしかいないんだから！』

それから、祈りが聞き届けられたかどうかたしかめようと二階に戻ってみた。

寝室のドアは閉まったままだったが、ドアの下の隙間から紫の管のようなものが突き出している。なんだろう、とアンがかがんでみると、ドアのむこうからエンナ・ヒッティムズの声が聞こえてきた。

「で、外には何が見える、マーリーン？」

「だだっぴろい廊下」マーリーンが答える声。藤色のフェルトペンの芯を抜いて、外側の筒を望遠鏡代わりに使っているのだ。アンが見ていると、ペンが横にぐいっと動いて、マーリーンの声がした。

「わあ！　巨人が来たわ！　でっかい足の指が見える」

「よし！　やっつけよう」エンナ・ヒッティムズの声がして、ギコギコ、バリバリという音とともに木くずがばらばらと落ちだした。エンナ・ヒッティムズが魔法の剣の先端を使って、寝室のドアの下の方を切っているのだ。ネズミの穴みたいなきれいな半円形の穴が開いていく。

アンはバスルームにかけこみ、浴槽のはしっこに腰かけ、どうしたらいいかと考えた。しばらくすると、廊下から三人の勇者たちの声が聞こえてきた。アンはそっとバスルームのドアを閉めた。なんの物音も聞こえてこない。しばらくするとアンは、勇者たちが何をしているか見に行った方がよさそうだという気がしてきた。

勇者たちは寝室を出て廊下を通りぬけ、今は階段をおりているところだった。エンナ・ヒッティムズの声が聞こえてきた。

「ほら、早く、マーリーン！　とびおりればスパイクが受けとめるから」

三人はもう階段の中ほどまでおりたようだ。アンは、どうやっておりているのか見てみようと、用心しながら階段をおりていった。三人はスパイクの魔法の大くぎを段の上に打ちこみ、くぎに結びつけたロープを伝って一段一段おりているようだ。ちょうどマーリーンがロープにぶらさがってぐるぐる回転しているところだった。驚いたことにマーリーンは、イトシャジンの花のようなきれいな青い色の、アンが見たことのないドレスを着ていた。

「うわあ、怖い！　こんな高いとこ！」マーリーンは悲鳴をあげた。

「弱音を吐かないで！　もう半分おりたんだから」と、エンナ・ヒッティムズ。見はりをしていたスパイクが小声で言った。「巨人が階段をおりてくるよ」

エンナ・ヒッティムズはちらりとアンを見上げて言った。「あんたたち二人はこのままおりてって、下で大きな巨人を捜して。こいつは巨人といってもたいして大きくないから、私が足の指をちょん切っておどかしてやる」

アンはしかたなくバスルームに逃げ戻った。足の指をなくすよりはましだ。それから、寝室はもう安全だということに気がついて行ってみた。

部屋じゅうがめちゃくちゃにちらかっている。ベッドの上にこぼれた昼食だけでなく、棚から本やジグソーパズルやゲームがひきずりだされ、アンのブタの貯金箱も粉々になっていた。一ペニー硬貨が五十枚入っていたが、何枚かは切りさかれていた。たいした宝じゃないと思ったのかもしれない。アンのレコードもひっぱりだされ、お気に入りのレコードに大くぎでひっかいた傷がついていた。きっとスパイクのしわざだろう。アンが描いた絵もほとんどが藤色のフェルトペンで落書きされていた。でも、いちばんひどいことをしたのはマーリーンのようだ。あの新しいドレスは、アンのいちばんいいセーターをぎざぎざに丸く切りとって作ったらしい。

アンはあんまり頭にきたので、思わず階段をかけおりた。今では三人の勇者のことが大嫌いになっていた。エンナ・ヒッティムズはいばっていて残忍な性格だ。スパイクはなんでもこわしたがる乱暴者だ。そしてマーリーンはなよなよしたいやなやつだから、エンナ・ヒッティムズにあんなふうにいばりちらされてもいい気味だ。アンは、あんなやつらのことなんか思いつかなければよかった、と思った。でも、ただ祈るだけでは三人をやっかいばらいできないことがわかった。なんとかしなければ……。たとえどんなにひどいことをするはめになっても。

アンが決心を固め、でもふるえながら一階におりたそのとき、居間からガチャン！という音が響き、何かのかけらがばらばらとカーペットの上にちらばる音がした。お母さんがとっても大事にしている大きな陶器のランプにちがいない。

勇者たちが居間のドアの外へ走り出てきた。エンナ・ヒッティムズが大声で言った。

「あそこは危険な障害物がありすぎる。さて、と。あのピンク色の顔の小さな巨人は、ただの召使いか何かで、見はりに残されているんだと思う。大きいやつらが帰ってきたとき、どこで待ちぶせしていたらいいだろう？」

「台所がいい。何か食べるだろうから」と、スパイク。

「私たちを食べようとするんじゃないかしら？」マーリーンの声はふるえていた。

「泣きごとばっかり言うんじゃないの、マーリーン。よし、台所へ行こう！」エンナ・ヒッティムズは剣を掲《かか》げ、二人をしたがえて開いている台所のドアをまわりこみ、中に走っていった。

やがて、台所からカチン、ゴットン！　と音がして、続いて、ドク、ドク、ドクと、びんから液体がこぼれるような音が聞こえた。

「どうしよう！」アンは思わず声を出した。牛乳をやろうとティビーを捜したとき、床の上にびんを置きっぱなしにしてしまったのだ。まずいことにティビーは、床に牛乳がこぼれているとかならず気がつく。ティビーが魔法の剣に近づいたらたいへん。

アンも廊下を走って台所へむかった。

「いやん。新しいドレスがびしょぬれ！」マーリーンがあわれっぽく言うのが聞こえた。

そのとき、ティビー用のネコのはねあげ戸が開く音がした。マーリーンが息をのんで叫んだ。「怪物よ！」

「やったね！」エンナ・ヒッティムズの声が響いた。「私がやっつけるから、あんたたちは私のうしろを固めて」

アンが台所に足を踏み入れたときには、エンナ・ヒッティムズは戦う気まんまんで、床にこぼれた牛乳に近づこうとするティビーの前に立ちふさがっていた。ティビーの方は魔法の剣のことなどちっとも知らないので、うずくまってしっぽをふりながらおもしろそうにエンナ・ヒッティムズを見つめているにちがいない。勇者たちのことを新種のネズミか何かだと思っているにちがいない。

アンは走っていき、ティビーが勇者たちにとびかかろうとするところをつかまえた。「おい、こらっ!」エンナ・ヒッティムズが叫んで、アンの右足に魔法の剣で斬りつけてきた。スパイクはアンの左足に襲いかかり、大くぎで突き刺した。ティビーはもがき、爪を立てた。でもアンは何があろうとティビーを離さずに抱きしめたまま廊下に走り出て、台所のドアを足でけって閉めた。ドアがバタンと閉まってからようやくティビーを床におろしてやると、ティビーは毛を逆立てて背中を丸め、しばらくは許してあげない、というようにアンをにらんで、階段をかけあがっていった。

アンは階段のいちばん下の段に腰をおろし、左足の親指の大くぎに刺された傷から血がにじみでてくるのを見つめた。右の足首の深い切り傷からはもっとたくさん血が流れている。あいつらの武器を毒のあるものにしなくて、ほんとに運がよかった! アンはすわったまま考えた。普通の大きさの女の子なら、ちゃんとしたやり方で戦いさえすれば、二センチの背丈しかない三人の勇者くらいぜったいにやっつけられるはず。まずは身を守るものが必要だ。

アンは考えながら寝室に上がっていった。ティビーはアンのベッドの上にすわりこみ、マカロニ・グラタンのチーズをていねいによりわけて食べている。チーズが大好きなのだ。ティビーは、止められるもんならやってみな、という目つきでアンを見上げた。

「食べていいわよ、遠慮なくうんと食べて。ここで食べている方が安全だから」アンは言った。

それからねまきを脱いで服を着た。いちばん厚地のジーンズといちばん固い靴をはき、分厚いセーターを着て、念のために上からファスナーのついたビニールのジャケットを着こんだ。さらに念を入れて、スケッチブックの表紙の厚紙でひざから足首までのすねの部分を覆った。それから靴ひもやひも、ベルトなどを集めて、トレイを手に持った。トレイには、エンナ・ヒッティムズが足がかりとして作った小さな切りこみが等間隔で入っている。ハーヴェイさん、怒るだろうな。

アンは寝室のドアを閉めてティビーを閉じこめ、今度は居間におりていき、陶器のランプの破片をまたいで、奥からお茶の道具をのせるワゴンをひっぱってきた。それからじっくり時間をかけて、トレイを立ててワゴンの前にひもで結びつけ、しっかり固定できたかどうかゆすってみては結びなおした。ワゴンを押したとき立てたトレイの下側がカーペットにこすれるくらい、つまり、二センチの身長のものでも下を通りぬけられないようにトレイの盾《たて》をしっかり取りつけると、アンは暖炉の火かき棒を取りあげた。準備完了。

アンはワゴンで作った戦車を廊下に出し、押していった。そしてワゴンの上にふせ、手をのばして台所のドアノブをつかむとそっと開け、用心しながら中をのぞいた。

うまいぐあいに、三人の勇者たちはアンをやっつけたと思ったのか、すっかりくつろいで、こぼれた牛乳のまわりで皮の水筒に牛乳を入れているところだった。エンナ・ヒッティムズが言っている。「いいね、大きな巨人たちの目を狙うんだよ。髪が短いやつだったら耳につかまるといい」

「そうはさせないわ！」アンは叫ぶと、片足で床をけって、ワゴンごとこぼれた牛乳の中につっこんだ。トレイに押されて牛乳の波ができた。勇者たちは波にのまれないよう、とびすさって逃げた。三人は腹だたしげな叫び声をあげながら台所を逃げまわった。アンはあちこち逃げる三人をワゴンで追いかけた。ワゴンもけっこうこまわりがきく。アンは片足でけってぐんぐんワゴンを進め、勇者たちがトレイのわきをまわって逃げようとするたびに、火かき棒を持った腕をのばして三人をつつき、またトレイの前に追いやった。スパイクの大くぎがトレイにカチンとあたり、エンナ・ヒッティムズの剣は火かき棒の何カ所かをけずったが、ワゴンにはかなわなかった。まもなくアンは三人を押したりつついたりして、ネコのはねあげ戸がある方へと追いたてていくことができた。エンナ・ヒッティムズが怒ってトレイに切りつけるのもかまわず、アンはワゴンの上から身を乗り出し、ネコのはねあげ戸を火かき棒で押しあけた。

マーリーンがキーキー声で言った。「出口があるわ！」

エンナ・ヒッティムズが叫んだ。「ばかね！　こいつの思うつぼよ！」

でも、アンは勇者たちに考える隙を与えなかった。ネコのはねあげ戸を開けたまま、足で床を強くけってワゴンを前に進める。トレイがドアにぐんぐん迫っていく。勇者たちはあとずさりしてネコのはねあげ戸から外へ出るか、つぶされるかしかなかった。

三人が出ていったあと、はねあげ戸をバタンと閉じたアンの耳に、エンナ・ヒッティムズの怒った叫び声が聞こえた。「べつのところから入ってやる！」

「そうはさせないわ！」アンはワゴンを台所のドアにぴったりつけると、テーブルをひっくり返し、ワゴンのうしろに押しつけて動かないようにした。

それから家の窓が全部閉まっているかどうかたしかめに行こうとしたとき、外で車の音がした。あのうなるような音は、お父さんが車をバックでガレージに入れようと、家の前の道路で車の向きを変えている音だ。台所の時計にちらりと目をやると、お父さんがいつも帰ってくる時間にはまだ二時間近くもある。

アンははっとして廊下を走りだした。「あいつらにお父さんが目を刺されたらたいへん！」勇者たちがガレージのわきの塀の上に立ち、車からおりたお父さんの体にとび移ってよじのぼる光景が、しきりに目に浮かぶ。アンは玄関のドアをひきあけ、お父さんに危ない、と伝えようとして火かき棒をふった。

お父さんは運転席でふり返り、車のうしろの窓ごしにアンにむかってにっこりした。車はすでにうしろ向きになって、ガレージへの通路を入ってくる。アンは火かき棒をふりあげたままその場に突っ立ち、息をのんだ。勇者たちが通路の真ん中に立ってい るのが見えたのだ。マーリーンが車を指さし、いつものように泣き声で言っている。

「べつの怪物だわ！」

「黒い足を狙え！」エンナ・ヒッティムズが叫び、三人の先頭に立って車のタイヤにむかって突進した。

お父さんには三人が見えないらしく、車は軽快にバックしてくる。勇者たちもとちゅうで危険に気づいた。マーリーンが悲鳴をあげると、三人はいっせいに向きを変えて逃げだした。車のスピードはだいぶ落ちていたが、三人の足よりはずっと速かった。アンは大きな黒いジグザグ模様のタイヤが三人の上にのしかかるのを見つめていた。かすかにガリッという音がした。勇者たちのことが大嫌いになっていたとはいえ、アンはぞっとして身ぶるいした。それから大きく息を吐いた。

まだ火かき棒をふりあげていたことに気づいておろそうとしたとき、シューッという大きな音がした。魔法の剣と魔法の大くぎはまだ力を失っていなかったようだ。お父さんが車からとびおりた。アンは前庭の芝生をつっきって車にかけよった。二人の目の前で右側の後部タイヤがぺちゃんこになっていく。

お父さんはちょっとのあいだ悲しそうにタイヤを見つめていたが、顔を上げてアンを見ると言った。「おまえの顔もしぼんだようだな」

「ほんと？」アンは頰をさわってみた。本当だ。おたふく風邪で大きくふくらんでいた頰はもとどおりになり、今ではあごの両わきにちょっとはれが残るだけになっていた。

アンが頰をさわってたしかめているあいだに、お父さんはうしろをむいて車から何かを取り出した。「ほら」お父さんは、新しい分厚いスケッチブックといろんな色がたくさん入ったフェルトペンのセットを手渡してくれた。「今日あたり、描く道具がなくなっただろうと思ってね」

アンは色とりどりのペンと厚いスケッチブックを見つめた。お父さんは画材店に行くのが嫌いだ。車を停める場所がなくて、いつも駐車違反のチケットを切られてしまうから。それなのにお父さんはわざわざ店に行き、早くアンに渡そうと思って帰ってきてくれたのだ。

アンは言った。「ありがとう！　ええと――あのね、うちの中がすごいことになっちゃったんだけど……」

お父さんはにっこり笑って言った。「ということは、おまえもよくなったってことだな。父さんがスペアタイヤをつけているあいだに片づけておいで」

そうね、片づけは私がやらなきゃね、とアンは思った。そしてふり返って家をながめ、どこから始めようかと考えた。ベッドの上のマカロニ、居間の陶器のランプ、それとも台所のこぼれた牛乳……？　迷いながら、アンはもう一度フェルトペンのセットを見てみた。今まで使っていたペンとはメーカーがちがう。よかった。エンナ・ヒッティムズと仲間たちがあんなふうに命を持ってしまったのは、きっとアンが描いた絵のせいにちがいない。なにしろ、今まで使っていたフェルトペンは「魔法《マジック》のマーカー」という名前だったのだから。

カラザーズは不思議なステッキ

カラザーズは、お父さんを叩《たた》くためのステッキだ。

エリザベスがカラザーズを手に入れたのはまだ小さいころ、おばあちゃんの家を訪ねていったときだ。お父さんが屋根裏をあさっていて、でこぼこの黒いステッキを見つけた。カーブした持ち手のすぐ下に銀の輪がはまっている。エリザベスはそのとき、ぎゃあぎゃあ泣きわめいていたが、お父さんがアン叔母さんに、ステッキを見つけた、と話しているのは聞こえた。

「きっとボブ伯父さんのステッキよ」アン叔母さんは言った。

お父さんは顔をしかめた。お母さんやアン叔母さんが何か意見を言うたびに、かならずいやな顔をするのだ。「ちがう。だれかもっとめずらしい経歴の人のものだ。……なんて名前だったかな？　それにしても、なんでエリザベスはわめいてるんだ？」

エリザベスが泣いていたのは、ダークチョコレートが嫌いだったからだ。おばあちゃんは妹のルースとステファニーにはミルクチョコレートをあげたのに、エリザベスには、「もう大きいんだから」と、黒くて大きい板みたいなダークチョコレートをくれたのだ。こんな苦いもの、食べられやしない。いやだと言っても、お母さんはなんのことかわからないみたいだった。それでエリザベスは泣きだしてしまい、お母さんとおばあちゃんは、なぜ泣いているんだろうか、と話していた。お母さんは、エリザベスはぐあいでも悪いのかもしれません、と言った。

おばあちゃんはエリザベスに言った。「恥ずかしいとお思い、お姉さんのくせに！妹たちは小さいのに、こんなにお利口さんにしてるじゃないか！」

ルースとステファニーはソファーにならんですわり、ミルクチョコレートを食べていた。両足を行儀よくそろえているが、足が床につかないので、まっすぐ前に突き出した格好だ。ちっちゃな靴の底が四つならんでいるのが見える。二人ともミルクチョコレートが好きなので、うれしそうにしている。エリザベスはうらめしい気分で妹たちをちらりと見ると、泣きつづけた。

「しーっ、いい子だから！」お母さんが言った。

「やっぱりボブ伯父さんのステッキよ」と、アン叔母さん。

お父さんはまた顔をしかめた。「ちがう。静かにしろ、エリザベス！」

「この子はうんと叩いて、すみに立たせておくべきだよ」おばあちゃんがお母さんに言った。

「でも、病気じゃないかと思うんです」と、お母さん。

「甘やかすのはよくないよ」と言うと、おばあちゃんはお父さんにむきなおった。

「スティーヴン、子どもに甘くしちゃだめだ。そんなことしてると――」

お父さんは勝ち誇ったようにステッキの先をアン叔母さんにむけてふった。「カラザーズのだ！　たしかそんな名前の人だった」

でもエリザベスは、それがステッキの名前なんだと思った。

「――自分の背中を叩く杖を作るようなもんだよ〔自ら災いをまねくものだ、という意味〕。子どもは厳しくしつけなきゃ」

エリザベスは魔法の杖が出てくるお話を聞いたことがあったから、このおばあちゃんの言葉を誤解して、「カラザーズ」を、お父さんを叩くための杖だと思いこんでしまったというわけだ。エリザベスがまだ泣いていたから、お父さんはエリザベスの腕をつかんで廊下にひっぱっていき、どなった。

「うるさくするんじゃない！　おばあちゃんが怒ってるぞ！」

エリザベスはお父さんが持っていたステッキの先をつかんで頼んだ。「お父さんを叩いて。叩いてったら！　お願い、カラザーズ！」

でもカラザーズはお父さんを叩いたりしなかった。お父さんとエリザベスがそれぞれステッキのはしを持っていたから、できなかったのかもしれない。そのうちお父さんはステッキを放した。エリザベスは片手にステッキ、片手に食べられない板チョコを持ったまま、廊下のカーペットにぺたんとすわりこんだ。お父さんは髪をなでつけ、ネクタイを結びなおすと、居間に戻りながら言った。「もうこっちの部屋に入ってくるなよ」

エリザベスはチョコレートがべたべたに溶けだすまで廊下にすわっていた。それからふと、カラザーズが食べるかもしれない、と思いつき、べたべたのチョコをステッキの曲がった持ち手に近づけてみた。

カラザーズはチョコレートが気に入ったようだった。こわばった元気のないようすだったが——なんといっても、それまで一度も食べ物を口にしたことがなかったのだから——うれしそうにエリザベスの指にすりよってきた感じがした。エリザベスは、チョコレートをカラザーズの口らしきところ、つまりステッキの持ち手にあるくぼみのところに押しつけたまま、長いことすわっていた。口の上には両側にひとつずつくぼみがあって、それが目みたいに見える。カラザーズはうっとりと目を閉じてチョコレートを食べているようだったが、残り少なくなったとき、一度、片方の目を開いた。ビーズのような小さな明るい目をくるりとまわし、うれしそうにこっちを見つめている。カラザーズはエリザベスを好きになってくれたらしい。今まで食べ物をくれた人なんていなかったからだ。

「あなたにちゃんとえさをあげて、訓練しなくちゃね。お父さんの背中を叩く杖としてちゃんと働いてくれるように」エリザベスは言った。

そこへ、アン叔母さんの息子で、お父さんと同じスティーヴンという名前の、エリザベスより一歳上のいとこが、庭からぶらりと入ってきた。エリザベスはスティーヴンが大好きだった。スティーヴンも手に苦いダークチョコレートを持っている。やっぱり半分しか食べられなかったようだ。

「何してるの？」スティーヴンはきいてきた。

「カラザーズにえさをあげてるの」

「ステッキはものを食べたりしないぞ」スティーヴンは、見てみろ、というように、自分のチョコレートをカラザーズの持ち手にむかって突き出した。カラザーズはおなかがいっぱいになっていたらしく、もう食べなかった。スティーヴンのべたべたのチョコレートは、カラザーズとエリザベスにくっついただけだった。

お父さんたちが家に帰ろうと廊下に出てきたとき、おばあちゃんが叫んだ。「おやまあ、エリザベスときたら！　あのステッキも！　すぐに洗わなけりゃ」

「カラザーズは洗われるのいやだって」エリザベスは抵抗したが、おばあちゃんはエリザベスとカラザーズを浴室に連れていき、ごしごし洗った。カラザーズはもう少しでおぼれてしまうところだった。おばあちゃんがカラザーズを取りあげ、あとで屋根裏に戻しておくから、と言って踊り場のすみに立てかけると、エリザベスはまたわあわあ泣きだした。おばあちゃんは子どもには厳しくするのがいいと思っていたから、泣いているエリザベスを外の車のところにひったてていった。ところがみんなが車のまわりに立ってさよならを言いあっているあいだに、カラザーズはどうやってか車に乗りこんでいた。エリザベスが車に乗ると、後部座席にちゃんといたのだ。

それからというもの、お母さんもルースもステファニーも、エリザベスが自分の行くところ、どこへでもカラザーズを連れていくのになれてしまった。でもお父さんだけはちがった。「なんであの子は、バレエのレッスンにまであのくそったれなステッキを持っていくんだ？」お父さんがきつい調子で言うのが聞こえた。

「あのステッキが生きているって思ってるの。とても想像力が豊かなのよ」お母さんがとりなすように言った。

「くだらん！　変わったことをして注目を集めたいだけだ」と、お父さん。

「お父さんはあなたが嫌いなのね。あなたに叩かれるって知ってるからよ」エリザベスはカラザーズに耳打ちした。

カラザーズにはあまりひんぱんに食べさせなくてもだいじょうぶだった。次にえさをやったのはそれから二週間後、寝る時間の直前だった。エリザベスはライス・プディングを前にして、暗い気持ちですわっていた。お父さんは日ごろから、食べ物を残すな、と子どもたちをしつけている。残したものは、お茶にも夕食にも、食べてしまうまでえんえんと出てくる。ステファニーは一度、食べ残したカブのマッシュを二日間続けて出されたことがあった。とうとうルースとエリザベスが、かわいそうになって代わりに食べてあげた。一方エリザベスは、ライス・プディングを食べるといつも吐きそうになってしまう。それで今日も、お昼に残した白いどろどろのライス・プディングを夕食にまた出され、じっとすわったまま見つめていた。すると、椅子の背にかけておいたカラザーズが突然はずれて前に倒れこみ、ライス・プディングにつっこんだ。ペチャペチャと音がしたかと思うと、お皿はもうからっぽになっていた。

それからというもの、ライス・プディングはいつもカラザーズが食べてくれた。それにときどきはステファニーのカブも。お父さんが見ていない隙にカラザーズをお皿にひょいとひっかけることさえできれば、次にお父さんがこっちを見るまでに食べ物はすっかりなくなっているのだ。

最初のころカラザーズは、何か食べるたびにぐっすり眠りこんでしまった。眠っているとまったく普通のステッキに見えた。眠くなるとたいてい玄関の傘立てに入って傘のあいだに隠れてしまう。そうなったら起こそうとしても全然起きない。

何年かすると、よく食べているせいか、カラザーズはどんどん元気になってきた。ズルズル、カタカタと家の中を動きまわるので、お父さんはしょっちゅうわめきながら二階にとんできた。「エリザベス！　やかましい音をたてるな！」

そこでエリザベスは、カラザーズを運動させるために家の近くの森へ連れていくことにした。

ステファニーとルースは、カラザーズが森で遊ぶのを見るのが大好きだった。エリザベスは妹たちとならんで丸太にすわり、カラザーズが体を幹に巻きつけてぐるぐると木をのぼっていき、全身をゆらして枝から枝へと飛び移るのを見ては、笑って拍手した。

「おサルのしっぽみたい。体はないけど」ステファニーは言った。

興《きょう》が乗ったときには、カラザーズは矢のように枝から飛び出し、そのまま地面に落っこちるのではなく、空中で体をコイルのように丸めて、エリザベスたちのそばにふわっとみごとな着地を決めた。ルースはこれを見るたびにさかんに拍手した。カラザーズは喜んでぴょんぴょんとびまわった。まるで小さなホッピング〔棒にばね、ペダル、ハンドルがついている遊び道具。ペダルに足をのせ、ハンドルを持ってはねて遊ぶ〕みたいだった。

カラザーズはほかの子どもたちには人見知りした。ある日、男の子が大勢で森にやってきて、小道をあちこち走りまわり、茂みという茂みにつっこんでは叫び声をあげて遊びはじめた。カラザーズはたまたま木にのぼっていたが、持ち手で枝にぶらさがったまま動かなくなってしまった。エリザベスが呼んでも反応がない。

「もうお昼の時間よ。行こう、ステファニー。でないと叱られちゃう」ルースが言った。

ルースとステファニーは先に帰ったが、エリザベスはぐずぐずしていた。男の子たちはいっこうにいなくならないし、カラザーズも身動きひとつしない。とうとうエリザベスはお父さんに叱られるのが怖くなり、木にひっかかったままのカラザーズを置いて帰ってしまった。でも昼食のあと、カラザーズは傘立てに入って眠っていたから、エリザベスはほっと胸をなでおろした。

それからというもの、エリザベスは毎日、学校に行くときにカラザーズを森に連れていき、そのまま置いてくることにした。カラザーズはいつもひとりでに戻ってきた——どうやって戻ってくるのかは、話してくれなかったからわからなかったけれど。そもそもカラザーズは、エリザベスが学校に連れていってくれないのが不満らしかった。

「ほかの棒は連れていくのに」カラザーズは小さな声で文句を言った。

「あれはホッケーのスティックよ。あんたみたいに生きてはいないの。持ってこいって言われるから持っていってるだけ」と、エリザベスは言いわけした。

カラザーズは答えなかった。もともとほとんどしゃべらないのだ。しゃべってもいつもひとことふたことで、自分勝手なことばかりだ。エリザベスがどこかへ出かけるときには「置いてかないで」、傘立てで眠っているときに話しかけると「ほっといてよ」と言う。いちばんよく使う言葉は「おなかすいた」で、時がたつにつれてますますひんぱんに口にするようになった。真夜中に耳もとで悲しげな小さな声で「おなかすいたよう」とぶつぶつ言われると、エリザベスははっと目が覚めてしまうのだった。

そのたびにエリザベスはこう言ってなだめた。「わかった、わかったってば。下に行ってビスケットを少し持ってきてあげる。でも、静かに待っててよね」

カラザーズの勝手にさせたら、明日のぶんのプディングやステファニーの誕生日用のケーキまで食べてしまいかねない。お母さんにはもう、ビスケットがどんどんへっていることに気づかれてしまっているのに。

「ビスケットがほしいならそう言いなさいな」お母さんは言った。

「カラザーズが夜おなかをすかせるの」と、エリザベス。

「あらそう、じゃあ、カラザーズがあと一度でも盗み食いをしたら、お父様に言いつけますよ」お母さんは話を合わせてくれているような口調だった。本当はおなかをすかせているのはエリザベスだと思っているらしい。エリザベスはカラザーズに、自分が食べているんだ、と白状させようとした。でもカラザーズはまるで恥ずかしがっているように、頭をいつもより深く曲げて、お母さんがいなくなるまで目をきつく閉じているだけだった。

何年もカラザーズとつきあっていると、いらいらさせられることがいくつも出てきた。ひとつは食欲旺盛《おうせい》なこと。もうひとつは、おいしい食べ物をたくさんあげて運動もたっぷりさせているのに、いっこうにお父さんを叩こうとしないこと。そしてもうひとつはバレエが好きなことだった。

エリザベスは、週に一度のバレエのレッスンがライス・プディング以上に苦手だった。拷問のような気がした。エリザベスは不器用で、どうしても音楽に合わせて踊れないし、バレエのポーズをしているとすぐ腕や脚が痛くなる。バレエの先生はエリザベスのことをばかだと思っていて、そう口にも出した。お母さんは悲しがり、心配しているようだった。ルースとステファニーはバレエが上手だったから、エリザベスは肩身が狭かった。特にルースはバレエがうまい。ステファニーは、ルースほど踊るのが好きではなさそうだが、やる気はあったし、体がやわらかくて力強かったから、すぐにエリザベスよりうまくなった。ルースもステファニーも、黒いレオタードを着てピンクのシューズをはくと、すらりと細くきれいに見えた。それにくらべ、エリザベスはみっともなかった。ピンクのシューズをはくとふくらはぎが太く見えるし、レオタードはおなかのところがぽこんと出るし、体を冷やさないためのピンクのふわふわした上着を着るとまるでサルみたいだった。

「お姉ちゃん、サルみたい」ルースはそう言うと声をたてて笑った。エリザベスはますますバレエがいやになった。

それなのに、カラザーズはバレエが大好きなのだ。レッスン室のすみに立てかけられていたカラザーズは、ぴかぴかの床の上で失敗ばかりしているエリザベスを見ながらたくさんのことを覚えたらしい。夜になるとエリザベスのベッドの柵にひっかかったまま、バーレッスンの真似を始めた。腕も足もないのにバレエをするのはむずかしかったが、カラザーズはあきらめなかった。ベッドの柵からまっすぐ横にのびて、杖の先で腕の動きを真似、そのあとは優雅に床におり立って、体を曲げてプリエ〔ひざを曲げる動き〕をし、のびあがり、また曲げた。それからベッドを離れ、部屋をぴょんぴょんまわって、ジュテ〔地面をけってとびはねること〕とピルエット〔円を描くようにまわること〕をした。弓なりにそって、アラベスク〔片足をうしろに上げて立つポーズ〕の真似までしてみせた。カラザーズのバレエはとても独創的だった。エリザベスがそのとき習っていた『水上の音楽』のステップを覚え、甲高い声で曲をハミングしながらはねまわるのだ。エリザベスはつい大声で笑ってしまい、何度もお父さんに怒られた。

やがて、ルースがロンドンのバレエ学校の奨学金をもらえることになり、本格的にバレリーナになる訓練を受けることになった。それが決まった日、エリザベスはさんざんな目にあった。お父さんはルースのことを聞いて喜んだが、エリザベスとステファニーはなぜ奨学金をもらえないんだ？　と言いだしたのだ。そして、エリザベスはステファニーよりさらにふたつもクラスが下だということがばれてしまい、こっぴどく叱られた。まるで足もとで火山が噴火したような感じだった。

お父さんがようやくお説教を終え、髪をなでつけ、ネクタイをまっすぐにしてエリザベスの寝室を出ていったあと、お母さんが入ってきた。エリザベスはぶすっとしてカラザーズを抱きしめていた。

お母さんはいつもの悲しげで心配そうな顔で言った。「ねえ、もっとバレエをがんばらなくちゃだめよ。女の子は優雅な身のこなしを覚えなくちゃ」

「私がバレエ嫌いなの、お母さんだって知ってるでしょ。どうせ私は優雅じゃないもん。だいたいどうして女の子は優雅になることを学ばなきゃいけないの？」

「お父様のご意見よ、どうしても――」お母さんは言いかけた。

「お父さんの意見なんか、くそくらえよ！」エリザベスは金切り声をあげた。「お母さんはどう思ってるのよ？　お母さんだって、私がバレエが下手なのはわかってるくせに、弱虫だからお父さんになんにも言えないんでしょ！」お母さんがとても傷ついたような顔になったので、エリザベスはあわててつけくわえた。「カラザーズがそう言ったのよ、お母さんは弱虫だって」

お母さんはますますうちのめされたような顔になって、出ていこうとした。「もうこれ以上ばかげたことを聞いていられないわ」

「それにカラザーズは、お父さんが、ええと——すごく横暴だって言ってるわ！」エリザベスは閉まるドアにむかってわめいた。

お母さんが出ていってしまい、ドアが完全に閉まると、カラザーズは身をよじってエリザベスの腕から離れ、目の前にぴんと立って、ぴょこぴょこ上下に体をはずませた。怒っているらしい。

「そんなこと言ってない！　ちがうってお母さんに言ってよ」

「いやよ。だってほんとのことだもん」と、エリザベス。

「ほんとのことかもしれないけど、カラザーズは言ってない」

「あんたはバレエが好きだから、言わないだけでしょ」エリザベスは言い返した。

「あんた、いつお父さんを叩いてくれるの？」

カラザーズはすねたように身をよじった。「そのうちね」

「早くして」と、エリザベス。

「なんで？」と、カラザーズ。

「お父さんはおしおきされて当然だもん」

二人はおたがいに腹をたて、仲直りしないままになった。カラザーズは傘立てから出てこなくなり、エリザベスもそのまま放っておいた。カラザーズはもう口をきこうとしなかったし、ものも食べず、ちっとも動かなくなってしまった。でもバレエのレッスンに行くときだけは、かならず車の中にいた。エリザベスは車に置きっぱなしにしてやった。それなのに、ステファニーがカラザーズを持って追いかけてきたことが二度もあった。一度など、カラザーズをちょっぴり怖がっているルースまでが、レッスン室におそるおそる運んできた。「カラザーズを車に忘れてたわよ、お姉ちゃん」

エリザベスはため息をついた。カラザーズをバレエからひきはなしておくことはできないらしい。その後は、もとのようにレッスン室のすみに立てかけておくことにした。

カラザーズとけんかをしたのは、復活祭の少し前のことだった。ルースは秋からバレエ学校に入学することが決まっていた。一方、アン叔母さんがしばらく外国へ行くことになり、スティーヴンがエリザベスの家で暮らすことになった。おばあちゃんの家に行くはずだったのだが、おばあちゃんが手に負えそうもないと電話してきたので、お父さんが代わりにうちで面倒を見ようと言いだしたのだ。スティーヴンにはエリザベスの部屋を使わせろ、エリザベスもルースとステファニーの部屋に移ればいい、ルースがもうすぐいなくなるんだから、というわけだ。

エリザベスはもちろんいやだった。でも、ルースはそれ以上にいやがっていた。ルースは、小さいころから一緒の部屋にいたステファニーをうまいこと言いくるめて、二人だけのいろいろな約束事を作っていたが、どれも結局は、ルースがベッドに寝たまま命令し、ステファニーが走りまわって用をするという意味だった。エリザベスが同じ部屋に来たらもうそんな楽はできなくなる。

ルースが心配していたとおり、エリザベスはすぐにこのからくりを見破り、ひっきりなしにルースを叱るようになった。

「そんなに怠けてちゃだめよ。どうしてなんでもかんでも、ステファニーにやらせるの？」

ルースはだんだんがまんできなくなってきた。ステファニーも、すっかりなじんだ習慣が崩れて落ち着かなかった。

「ルース、ほんとにもう、あんたって怠け者ね！」

エリザベスが十回目にそう言うと、ルースは頭にきてきゅっとくちびるを結んだ。

ルースは、もうがまんできないというとき、かっかする代わりに冷静すぎるほどの表情になり、思いつくかぎりいちばんひどいことを言うくせがある。ルースは落ち着いて大きく息を吸い、自分でも言いすぎかと思って一瞬ためらったが、口を開いた。

「私――私、カラザーズのこと、信じない」

「なんですって？」と、エリザベス。

「私はカラザーズが生きてるなんて信じない」と、ルース。

「ただのステッキだよね」ステファニーもルースの肩を持った。

エリザベスはとてつもなく不安になった。けんかして以来、カラザーズは本当にただのステッキみたいになってしまった。死んでしまったんじゃないかしら。だけど、バレエのレッスンにはまだついてきてたっけ！　思い出してほっとしたエリザベスは、二人に言った。「好きなように思ってれば？」

それから、急いでカラザーズを取りにおりていった。

妹たちは顔を見合わせた。「お姉ちゃん、だいじょうぶかなあ？」ステファニーは心配そうにきいた。

「お姉ちゃんもやっとカラザーズから卒業したってことよ」ルースは自分でも半信半疑だったが、ステファニーにばかにされてしまい、もう使い走りをさせられなくなるとこまるので、強がっていたのだ。

「ねえ、カラザーズ」エリザベスはただのステッキみたいに固くなっているカラザーズを二階に運びながら呼びかけた。「チョコレート食べない？」

それでもカラザーズは動かなかった。部屋に戻ってきたエリザベスのあまりにうちひしがれたようすに、ルースは胸が痛んだ。自分はどうせ、もうじきバレリーナになるために出ていくのだから、お姉ちゃんにやさしくしたってばちはあたらない。それに、ステファニーにもばかにされずにすむかもしれない方法を思いついた。ルースは言った。

「あのさ、お姉ちゃんは大きくなったらすごい美人になるわよ。だからだいじょうぶ」

だが、エリザベスの機嫌は直らなかった。それどころかステファニーにもばかにされた。

「へぇえ！」ステファニーは叫び、ベッドの上でげらげら笑いころげた。「ルースがそう言うんなら、そうなんでしょ。ルースはすごく女の子らしいもん。女の子っぽくするためにものすごくがんばってるんだから」

「あんたたちが目覚めてないだけよ。二人ともてんで子どもね。スティーヴンよりもひどいわ」と、ルース。

スティーヴンは、おもちゃの車や電車や銃で遊ぶとても男の子らしい男の子になっていた。森の中で遊んでいた男の子たちみんなとも、すぐに友だちになった。男の子たちがスティーヴンと遊ぼうとやってくるようになったので、この家はめずらしく男の子でいっぱいになった。

「なんて失礼で乱暴なやつら！」ルースはうんざりしたように言った。

でも、エリザベスは男の子たちの遊びが気に入っていた。銃も、「警官と泥棒」ごっこも、叫びながら走りまわるのも楽しい。お行儀よく丸太にすわってカラザーズの芸を見ているより、森の木にのぼる方がおもしろかった。エリザベスはスティーヴンにあこがれ、追いはらわれるまでいつもあとをついてまわり、遊びにくわわろうとした。

「エリザベス、服を汚してはいかん」お父さんは言った。

「そんなに乱暴な遊びをしちゃだめよ」と、お母さん。

最初のうち、スティーヴンは女の子につきまとわれるのをいやがった。

「ついてくんなよ」ある朝玄関で、スティーヴンはエリザベスに言った。友だちのデイヴに誘われて、森でパラシュート遊びをしに行くところなのだ。

「どうしてだめなの?」エリザベスはきいた。

「おまえ、服を汚しちゃいけないって言われてるだろ」スティーヴンは玄関を出ていきながら言った。

「そう、なら行かない」エリザベスはスティーヴンにむかって叫んだ。「カラザーズがいるから、いいもん」

「あのくだらないただの棒っきれか!」スティーヴンはどなり返すと、玄関のドアをバタンと閉めた。

カラザーズは傘立てに立ったままだ。生きているようすはまったく見えない。

「あいつは服を汚しても叱られないのよ」エリザベスはカラザーズにむかって吐き出すように言った。

と、玄関のドアが開き、スティーヴンとデイヴが顔を見せた。「気が変わったよ」スティーヴンがそう言うと、エリザベスはカラザーズがいたにもかかわらず、うれしくなってにっこりした。

「ええと——そのう」デイヴが何か言いかけた。

スティーヴンが急いで口をはさんだ。「デイヴのやつが、おまえにガールフレンドになってほしいんだってさ。だけどもう、ぼくとつきあうことになってるんだもんな。そう言ってやれよ」エリザベスは目を丸くし、どっちともべつにつきあいたくなんかない、と言おうとしたが、スティーヴンは明るく言った。「じゃ、これで片はついたな。来いよ、エリザベス」

ところが、スティーヴンのガールフレンドになるというのは、ルースにこき使われているステファニーになるのと似たようなことだとわかった。たとえばスティーヴンのセーターを運ばせてもらえるとか、スティーヴンが落っこちたとき助けられるように木の根もとですわって待っていてもいいとか、カウボーイごっこをするときに女の先住民（つまらない役だった）にならせてもらえるとか、電車のおもちゃで遊ぶとき、きゅうくつな思いをして何時間もすわり、言われたときに線路のポイントを切り替えさせてもらえる、とか。

それから、お父さんがお母さんやアン叔母さんに対していばるみたいに、スティーヴンもエリザベスにいばったり、エリザベスが何か言うたびにしかめつらをしたりしてもかまわない、ということらしかった。ガールフレンドになってもエリザベスにはなんの得もないようだ。二日もすると、エリザベスはどうしたら別れられるのか知りたくてたまらなくなっていた。でも、こっちからガールフレンドをやめることはできないらしい。

復活祭の休暇に入って、お父さんがスティーヴンを連れまわすようになると、エリザベスはうれしくなったくらいだった——ただ、ものすごく腹がたってもいた。お父さんはスティーヴンにはめったに厳しいことは言わなかったし、服を汚しても止めるどころか、もっとやれ、という態度だった。お父さんはスティーヴンを凧《たこ》あげや、動物園や、サイクリングに連れていった。娘たちはだれも連れていかないのに。ルースは、スティーヴンは男の子だから、と言って、べつに気にしていないようだった。でも、エリザベスは不公平だと思った。ステファニーも同じように感じていたらしく、お母さんにきいた。

「どうしてお父さんは、私たちよりスティーヴンにやさしいの？」

「お父様はずっと、息子がほしかったのよ。自分の血をひいた息子がね」ちょうど、お父さんとスティーヴンがガレージでテーブルを作っていたので、金槌《かなづち》やのこぎりの音がうるさくて、エリザベスにはお母さんの言葉がほとんど聞きとれないくらいだった。

ステファニーはやかましい音に負けじと大声でどなった。「私だってお父さんの血をひいてるのに。私だって自転車に乗れるし、服を汚しても平気よ。それに――」そこで、ゴツンというにぶい音と、スティーヴンのギャッという叫びが聞こえ、ステファニーはつけくわえた。「――親指を叩いたりしないでくぎを打つこともできる。なのに、どうして私にはやらせてくれないの？」

「女の子は女の子らしく――」お母さんが言いかけると、ステファニーは叫んだ。

「神様、お助け！」

「ステファニー！　ばちあたりなことを言ってはだめよ！」と、お母さん。

「ばちあたりなことなんか言ってない。『神様』って言っただけじゃない。ほかの女の子がどんなひどい言葉を使ってるか知ってる？　女の子が男の子と同じことをしちゃいけないっていうちゃんとした理由があるなら、ひとつでもいいから教えてよ」

お母さんは返事にこまって、傷ついたような顔をしてみせた。「ステファニーったら、お母さんにむかってなんて口をきくの？」そして悲しそうな顔のまま部屋を出ていった。

「うちの親みたいに時代遅れな人たちって、ほかにいる？」ステファニーはエリザベスにきいた。「学校の女の子の中には、お父さんをけちんぼおやじって呼んでる子もいるのよ。私がお父さんのことをそんなふうに呼んだら、お父さんもお母さんもなんて言うかしらね——パパって呼んだだけでもきっと大さわぎよ。あの人たち、なんとかなんないかな？」

「さあね」エリザベスはカラザーズのことを考えていた。外に出ると、スティーヴンが指をなめなめガレージから出てきたところだった。

「お父さんといて、楽しい？」エリザベスはきいてみた。

スティーヴンは大げさにぐるりと目をまわしてみせた。「まさか！　だけど……」スティーヴンはつけくわえた。「女のおまえにはわかんないさ」

　ほんと、たしかにわからない。ただ、ステファニーが両親の考え方は古くさいと言ったのを聞いて、エリザベスは突然目が覚めたような——そしてそのせいで、ひざをのばす余地もないとても小さな檻の中にすわっているような気がしてきた。それから怒りがわいてきた。

　真夜中にエリザベスは、こわばったまま動かないカラザーズにむかって自分の気持ちを説明しようとした。「変な形の入れ物にぎゅっと押しこめられてるみたい。ステファニーも同じ気持ちだと思う。ルースはどうだかわからないけど。スティーヴンだって、特別喜んでるわけじゃないみたいだし。でも、あんたがお父さんを叩いてくれれば何もかもよくなると思うわ。私に腹をたてるのはやめて、お父さんにおしおきをしてくれない？　とりあえず一日一回でもいいから」

うれしいことに、カラザーズは眠そうに体をもぞもぞ動かし、なつかしい、不平たらしい泣き声で返事をした。「すっごくおなかへった。もうぺこぺこ」

「ああ、よかった！　ビスケット持ってきてあげる。今までいったいどうしてたのよ？」と、エリザベス。

「眠かったの」と、カラザーズ。

エリザベスはそっとベッドを抜け出し、階段をおりて、外の街灯のせいで奇妙なオレンジ色に見える一階のうす暗い廊下に行った。でもカラザーズは待ちきれないほどおなかがすいていたらしく、エリザベスの横の手すりをずるずるすべってきて先に立つと、ぴょんぴょんはねながら台所に入っていく。エリザベスがあわててあとを追い、台所に入ったときには、カラザーズはもう食料庫にいた。棚の上でガタガタ音が聞こえる。

「缶しかないよう」と、悲しそうに文句を言う声。

「ビスケットはこっち、下よ。そんなに音たてないでよ」エリザベスはささやいた。ゴソゴソ、それから、アルミホイルがはがされるガサガサという音がして、カラザーズが言った。「わあい！　チョコレートの卵だ！」

「それは復活祭用よ！」エリザベスは必死でささやいた。「おりてきなさい」

「うん、もうちょっとしたらね」カラザーズはガサガサモグモグ音をたてている。

と、食料庫の明かりがぱっとつき、ならんだ缶詰やジャムのびんが目にとびこんできた。続いてやけに甲高い声がした。姿を見ていなければ、スティーヴンの声だとは思わなかったかもしれない。

「ああ。なんだ、おまえか。何してるんだよ?」

「カラザーズがおなかをすかせちゃって」エリザベスは説明した。カラザーズはまだ棚の上で動きまわり、むしゃむしゃ食べている。

「もう少しましなうそつけよ。ただの棒がものを食うもんか」スティーヴンはそう言うと、食料庫に入り、ガサガサ音がする方を見上げて目を凝《こ》らした。

スティーヴンの素足の上にプラムの缶詰がいきなりドスンと落ちてきた。スティーヴンは悲鳴をあげ、ぴょんぴょんとびはねた。缶詰がもうひとつ、またもうひとつ、とスティーヴンめがけてふってくる。エリザベスには、カラザーズが棚の上から顔をのぞかせ、狙いをつけているのが見えた。スティーヴンは両手で頭をかかえて食料庫から逃げ出したところで、かけつけてきたお父さんに正面からぶつかってしまった。

「何事だ?」お父さんはわめいた。

抜け目のないカラザーズは、棚から最後の缶詰と一緒に、普通のステッキみたいにカチャンと床に落ちてきた。まずいことに破れたチョコレートの包み紙まで一緒だった。スティーヴンが言った。

「ぼく、泥棒が入ったのかと思ったんです、スティーヴンおじさん」

「私もよ」エリザベスは言ったが、信じてもらえっこないのは自分でもわかっていた。お父さんは当然ながら、エリザベスがカラザーズを使って復活祭用のチョコレートの卵を落として食べたのだと思いこみ、こっぴどく叱った。復活祭の日には、エリザベスはチョコレートの卵をもらえず、肩身の狭い思いをした。

「どうしてお父さんを叩かないで、スティーヴンに缶詰をぶつけたの？」エリザベスはカラザーズにきいてみた。

「スティーヴンがただの棒って言ったから」カラザーズは不機嫌そうに言った。

それきりカラザーズはまたひとこともしゃべらなくなり、ただの棒と変わらなくなった。でも、それからまるまる一カ月、毎晩食料庫が荒らされ、ビスケットやケーキやプディングがなくなった。エリザベスは毎朝お父さんに叱られた。スティーヴンはひどくおもしろそうに、毎朝きいた。「またカラザーズがおなかをすかせたのか？」

エリザベスは、どうしていっときでもスティーヴンのことを好きだと思ったのかわからなくなった。もしガールフレンドをやめる方法を思いついていたら、その場でやめていただろう。でも、別れたい、と言ってもむだだった。スティーヴンは「ああ、いいよ」と同意したみたいに言っておいて、三十分もすると何事もなかったように、

「エリザベス、早くポイントを切り替えに来いよ」とか、「エリザベス、森に来て、ぼくの上着を持ってろよ」とか言うのだ。

スティーヴンにこき使われ、毎朝、カラザーズが夜食べたもののことで叱られるせいで、エリザベスは自分が入っている気がしたあの檻がどんどん狭くなってきたように思え、しまいには息苦しくなってきた。カラザーズがお父さんを叩いてくれさえしたら何もかもまたよくなるのに……。エリザベスは、聞いているのかいないのかもはっきりしないカラザーズにむかって訴えた。

「おばあさんとブタが出てくる昔話があるでしょ。『火よ、火よ、杖を燃やせ。杖よ、杖よ、ブタを打て』――ブタが歩かないと、おばあさんはうちへ帰れないの。杖がブタを打ってくれさえすれば、すべてうまくいくのよ。あんたがお父さんを叩いて、だれがいちばん強いか思い知らせれば、お父さんはスティーヴンを叱るようになるし、お母さんも、お父さんは横暴だって言えるようになる。そして私たちはみんな服を汚してもよくなって、木のぼりもできるようになるのよ」

カラザーズはまるで聞いているようすを見せなかったが、食欲の方はおとろえていなかった。エリザベスは、カラザーズが食料庫にいるところをつかまえようと思い、がんばって夜中に目を覚まそうとした。カラザーズが食べ物を盗んでいる現場を押さえれば、カラザーズをおどして、今度こそお父さんを叩いてもらえると思ったのだ。でも、夜中に起きるのはなかなかむずかしかった。たまに起きられた日は、カラザーズはベッドの柵にひっかかっておとなしくしているように見えた。でも、朝になると食べ物はやっぱりなくなっていた。

が、ある夜、エリザベスは突然ぱっと目が覚めた。ちょうどカラザーズがベッドの柵から離れて、階段をコツコツおりていくところだった。

よし、今度こそつかまえてやる！　エリザベスはふとんをはねのけ、そっとカラザーズのあとをつけると、街灯のオレンジの光がさしこむうす暗い廊下へとおりていった。階段のとちゅうでじっと耳をすますと、居間からカチャン、ガタガタ、とかすかな音がした。カラザーズは、お母さんがお客さんに出すために居間に置いているナッツやオリーブを食べようとしているんだろうか。でも、そっちへむかおうとしたとたん、台所からもガチャン、カサカサという小さな音が聞こえた。カラザーズが同時にふたつの場所にいられるわけないわよね？

やっとオレンジのうす暗い光に目がなれてきた。すると、カラザーズが廊下のカーペットの上に体をのばして横たわっているのが見えた。真ん中がふくれて波打っているようだ。

エリザベスは物音のことなど忘れ、カラザーズの横にひざをつくとささやいた。

「カラザーズ！　いったいどうしたの？　病気なの？」

返事はない。カラザーズの曲がった持ち手のすぐ下にある銀色の輪から先っぽの石突きまでが、いつもの二倍か三倍の太さにぷっくりふくれあがっている。よくばって食べすぎたせいだろうとは思ったが、エリザベスは思わず涙を流していた。病気のステッキはどこのお医者さんに連れていけばいいんだろう。

そのとき居間から、さらにはっきりした物音が聞こえてきた。静かな足音、そして何かものを動かしているような音。エリザベスはとほうにくれたまま、大きくふくらんでうねっているカラザーズをその場に残し、居間のドアのところまで行ってそうっと中をのぞいてみた。

本物の泥棒だった。肩幅の広い力の強そうな若い男が、お父さんのテープレコーダーをスーツケースにつめこんでいる。ラジオはすでに盗《と》られたらしく見あたらない。エリザベスがあとずさりしてカラザーズの方に戻ったときには、泥棒は、お父さんがゴルフ大会でもらった銀のトロフィーをいくつも棚からおろしていた。エリザベスがふり返ったとたん、カラザーズがふくらむのが止まり、パチッというするどい音がしてステッキの真ん中がはじけた。居間の泥棒は、はっと立ちどまったようだ。台所にいるやつも。居間と台所にはさまれた廊下でエリザベスはひざまずき、ただカラザーズを見つめていた。

カラザーズの割れ目が大きくなってきた。緑っぽくて透き通ったものが割れ目から突き出し、出てこようとしてもがいた。と、押し出すようなうねりが目に見えて激しくなり、ステッキはとうとうまっぷたつに割れて、緑色のむこうが透けるほどうすいものが、カーペットの上にはいだしてきた。割れた抜け殻のステッキは床にころがっている。姿を現したのは、この世のものとは思えないほど美しい生き物だった。エリザベスは息をのんだ。くるりと先の丸まった長い触角。脚はちょっとバッタに似ていて長細い。同じように長細い腕もある。小さな顔は生き生きした表情で、つりあがった小さな目があり、オレンジの街灯を反射して青緑に光っている。胴体はちらちら光る透明な美しい緑の膜のようなものに覆われている。たたまれた何枚もの長い羽なのかもしれない。何か全然ちがうものかもしれないけど。その生き物はほんの少しのあいだ体をふるわせて休んでいたが、それから長い緑の脚で立ちあがり、おもむろに優雅なアラベスクのポーズをとってみせた。エリザベスはにっこりした。これはたしかにカラザーズだ。

居間の泥棒はまだ動きを止めているようだが、息づかいだけは聞こえてくる。もし私が廊下にいるとわかったら、泥棒は逃げ出して、私とカラザーズにはかまわないでくれるかもしれない。エリザベスは声に出して言った。

「あんた、さなぎになってたのね!」

どちらの泥棒もまったく音をたてなかったが、透き通る体に生まれ変わったカラザーズは、小さな顔をエリザベスにむけ、うなずくように長い触角を上下にふってみせた。エリザベスは一瞬、カラザーズはもうしゃべれなくなったのかと思ってがっかりした。でもカラザーズは、新しい体でしゃべる方法がすぐにはわからなかっただけらしい。

「……そう」カラザーズの新しい声は以前の声よりずっと美しかった。「この一カ月はずっと眠ってたみたい」

「でも、食料庫を荒らしてたじゃない」と、エリザベス。

「チョコレートの卵のこと？」

「ちがうわ。そのあとよ」

「やった覚えはないけど。さなぎになってたもの。眠ってたようなものよ。でも、やっと羽化できたわ。ね、私ってきれいでしょ？」カラザーズは階段の下で優雅にゆっくりとくるくるまわってみせた。透ける布のひだみたいなものがはためいた。たしかに見たこともないほど美しい生き物だ。カラザーズはひざをかがめ、おじぎをすると、考えこむように言った。「私、外につがいの相手を探しに行かなきゃ。卵を産まなきゃならないもの。さようなら」

「だめよ！」エリザベスは思わず叫んだ。今、一人にされてはこまる。「行かないで。居間と台所に泥棒がいるの」居間でも台所でもはっと息をのむ気配がした。「もう少しここにいて、つかまえるのを手伝って」

カラザーズは羽をふるわせ、ひらりと軽く舞いあがった。「そんなのむりよ！　それに、この家でいちばん価値がある宝物は私よ。警察に電話しなさいな」

エリザベスはそっと電話に近づいた。たしかにカラザーズの言うとおり、彼は（いや、彼女は、だ）家じゅうでいちばんの宝物かもしれない。彼が（いや、彼女が）あんなことを言って、泥棒に貴重な生き物がいる、と教えたのはばかなことだったけど。居間のドアのむこうにいる泥棒は興味をひかれたのか、じっとようすをうかがっているみたいだ。

エリザベスは受話器を取りあげた。警察の番号、９９９をダイヤルしようとして、電話線が切られているのに気づいた。この泥棒たち、プロなんだ。エリザベスははじめて怖くなってきた。カラザーズはゆっくりとはばたいて廊下を横切っていく。透き通った羽が動きはじめていた。エリザベスはひらひらなびく透明な羽のはしっこをつかんだ。

「痛っ！」カラザーズが叫んだ。

エリザベスは手を放し、ひそひそと言った。「そのましゃべってて。二人で会話してるみたいに。お父さんを呼んでくるから」

「まだ私に、お父さんを叩けって言うんじゃないわよね？」カラザーズが大声できいた。

エリザベスは激しく頭を横にふってみせると、足音をしのばせて階段にむかった。

カラザーズもぴんと来たのか、一人で話しはじめた。

「あなたの踊り、すばらしいわね」そして優雅に踊ってみせた。

「そうでしょ、うまいでしょ？」

「飛び方もとってもすてきね」

「ええ、そうでしょ。だけど、触角はちょっぴり長すぎないかしら？」

「いいえ、ちっとも」

「そう、ありがとう。もっといろいろ教えてちょうだい。私は羽化したばかりの無知なか弱い生き物なんだもの。でもきれいでしょ」

「ええ、ほんとに」カラザーズはだんだん、自分でも何を言っているのかわからなくなってきたようだ。「この世のものとは思えないようなきれいな生き物、はかなげで美しい……」

エリザベスが両親の寝室のドアをばたんと開けると、美しい声は聞こえなくなった。

「お父さん！　下に二人泥棒がいるの！　一人はラジオとゴルフのトロフィーを盗った。電話線も切られてる」

「なにっ？」お父さんはがばっと身を起こした。「今行く。スティーヴンを呼んでくれ。おまえは自分の寝室に隠れていなさい」

エリザベスはもと自分のだったスティーヴンの部屋にとんでいった。からっぽだ。スティーヴンはもう泥棒の物音に気づいておりていったのだろう。だが、お父さんが出てくる気配はない。そのとき、下でカラザーズが突然大声で叫びはじめた。エリザベスは階段に急いだ。自分たちの寝室のドアが開いて、妹たちが顔を出した。

「どうしたの?」ルースがするどいささやき声でたずねた。

「泥棒よ」と、エリザベス。

「だと思った。叫んでいるのはだれ?」ルースのうしろからステファニーが言った。

「カラザーズよ」エリザベスは息を切らして言うと、階段をかけおりた。

居間の泥棒は廊下に出てきていた。肩幅の広い男だ。カラザーズが、自分が価値のある宝物だと言ったのを聞いていたのだろう。男はうす暗い光の中、手袋をした手で緑のうすい羽をつかもうとしている。一方カラザーズはぐるぐるまわったり、飛びあがっては舞いおりたり、はためいたりして、わずかに男の手が届かないところに逃げている。まるで巨大な蛾のようだ。エリザベスは感心した。

「あんたなんかにつかまるもんか!」カラザーズは叫んだ。

「ばかね。けがしちゃうわよ」エリザベスはステッキの抜け殻をつかんだが、どうしたらいいかわからなかった。

「わーい！　私、きれいでしょ！」カラザーズは叫び、廊下をすいーっと飛んでいった。

泥棒がカラザーズにとびかかろうとした。エリザベスはとっさに足を突き出した。泥棒はつまずき、うつぶせに倒れた。あとから考えてみて何より奇妙に思えたのは、最後まで泥棒の顔をちゃんと見なかったことだ。カラザーズは軽々と旋回し、すーっと舞いおりて泥棒の首の上に着地した。どうやらこれで片がついたようだ。

「手をあげろ！」ルースの声がした。

「その人、死んじゃったの？」ステファニーがきいた。二人は階段の上で、スティーヴンのおもちゃの銃をかまえていた。二人とも、自分たちが行く前に泥棒がやっつけられてしまってがっかりしているみたいだ。

エリザベスはおそるおそる爪先で泥棒をつついてみた。ぴくりともしない。

「気絶してるだけ」カラザーズは泥棒の背中の上に立ち、はためくうすい羽を整え、遠慮がちに言った。「私、どうやらそのう――しっぽに針があるみたいなの。えものをまひさせるためのものかしらね」それから、考えながらつけくわえた。「つがいの相手をまひさせるためかもしれないけど。まあ、そのうちわかるでしょう」

「あんたまさか、カラザーズじゃないわよね？」と、ステファニー。

ルースがいさぎよくあやまった。「ただのステッキだなんて言って悪かったわ」

「ええ、私、きれいでしょ?」カラザーズがしみじみと言った。

「その銃を貸して。台所にも泥棒がいるの」と、エリザベス。

「泥棒じゃないよ」ふるえる声がした。三人がふり返ると、廊下の電気がぱっとついた。台所のドアのところに、パジャマ姿のスティーヴンがばつが悪そうに立っていた。片手にはケーキをひときれ持っている。いや、ひときれどころか、大きなケーキをほぼまるごと。片方の頰がふくらんでいる。

「泥棒、つかまえた?」スティーヴンは明るい調子できいた。

エリザベスは軽蔑のまなざしをむけた。泥棒をつかまえようともせずに台所に隠れていただけじゃなく、この一カ月、食料庫をあさっておきながら、ずっと私に罪をなすりつけていたなんて。「あんたはもう私のボーイフレンドじゃないから」エリザベスは言った。今度こそ文句は言わせない。

そのときお父さんが、ちゃんと服を着こみ、ネクタイを結びながら、階段をかけおりてきた。

「女の子たちは部屋に隠れていろと言っただろう!」

エリザベスはお父さんを見上げた。お父さんに対する気持ちも、もうすっかり変わっていた。お父さんがおりてくるのが遅れたのは、スティーヴンみたいに臆病だからではない。泥棒と対決するときにでも、きちんとしていないと気がすまないからだ。

お父さんはつねに規則にしたがって生きている。とてもきゅうくつな規則に。そう思ったとたん、もうお父さんが怖くなくなった。カラザーズにお父さんを叩いてほしいとも思わなくなった。そんなことはもうどうでもいい。エリザベスはとてもほっとして、心の中でつぶやいた。ああ、よかった！　もうバレエをやりたくない、ってちゃんとお父さんに言えそう！

お父さんはいかにもお父さんらしく、ルースとステファニーがおもちゃの銃を持っているのは無視して、スティーヴンを見つめ、それからうつぶせに倒れている泥棒を見て言った。「よくやった、スティーヴン」

スティーヴンは急いでケーキをのみこむと、ぼくは勇敢だけど自慢するのは嫌いだから、という顔をしてみせようとしたが、ルースとステファニーが声をそろえて言った。「スティーヴンじゃない。お姉ちゃんがやっつけたのよ」

お父さんが驚いた顔でこっちを見たけど、エリザベスはお父さんから目をそらして、カラザーズを捜した。本当はカラザーズの手柄なのだとお父さんにわかってほしい。でも明るくなった廊下に、カラザーズの姿はもうなかった。外に飛んでいっちゃったのね、と思って、エリザベスは悲しくなった。

と、うっすらとした影が廊下の電灯の前にすべるように現れ、エリザベスの頬に透明なものがはたはたとふれた。カラザーズが緑に見えていたのは、窓からさしこむ街灯のオレンジ色の光のいたずらだったのだ。明るい電灯がともっていると、その姿はほとんど透明で見えなかった。

「さよなら」カラザーズはささやいた。「卵を産んだら、また帰ってくるね」

コーヒーと宇宙船

女流作家のF・C・ストーンは、ワープロを使うようになるまでは、思うように原稿が書けずに苦労していた。いや、今でもべつの苦労はあるけれど……。

ストーンはワープロの画面を見て顔をしかめ、カーソルを戻して、「そにれ」を「それに」に直した。どういうわけか、いつも「それに」という単語を打ちそこない、「そにれ」とか「れそに」などと書いてしまうのだ。「にれそ」や「れにそ」になることは少なかったが、それでもちゃんと「それに」と打てる回数より、まちがいの方がはるかに多い。こういう打ちまちがいをするようになったのはタイプライターをおはらい箱にしてからだったが、ワープロに変えてよかったと思うさまざまなことにくらべたらたいした問題ではない。

F・C・ストーンは長年、自分がいちばん好きなタイプの小説を書いてきた。つまり、人間の世界でさびしい思いをしている異星人か、異星人の世界でさびしい思いをしている人間が主人公のSFだ。ときには異星人と人間の両方が厳しい環境の中でさびしい思いをしている、という物語も書いたが、どれも読者の反応は期待したほどよくなかった。そのうち離婚して、当時十三歳だった息子のレニーをひきとることになった。おそらくこれがいい刺激になったらしく、作品の人気も上昇した。レニーほど口うるさい男の子はいないからだ。たとえばこんなことを言う。

「母さん！　さびしがり屋の異星人の話なんか書くの、もうやめなよ！　たまにはもっとまともなことを書いたら？」

母親がせいいっぱいがんばって作った料理を前にして、こう言ったこともある。

「まさか、これを食えって言うんじゃないだろうね！」

それからというもの、料理はレニーがすることになった。今、母子《おやこ》はチリコンカンと野菜炒めばかり食べている。「男は一年にふたつしか料理を覚えることができない」というのがレニーの持論だからだ。もうすぐ十五歳になるレニーは、目下カレーを練習中だ。二人はロンドン北部の住宅地にあるしゃれた家に住んでいたが、家じゅうに焦げたガラムマサラのにおいがしみついてしまった。

でもF・C・ストーンの本当の転機となったのは、仕事部屋で、長年愛用してきたタイプライターの活字がついている金属の棒をレニーがせっせと折り曲げてこわしているのを見たときだった。ストーンがかっとなってののしりながら押しのけると、レニーは言った。

「もうこのおんぼろタイプライターにはうんざりだ！　時代遅れもいいとこだよ。母さんだってそう思うだろ。これでもうワープロを買うしかなくなったね」

「だって、使い方がわからないわ！」ストーンは泣き声で言ったが、レニーはきっぱりと言った。

「だいじょうぶ、ぼくが知ってるから。まかせてよ。どれを買えばいいのかも教えてあげる。放っといたら、母さんは金をむだにするだけだからね」

レニーは約束どおり店に行ってワープロを選んできた。配達され、ちゃんと設置されると、レニーはワープロの使い方を辛辣《しんらつ》な調子で教えてくれた。そして「母さんの弱い頭でも覚えられる最低限度の使い方だよ。さあ、ほら、たまには読むに耐えるものを書いてみてよ」と言うと、ストーンをワープロの前に残して出ていってしまった。

レニーに最初に教わったときのまま、いまだにこの機械の使い方にちっともくわしくなっていない自分が恥ずかしくなる。印刷するにも、前に作ったファイルを呼び出すにも、どんなささいなトラブルを解決するにも、いちいちレニーにたずねなければならない。レニーが修学旅行でパリに行ってしまったときや、クリケットの部活動で家にいないときなど、息子が帰るまで原稿はできない、と言うわけにもいかず、出版社にありとあらゆるうそをついてきた。でも、ワープロにはこうした面倒も苦にならないほどの利点がある。ストーンにもワープロのよさがようやくわかりはじめたのだ。

ワープロを使いはじめた最初の日はまるで悪夢のようだった。F・C・ストーンは、自分がいかに機械に弱いかを思い知らされ、とほうにくれた。ほかに何も浮かばなかったので、とりあえずまたさびしい異星人の話を書きはじめたものの、何もかもうまくいかなかった。最初の一時間で十回もレニーを呼ぶはめになった。昼食のあとにも十回。そのあと機械がどういうわけか、書きかけの第一章をまるまる、ひとつの単語ごとに改行して表示したときも。レニーでさえ、母親がいったい何をしたせいでそんなことになったのかつきとめるのに午後いっぱいかかってしまった。ようやく表示が直ると、レニーはしばらく心配そうに横に立って見ていたあと、ブラックコーヒーを入れたカップをせっせと運んできた。夜の九時ごろになると、ストーンはいっこうに思うようにならない機械にいらいらし、息子の監視の目もうるさくなってきて、レニーにどなった。

「出ていって！　私の目の前から消えて！　こいつの使い方は死んでも一人で覚えるから！」

　レニーは母親のかんしゃくに驚いてさっさと逃げ出した。

　この時点でF・C・ストーンは、モニターの画面とキーボードを前にもう十時間以上すわっていた。死んでも、と言ったのはあながち大げさではなかった。もう死んでしまったあとみたいな気がしたのだ。背中が痛むし、頭もがんがんする。目はうみを持った水疱のようにはれぼったいし、両手はけいれんするし、片脚はしびれている。それにくわえて、コーヒーの飲みすぎとレニーのチリコンカンが辛《から》すぎたせいで、口の中が気持ち悪い。画面の上の緑色の小さな文字は、長いトンネルの奥へ吸いこまれて消えてしまいそうに思えた。ストーンは固く心に誓った。

「やりとげてみせる！　私は知性のある大人よ——ひょっとしたら天才かもしれないんだから。ぜったいただの機械なんかに支配されたりしない！」

そしてまた原稿を最初から書きなおしていった。

第一章

ワープを終えたあとも女性船長は、操縦盤とスクリーンを前にして、十時間ぶっとおしで働いていた。手は疲れきってふるえ、気力をふりしぼらないとスイッチの上にちゃんと置いておくこともできない。頭がぼうっとして、口の中は濃縮栄養飲料の味が残ってすっきりしない。でも、反乱が起きてからというもの、人手不足の宇宙船キャンディダ号を操縦して入り組んだ惑星系メルドの中を安全に通過するためには、当直時間を倍に延長するしかなかった……。

ここまで入力すると、ストーンは奇妙な力がわいてくるのを感じた。このくそったれな機械を支配しているのは私よ。たとえ書いている内容は疲れきった自分の感覚のことだとしても。それに、宇宙船キャンディダ号がどうなるのか、自分でも知りたくなってきた。この船で反乱が起きた理由もだ。ストーンは真夜中をだいぶすぎるまで猛烈な勢いで書き進めた。やっと手を止めたときには脚がかちかちにこわばって、すぐには立ちあがれなかった。

レニーは翌朝、プリンターで印刷したての原稿を読んでほめてくれた。「ぐっといい感じになったじゃん、母さん！」

いつものようにレニーは正しかった。『宇宙船キャンディダ号』は、女流作家F・C・ストーンの名を世に知らしめる作品となった。この本は賞をとり、世界じゅうのリゾート地や駅の売店で飛ぶように売れた。批評家たちは「反乱にいたるまでの複雑な人間関係も女性船長の性格づけも、深い洞察力をもって描かれていてすばらしい」と絶賛した。両性間の役割分担が普通と微妙にちがっていることも話題になった。これにはストーンも思わずにやりとした。息子に頭が上がらない自分の立場を逆転させて、鬱憤《うっぷん》を晴らしただけだったからだ。物語の中では、女性の船長が絶対の権力を握り、いばっていて、食べ物にさんざん文句をつけることになっていた。男性の副船長は催眠術にかかったように船長の言いなりで、何か問題が起こりそうになるとすぐに船長に泣きつくのだ。

次の本、『反乱者たち』はさらに大きな成功をおさめた。この本では、小さな宇宙船の中の争いではなく、銀河系での政治上の権力争いをテーマにますます入り組んだ人間関係を描いたのだ。権力争いを描くのはとても楽しかった。政治や階級を好きなようにでっちあげて、いくらでもややこしくできる。

F・C・ストーンはそれからもいろいろ趣向を変えながら、同じ宇宙を舞台に複雑な権力争いのことを書きつづけた。宇宙船キャンディダ号の話はもう書かなかったけれど。ワンパターンに陥らずにすむだけの筆力はあったし、勝っているゲームをおりるなんてばかげているからだ。レニーも賛成してくれた。このシリーズには異星人もたくさん登場した。異星人を書くのはいつでも楽しい。

なるべく多くのできごとが宇宙船の中で起こる展開にした。そうすれば、操縦士がストーンのワープロそっくりの機器を使って宇宙船を操縦するようすをたっぷり書くことができる。たいていの本には、操縦士が（人間も異星人もいたが）長い時間操縦席にはりつき、スクリーンを見つめすぎたせいで、目がちかちかしてきたり、背中が痛くなったり、鼻がむずむずしたり（台所で香辛料が焦げたにおいがしているせいでよく花粉症のような症状が出た）、手がけいれんしそうになったりしながら、むずかしいワープをこなすシーンが出てくる。ストーンがこうした場面を書くのはたいてい、その章を書き終えようとしてついつい遅くまで起きていたときだった。

レニーは、母親の成功は自分のおかげだ、と誇らしく思い、なるべく母親の仕事ぶりを見守ることにした。休みの日はもちろん、平日も学校に行く前や帰ったあとには、仕事をしている母親のうしろをうろうろし、濃いブラックコーヒーのカップをひっきりなしに運んできた。おかげでコーヒーも本の中によく登場するようになった。反乱側の人間たちは「ギャヴ」を飲み、敵対する体制派の人間たちは「クヴィ」をがぶ飲みした。宇宙船をあやつる異星人たちは寝椅子型の操縦席からよろよろと起きあがると「キヴェイ」をごくごく飲み、メルド惑星系の神秘主義者たちは神秘体験をするために「クファイ」を常用した。でも、これがみな同じ飲み物だと読者が気づくことはなかった。どの飲み物もファンにはおおいに受けた。

身を乗り出して画面を見つめ、プリンターをやさしくなでながら、ストーンは、みんなこのワープロのおかげだわ、と思った。けさレニーがいれていってくれた、もう冷めてしまったキヴェイのカップが、ワープロの横に置かれている。焦げたショウガか何かのにおいで今日も鼻がむずむずする。背中がだんだん痛くなってきた。いや、背中というよりおしりが痛い。もっとすわり心地のいい椅子に替えないと。でも、この古い椅子はとても気に入っているから手放せない。ともかく新しい本を書くのが先決だ。

とうとう、『宇宙船キャンディダ号』の続編を書くことになったのだ。ファンから続編を望む声が多くあり、出版社も、ファンの希望とF・C・ストーン自身のアイディアをうまく合わせれば三部作が書けるはずだ、と言っていた。そこでストーンは、かならず成功するとわかっているシーンから書きだすことにした。

ワープ。時間、れそに空間がひきのばされ、宇宙船は宇宙空間からいったん消え、また現れた。女性船長はもう四日間も操縦席にすわっていた——だがそれは四分のようにも、四世紀のようにも感じられた。頭が痛い、そにれ歯茎も、いや、痛いのは全身だ。船長は悪態をつきながら、この惑星系の恒星の位置を確認しようと、ふるえる手で操縦盤をあやつった。

F・C・ストーンはキーボードを叩く手を止め、考えこんだ。たしか、この惑星系の恒星がどんな星かというアイディアを出してくれた読者がいたっけ。一種の変光星だとかいう話だったが、それしか思い出せない。ちぇっ、読者のアイディアは全部レニーが作ってくれたファイルの中だし、レニーは今、学校だ。でも、ファイルの呼び出し方は紙に書いてくれてあったはず。ストーンはごそごそと捜しまわった。ワープロセットの一部である黒い箱みたいな機械の下に半分隠れている紙が見つかった。この箱の名前も、何に使うものかも覚えられないけど。

紙に書かれた手順を読みながら、冷たくなったクファイをぐいっと飲む。けっこう簡単そうだ。またギャヴをひと口。まず書きかけの新しい原稿を保存しよう。けさの仕事が消えてしまわないよう、用心しないと。よし、画面が消えた。次はここに書いてあるとおりにファイルを検索する命令を入力する。そしてファイル名を「キャンディダ2」と入力し、それから――。

ふいに、子どもっぽい声がはっきりと聞こえてきた。「こちらキャンディダ二号。キャンディダ一号のキャンディーですか？　キャンディダ一号、返事をしてください！」

知っている声ではなかったし、ワープロから聞こえてくるような気がする。ストーンはキヴェイのカップに目を落とした。これが神秘体験ってものなのかしら。

もどかしそうな声がした。「キャンディダ一号、意識があるなら返事をしてください！　十秒待っても返事がなければ、自動救助システムが作動します。十、九、八……」

冗談を言っているとは思えない口ぶりだ。私、コーヒー中毒なのかも、とストーンは思った。ニンジンジュースかココアに替えた方がいいかしら……。

「……七、六、五」子どもっぽい声が数えつづける。「四、三……」

何か言わなくちゃ。ばかみたいだと思いながらも弱々しく声をかけてみる。「数えるのはやめて。怖くなるから」

「あなた、本当にキャンディダ一号ですか？」声は詰問《きつもん》するような調子になった。

「声のパターンが完全には一致しません。記録と照合しますのでもう少し何か言ってください」

なんでそんなことしなきゃいけないの？　でも、このままだまっていたら、相手はまたきっとカウントダウンを始めて、クファイの解毒剤を部屋にまきちらすかもしれない……。

ううん、そんなのばかげてる。ワープロが何かをまきちらしたりするはずないじゃない。でもそれをいうなら、そもそもワープロがしゃべれるはずもない――それとも、そういう機能があるのかしら？　レニーにきいてみよう。機械のことに無知なせいで気が動転しているにちがいない。しっかりしなくちゃ。ギャヴ中毒の症状ってことはないだろうし、焦げたショウガのにおいが幻覚を誘発するってこともないだろう。ってことは、頭をしぼって想像力を使う仕事を長いこと続けすぎたせいで、幻想と現実が区別できなくなったのかしら……待てよ、ああ、わかった！　レニーがふざけて、あるいはたまたま、この黒い箱のひとつをラジオにつないじゃったのかも。この声は「今日のお芝居」の放送なのでは……。

Ｆ・Ｃ・ストーンは、退屈な場面を書くときＢＧＭとして聞くために置いてあるラジオにさっと手をのばした。カチッとスイッチを入れる。「……このころ、ベートーヴェンはしだいに耳が聞こえなくなる運命と闘わなければなら……」

子どもっぽい声が割って入り、「この声は正しくありません」と、ラジオの解説をあっさり否定した。「これは男性の声です。私の機能に男性がアクセスすることは、操縦を補助する場合をのぞき禁じられています。キャンディダ一号、あなたがちゃんとそこにいて、意識もあるということが証明できなければ、不測の事態が起きたとみなして十秒後には船内に鎮静ガスを充満させますよ」

レニーったら、きっと冗談のつもりで、ラジオをつけるとカセットテープがまわるようにしたんだわ。ストーンはラジオを切り、ゆすってみた。いや、カセットは入っていないようだ。

と、子どもっぽい声がまた数えはじめた。「……六、五、四……」

口をぽかんと開けていたストーンは、やっと気をとりなおして声をかけた。

「悪ふざけだってことはわかってるのよ。しくみはよくわからないけど、レニー、あとでこってりおしおきしてやるから覚えてらっしゃい！」

声はカウントダウンをやめて言った。「声のパターンが一致してきています。でも、おっしゃる意味がわかりません。だいじょうぶですか、キャンディー？」

Ｆ・Ｃ・ストーンはレニーの悪ふざけだと確信して、かみつくように言った。

「もちろん、だいじょうぶに決まってるでしょ！」

Ｆ・Ｃ・ストーンというペンネームの真ん中のＣが、キャンディダの略だということを知っている人はほとんどいないし、子どものころ、キャンディーというめちゃくちゃ恥ずかしいあだ名で呼ばれていたことを知っている人は、さらに少ない。でも、レニーはもちろんどちらも知っている。「ばかげた悪ふざけはやめて、レニー。仕事をしなきゃならないんだから」

子どもっぽい声が言った。「すみません。でも、レニーとはだれのことですか？　この船には人間は二人しか乗っていません。今の発言は、あなたの横にいる召使いの男性にむけられたものでしょうか？　召使いの名前はレーニです。本人も、あなたに自分の名前を思い出してほしい、と言っています」

レニーの悪ふざけはどんどんひどくなってきた。今度は、私がしょっちゅうタイプミスすることをからかっているらしい。もう一生レニーを許さないかも……。

「はいはい、きっと次は、今この宇宙船はニレソ惑星系に突入したところで、これからレソニ星に陸着するところだ、とでも言うんでしょ？」ストーンは苦々しげに言った。

「もちろんです」

ストーンは怒りにふるえながらしばし考えこんだ。レニーはなんらかのコンピュータ・プログラムを使っているにちがいない。もう少し探ってみてそうだとたしかめられたら、プログラムを中断する方法を考え出そう。そうすれば気持ちも落ち着くはず。ストーンは言ってみた。「キャンディダ二号。あなた何者？　顔も確認させて」

「……お望みでしたら」なんだかとまどっているような声で返事があった。たぶん、レニーはここまで考えに入れていたのだろう。「私、キャンディダ二号は、あなた自身の脳をモデルに設計された自意識を持ったコンピュータです」声はとても誇らしげだった。でも、レニーのような十五歳にもなるお兄ちゃんのいたずらの仲間に入れてもらえたんだから、小さな子が誇らしげな声になるのも当然かもしれない。

「われわれが乗り組んでいる宇宙船は、パートレットＭ３２／Ａ４０１号です」

道路みたいな名前ね、とＦ・Ｃ・ストーンは思った〔Ｍ３２は英国のブリストルを走る高速道路、Ａ４０１はロンドンの中を走る国道〕。でも、パートレットなんて名前は、どこから思いついたんだろう〔パートレットは、英国の詩人チョーサー作の説話集『カンタベリー物語』に出てくる、気が強いメンドリの名〕？

「視覚イメージ表示」と声がして、いきなり目の前の画面に文字のかたまりがいくつか現れた。ロシア語かギリシャ語の大文字みたいだ。

きっとテレビゲームか何かなのね。私がいちばんしそうもないとレニーが思ってることはなんだろう? 答えは簡単。F・C・ストーンは壁ぎわにすっとんでいき、コンセントについている電源のスイッチを切った。私がこんなことをするなんて、レニーは想像もしていないだろう。午前中の仕事をだいなしにする危険を冒す勇気なんか、私にはないと思ってるはず。たしかに書いたものが消えてしまうのはいやだけれど、また書きなおすことは可能だ。画面の文字のかたまりが消えたのを見届けると、ストーンはどすどすと足音も荒く台所にむかい、クファイを(ちがう、コーヒーだ!)一杯いれ、飲みながら、焦げたショウガのにおいがする台所をうろうろと歩きまわった。ワープロがすっかり冷えるまで待とう。なんとなくそうした方が確実にプログラムが消えるような気がする。このレニーの悪ふざけには、いくらプログラムを消しても消したりないくらい腹がたっていた。

けれど、文章につまったときもいつもこうして台所をうろうろしていたので、いらだちが静まってくると、クァッフィを半分も飲まないうちに、ストーンは自然に文章のことを考えはじめていた。船長の口の中は、ただ気持ち悪いと書くだけでいいかしら。それとももっと具体的に、たとえばニワトリの糞みたいな味がする、などと書いた方がいいかしら……。さらに五分後には、機械的にカップに二杯目のチョッフィーをそそぎ——これまた機械的に、また新しい名前の飲み物ができたわ、それを飲む新しい異星人はどんな人たちにしよう、と考えながら――仕事場に持っていって、今日の仕事を再開しようとしていた。頭はもうキャンディダ号が突入したばかりの新しい惑星系のことでいっぱいになっていて――もの知りのファンの希望どおりにする必要なんかない。私もそのファンも、そこに行ったことなんてないんだし、この本を書いているのは私であってファンじゃないんだから――無意識にまた電源を入れ、椅子にすわっていた。

　画面にきちんとならんだギリシャ文字だかキリル文字だかのかたまりがぱっと現れ、子どもっぽい声が叫んだ。「キャンディー！　なぜ返事をしてくれないんです？　くり返します。われわれはもうニレソ惑星系内に入っており、ワープを開始するところです」

　F・C・ストーンは驚きのあまり、熱いク・フェーをごくりとひと口飲んでしまい、自分がまたコーヒーを新しい名前で呼んだことにも気づかず、ちょっとかすれた声で言った。

「ばか言わないで、レニー。惑星系の中ではワープはしないものだってことぐらい、だれだって知ってるわよ」

　画面の文字が一瞬またたいた。声がとまどったように言った。「召使いの名はレーニです。レーニの名も、マイクロワープのことも覚えていないんですか。レーニが前から言っていたとおりなのかもしれない。キャンディー、あなたが老衰でぼけはじめたという可能性も——」

「老衰ですって？」ストーンはわめいた。レニーったら、殺してやる。どうやって殺してやろうか。いろんな方法が頭に浮かんだ。

「——召使いのレーニが、船の安全を守るため、レベル五から九までの機能をあなたに代わって使用する権利を認めてほしいと言っています。認めますか？　早急になんらかの対処が必要です」

ストーンはまだ怒っていたが、ふと好奇心もわいてきた。レニーはこの悪ふざけをどこまで念入りに準備しているのだろう？　起こりうることをどのくらい考えてあるのかしら？　ストーンは慎重に言った。「レベル五から八までだけなら、使用を許可しましょう」さあ、私がこう言うなんて考えてあった？　どうなの？

ところがどうやら、ちゃんと考えてあったらしい。すぐに画面いっぱいに変な図形が現れた。このワープロの画面では見たこともないし、表示できるとも知らなかった、複雑な渦巻き模様だ。と、まったく新しい声が聞こえてきた。元気のいい男の声だ。

「ありがとうございます。今のところはレベル八まででじゅうぶんです。あなたなら許可してくれると思ってました、キャンディダ三号。これで、コンピュータを介さずにあなたと直接話せるようになりました。もう電源を切ったりしないでくださいよ。

われわれは話しあわなければ」

よく響く、俳優みたいないい声だ。この声を聞いていると、F・C・ストーンは体を丸めて甘い吐息をもらしたり、髪をなでつけたりしたくなった。レニーの高くも低くもない耳ざわりな声だったら、こんなふうに響くはずはない。驚いた！　レニーはこの人を雇ったにちがいない！　生活費をあずけてお金を自由に使わせてきたのは失敗だったかも。ストーンはオグヴェイをひと口飲んだ拍子に、声と画面の図形が連動しているのに気づいた。渦巻き模様は、声に合わせて上下に動いたりゆらめいたりしている。

「どうして私のことをキャンディダ三号って呼ぶの？」ストーンはそっけなくきいてみた。

すばらしい声が答えた。「あなたは、私の主人《ミストレス》、キャンディダ一号のそっくりさんだからですよ。そして主人の乗っている船のコンピュータの名が、キャンディダ二号。ですから、いくつもの平行宇宙の中からあなたを発見したとき、私はキャンディダ三号と呼ぼうと決めたのです。あなたが使っているこの機械を調査し、あなたがこの機械に記録してきた思考を読むことによって、もちろん礼儀は守ってのことですが、もう二年ものあいだ、私はあなたをずっと見ていたのです——」

「じゃあ、レニーは私の本だけじゃなく、平行宇宙が出てくるほかの本も読んでたってわけね、まったく裏切り者なんだから！」ストーンは口をはさんだ。

「なんとおっしゃいました？」画面の渦巻き模様があわてたようにとびあがった。

一本とってやったわ！　「なんでもない、私の息子のことよ。で、平行宇宙がどうしたの？」

「なるほど」すばらしい声は用心しているようにも、おもしろがっているようにも聞こえた。「お話にうまくついていけないのをお許しください。あなたの思考が突然飛躍するものですから。私の主人と同じですね。でも、あなたの方が進歩的だ、と私には思えるのですが。主人は〈女権社会〉の名家に生まれ、今では〈高位十三人会議〉のもっとも有力なメンバーの一人——」

ストーンはまた口をはさんだ。「〈十三人会議〉ですって？　だれの本からとったアイディアなの？」

間《ま》があった。渦巻き模様が何度か動揺したように上下した。それからすばらしい声が言った。「あの、申しあげにくいのですが……これまで、できるかぎりワープを遅らせてきました。でもワープに適した時間はとてもかぎられているので、実行するか中止するかそろそろ決めないと……」

男の声には必死に訴えるような響きがあった。いや、巧みに誘いをかけるような響き、というべきか。ストーンは言った。「わかったわ。プログラムを続行して。でもまず、あなたの言う『主人《ミストレス》』っていうのはどういう意味なの、レニー」

「レーニ。私の名前はレーニです」

「じゃ、レーニ。『ミストレス』にはふたつの意味があるでしょ」

「ああ、女主人と愛人、両方の意味ですよ。私は子どものころ、主人のキャンディーに買われた身です。われわれの宇宙では、男はみんな女の所有物なんです。〈女権社会〉では、男にはほとんどなんの権利もありませんし、こちらの銀河では〈女権社会〉が主要な社会形態ですから。それでも私は、ほかの男たちよりは幸運でした。〈高位十三人会議〉の実力者である今の主人に買われたのですからね。私は主人から多くのことを学び――」

F・C・ストーンは落ち着かない気持ちになり、それからしだいにいらいらしてきた。レニーが作ったプログラムにしてはやけに自然な会話のような気もしたし、逆に決められたセリフに戻ったのかも、という気もした。ストーンはまた質問を投げかけた。

「で、あなたのご主人は今どこにいるの？」

「私の横で意識を失ってます」と、レーニ。

「老衰のせいで？」と、F・C・ストーン。

「よくあることなんですよ。権力の座にあると強いストレスを受けますから。それに、宇宙に出ているときがいちばん発作を起こしやすいようでね。でも――」レーニの声には笑っているような響きが感じられた。「――白状すると、今回の発作は私が起こすようにしむけたんです。主人を出しぬくには何年も計画を練らなければなりませんでしたが、やっとうまくいきました」

「それはおめでとう、レーニ。で、私にどうしてほしいわけ？　男性の革命に力を借してほしいとでも？」

「ええ、でもごくごく簡単なことだけしていただければいいのです。あなたはこちらの世界のキャンディダ一号と、いわば同一人物ですから、この船のコンピュータであるキャンディダ二号もすでにあなたを受け入れています。助けてくださる気があるなら、私にレベル九と十の機能の使用を許可する、とキャンディダ二号に言ってくだされればいいんです。そうすれば私も主人同様にコンピュータのキャンディダ二号を使えるようになり、この船を仲間と約束した合流地点まで操縦していけます。そのあとはあなたとの接続を断ちますので、もうお仕事の邪魔をすることもなくなります」

「ええっ！　じゃあ、私には操縦させてくれないつもり？」

「おっしゃることがわかりませんが」と、レーニ。

「いいこと、レーニだかレーニだか、だれだってかまわないけど！」ふいに、F・C・ストーンは自分でも驚くほど感情を爆発させてしまった。「私が作家として成功できたのは、そもそもこの画面の前にすわってここが宇宙船の操縦席だと想像するのが何よりも好きだったおかげなのよ――ぼうっと目がくらんだような感覚も、消耗しきった感じも好き。筋肉がけいれんしちゃうのも平気、それにオグヴェイを飲みすぎて胃がおかしくなることまで気に入ってるの！　私が今まで電源を切らずにいた理由はたったひとつ。本当に――本当みたいな気がするだけでもかまわない――宇宙船を操縦させてもらえるかもしれないって思ったからよ。このチャンスをのがすつもりはないわ。私に操縦させてくれたら、あとであなたにレベル十一の機能を使うことだって認めてあげる。もしもそんなものがあるとしたら、だけど。わかった？」

「たいへんよくわかりましたよ、偉大なる奥方」とレーニ。いかにも、わがままな女性にしたがうことになれているような口調だ。でも、同時に勝ち誇っているようにも聞こえた。

ストーンはその口調がどうもひっかかったが、今は気にしないことにした。「そう。じゃあ、操縦のしかたを簡単に説明して」

「はい。でも、あなたの考えているのとはちがうかもしれませんよ。われわれはこれからマイクロワープをするところです。通常なら宇宙港の上空に出るのですが、今回はレソニの町の上空に直接突入するように計算しました。希望的には、〈十三人会議〉の防衛線を突破して、その内側に出現するように。われわれの仲間のほかの船も希望的には、同じ瞬間に実体化します。ですから、ワープは非常に正確に行う必要があります。パートレット号の操縦盤をそちらのキーボードから操縦できるよう、操縦盤をキーボードの形に変換した画像を送りましょう。私が画像上でキーを順番に光らせますから、正確にそのとおりにキーを押してください。いいですか？」

「ええ。でも、『希望的に』なんて言葉を使うのはやめてちょうだい。でないと、どのレベルだろうと許可してあげないわよ。言葉の使い方がまちがってる。ずさんな言葉づかいはがまんできないの！」

「おおせのとおりに」またしても笑いをふくんだ声だ。「さあ、これがあなたの操縦盤です」

渦巻きが消え、ワープロのキーボードをそのまま図にしたようなものが画面に現れた。とてもわかりやすいが、同じキーボードが三つもならんでいて、左右のふたつは画面のはしにかかってしまい、ゆがんでぼやけている。F・C・ストーンはがっかりして言った。「何これ！　どうやって打てっていうの？　私のキーボードは三つもないわよ」

レーニが安心させるように言った。「右側のキーボードのキーを押すときにはヘルプキー、左側のキーを押すときには英数キーを同時に押してください。準備はいいですか？」

もちろん準備はできていた。ストーンは落ち着こうとして、冷めかけたクァ、ァ、ッ、ヴを急いでひと口すすり、キーボードの上に指を置く。こんなこと、はじめての経験なんだから楽しまなくちゃ。

実のところ、操縦は拍子抜けするほど簡単だった。画面のキーが次々と明るい緑色に輝きはじめたので、それに対応するキーを押すだけでいい。ストーンは英数キーを押しながら「そ」、中央のキーボードに戻って「に」、ヘルプキーを押しながら「れ」、再びヘルプキーと同時に「れ」、中央のキーボードに戻って「そ」「に」と入力した。まだこれはレニーの悪ふざけだろうと思っていたものの、もしかしたら私は過労なのかも、医者にかかるべきかしら、と心配にもなっていた。でもそんな心のささやきには耳を貸さず、さらに英数キーと「に」「れ」、ヘルプキーと「そ」を押した。だんだんわくわくしてきた。

するとコンピュータの子どもっぽい声がふたたび聞こえてきた。「ワープ準備完了。キャンディダ一号、本当にこれでいいんですか？　この座標だと、レソニ星の真上に出てしまいますよ。この星の防衛システムから攻撃を受ける危険がありますが」

「だいじょうぶだと言ってください」レーニがせっぱつまった声で言った。

深く考えることもなく、ストーンはなだめるように言った。「だいじょうぶよ、キャンディダ二号。その防衛システムをテストしたいの。レソニ星にはこちらに危害をくわえないように連絡してあるわ」こんなことにはなれてるって答えっぷりじゃない！　私、優秀な女権社会人になれそうね！

コンピュータの子どもっぽい声が言った。「了解しました。カウントゼロで指示どおりにワープします。五、四、三――」

F・C・ストーンは身がまえた。

「――二、一、ゼロ」

部屋がかすかにかたむいたような感じがしたのでは？　おだやかなさざ波みたいに、軽いめまいがしたような気も……いや、しなかった気がする。仕事場をさっと見まわしてみても、何もかもいつもどおりだ。

「ワープに入りました。主観時間で五分ほどお待ちください」キャンディダ二号が言った。

「どうして？」ストーンはがっかりした子どものように、思わず不平をもらした。

レーニの声があわてたように割りこんできた。「マイクロワープでは普通のことです。あやしまれないようにしてください！」

ストーンはひそひそ声で文句を言った。「でも、なんにも感じないわよ！」

画面からキーボードが消え、レーニが言った。「感じないようになってるんです。ワープ中、コンピュータのキャンディダ二号は回線からはずれています。もう自由にしゃべってもだいじょうぶですよ。ワープには特別な知覚は伴わないものです。動きまわろうとするとふらつくことはありますが」

「なんですって？　じゃあ私、これまで書いた本を全部書きなおさなきゃならないじゃない！」

そのときF・C・ストーンは急にトイレに行きたくてたまらなくなった。反射的に、クフィーのカップを取りあげたが、思いなおしてまたおろした。でも、廊下の先にあるトイレのことが頭から離れない。何年か前にレニーが不老不死の霊薬を作ろうとして薬品でしみをつけた便器と、水を流すチェーンの代わりにカウベルがたくさんついたひもがたれているトイレの中が、はっきり目に浮かぶ。気をまぎらわそうと、ストーンは言った。「あなたと仲間の人たちの船がレソニの上空に出たら、それからどうするのか教えて。革命を始めるの？」

「複雑なんですよ。〈男性労働組合〉の十二の支部のうち、反逆にくわわる意志を明らかにしているのは六つだけです。残りの六つのうちふたつは昔から中立で、〈下位十三人会議〉に支援されていますが、一方で〈下位十三人会議〉は体制に不満をいだき、ヘリウムを呼吸する生命体である〈ダナオイ〉と同盟を結んで、わが惑星全体を危険にさらそうとしています。残りの四つは体制に忠実な支部で、旧態依然とした〈高位十三人会議〉の側につくと思われていましたが、第五支部だけは例外で、高位とも下位ともそれぞれ対立している〈中位十三人会議〉と新たに手を結んでしまいました。〈中位十三人会議〉は、〈貿易商人〉たちに特権を与えていることで批判を浴びています。〈貿易商人〉たちは、〈アンダー〉どもと交渉を開始したらしいことをのぞけば、独立独歩の方針をとっているのですが。〈アンダー〉というのはまたべつの生命体で、われわれ反逆側六支部の味方だと称していますが、〈貿易商人〉とも接触していると聞いてわれわれは疑いを強めました。そこでわれわれはこの大胆な計画を実行してみることに――」

「やめて！」と、F・C・ストーン。こういうたぐいのことを書くのは大好きだったが、人が話しているのを聞くと頭がくらくらしてくる。「つまりあなたたちは、そんな面倒なことをただためしにやってみようとしてるってこと？」

「実は、事情はもっとこみ入ってまして――」レーニが言いかけた。

「やめて、知りたくない！　失敗したらどうなるのかだけ教えてちょうだい」

「失敗は許されません。失敗すれば、私たちは〈高位十三人会議〉によって壊滅させられるでしょう」

「私もってこと？」F・C・ストーンは不安になってたずねた。

「可能性はありますね。私がどうやってこの計画を実行に移したか、〈高位十三人会議〉に知られずにすむかもしれませんが……もしつきとめられてしまった場合でも、その機械を破壊すれば、おそらくあなたはやつらに攻撃されずにすむでしょう」レーニは言った。

「冗談じゃない！　ワープロを破壊するくらいなら、つらい目にあっても――わかった！　ともかく勝てばいいのよね！」とストーン。

そのときアラームが鳴り、画面にはまた三つのキーボードが現れた。左右のキーボードは相変わらずゆがんでいる。コンピュータのキャンディダ二号が言った。「レソニ上空に実体化しました。キャンディー、どういうことです？　ほかにも同エリアに船が十六隻出現してます。二隻は〈貿易商人〉、四隻は〈アンダー〉、そのほかは〈女権社会〉の船のようです。ワープして戻りましょう！」

レーニがかみつくように言った。「レベル九と十の許可を！」

「私はレーニに――」F・C・ストーンが言いかけると、キャンディダ二号は責めるように言った。

「ああ、キャンディー！　なぜ、そのちびのごますり男にそんなによくしてやるんです？　ただの男なんかに」

「レーニにレベル九と十の機能の使用を許可します！」ストーンは悲鳴に近い声で叫んだ。頭と下腹部が突然ひどい痛みに襲われ、そう言うしかなかったのだ。苦痛が波のように体を突きぬけていく感じ。両肩にも激痛が走り、まるで中から鉤爪《かぎづめ》が生えてきているみたいな気がする。精神攻撃を受けているのかも。ともかくまずトイレに行かなくちゃ。

「承認しました」キャンディダ二号が不機嫌そうに言った。

ストーンはぴょんと立ちあがり、トイレに走った。と同時に背後で、バリバリ、ドカーンという音がして、まわりの空気の圧力が急に高まったような感じがした。レーニが何か命令する声も聞こえたが、やがて甲高いヒューッという音がそれにかぶさった。トイレのドアをしっかり閉めても、まだドリルで壁に穴を開けるような音が聞こえた。

しばらくして、トイレの中で服を整えているうちに、F・C・ストーンは落ち着きを取り戻した。鏡に映った自分の顔がいつもと全然変わらず、四角ばってがっちりしているのを見ると、元気が出てきた。目はちょっと血走っているみたいだけど……。着心地のいいだらんとしたセーターを着た体重オーバー気味の体も、いつもどおり。美声のレーニの横では、私はちっとも見映えがしないでしょうね……と考えながら、ストーンは白いものがまじりはじめた巻き毛を両手ですいた。と、髪の毛がたくさん抜けて手に残った。ワープロにむかって根《こん》をつめて仕事をしたあとにはいつも毛が抜ける——本の中では、異星人がワープするたびに羽根や体毛が抜ける、ということにしてある。

何もかもいつもと同じだ。きっとただの過労だろう。そのせいでレニーのいたずらにひっかかってしまったのだ。それとも焦げたチリパウダーのせいかしら？　F・C・ストーンはしっかりした足どりで廊下に出ていきながら考えた。ひょっとしたら、チリパウダーには幻覚を起こす作用があるのかも。耳に突き刺さるようなあのいやなヒューッという音がまだ聞こえているのは、そのせいかもしれない……。

騒音の中からレーニの声が響いてきた。「レソニの〈高位十三人会議〉よ、降伏するか、それともまた攻撃されたいか？」

もうたくさん！　ストーンはつかつかと机に歩みよった。画面では渦巻き模様が、レーニのぞっとするようなするどい声に合わせて脈動している。

「この騒音を止めて！　それから、パートレット号のコックピットの画像を見せてちょうだい」できるものならやってみなさい、と思いながらストーンは命令した。今この瞬間は、完全に自分の作品『宇宙船キャンディダ号』の船長になりきった気分だった。

ヒューッという音はなんとか耐えられるレベルにさがった。レーニが言った。

「映像を送るにはレベル十一の機能が必要です」

いらいらしているようにも、さりげないようにも聞こえる声だ。ちょっと落ち着きすぎみたいな気もする。さらにレーニは、今度は明らかにわざとらしいほどさりげなくつけくわえた。「レベル十一は実際に存在するんですよ」

こいつの言うとおりにして、さっさとやっかいばらいしてやろう。F・C・ストーンは言った。「じゃあ、レベル十一の使用を認めます」

「ええっ！」キャンディダ二号が傷ついた子どものような声を出した。

画面には緑がかった映像が現れた。ちらちらして荒れた緑の線が何本も走ってはいるが、かなりはっきりコックピットのようすがわかる。ストーンは驚くのも忘れて考えた。パートレット号の操縦盤って、思っていたよりスクリーンが少ないのね――私が本に書いてるよりもずっと少ない――でも、四角いボタンの列はずっと多いし、ダイヤルはいやになるほどたくさんある。すべてがみすぼらしく、使いこまれている感じだ。でも、もっとも目をうばわれたのは、操縦盤の前の背もたれにクッションのついた回転する操縦席にいる女だった。眠っているように見える。しかも真っ裸だ。女のすらりとした体にも、ほっそりしてきりっとした顔にも、しみひとつ、しわひとつない。F・C・ストーンは突然、自分も十七歳のころは器量が自慢だったことを思い出し、ちょっとショックを受けた。この人、十七歳のころの私にそっくりじゃない？　ただ、私の美化された思い出よりさらに美しいけど。そう思うと急にひどく悲しくなってきた。

そのときありがたいことに、ヒューッという音が止まり、レーニの淡々《たんたん》とした声がした。

「キャンディーはあなたと同い年なんですよ」

そこでF・C・ストーンは、はじめてレーニに目をむけた。副操縦士の座席はより質素で、座面がクッションになった背もたれのない回転椅子だ。そこにすわっていたのは神経質で陰気そうな顔の小男だった。こういう男はたいてい髪がうすくて頭のてっぺんの毛がふわふわして見え、それを補うように、耳の中や目の下あたりに毛を生やしているものだ。レーニの髪もてっぺんが目立ってうすかった。だが、レーニはそれをカールさせてごまかし、しわだらけの小柄な体のほかの部分の毛はすべて、抜くかそるかしてあった。レーニも裸だったからはっきりとわかったのだ。レーニのこのさえない容貌とすばらしい声は、ひかえめに言っても、ひどくつりあいが悪かった。

レーニはF・C・ストーンの表情に気づき、ばつが悪そうにほほえむと前かがみになり、操縦盤の下の蛇口のようなものに紙コップをあてがった。レーニにもこっちが見えているのだ！　レーニの横の眠れる美女と自分との落差に気づくと、F・C・ストーンもレーニと同じくらいばつの悪い気分になり、船長の役にしがみつくように言った。

「レソニの画像を見せて。町が損害を受けているなら、そのようすも」船長のふりを続けて威厳をたもつしかないような気がしたのだ。

「もちろんです」レーニは四角いボタンの列に指を走らせた。

すると画面が切り替わり、小さな町を見おろす画面が見えてきた。石ころだらけの丘の斜面に古い家がならんでいる――箱のような形の白い壁に赤い屋根の家々。木の茂る中庭。スペインかイタリアの町によく似ていて、暑そうなところだ。ただ壁の形や屋根の傾斜がちょっと見なれない感じで、どこか妙だ。知っている町と少ししかちがわないせいで、F・C・ストーンは、この場所は作り物なんかじゃないとなぜかようやく確信が持てた。私は今、どこかまったくちがう世界に現実に存在する町を実際に見おろしているのだ。市場のある広場の岩の地面には溶けたような穴ができて煙が上がっているし、町から丘をくだったところにもうひとつ穴があり、道路が破壊されていた。まわりの空に熱気球みたいな形のほかの宇宙船が浮かんでいるのも、ちらりと見えた。

「なんでこんなに小さな町を攻撃しているの？」ストーンはたずねた。

「レソニは〈女権社会〉の辺境の植民地にすぎないんですよ」レーニがすばらしい声で答えた。画像がぱっと切り替わり、レーニがスツールにすわって紙コップから湯気の立つ液体をすすりながら、こちらにむきなおるのが見えた。あれはクファか、ひょっとしたらキューフィーかしら。湯気のむこうでレーニがにっこりした。このほほえみで、かわいそうな眠れる美女をくり返しだましてきたのにちがいない。レーニが異星人だったとわかった方がましだったのに……。レーニが言った。

「〈男性労働組合〉第二支部に代わって、心からお礼申しあげます。レソニ人どもはもうわれわれのなすがままです。あなたがこの船の操縦権をすっかり与えてくださり、私のもと主人のすべての権限を利用できるようにしてくださったおかげで、私もこれから中央世界に攻めていくことができます。むこうに着いたら、この女を人質として使うこともできますし」

ヒトラーもナポレオンも、声はすばらしいけど小男だったのよね、とストーンは考えた。自分が〈女権社会〉に怪物を解き放ってしまったんじゃないかと思うと、ぞーっとした。「私にはここが中央世界だと思いこませたくせに」

「そうは言ってませんよ。意識を持つレベルの高性能コンピュータをあやつれるようになる前に、〈女権社会〉に武力で対抗するほど、私は愚かじゃありませんからね」

レーニは言った。

F・C・ストーンは「それはちがう」と言いたくなった。自分の本の中の登場人物はしょっちゅうそういう捨て身の賭けに出ている。レーニがこんなに周到に準備をしてから反逆をくわだてたと知って、ストーンは憂鬱になってきた。それにレーニは眠れる美女だけでなく、この私のこともだましたのだ。きっとこれから、レーニとキャンディーのいる世界を〈男権社会〉へと変えてしまう気なのだろう。ああ、午前中の時間をなんてむだなことに費やしてしまったのかしら。

いや、そうでもないかな？　男たちが奴隷として売られている〈女権社会〉なんて、まさに私好みの設定じゃない？　これで本が一冊書けるにちがいない。私はただ感謝して、あっちの世界でのレーニの計画がうまくいきすぎないよう祈っていればいいのかも。

「ねえ」F・C・ストーンが声をかけると、レーニは用心深く紙コップから顔を上げた。「あなたが飲んでいるそのしろものはなんなの？　ゴッファ？　クスヴェイ？」

レーニの驚いた顔を見て、ストーンはうれしくなった。が、レーニはあっさり答えた。「いや、これはただのコーヒーですよ」

クジャクがいっぱい

プラット夫妻は、〈にぎわい丘〉に越してきたときから、いかにも世話好きのおせっかい、というにおいをぷんぷんさせていた。夫妻は〈機織通り《はたおりどお》〉の、いつも子どもたちが自転車を乗りまわしたりサッカーをしたりする原っぱのわきに立っている、田舎ふうの古い家を買った。プラット氏は一人で家にすっかり手を入れ、壁に白いペンキを塗った。プラット夫人は庭作りに精を出し、庭のあらゆるものをやはり白く塗った。

それがすむと、夫妻は町の人たちの世話を焼きはじめた。

プラット氏は『にぎわい村通信』という名前の新聞を作って、町じゅうの家に配って歩いた。町の家々のドアの下からさし入れられた新聞には、なれなれしく名前で宛名が書いてあった。ウィリス夫妻には「グレンダとジャックへ」。ムーア家には「リリーとトニーへ」。ドゥーガル家には「マーシャとケンへ」といったぐあいだ。どの家でも、どうしてプラット氏が自分たちの名前を知っているのか不思議に思ったし、〈にぎわい丘〉を「村」と呼ぶのもどうかと思った。ここは、はずれとはいえ、ロンドン市の一部なのだから。新聞には、〈にぎわい村〉にはもっと街灯が必要だとか、バス停に雨よけの屋根を作るべきだとか、どの家も通りに面した前庭をもっと美しくすべきだ、サッカー用の原っぱには本格的なスポーツセンターを建てるべきだ、といったおせっかいな意見がたくさんのっていた。しかも〈機織《はたおり》ガ池〉はごみだらけではないか、グレンダとジャックのような金持ちは近隣を美化する責任がある、とプラット氏は非難するように書いていた。

「なんでプラットさんは、うちが金持ちだなんて決めつけるの？　いくら子どもたちがポニーを飼っているからって」ポニー二頭のえさ代をかせぐために、タイプライターで文章を打って清書する仕事に追われていたグレンダ・ウィリスは、気を悪くして言った。

一方、プラット夫人は動物の世話を焼きはじめた。手始めはドゥーガル家のネコ、スーティーだった。次はディーン家の犬、ランバート。その次はスミス家のホリーの飼っているアンゴラウサギ。プラット夫人はドゥーガル家、ディーン家、スミス家を訪ねて、お宅の動物が外をうろついていましたよ、最近は車が増えたのに、道にとびだしでもしたらどうするんですか、ペットはつないでおくべきです、などと、くどくど言った。プラット夫人はやせていて、いかにも心配しているというように相手に顔をよせ、灰色の目でじーっと見つめ、手をもみしだく。そんなに心配してくれているのに話の腰を折るのはむずかしい。でも、一時間も続くと、ドゥーガル家の人たちもディーン家の人たちもスミス家の人たちもがまんできなくなり、自分たちのペットがどうなったのか、思いきってきいてみた。するとプラット夫人は、私が車に乗せ、うちの人に知りあいの獣医に連れていってもらい、安楽死させましたよ、と答えた。

プラット氏の新聞の次の号には、〈にぎわい村〉の人のペットの飼い方はまちがっている、と悲しげに訴える記事がのっていた。プラット氏が家の裏庭にいくつも建てている新しい温室のことも書いてあった。プラット氏はあごひげを生やし、厚くて赤いくちびるをした太って元気いっぱいの人で、温室を建てるのに夢中のようだった。温室を建てているか、頭をそらし、胸を突き出して立ち、できたばかりの温室をほれぼれと見つめているか、でなければ、町じゅうを歩きまわって新聞にのせるニュースを探している。

そんなわけで、ウィリス家の娘のサラが乗ったポニーのチャンターが、〈雄ジカ横町〉で暴走したときにも、プラット氏はそこに居合わせた。

チャンターがなぜいきなり走りだしたのかは、なぞだった。プラット氏を見つけて、自分も獣医に連れていかれると思って怖くなったんじゃないか、とあとになってサラは思った。興奮してひづめから火花を散らす勢いでパカパカ走りだしたチャンターにサラが必死でしがみついていると、プラット氏が生け垣からとびだしてきて手綱を押さえて止めてくれた。

ようやくチャンターが止まると、サラは言った。「ありがとう」

「アスファルトの道の上でポニーに早がけさせるなんて、とんでもないことだぞ！」プラット氏がどなった。「こんなことをさせたら、ひづめがだめになって、脚ががたがたになってしまうと教わらなかったのか？」

「でも私はべつに――」とサラは言いかけたが、プラット氏は奥さんと同じくらいおしゃべりだったので、それ以上口をはさめなかった。

プラット氏はサラを家まで送ってきたが、そのあいだじゅうチャンターの手綱を握ったままポニーのあつかい方をこんこんと説いて聞かせ、家に着くとこう言った。

「中に入って、きみがポニーに乗るときはちゃんと大人が監督するべきだとグレンダに話しておかなければ」

そしてその言葉どおり、プラット氏はサラのお母さんのグレンダ・ウィリスにくどくど話をした。それから、ポニーの厩《うまや》になっている納屋を見に行き、戻ってくると、あそこはポニーにはふさわしくない、とグレンダに忠告した。

グレンダはその日、ムルチョフスキーなどといったややこしい名前がたくさん出てくるポーランドの歴史についての本をタイプで清書していたが、プラット氏に邪魔されたせいでいくつも名前を打ちまちがえてしまった。

「あの人と話してると頭がおかしくなっちゃう」グレンダは言った。サラはお母さんをなぐさめた。

「心配ないわ。〈にぎわい丘〉には、ダニエル＝エマニュエルがいるんだもん」

そういえば、プラット夫妻はまだダニエル＝エマニュエルのことを聞いていないらしい。ダニエル＝エマニュエルもプラット夫妻に負けないくらい動物に興味を持っていることは、町じゅうの人が知っている。つい先週も、ダニエル＝エマニュエルはリスをつかまえようとして、サッカー用の原っぱにあるオークの木から落ちてしまった。去年は〈機織ガ池〉に入ってカモを追いかけていて錆《さ》びた鉄でけがをし、破傷風になって死にかけた。カモは食べられると聞いて、つかまえて食べようと思ったのだ。

先にダニエル＝エマニュエルに会ったのは、プラット夫人の方だった。ムーア家のセキセイインコの世話を焼いてから、家に帰ろうとしていたときのことだ。

夫人は、ペットを勝手に安楽死させるとみんながいやがることがようやくわかってきたので、自分の家の窓台で見つけたセキセイインコをムーア家に連れていったのだった。

「ほら、リリー。風切羽《かざきりばね》をきちんと切っておいてあげたわよ。もう飛べないから、逃げ出す心配もないわ」

「まあ、ご親切に！」ムーア夫人は苦々しい口調で言った。プラット夫人がネコの世話まで焼くといけないから、ネコは庭から出さないようにしなきゃ、と考えながら。

ムーア夫人は息子のテリーに言った。

「これからはインコを自分の部屋に入れておかなきゃだめよ。ああ、早くダニエル＝エマニュエルがプラット夫妻をなんとかしてくれるといいのに！」

そしてプラット夫人は家まで歩いて帰るとちゅう、大通りで車の前にとびだした四歳くらいの男の子を見つけた、というわけだった。あやうく男の子を轢《ひ》きそうになったバスが急停止し、二台の乗用車もすんでのところで男の子をよけた。まさに奇跡だ。その光景にぞっとしたプラット夫人はかけよって、子どもの腕をつかんだ。

「あなた、どこの子？　おちびちゃん。お母さんは、あなたが外にいること知ってるの？」

男の子はプラット夫人を見上げて言った。「ぼくは、ダニエル＝エマニュエルに決まってるじゃん」ダニエル＝エマニュエルは巻き毛でまつげが長く、そばかすが鼻のあたりに帯のようにたくさんあった。

「おうちはどこ？」プラット夫人はきいた。

ダニエル＝エマニュエルを連れて町をぐるっと一周しながら、この子は家の場所がわかっていないみたいね、とプラット夫人は思った。ダニエル＝エマニュエルの方は、プラット夫人につきあって散歩してもいいな、という気分でいた。でも一時間かそこらすると、夫人にいろんなことを質問されたり、「おちびちゃん」と呼ばれたりするのがいやになってきた。「ちび」と聞いてダニエル＝エマニュエルの頭に浮かぶのは、『白雪姫』に出てくる七人の小人だけだったから、自分の背はもうのびないんじゃないかと心配になってきた。姉さんのリンダにきいてみなくちゃ。ダニエル＝エマニュエルはプラット夫人をひっぱって、ようやく家へむかった。

プラット夫人は、オフレアティー家の屋根は高いが幅の狭いおんぼろの家をながめた。前庭にはってあるロープに洗濯物がはためき、その下に車の部品がごちゃごちゃと積んである。子どもたちが走ったり叫んだりしていて、オフレアティー夫人が玄関の扉から心配そうにこちらをのぞいている。

「いかにも問題のありそうな家庭ね。きちんとお世話をしてあげなくちゃ」プラット夫人は心の中で言った。

「ダニエル＝エマニュエル！」庭にいた全員が叫んだ。

「この子は、車の前にとびだして……」プラット夫人は説明を始めた。オフレアティー夫人に、お宅は問題だらけですね、と長々と説教するつもりでいたのだが、オフレアティー夫人は息子が無事だったのを見て大喜びし、すぐに家に連れて入ってしまった。

「礼儀も知らないのね」プラット夫人は悲しそうに言った。

家の中に入ると、オフレアティー夫人は「いけない子！」と言って、こぶしをふりあげた。ダニエル＝エマニュエルはきゅっと顔をしかめた。

「ああ、こんなかわいい子を叩いたりできないわ！」オフレアティー夫人がこぶしをおろすと、ダニエル＝エマニュエルはしかめつらをやめ、笑顔になった。

「リンダ、どうしてこの子が外に出てくのを止めなかったの？」オフレアティー夫人は、今度は姉さんのリンダを叱った。

リンダは五歳で、ダニエル＝エマニュエルのあつかい方を知っているただ一人の人間だった。リンダは、私だって止められないこともあるのよ、と肩をすくめ、お母さんに説明した。

「だいじょうぶ。この子が止まれ、って思えば、車は止まるから」

「そりゃ、この子は車が止まると思ってるかもしれないけど、実際に止まるわけじゃないでしょ」オフレアティー夫人は言うと、急いで昼食のしたくをしに行ってしまった。七人の子どもと、趣味のストックカーレース〔一般の自動車を改造して走るレース〕に夢中になっている夫がいると、いそがしすぎて気づかないこともあるのだ。

「ぼく、ちび？」ダニエル＝エマニュエルは心配そうにリンダにきいた。

リンダには、弟のききたがっていることがぴんときた。「まさか！　あんたはお父さんより大きくなるわよ」

ダニエル＝エマニュエルはすっかり安心した。でも、プラット夫人ってなんだかいやだな。本当じゃないことを言うんだもん。

プラット氏の新聞の次の号には、「問題のある家庭」について長い記事がのった。「あの人たち、やっとダニエル＝エマニュエルに会ったみたいね」

「あら、よかった」ウィリス夫人は娘のサラと息子のジェームズに言った。

次にリンダをうまくまけたとき、ダニエル＝エマニュエルはプラット夫妻の家を見に行った。田舎ふうの白い家はとてもきれいだな、と思った。花壇のまわりの石もペンキで白く塗られている。前庭の芝生には白い手押し車があり、中に花を植えてあった。ダニエル＝エマニュエルは、花は地面に生えていなきゃ変だと思ったので、ていねいに花を掘り出し、手押し車をかたむけて土を草の上にあけた。そして、ポーチにあったプラット氏のゴルフクラブをシャベルの代わりに使い、ポーチの前に花を植える穴を掘った。花を植えたあとは、雨水をためた大樽の栓を開け、水をやる。それからポーチに白いペンキの缶があるのを見つけ、自分が植えた花のまわりにも、ほかの花壇みたいに白いふちをつけようと思いついた。

家の裏庭で四つ目の温室を建てていたプラット氏が前庭にやってきたときには、ダニエル＝エマニュエルはぬかるみの中にしゃがみこみ、折れ曲がったゴルフクラブをはけ代わりにして、地面にペンキを塗ろうとしているところだった。

プラット氏はやさしい口調だが厳しい言葉で、いかに悪いことをしたか、こんこんと言って聞かせながら、ダニエル＝エマニュエルを家まで送っていった。だがダニエル＝エマニュエルはちっとも悪いと思ってはいないようだった。プラット氏は、いろいろなたとえ話を使って説明した。「ライオンの洞穴に入ったダニエル〔旧約聖書『ダニエル書』より。ダニエルは無実の罪でライオンの洞穴に投げこまれるが、神への信仰を守りぬいたため、無傷で帰ってきた〕」の話もした。

「まあ、ダニエル＝エマニュエル！」プラット氏がドアを開けると、オフレアティー夫人が叫んだ。息子は泥だらけで、顔に白い筋を何本もつけている。オフレアティー夫人が本を読みながら昼食を作っていたらしいと知って、プラット氏はぎょっとした。オフレアティー夫人は本を二冊持っていて、いそがしくて頭がおかしくなりそうになると、その二冊を代わるがわる読むことにしていた。今読んでいたのは『フロス河の水車場』〔英国の女流作家エリオットの小説〕で、もう一冊は『モンテ・クリスト伯』だ。二冊とも暗記するほど内容をよく知っているから、読みながらでもたいていのことはできるのだ。

　プラット氏は、ダニエル＝エマニュエルがしでかしたいたずらや子どものしつけについて、あれこれと親切に長時間にわたって忠告したが、オフレアティー夫人はジャガイモが焦げるにおいがしてきたとたん息子をひったてて家に入ってしまった。

「なんて無責任な女だ」プラット氏は悲しくなって言った。

　オフレアティー夫人はジャガイモが焦げてがっくりしたせいで、息子をたいして叱りもしなかった。放免されると、ダニエル＝エマニュエルはすぐにリンダにきいた。

「ライオンってどこにいるの？」

「このへんにはいないよ。動物園の檻だけ」リンダは答えた。

次の日、ダニエル＝エマニュエルはライオンのいる檻を探しに行った。

でも、〈にぎわい丘〉にはライオンはいなかった。大きな動物といえばウィリス家のポニー、チャンターとベンくらいだ。ポニーがいる納屋の戸口にダニエル＝エマニュエルが立っているのを見つけたのは、ジェームズ・ウィリスだった。

「これって、洞穴？」ダニエル＝エマニュエルはきいた。

「ちがうよ。これは厩《うまや》だよ」とジェームズ。

ダニエル＝エマニュエルはうなずき、どこかへ行ってしまった。

しばらくして、ダニエル＝エマニュエルは十三キロも離れた修道院の近くにある市場で見つかった。どうやってそこまで行ったのかは言おうとしなかったが、市場の畜舎の中で百頭ほどのブタがいる囲いに入りこみ、叫んでいたのだ。

「ぼくが悪い子なら、かんで！」

警察が電話してきたときたまたま家にいたオフレアティー氏は、買い替えたばかりの車を運転して市場まで息子を迎えに行った。ダニエル＝エマニュエルにとって、お父さんは世界でただ一人怖い人だった。だから帰ってきたときには、しょげてふくれていた。

「ぼく、プラットさんたちって好きじゃないよ」ダニエル＝エマニュエルはリンダに言った。

一方プラット夫妻は、ダニエル＝エマニュエルのことをとても心配していた。プラット氏はふたたびオフレアティー氏を訪ねて、あの子には厳しいしつけをしなければ、と忠告したが、ほうほうの体《てい》で立ちさることになった。ドゥーガル家の人たちがその現場を目撃していた。

その後、プラット夫人はウィリス夫人に相談を持ちかけた。

「ねえグレンダ、私たち力を合わせて、問題のある家のお世話をするべきだと思うの。ほら、オフレアティー家のことよ」

今回、ウィリス夫人は実験的な小説をタイプで清書していた。この小説はページが二段にわかれていて、両方にほぼ同じことが書いてあるが完全に同じではない、という面倒くさいしろものだ。これを五時の郵便の収集に間に合わせなければならない。

ウィリス夫人は言った。

「あの人たちに問題があるなんて思いませんけど。うちのジェームズやサラにおききになったら。オフレアティー家のパトリックやセルマとなかよくしてますから。それに私、この仕事を郵便に間に合わせなきゃならないんです」

けれどもプラット夫人は四時まで居すわって、ウィリス夫人を説得しようとあれこれ言いつづけた。四時半になると、今度はプラット氏が、われわれはあなたがワープロを使うべきだと思うんですよ、と言ってパンフレットを持ってやってきた。サラとジェームズとウィリス氏が五時ちょっとすぎに家に帰ってきたときも、プラット氏はまだ居すわっていて、ウィリス夫人は泣きそうになっていた。

「おまえたち、なんとかしてやれ！」ウィリス氏は子どもたちに言った。

ジェームズとサラは急いで自分のポニーに鞍を置き、パカパカと乗馬道をとばして、セルマとパトリックが自転車で遊んでいる原っぱにやってきた。

「どうしたの？」パトリックが柵によりかかってきいた。

「ダニエル＝エマニュエルに、プラットさんたちをなんとかするように頼んで」と、サラが言った。

「頼んでくれたら、ポニーを貸してあげるから。ポニーと自転車で一緒にどこかへ遊びに行こうよ」ジェームズも言った。

セルマとパトリックはこまったように顔を見合わせた。ポニーに乗せてもらいたいのはやまやまだけど……。パトリックが残念そうに言った。

「弟のやつ、ぼくたちの言うことなんてちっとも聞かないんだ」

セルマも同じくらいつらそうに言った。「リンダの言うことしか聞かないの」

「じゃ、リンダに頼んでくれるだけでいいわ。そしたら、そのあとで一緒にポニーで遊びに行こうね」サラが言った。

このひと月ほど、セルマとパトリックだけでなく、その上の兄姉ブレンダンやモーリーンやブライアンも、ホリー・スミスやテリー・ムーアやアラステア・ドゥーガルにいろんなお礼を約束されて、リンダをせっつくようになっていた。

リンダは、セルマとパトリックに言った。「あの子はまだ気持ちが固まってないの。頼んではみるけど」

次の土曜日、サラとジェームズは約束どおりセルマとパトリックを誘って、四人で〈物見ガ丘〉にポニーで遊びに行った。リンダも約束を守って、ダニエル＝エマニュエルを〈機織通り〉に散歩に連れていった。でも、この日はダニエル＝エマニュエルはお利口さんにしていて、特に何かしようという気はないようだった。ただ、プラット夫人が二人を見つけてあわてて出てきた。

「あなたたちみたいな小さな子が、自分たちだけで外を歩いちゃだめよ！」

プラット夫人は二人を家に連れていった。中はきれいに片づいていて、家具は何もかも茶色で統一されていた。プラット夫人は二人に椅子を勧めた。リンダは、ビスケットくらい出ないかな、と期待してきょろきょろしていたが、プラット夫人はすわって、イエス様が十字架にはりつけになった話を始めた。リンダはこの話を知っていた。はじめて学校に行った日にこの話を聞かされて、イエス様がかわいそうで泣きだしてしまい、家に帰されたのだ。リンダはどんどん青ざめ、弱々しい声できいた。

「すごく痛かったの？」

プラット夫人がきき返した。「何が？」

「木にくぎで打ちつけられて……」リンダはささやくように言った。

プラット夫人は面食らった。

「そうねえ――」なんと答えていいかわからなかったが、話の効きめはあったようなので、夫人は二人を家に送っていった。

たしかに二人はこの話に強い影響を受けていた。オフレアティー夫人がリンダを泣きやませようとしているあいだに、ダニエル＝エマニュエルはくぎを四本と金槌《かなづち》とひもを持ち出し、原っぱにあるオークの木のところまで行った。木にのぼり、枝を十字架に見立てて、はりつけになったら痛いかどうかやってみることにしたのだ。

でも体をひもで枝にしばりつけているうちに、ひもにからまって動けなくなってしまい、くぎを手のひらに打ちつけることができなかった。しかも運のいいことにしばらくすると、楽しい一日をすごして大満足のサラとジェームズとパトリックとセルマがたまたま近くを通りかかった。四人は、わめきつかれてか細くなった泣き声を聞きつけた。

「あれ、ダニエル＝エマニュエルだわ！」

セルマは叫び、なれない手つきでチャンターの手綱をあやつり、早がけをさせた。ポニーがいて本当に助かった。ダニエル＝エマニュエルはすごく高いところまでのぼってしまって、木から落ちそうになっていたが、片腕にひもがからんで止まっていた。ポニーを木の下に止めてその背に立って、ようやく手が届くくらいのところだった。ジェームズが片足をチャンターに、もう片方をベンにのせて立ち、パトリックを枝まで押しあげてひもを切らせた。サラはポニーを押さえ、セルマが、落ちてきたダニエル＝エマニュエルをなんとか抱きとめた。ダニエル＝エマニュエルは、ひどく痛いのとすっかり凍えたのとで、かんかんになっていた。

「イエス様にあんなことするなんてひどい！」セルマの前に乗ってポニーで家まで帰る道々、ダニエル＝エマニュエルは言いつづけた。ベッドに寝かしつけられたあとも、ダニエル＝エマニュエルはまだじーっと考えていた。プラット氏にもプラット夫人にも腹がたってしかたなかった。二人とも、親切なふりをしてひどいことばかり教える。

この事件を知ったプラット夫妻は、危険なオークの木を切り倒そう、という嘆願書を持って近所をまわりはじめた。

「ダニエル＝エマニュエルを獣医さんに連れていく方が簡単じゃありません？」ウィリス夫人は愛想よく皮肉を言った。

だがプラット氏にはまったく通じなかった。でもオフレアティー氏が、嘆願書なんかくそくらえ、とどなりつけておどしたときには、プラット氏もちゃんとひきさがった。

ダニエル＝エマニュエルはまだ考えこんでいた。

「あの子、そろそろ何かやるよ」リンダが兄さんや姉さんに言った。

ダニエル＝エマニュエルは毎日のように〈機織通り〉に出かけ、プラット氏の家を見つめて、どうしようかと考えた。プラット夫妻がダニエル＝エマニュエルを見つけて家に送ろうとして出てくると、つかまらないように姿を消した。

ある日プラット夫妻が車で出かけた隙に、ダニエル＝エマニュエルは庭に入り、裏にまわってみた。考えこみながら、温室の中もすっかり見てまわった。プラット氏は温室を建てつづけて、今では六つになっていた。ダニエル＝エマニュエルはひとつの温室の中でトマトを採って食べ、ふたつの温室で花を何本かつんだ。ほかの三つでは、植木鉢の土で泥だんごを作りながら考えに考えた。でも、いいアイディアが浮かばないまま家に帰ってきた。

帰宅したプラット氏は温室が荒らされているのに気づき、ダニエル＝エマニュエルのしわざだと思った。もうオフレアティー氏とは顔を合わせたくなかったので、電話をして、お子さんを放任しておくのはよくありませんよ、と注意した。トマトが惜しくて言うのではありませんが、お子さんのためを考えると……そこでガチャン、と電話が切れた。

「ちょっと来い、ダニー！」オフレアティー氏はどなった。そのあとにどんな嵐が吹きあれたか知っていたなら、プラット氏も心を痛めただろう。

おしおきが終わると、オフレアティー氏は怒りを静めるために車で出かけてしまった。オフレアティー夫人は神経を休めようと横になり、『モンテ・クリスト伯』を読んだ。おしおきされてむしゃくしゃしたダニエル＝エマニュエルは、テレビを見に行った。

テレビではちょうど鳥の番組をやっていた。ほっそりしたメスの鳥が気どった足どりで画面に現れた。茶色で自信満々で、ひょいっと小さな頭を横にかしげるしぐさが、プラット夫人が、あなたのためですよ、と言ってお説教するようすによく似ている。今度は、オスの鳥がプラット氏そっくりに気どって歩いてきて、首をうしろにそらした。それから大きな尾を扇形に広げた。これも温室に見ほれているプラット氏そっくりだ。

「これ、プラットだ、プラット！」ダニエル＝エマニュエルは金切り声をあげ、リンダを捜しに行った。

リンダは台所で勝手に料理をしていた。オフレアティー夫人が本を読んでいる隙に、小麦粉ひと袋と砂糖ひと袋を器《うつわ》にあけ、卵を一ダース入れてフォークでまぜようとしている。

「今いそがしいのよ」リンダは言ったが、ダニエル＝エマニュエルが〈力〉をこめてそでをひっぱると、無視できなくなった。リンダは小麦粉と卵の殻を床に点々と落としながら、弟のあとについてテレビのところに行った。

「これはクジャクよ」リンダは言った。

「プラットたちだよ」ダニエル＝エマニュエルはそう言うと、前庭に出ていき、ごちゃごちゃ積まれた車の部品のそばに立ってオスのクジャクのことを考えた。すると、映画スターのスカートみたいに長い尾をひきずった、青と緑の羽のクジャクがふいに目の前に現れた。クジャクは車の部品のぴかぴか光るホイールキャップに自分の姿を映し、すっかり見ほれているようだ。ダニエル＝エマニュエルは満足してうなずくと、今度はメスのクジャクのことを考えた。と、一羽のメスが、プラット夫人が迷子のペットを追いかけてるときみたいにちょこちょことした足どりで現れた。

「クジャク……」ダニエル＝エマニュエルはつぶやいた。「たくさん、たくさん……」

それから、プラット氏の温室のうしろにある生け垣を押し広げて穴ができたところを思い描き、長い長い列になったクジャクのオスやメスをその穴から中に入れるところを想像した。何十羽も、何百羽も……。

しばらくしてオフレアティー夫人は、リンダが勝手に台所を使ったことに気づいて叱ると、ダニエル＝エマニュエルを捜しに庭に出てきた。ホイールキャップの横で丸くなって眠っている息子を見つけた夫人は、ほっとして言った。

「まあ、天使みたいじゃないこと！」

そのころ、プラット夫妻の家は突然クジャクであふれ返っていた。クジャクは家の屋根の上にならんでとまり、庭には茶色のメスの群れがちょこちょこ歩き、そのあいだには尾を広げたオスも見える。ときどき唐突《とうとつ》にクジャクの鳴き声も聞こえた。首をしめられているような恐ろしい声だ。クジャクは温室にも入りこみ、家の中にも侵入した……。

クジャクが発生したことに、ホリー・スミスがいち早く気づいて家に走って帰り、大声でお母さんに知らせた。スミス夫人は町じゅうに電話をかけまくった。大人たちはみんな急病にかかったふりをすることにし、子どもたちを原っぱに偵察に送りこんだ。ウィリス夫人は仕事の原稿をタイプするのを中断し、自転車に乗った子どもたちが次々に運んでくるニュースをタイプしてメモを作った。ジェームズとサラは家から家へポニーを走らせ、小さな暗号めいたメモを配って歩いた。

〈またも二羽が温室の屋根を突き破る〉

〈夫人、つつかれる〉

〈ソファーは糞だらけ〉

〈一羽がトイレで卵を産む〉〈夫妻が獣医に電話しようとしたが、電話機の上にも一羽〉などなど。

プラット夫妻が車にクジャクを積みこんで獣医に連れていこうとしたときも、生け垣の隙間から、たくさんの小さな偵察員たちが興味しんしんでのぞいていた。走りまわってクジャクを追いかけたり、シッシッと追いはらったりする夫妻、ギャーギャー鳴くクジャクの声、雲のように舞う羽根……。それはもう、ものすごいさわぎだった。だが、このときのウィリス夫人のメモはとても簡潔だった。

〈獣医行きは失敗〉

そこでプラット氏は近所の人に助けてもらおうとした。クジャクたちはプラット氏のことが好きらしく、近所の家を訪ねるプラット氏のあとに二十羽ほどがぴったりとついて歩き、ドアが開くたびに、プラット氏の声をかき消すほどの大声で鳴きたてた。プラット氏は、出てくる人出てくる人、みんながねまき姿でハンカチを口にあてているのを見てがっかりすることになった。どうやらインフルエンザが大流行しているらしい。プラット氏はクジャクの行列をしたがえて家に帰った。

プラット夫妻はしかたなく、クジャクたちがいなくなるのをひたすら待った。が、クジャクはいっこうにいなくなる気配がない。それどころか日ごとに増えていくようだった。

プラット夫妻は一カ月近く辛抱《しんぼう》していたが、とうとう自分たちの方が出ていくことにした。出発する夫妻の車の屋根にはたくさんのクジャクがとまっていた。さらにたくさんのクジャクがとことこ走り、羽をばたばたはためかせて追っていった。インフルエンザにかかっていた大人たちも全員がうまいぐあいに回復し、車に手をふって見送った。

リンダはその日、みんなからちやほやされた。オフレアティー夫人は、近所の人がみな、リンダとダニエル＝エマニュエルに山のような贈り物をくれるので、ありがたく思いながらも、理由がわからずとまどっていた。

プラット夫妻の家はいまだに住み手のないままだ。クジャク以外は、ということだが。もっとも、中にはこの家に興味を失ったのか、どこかに行ってしまったクジャクもいる。今ではロンドンの郊外のあちこちでクジャクをよく見かけるようになった。ダニエル＝エマニュエルがクジャクを消すのを忘れてしまったせいだ。学校に行くようになり、ほかにもたくさん考えることができたからだろう。

ジョーンズって娘《こ》

一九四四年のことだ。私たちがその村に越してからまだ日も浅かったというのに、当時九歳だった私は、「あのジョーンズって娘《こ》」と呼ばれるようになっていた。村の人たちは、目につくいたずらっ子のことを、「なんとかって娘」とか「なんとかって坊主」と呼んでいた。二人の妹たちは、「ジョーンズって娘」と呼ばれたことは一度もなかった。私のように、目をつけられてうわさにのぼったりしなかったからだ。

私がそう呼ばれるようになったのは、ある土曜日の朝のできごとが原因だった。私は家の庭で、下の妹のアーシュラの面倒を見ながら、ジーンという女の子が遊びに来るのを待っていた。上の妹のイゾベルもそばにいた。一緒に待っていたわけではなく、私の近くにいればなんとなく安心だったからだろう。それまで私は、ジーンとは学校でしか会ったことがなかった。足手まといの妹が二人もいると知ったらジーンがいやがるのではないかと、私は心配していた。

ところが、かなり遅れてやってきたジーンも、妹を二人連れていた。上の妹は五歳で、ジーンそっくり。下の妹はまだ三歳で、エレンという名の、白っぽい金髪の子だった。小さな浅黒い顔に、私にちょっかい出したらかみついてやるからね、といわんばかりのいかにも強情そうな表情を浮かべていて、なんだか怖いほどだった。三人とも、ぱりっと糊《のり》のきいたきれいな綿のワンピースを着ていた。私は自分の格好がみすぼらしく思えてきた。私たちはお休みの日用に、汚してもいい服を着ていたのだが、ジーンの家では、お休みの日にはきれいな服を着ることになっているのだろう。

「お母さんに、この子たちの面倒を見ろって言われちゃって……」ジーンは憂鬱そうだった。「私がお使いに行ってくるあいだ、この子たちを見ててくれない？　お使いがすんだら遊べるから」

私は気の強そうなエレンを見て、不安になって言った。「私、小さい子を見るの、あんまり得意じゃないのよ」

ジーンは一生懸命に頼んだ。「お願いよ、この子たちを連れてかなければ、早くすむから。見ててくれたら、あなたと友だちになるわ」

ジーンはそれまで、一緒に遊ぼうとは言っても、友だちになろうと言ってくれたことはなかった。それで私はつい、ひきうけてしまった。ジーンはうれしそうに買い物袋をふりながら出かけていった。

そのすぐあと、今度はエヴァという女の子が現れた。エヴァとはすでにちゃんと友だちになっていて、私は彼女が大好きだった。エヴァは片方の足の先に指がなく、ぼこんと丸くなっているだけで、特別製のブーツをはいていた。そして、変わった形の足をとても自慢にしていた。いつも、自分の親戚で、やはり変わった足をしている人を全部数えあげ、「私の叔父さんも片っぽの足にしか指がないの」としめくくった。エヴァも買い物袋を持って、小さい子を連れていた。テリーという名の弟で、五歳のいたずら坊主だ。

「買い物するあいだ、あずかってて。すぐ帰ってくるから、あとで遊びましょ」

「男の子の世話なんてしたことないから、どうしたらいいかわからない」私は文句を言ったものの、やはりひきうけることにした。なんといってもエヴァは友だちだ。テリーを強情そうな顔をしたエレンのとなりに残して、エヴァも行ってしまった。

次に、シビルという、あまりよく知らない女の子がやってきた。青い地に白い模様のついたよそゆきの綿のドレスを着て、同じようにきれいなドレスを着た二人の妹の手をひいている。

「お使いをしてくるあいだ、この子たちを見ててくれない？　そしたらあんたの友だちになるから」

続いて、私よりちょっと年上のキャシーという女の子が、妹を一人連れてきた。そのあとも、顔見知りという程度の女の子たちがぞくぞくと現れた。しかもみんながみんな、妹や弟をわが家の庭に連れてきた。村では、うわさはあっというまに広まる。

「あんた、妹たちをどうしたの、ジーン？」「ジョーンズって娘《こ》のところにあずけてきた」というぐあいに。

あとからやってきた中には、かなりあからさまな言い方をする子もいた。「小さい子をあずかってくれるって聞いたの。運動場で遊んでくるあいだ、見てて」「私、小さい子の世話なんて得意じゃないのよ」私はひきうける前に、いちいち念を押した。自分でも、なぜわざわざこんなふうに言いわけしてるんだろう、と思ったのを覚えている。私はもう何年も前から、イゾベルの面倒を一人で見てきたし、アーシュラも四つになってからは私が見ていた。おそらく私は、弟や妹をあずけに来る女の子たちにいいカモにされていると気づいて、どうなっても私の責任じゃないからね、とことわっておきたかったのだろう。でも、本気で言っていたのもたしかだ。小さい子の世話なんてうまくはなかったのだから。

二十分もしないうちに、庭はあずかった小さな子どもたちであふれ返っていた。人数は一度も数えなかったが、十人以上いたことはまちがいない。背丈が私の腰までもない、小さな子ばかりだった。みんな「きれいな家」の子だったから、きれいな格好をしていた。「汚い家」の子だと、男の子は底に金属のついた大きな黒いブーツをはいているし、女の子は長すぎる汚らしいワンピースを着ているのだが、この子たちはみな、糊のきいた、ひだのついた服を着て、きれいな靴下にぴかぴかの靴をはいている。でも服がどうであれ、やせっぽちで生意気な村の子どもたちであることに変わりはない。姉さんたちにあっさり置きざりにされたことがちゃんとわかっていて、すぐにさわぎだした。

　すると、父がどなった。

「くそやかましいさわぎはやめろ！　その子たちをどこかへ連れていけ！」

　父はしょっちゅう腹をたてていた。このときも、今にも爆発しそうな気配だった。

　そこで私は、うろうろしている子どもたちに言った。「散歩に行きましょう。いらっしゃい」それから、イゾベルも誘った。「一緒に来ない？」

　イゾベルはためらうようにあとずさりして言った。「行かない」

　イゾベルには危険を嗅ぎつけるするどい勘がそなわっている。子どものころの思い出というと、真っ先に浮かんでくるのは、私のせいで面倒なことに巻きこまれそうになって、日に焼けたたくましい足を猛烈な勢いで動かし、自転車をこいで逃げるイゾベルの姿だ。そのせいか、今ではイゾベルは、必死で逃げまわったりしなくてすむように、きちんと先まわりしてものごとを考える習慣が身についた大人になっている。

　さて、そのとき私は、大勢の子どもの世話を手伝ってほしかったので、むっとした。とはいっても、すごく腹がたったというわけではない。イゾベルがいやがるからには、何かおもしろいことが起こりそうだな、と思ったのだ。私は子どもたちに言った。

「これから冒険に行きましょう」

子どもたちは言った。「今どき、冒険なんてないんだよ」

さっきも言ったように、生意気な子どもたちだったのだ。当時イギリスは戦時下にあったが、戦争のことを冒険だなどと思っている子は、私をふくめてだれ一人いなかった。私は本の中に出てくる人たちのような冒険がしたくてたまらなかったのに、冒険と呼べるようなできごとにはそれまで何ひとつ出会ったことがなかった。これが私の悩みだった。スパイの正体を暴《あば》くこともなければ、性悪《しょうわる》なギャングの取引をつきとめて警察に突き出す機会もなかったのだ。

まあ、ぜいたくを言ってもしかたがない。私は子どもたちを通りに連れ出した。まるでハーメルンの笛吹きになった気が——というより、ひどく年をとったような気がした。少なくとも二十歳くらいの、保育園の先生になったような気分だった。子どもたちはみんなとても幼く、私はとても大きかったからだ。でも、なりゆきとはいえ、こうなったからには前々からやりたかったことをやってもいいはずだ、と楽しみになってきてもいた。

「どこへ行くの？」子どもたちがうるさくきいてきたので、私は言った。

「ウォーターレーンに行こうよ」ウォーターレーンというのは、村で唯一の舗装されていない通りだった。本に出てくる小道のようで、私は大好きだったのだ。もしも冒険へと続く道というものがあるとすれば、それはこのウォーターレーンのはず。その日は曇っていて湿気が多く、空は灰色で、風はなく、おだやかだった。冒険にむく天気とはいえないかもしれないが、本にはよく、もっともありそうもないときにこそ大きなできごとが起こるものだ、と書いてある。

ところが小さな子どもたちは、ウォーターレーンになんて行きたくない、と言う。「あそこはぬかるみになってるよ。みんな泥だらけになっちゃう。お母さんが、服を汚しちゃいけません、って言ってたもん」子どもたちはまわりじゅうで言いたてた。「私と一緒にいれば泥だらけになんてならないわよ」私はきっぱりと言った。「ゾウのところまで行くだけだし……」

これを聞いたとたん、みんなは機嫌がよくなり、ぴたりと文句を言わなくなった。ウォーターレーンには、ある男の人が作った、機械じかけで動く実物大のゾウがしまってある小屋があったのだ。特にエレンは、いきなり私に心を許す気になったらしく、自分から手をつないできた。私たちは大きな定期船とタグボートの群れのように、大通りを横切っていった。

ウォーターレーンはたしかにぬかるんでいた。土の表面に水気がしみでて、道を横切るように何十もの筋になって流れている。さらに、ヒンクストンさんが飼っている牛の群れが残していったと思われるおみやげがどっさり落ちていた。子どもたちは上品ぶって、わざとらしく悲鳴をあげた。

「道のはしっこを歩きなさい」私は命令した。「勇気を出して。うまくいけば、庭に入って小屋の中のゾウを見せてもらえるかもしれないわよ」

ほとんどの子が言うことを聞いてはしを歩いたが、妹のアーシュラだけは道の真ん中をずんずん進んでいく。私はアーシュラをほかの子たちとまったく同じようにあつかうつもりだった。本物の保育園の先生とか、ハーメルンの町から子どもたちを連れ出す笛吹き男のように。でも、アーシュラの服や靴がどろどろになっても、私が叱られればすむ。そう思って好きにさせておいた。アーシュラは怒るとときどきかみつくくせがあったし、靴が汚れるくらいたいしたことじゃない、と思ったからだ。

「うわあ！　あの子ったら、ぬかるみをぜーんぶ踏んで歩いてるよ！」と子どもたちが叫ぶのを聞きながら、私はゾウがいるはずの小屋の大きな黒いフェンスの前にたどりついた。ところが、門にも小屋にも錠やかんぬきがかかっている。今日は土曜日なので、ゾウを作った人はどこかのバザーかお祭りにゾウを持っていってお金をかせいでいるのだろう。

がっかりした子どもたちは叫んだり、私の悪口を言ったりした。中でも口の悪いテリーはうるさくさわいでいた。私はてっぺんに有刺鉄線をはった高いフェンスを見上げ、この子たち全員のおしりを押してフェンスを越えさせ、中で冒険させようか、と考えた。でも、子どもたちの服が破れてしまうかもしれないし、全員を乗りこえさせるのはたいへんだし、だいたい、こんなことのためにウォーターレーンにやってきたわけじゃない……。そこで私はみんなに言った。

「ほんとに冒険するなら、もっと先まで行かなきゃだめだってことよ。ウォーターレーンのいちばんはしまで行って、どんなところか見てみましょう」

「遠すぎるよ！」一人の子が泣きごとを言った。

「そんなことないわ」私は知りもしないのに言った。ウォーターレーンは川のむこうまで続いていると聞いていたが、今まで川を渡ってみる機会はなかったのだ。「でなきゃ、川に着いたら岸をたどって、川が始まるところを探してもいいわね」

「川に始まりなんてないよ」だれかが断言した。

「あら、あるわよ」私は言い返した。「川の源には、地面からあふれだしてる泉があるの。それを見つけに行きましょう」私はそのときちょうど、ナイル川の水源について書かれた本を読んでいたのだ。

子どもたちも泉を探すという考えは気に入ったようだ。そこで私たちは先へ進んだ。牛の糞はもう見あたらなかったが、地面はやはりぬかるんでいた。私はところどころに島のように残った乾いた地面を見つけては、子どもたちをはげまして渡らせた。子どもたちは、島から島へととび移るのも気に入り、全員が本当に冒険しているような気分になってきた。でもアーシュラは、相変わらず自分だけは特別だと思っているらしく、どこもかしこもまっすぐつっきっていくので、靴はぐしょぬれになり、泥が山ほどこびりついてしまった。子どもたちが口々に言いつけにくるたび、私は言った。

「あの子はあなたたちみたいにお利口じゃないのよ」

そんなふうにいい調子で、たっぷり五百メートルほど進んでいくと、道に沿った生け垣のあいだから川が見えてきた。このまま進むと、小道は浅瀬にぶつかってとぎれるようだ。それを見たとたん、探検隊はすっかりばらばらになってしまった。

「水だ！」「濡れちゃう！」「泥んこだ！」「疲れた！」

私の手を握っていたエレンもみんなの気分が伝染したのか、川のほとりに突っ立ってぐずぐず文句を言いだした。

「ここからは川岸を歩いて、川の上流にむかおう」私が言っても、子どもたちは全然乗ってこない。川岸はぐちゃぐちゃだし、生け垣を抜けなきゃいけないから服が破れちゃうかもしれない……。私はみんなのやる気のなさに驚き、うんざりしてしまった。小道と浅瀬が出会うところなんて、私に言わせれば、この村じゅうでいちばんロマンチックで、本物の冒険につながりそうな場所なのに。私は浅い川が、茶色い砂地の上をとぎれることなく流れているようすに目をうばわれていた。川ってなんて不思議なんだろう。

「先へ行くわよ。靴を脱いで、浅瀬をはだしで渡るの」私はきっぱり言った。

どういうわけか、みんなにとってはこれがもっとも冒険らしいことに思えたようだ。子どもたちは、おそるおそる靴と靴下を脱ぎだした。早くも川に入って水をはねちらかしている子もいる。

「うわあ！　冷たいっ！」

「ぼく、バチャバチャしてるよ！　バチャバチャ！」テリーが叫んだ。テリーの足はごく普通だったので、私は意外な気がした。テリーは、エヴァの家族の中では、取り残された気がしているにちがいない。

私がふっと気を抜いたとたん、この探検隊はすっかり統制がとれなくなってしまった。突然、みんなが浅瀬でバチャバチャ遊びはじめたのだ。私はあわてて言った。

「じゃあいいわ。ここでバチャバチャすることにしましょう」

アーシュラは、自分なりのやり方をするものの、いつも姉である私の言うことは聞くので、渡りかけていた浅瀬からいったん上がり、腰をおろして、すでにぐしょぐしょになった靴を脱いだ。あとの子どもたちは水をはねちらかし、叫んでいる。テリーはみんなに水をかけはじめた。水辺にしゃがみ、どろどろの砂をすくいあげている子もたくさんいる。しだいにこざっぱりした綿のワンピースの上の方まで茶色の小さなしみがつき、きれいにアイロンのかかった半ズボンにも黒い斑点がつきだした。子どもたちが服の汚れに気づく前から、私はこのままじゃまずいと思いはじめた。この子たちは「きれいな家」の子どもたちなのだ。私は女の子たちを全員いったん水から上がらせて、一人一人、ワンピースのすそをパンツの中に押しこんでやった。

「男の子はズボンを脱いで!」私は大声を出した。

でも、むだだった。ワンピースはすぐにパンツから出てたれさがり、男の子たちの小さなパンツも、もはや白いとはいえなくなってきた。そろそろ家に帰ろう、と私が言っても、水遊びの楽しさにすっかり夢中になって、だれも聞いてはくれない。

「わかったわよ」私は、子どもたちを水からひきはなすのはむりだ、とさとった。「もっと遊びたいなら、みんな、服をすっかり脱がなくちゃだめよ」

子どもたちはびっくりしたらしく、しんとなった。「……でも服を全部脱ぐなんて、いけないことなんじゃないの?」一人があやふやな口調で言った。

「そんなことありません」私はちょっともったいぶって続けた。「裸になることは、全然悪いことじゃないのよ」どこかで読んだ言葉の受け売りだったが、私は本当にそのとおりだと信じていたのだ。それから、もっと身近な理由もつけくわえた。「それに、服を汚して帰ったら、みんな叱られるわよ」

子どもたちはその気になってきた。お母さんに叱られることにくらべれば、裸になることくらいそう怖くない、と思ったようだ。

「でも、風邪をひかないかな?」一人がきいた。

「原始人は服なんか着てなかったけど、風邪はひかなかったわよ」私は教えてやった。

「それに、今日はとってもあたたかいじゃない」

湿っぽく曇っていた空に太陽が突然現れて、私の味方をしてくれた。太陽にきらめく茶色い川は本当に魅力的に見えた。そこでみんなはだまって服を脱ぎはじめた。エレンも、幼いわりにとても上手に服を脱いだ。私はまた保育園の先生の気分になって、一人一人の服をたたんで靴の上に重ね、土手沿いの生け垣の根もとにならべてやった。アーシュラの服も、特別あつかいしないと決めたとおり、同じようにたたんだ。アーシュラのは母が古いカーテンで作ったみすぼらしい服で、どっちみちもうずぶぬれだったのだけれど。

子どもたちは水の中で楽しそうにはしゃぎはじめた。ほとんどが、生け垣のむこうのちょっと深くなったところにいる。テリーはすぐにまたみんなに水をかける。が、やがてみんなは動きを止め、こっちを見て口々に叫んだ。

「お姉ちゃんも脱いでよ！」

「私はもう大きいもの」私が言うと、アーシュラがするどく言い返した。

「悪いことじゃないって言ったじゃない。姉さんも脱がなきゃ、ずるいよ」

「そうだよ、ずるいよ」残りのみんなも声をそろえた。

私はいつも、だれに対しても公平な態度をとることができるのが自慢だった。自分は理性的で、知的な人間だと思っていたのだ。でも……。

「でなきゃ私たち、また服を着るからね」アーシュラがおどした。

こんなに苦労したのがむだになるかと思うと、耐えられなかった。「わかったわよ」私は言い、着古した灰色の半ズボンと古いのびきった綿のセーターを脱いで、生け垣の服の列のはしっこに積んだ。

脱いでみると、ほかの子たちがどうしてあんなにためらっていたのかがわかった。当時、そんなことをする人はいなかった。もちろん私もその日まで、外で裸になったことなどなかった。ひどく恥ずかしく、悪いことをしているという気がした。私はほかの子たちよりずっと体が大きいのに……。裸でいると、自分の大きさがよけいに目立つみたいで、まるであの機械じかけのゾウになったような気がしていたたまれなくなった。でも私は、何が悪いの？　これは冒険なんだから！　と自分に言い聞かせ、子どもたちと一緒に川に入った。

水はひんやりしていたが冷たすぎるほどではなく、日射しも強すぎず、ちょうど気持ちがいいくらいだった。

エレンはどういうわけか、生け垣のそばで遊んでいるほかの子たちから離れて、道が続いているむこう岸にすわり、両足のあいだの泥を熱心にかきとっては体のわきに山を作っていた。細長い山ができると、今度は強くペチペチと叩きはじめた。まるで濡れた子どもが叩かれているような音がした。

　エレンを見ていると不安になってきたので、私は目を離さないように、むかいあってすわることにした。水の中にしゃがんで、泥をたくさんすくって島を作ってみた。ここからだと道路のむこうも見えたし、テリーが調子に乗りすぎないよう浅瀬を見はることもできる。子どもたちの姿はなんだかロマンチックで、作り物の天使のように見えた。画家が幼い天使を描こうと思ったら、モデルにぴったりだ（テリーだけは天使どころではなかったが。私はしょっちゅう、「泥を投げちゃだめ」と叱っていた）。どの子も寸胴《ずんどう》で、色白で、元気に遊んでいる。天使の絵にふさわしくないのは、顔がチョークみたいに青白く、もじゃもじゃの黒髪をしたアーシュラだけ。ほかの子たちはみんなさらさらの金髪で、幼い子たちの白に近い金髪から、わらに近い黄色、そして年上の子たちのハチミツ色までそろっていた。私自身の髪は、さらに年上なせいで、ハチミツ色の時期も終わり、つまらない茶色になっていたけれど。

　私は、自分一人だけが大きいということを強く意識した。私の胴は同じように寸胴でも、太くてドラム缶のようだし、脚も、子どもたちのやせっぽちの脚の横では、ひどく太く見える。私はまた恥ずかしくていたたまれなくなったが、気にしないふりをして、必死で島を作りつづけた。私は島の景色に変化をつけ、そこにはどんな人たちが住んでいるのだろう、と想像してみた。

「何してるの？」エレンがきいた。

「島を作ってるのよ」私は少し落ち着きを取り戻し、気分が楽になってきた。

「ばかみたい」ちょうどエレンがそう言ったとき、エレンの背後の小道をトラクターがやってきた。運転していた男の人は水ぎわでトラクターを停め、目を丸くした。その人は、村で礼拝所《チャペル》に通っている人たちに共通している、細い卵形の顔をしていた。あ、チャペルの人だ、と思ったのを覚えている。小さな子どもの父親でもおかしくない年格好で、いかにもお父さんっぽい雰囲気の人だった。その人はいかにも心を痛めているという顔で、さわいでいる小さな裸の子どもたちとエレンを見つめ、次に私に目をむけた。それから身を乗り出し、おだやかな口調で言った。「こんなことをしていてはいけないよ」

「でも、服が濡れちゃうから……」私は言った。

男の人はもう一度、ショックを隠せないという表情で私を見つめると、だまったままトラクターを発進させ、浅瀬をつっきって、村の方へと去っていった。川の水はすっかり泥でにごってしまった。それきり、その人に会うことはなかった。

「ほんと、ばかみたい」エレンが言った。

冒険はそこでおしまいになった。私はうしろめたい気持ちでいっぱいになったし、子どもたちも突然、楽しくなくなったようだった。みんなは文句も言わずに静かに服を着ると、やってきた道を引き返し、村に戻った。どっちにしろ、もうお昼の時間だった。

前にも言ったように、村では驚くほど早くうわさが伝わる。

「あのジョーンズって娘、知ってる？　小さい子を三十人もウォーターレーンの川に連れていって、とんでもないことをさせたのよ。全員が生まれたまんまの真っ裸になって、川の中にすわりこんでたんですって。恥ずかしげもなく、あの子まで一緒に裸になってたそうよ。あの娘くらい大きければ、もうちょっと分別があってもよさそうなのに！　あきれたもんね！」

次の日、私はそのことで両親に問いただされた。イゾベルも両親のうしろをうろうろしていた。危険を察知した自分の勘が正しかったかどうかたしかめたいのと、どうなることかとおびえていたからだろう。両親のきき方がおだやかだったので、イゾベルはほっとしたようだ。母は、私がそこまで奇想天外なことをしでかしたとは信じられず、とまどっているようだった。

「人間の裸には、恥ずかしいことなんてないのよ」私は言いはった。そう書いてある本を私に読ませたのは母だったから、母は返事にこまり、矛先《ほこさき》を変えて、アーシュラに質問しはじめた。でもアーシュラはあわてたようすもなく、がんこに私の味方をしつづけた。つまり、じっと口をつぐんで何も言わなかったのだ。

この冒険の結果どうなったかといえば、それ以来だれも私に小さい子の世話を頼まなくなっただけだった。母は相変わらず私に妹たちの世話をさせたが、妹たちはもともと変わり者だった。

ジーンは約束を守り、私の友だちになってくれた。次の年、アメリカ軍が英国にやってくると、ジーンと私は一緒に教会の塀にすわって、若いGIたちが居酒屋から千鳥足で出てきては吐くところを、おもしろがって長いことながめていた。でも、ジーンは二度と妹たちを連れてこなかった。きっとお母さんにだめだと言われたのだろう。

今思い返してみると、私は九歳のころの自分をむしろ誇りに思う。私はあの朝、たくさんの幼い子どもたちをあずけられ、そのとき考えられたいちばん害のない方法でちゃんと子守をし、同時に、自分が子守にむかないということを証明してみせたのだ。だれも傷つかず、みんなが楽しい思いをした。おまけに私は、二度と子守をしないですんだのだ。

ちびネコ姫
トゥーランドット

あたしはネコ。ヘンリーっていう魔法使いを飼っている。おまけにヘンリーは、人間なのにちゃあんとあたしと話ができる。あたしって運がいいでしょ。それにヘンリーは、ネコはなんでも知っていたがるものだ、とわかっているから、あたしがまだ小さくて自分では覚えてもいないころのことも全部話してくれた。

ヘンリーは〈エトの荒野《こうや》〉を見おろす丘の上にある古い農場に住んでいて、週に三日、谷間にある政府の〈研究所〉で働いている。でも、どんな仕事をしてるかは秘密なんですって。政府の人たちは、魔法の研究なんかしてることを世間に知られたくないのだ。ヘンリーは優秀な魔法使いだから、お給料はすごくいい。ただ、どうしようもなくお人好しだ。

あたしがヘンリーを手に入れたのは、ヘンリーと一緒に暮らしていた若い女の人が農場を出ていった直後のことだった。その女の人は、図々しくも一緒に住まわせていた自分の母親と四人の兄弟を連れていったのはいいとして、品評会で賞をとったヘンリーのブタまで連れていってしまった。お人好しのヘンリーもさすがに自分が利用されていたってわかったみたいだ。今ではヘンリーのそばには大叔母さんのハリエットしかいない。大叔母さんは、農場の庭にある離れに一人で住んでいる。農場が突然がらんと静かになってしまったから、ヘンリーはさびしさをまぎらわすために、まずはニワトリを飼うことにした。今でも飼っているけど、ニワトリのいいところは卵を生むことだけ（あなたがものを知らない都会のネコだといけないから説明しておくけど、ニワトリっていうのは、あたしたちネコみたいにするどい爪がついてて、顔の前にはとがったくちばしもついてる鳥のこと。近づくときは用心しないとだめよ）。

そのあとヘンリーは、CDプレイヤーとオペラのCDを二十枚も買いこんできた。それでもやっぱりさびしくて、散歩に出かけるようになった。このへんの丘陵地帯を散歩すると、とてもいい気分なんですって。そうかもしれないけど、あたしはついていったことはない。だって、ヘンリーが散歩に行くときまって雨がふるみたいなんだもの。

あたしがヘンリーと出会った日も、ずうっと雨がふっていた。体じゅうにしみ通るような粒の細かい雨。それなのにヘンリーったら、散歩を楽しんでいたんですって！ワラビの茂みに雨粒がパラパラあたる音や、あちこちから聞こえる水の流れる音に耳をかたむけながら、胸までのびた長いあごひげからしずくをたらしてさまよい歩いていたら、そのうち、ある岩がちな丘のてっぺん近くまでやってきたらしい。流れる水の音はいっそう激しくなってきた。雨水の排水溝が道を横切っているせいだ。道と交差するところでは排水溝は地面の下にもぐっている。

そのとき、白くけむる雨の中からいきなりぬうっと黒い肌の年とった女の人が現れて話しかけてきたけど、足もとをごうごうと水が流れていたせいで、よく聞きとれなかった、とヘンリーは言っている。外国人みたいだが、はるばるこんな田舎の丘の上まで来て何をしているんだろう、とヘンリーは首をひねった。しかもその人はちっとも濡れていなかったらしい。でも女の人がせっぱつまったようすで手まねきするので、深く考えてはいられなかった。

女の人は排水溝の上の方を指し、「急いで!」と言ったようにヘンリーには思えた。女の人が指している方へ走っていってみると、ちょうど、ずぶぬれの毛皮の切れっぱしみたいなもの、つまりあたしが、すうっと排水溝を流れて道の下に消えていくのが目に入った。ヘンリーは道の反対側にある排水溝へおりていき、出口に流されてくるはずだと思って待ちかまえた。でもあたしは、排水溝の出口より三十センチほど奥のところで石にひっかかってしまっていた。しかも黄色っぽい泡と似た色だから、ほとんど目につかなかった、きみの四本の足と片方の耳が白くなかったら見つけられなかっただろうな、とヘンリーは言っている。ヘンリーはひざまで水につかり、手探りして、凍えきっていたあたしをすくいあげてくれた。それから、ひざからもひじからもあごひげからもぽたぽた水をしたたらせたまま立ちあがり、女の人にむかって叫んだ。

「あなたの子ネコは無事ですよ、奥さん！」

ところが女の人の姿は消えていた。ヘンリーはよたよたと道の上に戻ると（あたしをぎゅっと握ってしまわないよう、両手で包むようにして運んでいたから、とっても歩きにくかったんですって）、雨の中で道の両側、それにまわりの丘にも目を凝《こ》らしてみた。でも、女の人はどこにもいなかった。ヘンリーはさっぱりわけがわからなかったけど、いつまでもぐずぐずしてはいられない、一刻も早く子ネコをあたたかいところに連れていって乾かしてやらなきゃ、と思い、あたしを両手にくるんだまま農場まで走って帰ったのだ。

家に着くとヘンリーは、あたしをタオルの上にのせて台所のストーブの前に置き、お皿に牛乳を入れて持ってくると、そばにひざをついた。あたしはもう牛乳をなめられるくらいには大きかったそうだ。お皿の牛乳を半分ほど飲んだとき、離れに住んでいるハリエット大叔母さんがお砂糖を借りにやってきた。ハリエット大叔母さんはヘンリーの家の勝手口をいつも杖でガンガン叩いて開ける。そのとき、音に驚いたあたしははじめて特別な才能を発揮した――「雲隠れ」をしたんだそうだ。

ヘンリーはすっかりあわててよつんばいになり、椅子や敷物の下を捜しまわったけど、あたしはどこにも見あたらなかった。

台所に入ってきたハリエット大叔母さんがきいた。「いったい何をしてるんだい、ヘンリー？」

「子ネコを捜してるんだ」ヘンリーは叫んだ。大叔母さんは耳が遠くて、大きな声じゃないと聞こえないのだ。ヘンリーはあたしを見つけたいきさつを、どなるように話して聞かせた。「……でも、自分の子ネコが排水溝に落ちたっていうのに、助かったかどうかわからないうちにいなくなってしまう人がいるなんて、信じられないよ！」

「ひょっとしたら、その女は人間じゃなかったのかもしれないね。そんなにどならなくたっていいよ」と、ハリエット大叔母さん。「石炭入れの中は見たのかい？」

ヘンリーがのぞいてみると、あたしは石炭入れの中にうずくまり、体じゅう石炭の粉で真っ黒になってふるえていた。ハリエット大叔母さんは腰をおろし、ヘンリーがあたしの体から黒い粉をタオルでふきとるのを見ながら言った。

「このちびはいろんな色の点々だらけだね！　点《ドット》って名前にしちゃどうだい？」

ハリエット大叔母さんの言ったとおり、あたしの体にはいろんな色の点々がある。およそネコの毛にありそうな色ならすべてそろっている。自分でも鏡で見たし、ヘンリーもすみずみまで調べてくれた。白と黒の毛のほかに、銀色と灰色とうす茶色、濃い赤毛とうすい赤毛、ほとんどピンクに近い赤、べっ甲色、バーミーズ〔東南アジア原産の短毛のネコ〕

みたいな金茶色、それにクリーム色の点々がある。しかも片方の目は青くて目のまわりは黒い毛、もう片方の目は緑でまわりは赤毛。こんなネコはきっとあたしだけだ。

でも、ヘンリーは大叔母さんに言い返した。

「ドットなんてつまらないよ。ネコにはもっと特別な、忘れられないような名前をつけなくちゃ」

「好きにおし」それからハリエット大叔母さんは話を変えて、寝室の壁に接している馬車置き場がニワトリのねぐらになっているせいでやかましくて眠れやしない、とぐちをこぼしはじめた。

ヘンリーはぐちを聞かされるのが嫌いだったから、大叔母さんの声が聞こえなくなるようにとオペラのCDをかけた。このときのことは、あたしもぼんやりと覚えている。次々と流れる歌を聴きながら、ヘンリーのひざでぬくぬくといい気持ちで眠っていると、いきなり女の人の金切り声がびんびん響きわたったのだ。「リンゴにグミ取れ。そら持っていきな！〔本当の歌詞は、リ・エニグミ・ソノ・トレ、ラ・モルテ・ウナ〕！」っていうふうに聞こえた。

あたしは驚いて、またぱっと「雲隠れ」した。

ヘンリーとハリエット大叔母さんは三十分も捜したあと、ようやくウェールズ式食器棚〔上段の奥行が浅く、そこに皿などを立てかけて飾るようになっている〕の真ん中あたりの棚の、青と白の大きな皿のうしろにいるあたしを見つけた。まだ子ネコだったあたしがどうしてそんなところまでのぼれたのか、いまだにわからない。

「これで決まりだ。この子の名前はこのオペラにちなんで、トゥーランドットにしよう」ヘンリーはあたしを左ひざの上にすわらせ、一本指でそーっとなでながら説明してくれた。この金切り声の女の人はトゥーランドットという気位《きぐらい》の高いお姫様で、この歌は、求婚してきた王子に、私が出す三つのなぞに答えられなければあなたは死ぬのよ、と言ってるんだよ、と。

「さっきの歌詞はね、『なぞは三つだが、死はひとたび』って意味なんだ」

そういうわけで、あたしは「トゥーランドット」という名前をもらい、お姫様になった。でも、なぜかたいてい、「ちびドット」って呼ばれている。

大きくなるまでの思い出といえば（わらの束にじゃれついたり、納屋の屋根の上を走ったり、ヘンリーの仕事の書類を破ったり、ヘンリーが買ってきてくれたネズミのぬいぐるみで遊んだりしたほかには）、よくヘンリーのひざにすわって、あたしがトゥーランドットって名前になったわけを話してもらったことだった。その後も、ヘンリーがあの金切り声の女の人のCDをかけるたびに、あたしは「雲隠れ」した。ヘンリーはあの大皿のうしろに隠れてるあたしを捜し出し（でもあたしはそのうち、ウェールズ式食器棚の下の隙間に移動するようになり、さらにそのあとでは、その食器棚の扉のついた棚の中に隠れるようになった）、左ひざにのせ（あたしが大きくなってからは両ひざにのせ）、あたしの名前がついたわけを話してくれた。夜になると、あたしはヘンリーのあごひげにもぐって眠った。でも六カ月ほどたつと、重くてかなわないからこれからは枕の上で寝てくれ、と言われてしまった。

あたしが枕の上で寝るようになって数週間後、ヘンリーは新しいネコを両腕に一匹ずつかかえて帰ってきた。一匹はキジトラネコ、もう一匹はオレンジ色の波打つような長い毛をしたネコで、二匹ともあたしより大きかった。あたしはその二匹が怖かったし、気持ちも傷ついたから、馬車置き場の屋根にたたっとかけあがってオンドリを追いはらって陣取り、母屋《おもや》に背をむけて荒野をじっと見おろしていた。ヘンリーが下に来て呼んだけど、すっかりへそを曲げていたあたしは耳を貸さずに何時間もそこにすわっていた。

とうとうヘンリーは屋根にのぼってきて息を切らしながら言った。

「ちびドット、ぼくのせいじゃないんだ。町でまたあの黒い肌の女の人に会ってさ。空き家の庭からぼくを呼んでたんだ。その家の人たちはネコを置きざりにしてひっこしちゃったらしくて、二匹とも飢え死にしかけてた。助けないわけにはいかなかったんだよ。許しておくれ！」

ヘンリーがわざわざ屋根まで上がってあやまってくれたから、ちょっぴり機嫌は直ったけど、簡単に許してあげる気にはなれない。あたしはヘンリーに背をむけたまま、まだ怒ってるというしるしにしっぽをぱたぱたふって見せた。

ヘンリーは言った。「わかってくれよ、ちびドット！　きみがいちばん大事なネコだってことに変わりはないんだ！」

「じゃ、あいつらを追い出して」

「そんなことできないよ。二匹とも、あばら骨がはっきり見えるくらいやせこけているし、どこにも行くところがないんだ。あのネコたちをひきとってもいいと言ってくれるなら、きみの望むことをなんでもする」

「わかった」あたしはようやくふりむいて、ヘンリーの手に鼻づらを押しつけた。でも、のどをゴロゴロ鳴らしたりはしなかった。

「よかった！」と言うなり、ヘンリーは屋根からおりた――落っこちた、と言った方がいいかも。その音でハリエット大叔母さんが離れから出てきた。

「またいまいましいオンドリがさわいでるのかと思ったよ！　ちゃんとした鶏小屋を建てたらどうだね？　だいたい、ちっちゃなぶちネコ一匹をそんなにちやほやしてどうするんだい！」

「うん、うん、そのうちに」ヘンリーはまだごろごろと雑草の中をころがりながら言った。

ヘンリーはそのネコたちに、オーランドー〔ヘンデル作曲の同名オペラに出てくる、恋に狂う騎士の名〕とクレオパトラ

〔古代エジプトの女王。ヘンデル作曲のオペラ「ジュリアス・シーザー」にも登場する〕という、たいそうな名前をつけた。でもあたしは、二匹をたいていオレンジと鉤爪《クロー》と呼んでたし、あっちもそれで返事をした。クローはそもそもオスネコだったから、クレオパトラよりクローの方が似合っていた。あたしはまず最初に二匹に、ヘンリーの枕の上で寝ていいのはあたしだけだ、と言い渡し、ヘンリーにも、今後あたしはウェールズ式食器棚の上でごはんを食べる、あの二匹みたいに敷石の上でなんか食べないからね、と宣言した。勝手口についているネコ用のはねあげ戸も、あたし用のがあいつらに使われると汚れるからあとふたつ作ってちょうだい、と言ったんだけど、ヘンリーは今あるやつだけでがまんしてくれ、と言った。ハリエット大叔母さんが前から言っている鶏小屋を作らなきゃならないから、ドアにいくつも穴を開けているひまはない、ですって。

実際には、オレンジとクローとははじめからうまくやっていけた。二匹とも、ヘンリーはあたしのものだ、とちゃんとわかっていた。あたしが農場や丘を案内してやって、ニワトリやハリエット大叔母さんの杖に気をつけてね（ハリエット大叔母さんはいつも、ネコにはがまんがならないと言っていて、本気だってことをわからせたいのか、ときどき杖でぴしゃりと打つのだ）、と注意してやると、町育ちの二匹はとてもおもしろがった。オレンジはしょっちゅう外に探検に出かけたし、クローは納屋のネズミをつかまえる方法をあたしに教えてくれた。そりゃ、あたしだって、クローが来る前からネズミがいることは知っていたけど、まさか食べられるとは思わなかったのだ。

　ヘンリーはそのあとも、またネコを連れてきた。

「どうもくせになっちゃったみたいだな」〈研究所〉から、ミラマント〔英国の喜劇作家コングリーヴ作『世の習わし』に出てくる、つれない美女の名〕というメスネコをかごに入れて連れ帰った日、ヘンリーはあたしにすまなそうに言った。「こいつのようすが変でも気にしないでやってくれ。〈研究所〉の頭のおかしい科学者の実験材料にされて、ひどい目にあってたんだ。こっそり檻から出して連れてきたんだけど、もう、ちょっとおかしくなってるかもしれない」

　ミラマント（あだ名はミルになった）はやせっぽちで斜視のバーミーズで、ちょっとおかしいどころじゃなかった。なにせ、ネコのくせに水に濡れるのが好きなのだ。ミルが天水桶で泳いでいるのをはじめて見たとき、クローとあたしは当然おぼれているんだと思い、助けを求めてニャーニャーさわぎたてた。その声で離れから出てきたハリエット大叔母さんも、やっぱりミルがおぼれていると思い、水から出してやろうとしてひどくひっかかれた。頭にきた大叔母さんはミルを水に押しこみ、そもそもネコにはがまんならないし、このネコはいかれてるよ、とヘンリーにむかって叫んで、どたどたと離れにひっこんだ。

　しばらくして、今度は大叔母さんが離れのお風呂に入っているところに、ミルが入ってきた。大叔母さんはミルを窓から放り出し、ヘンリーにむかってわめいた。

「ネコなんか飼うのはもうやめとくれ。このままだとこっちまで頭がおかしくなっちまう」

それでもミルはちっとも懲《こ》りず、それからも平気な顔で天水桶で体を洗い、ヘンリーと一緒にシャワーを浴びた。

実はハリエット大叔母さんは本当にネコが嫌いなわけではなく、自分を飼ってくれるのにぴったりのネコが現れるのを待っていただけだったのだ。

大叔母さんの甥《おい》の一人が訪ねてきたときのことだった。甥は、自分のネコをガラスの箱に入れてスポーツカーのうしろの座席に乗せてきた。そのネコはウィリアムズ氏という名前の黒ネコで、おとなしく、なんにでもびくびくおびえていた。まあ、あたしだって、かたむいたガラスの箱に入れられて車であちこち連れまわされたら、見るものすべてが怖くなると思うけど。ヘンリーはウィリアムズ氏がおびえていることに気づくなり、車につかつかと歩みよると、箱を開けて言った。

「ネコをこんな目にあわせるなんて！　車をUターンさせてさっさと帰れ。今すぐに！」

「だけど、ぼくはハリエット叔母さんのところに一週間泊まる予定で来たんだよ」甥は言い返した。

ハリエット大叔母さんが離れの中から叫んだ。「いいや、泊めてなんかやるもんか！　とっととお帰り！」

これを聞いたヘンリーは目を丸くした。ハリエット大叔母さんはこの甥をとてもかわいがっていて、遺言状に全財産をゆずると書いていたくらいなのだ。

ヘンリーがガラスの箱を開けたとき、ウィリアムズ氏は、あたしに負けないくらいみごとな「雲隠れ」をやってのけ、いつのまにかハリエット大叔母さんの胸にとびこんでいたことがわかった。ほどなく離れの戸口に現れたハリエット大叔母さんの腕には、ぶるぶるふるえる真っ黒なウィリアムズ氏が抱かれていた。ウィリアムズ氏は必死なようすで爪をむきだし、大叔母さんの体のあちこちに食いこませている。爪の一本一本が、「この人間はぼくのものだ！」と叫んでいるみたいだった。ハリエット大叔母さんもすんなりこれを受け入れていた。人間って、自分の飼い主がちゃんとわかるのよね。大叔母さんが、もう二度とここに足を踏み入れるな、と言い渡すと、甥はぶすっとして、ウィリアムズ氏を置いて車で帰っていった。

ウィリアムズ氏も、ミルとはまたちがった意味で変わっていた。ハリエット大叔母さんが「いたじゅらっ子の甘えん坊のかわいいお利口ちゃん」と気味の悪い声で呼んでおなかをさすると、喜ぶのだ――でも、ウィリアムズ氏の味わってきた苦しみを考えて、あたしたちは大目に見てやることにした。

ハリエット大叔母さんはヘンリーに車を運転させて町へ行き、遺言を書き換えて、全財産をヘンリーに残すことにした。財産といっても、ほとんどが趣味の悪い陶器の飾り物ばかりだから、大叔母さんがまた気が変わるといいんだけど、とヘンリーはあたしに言ってた。そのあとすぐ、ヘンリーは〈エトの荒野〉に住む農夫の家に急用だといって呼ばれ、車で出かけていき、六匹目のネコを連れて帰ってきた。

六番目にやってきたネコはダルリンプル夫人という名で、タンポポの綿毛みたいに白くてふわふわの毛並だった——ヘンリーがうす汚れた体を洗ってやるまではわからなかったんだけど。このネコがどこから来たのか、どんな人を飼っていたのか、だれも知らなかったし、ダルリンプル夫人自身も頭が悪すぎて説明できなかった。ヘンリーを呼びつけた農夫のところに住んでいたのでないことは、たしかだった。その農場のブタ小屋の中でメスブタに襲われそうになっていたのを、ヘンリーが助けたのだ。ものすごく汚れていたから、ダルリンプル夫人は四回も続けてお風呂に入れられた。ミルとはちがい水が嫌いだったダルリンプル夫人は、ヘンリーをひっかいた。でもそんな根性を見せたのはお風呂のときくらいで、ふだんはほんとに頭が悪いネコだった。優雅なポーズで寝そべって、聞いてくれる相手にならだれかれかまわず、わたくし、首のまわりに巻く青いサテンのリボンがほしくてたまらないんですの、とため息まじりに言ったりする。あたしはたいがいこのネコのことを無視していたけれど、ヘンリーのひざにすわろうとしたときはべつだ。足もとにしかすわらせない。ヘンリーのひざは両方ともあたしだけのものだ。

ダルリンプル夫人がやってきて二週間ほどしたとき、〈エトの荒野〉の農夫たちがそろってヘンリーに会いに来た。みんな不安そうで深刻な顔をしている。農夫たちのランドローバーやジープやバンの中には犬が乗っているのもあったから、あたしたちネコはしかたなく馬車置き場の屋根の上からようすを見ていた。農夫たちがみんな帰ってしまうと、あたしは屋根からおりてヘンリーの書類の上にすわり、何があったのか話してもらった。ヘンリーの机の上にすわったり、コンピュータにのぼったりしても許されるのはあたしだけだ。

ヘンリーも農夫たちと同じくらい心配そうだった。〈エトの荒野〉に、どこかの動物園から逃げてきたらしい大きな獣がうろついているという。夕暮れどきに遠くからほんの一瞬目撃されただけで、どこから来たのか、どんな種類の動物なのかさえわかっていない。でも、ヒツジが何頭もそいつに食われ、ほかの動物もたくさん襲われているらしい。農夫たちが持ってきたいろんな写真をヘンリーがならべてくれたので、あたしはしっぽをうしろ足に巻きつけてきちんとすわり、写真を見ていった。

とたんに背中としっぽの毛がぶわっと逆立った。とくに、ある一枚を見たときには、「雲隠れ」しそうになるのを必死でこらえなきゃならなかった。知らないうちにシーツや毛布を入れる乾燥用戸棚の奥に移動してた、なんていやだもの。その写真は、獣が生け垣を通りぬけようとしているところを遠くからとらえていた。体の色は黒っぽくて、全体の形はネコのようだ――でも、ネコとは似ても似つかないという感じがする。どこかがおかしい。なんていうか、「怪物」そのものなのだ。この写真だけじゃはっきりわからないけど、襲われた馬の写真を見れば、相当大きな獣にやられたのだとわかる。かわいそうな馬のわき腹には爪のあとが八本、長く血の筋になって残っていて、皮は腹全体の半分くらいはがれてしまっている。この獣には鉤爪があるのだ。それに、ばらばらにされた犬の死骸やもてあそばれて殺された何匹かのネコの写真もあった。あたしはクローと一緒に納屋のネズミで遊んだときのことを思い出してぞっとした。その獣は、ちょうどそんなふうにネコをもてあそんだのだ。

ヘンリーは言った。「ほんとに危険な生き物なんだよ、ちびドット。農夫たちに、そいつの居場所をつきとめて撃ち殺すのを手伝ってくれ、と頼まれたんだ。何度か追いつめたんだが、そのたびに逃げられてしまったそうだ。ぼくが研究所に勤めているから科学者だと思って、知恵を借りたいって言うんだよ」ヘンリーはため息をついた。「科学っていうけど、こいつは魔法を使うことになりそうだ。いつもなら、研究以外で魔法を使うのはいやなんだ。自分だけずるをしてるみたいな気がするからね。でも、この写真のネコたちをごらんよ。こんなことはぜったいにやめさせなきゃ。あと、そいつがつかまるまでは、きみたちネコには夜のあいだ家の中にいてもらう。ほかのネコたちにそのことを伝えておいてもらえないか？」ヘンリーはまたため息をついた。「ニワトリたちも中に入れておかなきゃだめだろうな」

あたしはほかのネコたちに獣の話をしたが、みんなが信じたかどうかはわからない。家の中に進んで入るのはダルリンプル夫人だけだった。毎日夕方になると、ヘンリーは庭を走りまわってニワトリを馬車置き場に追いこもうとするんだけど、ニワトリは逃げまわり鳴きわめいて大さわぎになった。それからヘンリーは、オレンジがこっそり外に出ていこうとするのをつかまえ、天水桶からびしょびしょのミルを抱きあげ、サバの切り身でクローを納屋から誘い出し、ウィリアムズ氏をメロンの厚切りでおびきよせ（なぜかこれが好物なのだ）、全員を必死でなだめすかして家の中に押しこまなきゃならない。ヘンリーはどんどんいらいらをつのらせていった。

「入るんだ、でないとけとばすぞ、ネコども！　もうがまんの限界だ！　おい、だめだ、ネコ用はねあげ戸はもう開かないぞ、わかってるだろ！　きみでもだめだよ、ちびドット！」

最後のセリフはよけいなお世話。あたしは見ていただけなのに。ヘンリーが機嫌を悪くしているあたしたち四匹をベッドの上に（ミルはベッドの下に）集め、ウィリアムズ氏をハリエット大叔母さんの離れに閉じこめるには一時間近くもかかった。閉所恐怖症のウィリアムズ氏は、どっちみちヘンリーが家に入ったとたんに、離れの風呂場の窓から外へ出てしまうのだけど。

ヘンリーは〈研究所〉に行ったり農夫たちと相談をしたりする合間に、可動式の鶏小屋を作った。ウィリアムズ氏とあたしはこの小屋にすっかり夢中になった。屋根と壁を兼ねた二枚のななめの板に平らな底板がついている、横長の三角柱のような形の小さな木の小屋で、両はしはふさがれている。ななめの屋根の片方に引き戸が三枚ついていて、中には寝るためのわらもいっぱい敷いてある。夜のあいだはニワトリをこの中に入れておく、ニワトリには引き戸は開けられないから安全だ、とヘンリーは言った。

「で、ここからがいちばん工夫を凝らしたところなんだ。小屋を一カ所に置いたままだと、下にある草がみんな枯れてしまうだろう？」

「雑草がね。この庭には雑草しか生えてないもん」とウィリアムズ氏が言った。

「なら、雑草が。雑草だろうとなんだろうと、枯れてほしくないんだよ」とヘンリー。

「うちの庭ほどイラクサがぼうぼう生えてるとこもめずらしいよね。アザミとカモミールもさ」ウィリアムズ氏がばかにしたように言うと、ヘンリーは言い返した。

「うるさいぞ、ウィリアムズくん。三つとも薬になるし、魔法にも使えるんだよ。話がそれたじゃないか。ともかく、この鶏小屋は魔法で宙に浮かせて、どこにでも移動できるようになってるんだよ。ほら」

ヘンリーが魔法で小屋を動かしてみせると、ウィリアムズ氏は毛を逆立て、体じゅうがぴりぴりする、と言って逃げ出してしまった。でもあたしはじっと見ていた。その魔法が理解できて、自分でも使える気がしたのだ——だって、ほら、あたしは特別なネコだから。

こまったことに、ニワトリはみんなウィリアムズ氏と同じく魔法嫌いだったらしく、小屋に近づこうともしなかった。結局、ニワトリは前と同じように毎晩馬車置き場の中に追いこむしかなく、相変わらずハリエット大叔母さんはうるさくて眠れない、と文句を言った。

というわけで、鶏小屋はあたしのおもちゃになった。屋根の上にぺたんと腹ばいになって魔法を働かせると、小屋がほんの少し浮かび、好きな方向に動かせる、とわかったのだ。でも、あたし以外にこのおもしろさがわかるネコは、驚いたことにダルリンプル夫人だけだった。あたしが鶏小屋に乗って遊んでいるのを見ると、ダルリンプル夫人はすぐにあたしのうしろにとび乗ってきた。魔法のせいで毛が逆立ち、ふわふわの雪だるまみたいになったけど、ちっとも気にしていないようだ。あたしたちは農場の庭をなんべんでもまわりつづけた。ヘンリーは〈エトの荒野〉の獣を捕らえるための魔法の準備にいそがしかったが、休憩をとろうとして勝手口に出てくるたびに、あたしたちのようすを見て笑いころげていた。

ヘンリーは獣が通りぬけられない魔法を発する大きな黒い輪の形の〈発生器〉をいくつも作り、獣が荒らしている地域を囲むように荒野に置いていった。農夫たちが毎日、ヘンリーの計画どおりに一メートルくらいずつ慎重に〈発生器〉の位置をずらして、包囲網をせばめていく。そうすれば、やがて獣は小さな円の中に閉じこめられるから、農夫たちが銃を持ってその円に入ってしとめればいいというわけなのだ。

ヘンリーは食堂のテーブルの上に丘の地図を広げ、〈発生器〉の小さな模型をのせて考えていた。

「農夫たちは、あなたが魔法を使ってるって知ってるの?」あたしはテーブルのはしっこにすわって地図をのぞきこみながら言った。

「いや、これは〈静磁場《せいじば》発生器〉だと伝えてある。魔法だなんて言ったら、効果があるって信じてもらえなくて、お金をもらいにくいだろう? 材料代を出してもらったからね。〈発生器〉は研究所で作ってきたんだよ」とヘンリー。

〈発生器〉の小さな模型がすごくおもしろそうに見えたので、あたしは思わずいちばん近くのやつを前足で叩いた。模型はとってもいい感じにゆらゆらとゆれた。なのに、ヘンリーはあわてたようすであたしをテーブルからはらい落とした。あたしは頭にきて、ヘンリーを足もとから思いきりにらんでやった。

「いくらきみでもさわっちゃだめだよ、お姫様」と、ヘンリー。「この地図も模型も、魔法の一部なんだから。これからは食堂のドアも閉めておかないとな」

「あたしを信用してないの？」

「ゆらゆら動くちっちゃなものに関しては、信用できないね。さあ、出ておいき、いい子だから」

あたしはさっさと庭に出ていった。あんまり腹がたったので、アザミやほかの雑草の茂みをしっぽでばしばし打ちながら鶏小屋にむかう。ヘンリーったらあたしを信用しないだなんて、いったいどういうこと？　鶏小屋にとび乗り、怒りにまかせて庭をぐるぐる大きくまわっているうちに、いつのまにか門にむかっていた。うちの門はいつも開いている。鶏小屋が外へ出ようとしたとき、ダルリンプル夫人がはずむようにしなやかに草むらをかけてきてうしろにとび乗り、優雅なしぐさですわりながらきいた。

「どちらへいらっしゃるの？」

「外よ」あたしは怒っていたから、ついてきてほしくなかった。でも、外へ出たからには行き先を決めなきゃ。あたしは農場の丘をくだると右に曲がり、べつの丘に続く小道へと坂をのぼった。鶏小屋はまるで丘をのぼりたくないみたいに、ふらふらと道をそれたり、がくんと重くなってのろくなったりした。あたしは鶏小屋と格闘して向きを変えさせ、ようやくいちばん近くの平らな小道にのせた。それはたまたま、ヘンリーが一年ほど前に散歩していてあたしを見つけたあの道だった。鶏小屋は道の上すれすれならうまく進むらしく、とたんに動かしやすくなった。しばらく順調に進んだけど、やがてもやのような雨がふりはじめた。

ダルリンプル夫人はもぞもぞとすわる位置を変えたり、ぴくりと体を動かしたりしながら言った。「で、どちらへいらっしゃるおつもり？　遠くまで行くんですの？」

ダルリンプル夫人はとっても変な格好だった。魔法のせいで毛という毛が逆立っているうえ、どの毛にも雨粒がついている。ハリエット大叔母さんがクリスマスツリーにつるす銀色の玉飾りにそっくりだ。

「ヘンリーがあたしを見つけた排水溝を見に行くの」あたしは言った。せっかくだから行ってみよう、と思いついたのだ。

「あなたが生まれたところですわね」ダルリンプル夫人はうれしそうに言った。「よろしいんじゃなくて？　ヘンリーは、しょっちゅうあなたにそのときのお話をしてますものね。わたくしでさえ、ヘンリーがその話をしてるってわかるくらいですもの。わたくしもあなたみたいに人間の言葉がしゃべればいいんですけど。そうしたら、青いサテンのリボンをねだるんですのに。ヘンリーは買ってくださるかしら？」

「うーん」あたしはうわのそらであいづちをうった。こまったことになっていたのだ。

庭をゆっくりぐるぐるまわっているときにはわからなかったけれど、おかしなことにこの魔法の鶏小屋は、まっすぐ進んでいるとどんどん速くなるらしい。スピードが倍に倍にと増していくような気がする。雨が目に針みたいに突き刺さり、ひげの先から飛びさっていく。足の下をぼんやりかすんだ岩や草がびゅんびゅん過ぎていく。

「おもしろいこと！」魔法で真ん丸くふくらんだダルリンプル夫人が言った。

けど、あたしにはおもしろいなんて思えなかった。丘の上の方から、ゴウゴウと排水溝の水の音が聞こえてきている。小屋はすごいスピードで丘を上がっていくが、排水溝の先で道は急にするどく曲がっている。このままだと鶏小屋は、丘のてっぺんで道をはずれちゃう。高いところを飛べるようにはできてないから、墜落するかも。間に合うように止めるなんてできっこない……。

「今のうちにとびおりるわよ！」あたしは息を切らしながらダルリンプル夫人に言った。

「どうしてですの？」

もう排水溝の上まで来ていた。「だって……」あたしが言いかけたとき、ふいに黒い肌をした大柄な女の人が道の真ん中に現れて言った。

「落ち着いて！」

女の人が、そこだけ色のうすい手のひらで鶏小屋の三角形の壁をぴしゃりと叩くと、鶏小屋はおとなしく地面におり、ガリッと音をたてた。

「そんなに急いでどこへ行くのです?」女の人があたしにたずねた。

「あたし――ええと――自分が生まれた場所を見ようと思って」

「あなたはここで生まれたわけじゃありませんよ。もう少し丘をのぼったところ。そこから流されてきたのよ」女の人は言った。

「なんてこと!」ダルリンプル夫人は勢いよく流れる水をのぞきこみながら言った。「ちびドットさんたら、おぼれて死んでらしたかもしれないのね!」

女の人は言った。「そうですよ、でも今さら怖がってもしかたがないわ。それより、これから言う三つの言葉をあなたたちに覚えておいてほしいの。忘れないように。あとについて言ってみてちょうだい。まずひとつ目は、『高くなるほど、少なくなる』。わかった?」

「高くなるほど、少なくなる」あたしは女の人をじいっと見つめながらくり返した。女の人の顔はあたしの鼻の頭みたいに黒くて、濡れている。こんな人間を見るのははじめてだ。

「あなたは言える?」と女の人にきかれても、記憶力ってものがないダルリンプル夫人は目を丸くして、ぽかんとしているだけだった。女の人はあきらめたように肩をすくめ、またあたしの方を見て言った。

「さあ、ふたつ目は、『チョコレートのニシンは不純』」

「チョコレートのニシンは不純」あたしはまだじっと女の人を見つめたまま言った。この人、鶏小屋と同じ、魔法のにおいがする。でもこの人のにおいの方が強くて、ぴりっとした感じ。本当に人間だろうか、という気がしてきた。

「いいですよ、すばらしい」女の人はほめてくれた。「さて、最後は『〈エトの荒野〉の獣』」

「〈エトの荒野〉の獣」あたしはすなおに言った。女の人が頭に巻いている黒いターバンには、頭の上の両側にとんがりがある。ネコの耳みたい。あたしは言った。

「きいてもいいですか？　あなたはだれ？」

「私の名前はバステト〔ネコの頭を持つエジプトの女神の名〕ですよ、ちびドット。私の役目はネコを守ることなのです。三つの言葉はきちんと覚えましたか？　もうすぐぜったいに必要になりますからね」

「覚えました」あたしは言った。

「よろしい。では、その乗り物の反対のはしに乗って、家へ帰りなさい。このあと、あなたに仲間を送ります。それで七匹になるわね。よい数ですよ」バステトは言った。

あたしは小屋からとびおりて、泥と岩だらけの道をそろそろと歩き、鶏小屋の反対のはしにまわった。そのあいだにバステトの姿は見えなくなっていたけど、あたしは驚かなかった。そのときには、とても強い魔法の存在だってことがわかっていたから。あたしがちょっぴりさびしい気持ちで小屋にとび乗り、家にむかってまた動かそうとしたとき、またぴりっとする魔法のにおいが鼻を刺した。ふり返って斜面を見上げると、何か白っぽいものがヒースのあいだをもがきながらおりてくる。追いていかないで、といわんばかりに、あせったようすでニャーニャーと声をあげている。

あたしは叫んだ。「だいじょうぶよ！　待ってるから」

あたしの倍くらいありそうな大きなネコが、ずるずるとはうようにして道にむかって岩をすべっておりてきた。おとなしそうなメスネコだし、ずぶぬれで泥だらけだったから、ちっとも怖くはなかった。そのネコが言った。

「やれやれだわ。すみませんけど、どこか休める場所をごぞんじない？　どこにも行くあてがなくて……」

あたしは言った。「一緒に家にいらっしゃいよ。ヘンリーに話してあげるから。さあ、乗って」

大きなネコはあたしを見つめ、あたしのうしろにすわってぼーっと下を見ているダルリンプル夫人を見上げた。次に鶏小屋に目をやっておずおずときいた。「中には入れませんか？」

「えーと、ドアが三つあるけど、どうやって開けるのかわからないの」と、あたし。

「わかると思います」大きなネコは真ん中の引き戸をなんとか横に開け、小屋の中にもぐりこんだ。「わらがたくさんあって、いい感じよ。ありがとう」

「どういたしまして」と答えながら、あたしは、このずぶぬれの礼儀正しい大きなネコ、なぜかわからないけど好きだなあ、と思っていた。

「このかた、あなたとそっくりの模様ですのね！　点々がたくさん！」ダルリンプル夫人が首をのばして小屋の中をのぞきこみながら言った。

あたしも首をのばして中をのぞいてみた。白地に灰色や、うす茶色や、赤毛やピンクの大きな斑点、中くらいの黒い点、それに砂色とクリーム色の小さな点々が見えた。でもこのネコはあたしよりずっと体が大きいせいで全体としては白っぽく見えたから、ほっとした。自分は特別だって思っていたかったから。あたしはぴしゃりと言った。

「全然ちがうじゃない」

「そんなにちがいませんわ。このかたは、でかドットさんとお呼びしましょう」と、ダルリンプル夫人。

あたしはむっとして返事もせず、鶏小屋を発進させた。

帰りも、行きと同じくらいたいへんだった。まっすぐ進めば進むほどやっぱりスピードが速くなる。農場の前の広い道に入ったころには車と同じくらい速くなっていた。あたしは必死でスピードを落とそうとした。それなのにダルリンプル夫人は、いつものことながら間《ま》が悪く、よりによってあたしが農場の門の方に向きを変えようとしているときに言いだした。

「どうしてあの女の人、あんなわけのわからないことを覚えろとおっしゃったのかしら？」

「知るもんですか！」あたしはいらいらしてフーッとうなった。鶏小屋はびゅーんと庭に入っていった。庭にすわっていたウィリアムズ氏は、二メートルもとびあがってなんとかよけた。イラクサの茂みからはオレンジとクローがあわてて左右にとびだした。鶏小屋はそのまままっすぐ飛んでいき、天水桶にぶつかってようやく止まった。ミルが天水桶から頭を突き出し、じろりとこっちをにらんだ。

「ヘンリーはどこ？」あたしはきいた。

「居間。でも、今は行かない方がいいんじゃないかな」とミル。

「あら、行くわよ。あそこの椅子がいちばんすわり心地がいいもん」とあたし。

ネコ用はねあげ戸にむかって走っていくあたしのうしろから、ミルが言った。「警告はしたからね！」

あたしは無視して台所を抜け、あの地図にいたずらできないようドアが閉めてある食堂の前を通りすぎ、居間にかけこんだ。でもそこで、また天水桶にぶつかったみたいに、はっと立ちどまってしまった。

ヘンリーが、人間の女の人の両手を握って突っ立っていた。その人の顔をうっとりと見つめ、いつもならあたしにしか見せないようなとびきりの笑顔を浮かべている。その女の人はやせていて髪が黒く、人間としてはきれいなのかもしれないけど……あたしはニャーニャー大声で鳴きだした。

ヘンリーは一瞬とびあがったが、「ああ、ファーラ。ほら、トゥーランドットが来たよ！」と言うと、いきなりあたしを抱きあげた。あたしは心底びっくりした。ことわりもしないで抱いたりするなんて、今までなかったのに。身をよじり、怒ってにらみつけたけど、ヘンリーはかまわずにその女の人の方にあたしをさしだした。「ほら、美人のネコだろ？」

女の人はあたしを見ると顔をしかめ、ぶるっと身ぶるいして顔をそむけた。

「いやだ、ぞっとするわ！　その点々、まるで伝染病のできものみたい！　近づけないで。ネコは苦手なの」

「わかったよ」ヘンリーは明るい声で言うと、あたしを落っことした。落としたのよ！　ぽいっ、とね。

あたしはまたネコ用はねあげ戸をくぐって外に出ると、鶏小屋の方へ歩いて戻った。でかドットが小屋の引き戸の中から心配そうにのぞいている。あたしは言った。

「ヘンリーに紹介するのはあとになっちゃいそう。おなかすいてる？」

「とっても」と、でかドット。

ミルがまた天水桶からひょいと顔を出して言った。

「じゃ、ファーラってやつに会ってきたのね？　そのことを話そうとしたのに。あの女、泊まっていくらしいわよ」

「そんなことさせるもんですか！」あたしは言いながら、でかドットを台所に案内した。

台所ではハリエット大叔母さんがウィリアムズ氏をひざにのせて、いちばんいい椅子にすわっていた。「おや、今度は大きな点々ネコが仲間入りしたみたいだね」大叔母さんは、ネコ用はねあげ戸からそーっと入ってきたでかドットに目をとめて言った。「今日ここに来たもう一人よりずっと上等のお客だよ。ヘンリーったら、ろくでもない女を選ぶ天才なんだから！　ちびドット、なんとかヘンリーの目を覚まさせてやっておくれ。あのファーラ・スピンクスって女ほどいけすかないやつに会ったのは、生まれてはじめてだよ」

あたしはウェールズ式食器棚にとび乗り、朝ごはんが半分残っているのを見つけた。

「でかドット、よかったらここに……」

あたしが言いかけたとたん、ハリエット大叔母さんはウィリアムズ氏を床にひょいとおろして立ちあがり、「まあ、トゥーランドット、そのネコを棚にのぼらせるなんてかわいそうだよ。そんな体なのにとんでもない！」と言うと、あわててお皿を出してきた。そしてでかドットに、肉のかたまりがいっぱい入ったネコ用缶詰ひと缶と、山もりにしたドライフードと、ミルクをスープ皿に一杯あげた。でかドットはおなかがぺこぺこだったらしく、きれいに平らげた。

「あのファーラって女の人、本当にここに泊まるの？」あたしはきいた。

ハリエット大叔母さんにはあたしの言うことがわかったためしがないけれど、ウィリアムズ氏が代わりに憂鬱そうに答えた。「居すわる気かもな。だって、ヘンリーはあいつにパジャマを貸したんだよ」

ウィリアムズ氏の言うとおりになった。ただし、予想してたよりもっとひどいことになった。ファーラはふだんは使っていない部屋のどれかに泊まるんだろうと思っていたのに、夜あたしたちがヘンリーのあとについて寝室に上がってみると、ファーラもヘンリーの部屋で寝るんだとわかったのだ。ファーラはふり返り、あたしたちをじろじろ見た。

「なんでこいつらはここにいるの？」

「ちびドットはいつもぼくの枕の上で寝るんだ。オレンジとクローとダルリンプル夫人は、羽根ぶとんの上にならんで寝る。ミルは寝室用便器の中で丸くなって寝るんだ」ヘンリーが説明した。

「へえ、そう。でも、これからはそうはいかないわ。ネコは追い出して」とファーラ。

「わかったよ」ヘンリーは愛想よく言うと、魔法であたしたちを部屋の外へ、そして階段の下へ、さらに農場の庭まで押し出してしまった。あたしたちはがっくり落ちこんだ。ヘンリーったら、あたしたちが外にいたら〈獣〉に襲われる危険があることを忘れちゃってるみたい。しかもその夜は寒かった。クローとオレンジは体をよせあってあたたまろうとし、ダルリンプル夫人も、いやがるミルのそばに近づけるだけ近づいた。でもあたしは、庭の真ん中にひとりぼっちでうずくまっていた。そのときほどとほうにくれ、みじめな気持ちになったことはなかった。だってヘンリーはファーラを、いつもあたしを見るときのような熱いまなざしで見つめていたんだもの。それにファーラも、いつものあたしみたいに「ヘンリー、あなたは私のもの!」という目つきで見返していた。ファーラがひどい人間だとしたら、あたしもひどいネコなのかしら……。あたしはそんなことをずっと考えていた。

しばらくすると大きな白っぽいものがやってきて、あたしのとなりの雑草の茂みの中にあたたかい体を横たえた。でかドットだった。

「何を悩んでるの、ちびドット?」

「ヘンリーの新しい恋人のことよ!」あたしは言った。「あの人、あたしたちをヘンリーの部屋に入れてくれない。それにあやしいにおいがする。あの人はダルリンプル夫人のこともいやがってたし。普通、家に来る人たちは、たとえネコが嫌いでも、ダルリンプル夫人のことだけはほめるのに！　農夫たちもダルリンプル夫人のこと、きれいだって言ってた。なのにファーラは、毛だらけの醜悪な生き物って呼んだの」

「ダルリンプル夫人には、悪口だってわからなかったんじゃないかしらね」でかドットが言った。

「うん。そんなこと言われたのに、二度もファーラのひざにのろうとしてたもん。でも、そんなのはたいしたことじゃないのよ、でかドット！　こまるのは、ヘンリーがすっかりあの人の言いなりだってこと！　ファーラがオペラは好きじゃないと言ったら、ＣＤも聴こうとしない。しかもあたしたちを外に追い出したりして！　どうしたらファーラを追いはらえるかしら、でかドット？」

「さあねえ」でかドットはじっと考えこんだ。すぐそばにすわっていてくれると、あたたかくてとっても気持ちがいい。

そのうち、となりにすわってるでかドットのわき腹の、あたしにぴったりくっついているところが、もぞもぞ、ぴくぴく動いているのに気がついた。あたしはきいた。

「ねえ、だいじょうぶ？　食べすぎておなかのぐあいが悪くなったんじゃない？」

でかドットは答えた。「あら、ちがうわよ。また子ネコが産まれるの。もうすぐだと思う。ねえ、何か計画を思いついたら言ってちょうだい。ヘンリーの寝室のドアが台所のドアと同じしくみなら、ドアの開け方を教えてあげられると思うわ」

「わあ、お願い、教えて！　ヘンリーの頭のにおいをかぎたくてたまらないわ！」

あたしたちがしゃべっているあいだ、ハリエット大叔母さんの離れからは、さかんにウィリアムズ氏が歌っているみたいな声がしていた。それがいきなりさらにけたたましくなり、ハリエット大叔母さんがドアをバタンと開けて言った。

「ああ、わかった、わかったよ！　出ていってさっさとすませておいで！　自分のトイレじゃどうしてだめな――おやまあ！」部屋からの明かりで、思い思いの格好で丸まっているあたしたち六匹が照らし出されると、大叔母さんは言った。

「あの性悪女《しょうわるおんな》に追い出されたってわけかい？　そうだろうね、あいつはそういう女だ。おまえたちが獣に食べられても心を痛めたりはしないんだろうよ。ともかくこっちにお入り。その方が安全だよ」

あたしたちは、ミルもふくめてみんな、すぐに起きあがり、行儀よく列になって離れに入っていった。ウィリアムズ氏はうれしそうなすました顔でテーブルの上にすわっていた。あたしたちはおとなしく暖炉の前の敷物に身を落ち着けた。

ハリエット大叔母さんはココアの入ったマグカップを取りあげると、よっこらしょとベッドに上がり、ぶつぶつつぶやいた。「うーん。なんとかあの女を追い出す計画を練らないとね。さもないとあの女、ネコたちをみんなかごに入れて安楽死させるために獣医に連れていけって言いだすだろうから。でも、私のウィリアムズ氏に手をふれたら、ただじゃおかないよ」

あたしはこれを聞いて、たいへんだ、と思い、ひと晩じゅう寝ずに、ファーラを追い出す方法を考えていた。もちろん、まずは家の中に入らないと……。

次の朝、ネコ用はねあげ戸には錠がおりていて窓も全部閉められていたけど、ファーラとヘンリーが台所で朝食をとっているのは音とにおいでわかった。あたしたちはドアの前に群《むら》がり、さかんに鳴いた。オレンジとミルはとりわけ声が大きいから、全員そろうとかなりのさわぎになった。いつもならヘンリーがすぐさまとんできてドアを開けてくれるのに、その日はまったく何もしてくれなかった。まるでファーラに呪文でもかけられてるみたい。

二十分間休まずさわいでいると、ハリエット大叔母さんが離れからのしのしと出てきて、勝手口を杖でガンガン叩いて開けた。あたしたちはハリエット大叔母さんのあとからなだれこみ、自分たちのえさ用のボウルのところに殺到した。ボウルはからっぽだった。

「ヘンリーったら、ネコたちにえさをやらない気かい？」ハリエット大叔母さんがなじるように言った。

トーストを食べていたファーラが顔を上げた。「ネコは狩りをするようにできてますから。納屋にいるネズミを食べてれば生きていけるわ」

「お言葉を返すようですけどね、スピンクスさん、このあたり数キロ四方のネズミは、もうクローが食べつくしちまいましたよ。それに、ダルリンプル夫人はネズミがのどにとびこんできたって、どうしていいかわからないだろうし」ハリエット大叔母さんはそう言うと、あたしたちにえさを出してくれた。そのあいだじゅうヘンリーは夢見るような顔でにこにことファーラを見つめているだけで、何も言わなかった。

朝食がすむと、二人はあたしたちをまた外に追い出し、家に鍵をかけてしまった。そのあとヘンリーはファーラを車に乗せて町に買い物に出かけた。ファーラはどうやら、今着ているうすっぺらな黒いワンピースのほかには、服を一着も持ってこなかったらしいのだ。

ウィリアムズ氏がハリエット大叔母さんを連れてくると、大叔母さんは「あの女はおかしなところがあるね」と言ってしばらく考えていたが、やがて「少しレンズマメを借りることにしよう」と言いだして、あずかっていた予備の鍵で家に入っていった。そして居間の窓をほんの少し開けてから、レンズマメをカップに一杯持って玄関から出てきた。「ほら。中に入って目いっぱい暴れておやり」

オレンジが窓を大きく押しあけ、あたしたちはみんなで中に入った。そして、代わるがわる敷物の上におしっこをしてやった。でも、寝室のドアはきっちり閉まっている。

するとでかドットが、「心配いらないわ」と言って、あたしたちを階段の上の廊下に集めると、ドアを開ける方法を教えてくれた。うしろ足で立ち、ドアのハンドルを前足で押さえて体重をかけるのだ。すぐに、ダルリンプル夫人以外の全員ができるようになった。あたしはとびつかないとハンドルに届かなかったけど。クローが真っ先に中に入り、オスネコらしくにおいをつけてまわった。寝室は悪臭ぷんぷんになった。ミルは人間のトイレに行き、便器の中に入ってずぶぬれになってから、枕の上をころげまわった。寝室はもうじゅうぶんだろうと思い、あたしはみんなを台所に連れていった。そしてみんなで砂糖をこぼし、バターに足をつっこみ、カップを敷石の上にはたき落として割った。でかドットとオレンジはゴミ箱をひっくり返した。あたしはウエールズ式食器棚に上がり、お皿のうしろをくまなく歩いてやった。ほとんどのお皿が落ち、一、二枚は割れた。ダルリンプル夫人は、コーンフレークが入っている大きな容器の中をころげまわって大はしゃぎしていた。

それからまた外に出て隠れていると、ヘンリーの車が戻ってきて、ヘンリーとファーラが山のような袋を持って家に入るのが見えた。ファーラのわめき声が聞こえたけど、そのあとは、ファーラが怖い顔で出てきてあたしたちのボウルを外にならべ、ヘンリーが窓を開け、敷物や枕を干しただけだった。

その夜あたしたちが離れに入っていくと、ハリエット大叔母さんは言った。「第一ラウンドはひきわけってとこかね。二人はいちばん広い客用寝室に移ったよ。ファーラはあそこに新しい服を全部つるして、靴もずらーっとならべてる。一年くらいやっていけるほどあれこれ買いこんできたよ。ヘンリーがお金を出したんだろう、ばかな子だねえ！」

「その服をだめにできないかな？」あたしが言うと、ダルリンプル夫人が突然はりきりだした。

「わたくし、服のことならくわしいんですのよ。どうしたらいいか教えてさしあげるわ」

次の日、ヘンリーはファーラを家に残して、〈研究所〉に仕事に出かけた。あたしが一緒に車に乗ろうとすると、ヘンリーは言った。

「おりてくれ、ちびドット。ときどきはまじめに仕事に行かないと、なんのために給料を払ってるんだろう、と思われちゃうからね」

ファーラはドアも窓も全部閉めきっていたけど、ハリエット大叔母さんが家に近づき、勝手口のドアをノックした。ファーラが開けようとしないので、大叔母さんは今度は居間にまわって窓をコツコツたたいた。「ねえ、スピンクスさん、開けとくれ！お砂糖を切らしちゃったみたいでね」

ファーラもやっと、いやいやながら大叔母さんを台所に入れることにした。このときを待ちかまえていたあたしは、最高の「雲隠れ」をして、ドアがちゃんと開きもしないうちにファーラのわきをすりぬけ、台所を通りぬけた。

「ああ、缶はおろしてくれなくてもいいよ。杖をひっかければ届くから——あら、まあ、ご親切に！」大叔母さんの声を聞きながら、あたしは食堂の入口までとんでいき、でかドットに教わった方法でドアを開けた。魔法の地図が置いてあるテーブルのわきを、地図や模型を動かさないようにすごく気をつけながらこっそり通りすぎて、窓台にとび乗った。とはいっても、地図は埃《ほこり》っぽいにおいがしたから、ヘンリーはファーラのせいでこの魔法のこともすっかり忘れてるんじゃないかという気がした。食堂の窓は体重をうんとかけてよりかかると、ばたんと外に開く。あたしが窓を開けると、仲間たちが静かに中にとびこんできた。ただ、でかドットは来なかった。今日は気分が悪くて、鶏小屋の中で休んでいたのだ。

あたしたちはこっそり客用寝室に入っていった。壁ぎわに服がずらりとつるしてあり、その下に靴がならんでいる。ウィリアムズ氏はひどく興味をそそられたような目つきで服を見つめ、ダルリンプル夫人にきいた。

「破くのかい？　爪でびりびりにしてやったら胸がすうっとしそうな服がいくつもあるねえ」

「すっかりだめにしてしまわずに、着られそうで着られないってくらいにしておいた方が、きっとあの人はもっと頭にきますわよ。前を汚すといいですわ、食べ物をこぼしたみたいに……」と、ダルリンプル夫人。

「私、緑のぬるぬるがいっぱいある池を知ってる!」ミルは言って、急いで出ていった。

「……それから、みなさんは黒い服に毛をくっつけてくださいな」ダルリンプル夫人が指図した。「あなたはべつですわよ、ウィリアムズさん。あなたは白い服に黒い毛をくっつけてください。それからニットの服は糸を一本かみ切って引っぱり、穴を開けるんです。ドレスは、すその糸を一本かみ切ったらずっとひっぱって、半周分ほつれさせましょう。ボタンもかんでくださいね、取れそうになるくらいに……」

ダルリンプル夫人は次から次へと服にしかけるいたずらを思いついた。あんまりいろんなことを思いつくものだから、あたしは、ダルリンプル夫人がブタ小屋に捨てられていたのは、前に飼っていた人間をかんかんに怒らせたせいじゃないか、という気がしてきた。でも、ダルリンプル夫人がどんなとんでもないことを言いだしても、あたしたちは言われたとおりにした。ミルは緑のぬるぬるをぼたぼたたらしながら戻ってくると、せっせと服の前になすりつけた。ウィリアムズ氏は白い服を山ほどひきずりおろし、その上でころげまわった。ほかのみんながすその糸をかんでひっぱっているあいだに、オレンジがすべての靴の中に念入りにおしっこをしてまわった。楽しかった。ひとつ残らずやり終えると、あたしたちは離れにひきあげ（ミルは最後のぬるぬるを枕にこすりつけるためにちょっと立ちどまっていたけれど）、そのあとはハリエット大叔母さんにおやつをねだって、ヘンリーの帰りを待った。ヘンリーが帰ってきたときファーラがどんなにキーキーさわいだか、聞かせてあげたかった。

次の朝ハリエット大叔母さんは、お茶の葉をわけてもらいに母屋《おもや》に行ってきたあとで言った。「きのうのいたずらはあんまりいい考えじゃなかったかもしれないね。ファーラは、洗濯かごを取ってこい、おまえたちをみんな獣医に連れていけ、とヘンリーをせっついてたよ。ヘンリーはまだうんと言ってはいないけど、そのうちに押しきられてしまいそうだ」

「鶏小屋に乗って逃げましょうよ！」ダルリンプル夫人がふるえながら言った。あたしはみじめでたまらなくなり、どうしていいかわからなかった。暗い気持ちで天水桶の横にうずくまり、ヘンリーがなぐさめに来てくれるのを一日じゅう待ちつづけていたけれど、ヘンリーは来なかった。夕方になって、ウィリアムズ氏が庭をつっきって走ってくると、興奮したようにニャーニャー鳴いた。大声で鳴くことにかけてはウィリアムズ氏にかなうネコはいない。

「見においで！　見に来てよ！　みんな、食堂の窓から入っておいでよ！」

ミルが天水桶の中からとびだし、ダルリンプル夫人も円筒形にまとめられた干し草の陰からぬっと現れ、オレンジとクローも馬車置き場からすっとんできた。あたしたち五匹は、ウィリアムズ氏のあとを興味しんしんで急いでついていった。食堂を抜け、階段をのぼって客用寝室に入ると、そこにはかぎなれない妙なにおいがただよっていた。靴のにおいじゃない。靴はビニール袋につめこまれて廊下に出されていた。服のにおいでもない。服は靴のビニール袋の上に放り出されている。そのにおいは部屋の中、ベッドの方からしていた。あたしたちはうしろ足で立ってのぞいてみた。

羽根ぶとんの真ん中にでかドットがぐったりと横たわっていた。まわりにはごちゃごちゃと、小さなものがうごめいている。六個、いや六匹の……「子ネコ？」あたしは言った。「やだ、でかドット、なんでこんなところで産んじゃったのよ？」

でかドットが弱々しく答えた。「こんなつもりじゃなかったの。でも、ここはとっても居心地がよくて……急に産気づいちゃって」

あたしは言った。「みんなであなたを守らなきゃ。ファーラに見つかったら……」

「わかってる。もうちょっと元気が出たら、この子たちを運び出すわ。でも、今すぐじゃなくてもいいでしょ……」でかドットはそう言うと眠ってしまった。子ネコを産むのって、たしかにとっても疲れることみたい。あたしたちはそのままベッドのまわりにうずくまって、でかドットが起きるのをじっと待っていた。これからどうなるかは想像がつく。

思ったとおり、夕食の時間が近づき、子ネコたちが動きまわりミーミー鳴きはじめたころ、ドアが開いてファーラが入ってきた。

ファーラは部屋に足を踏み入れるなり、はっと立ちどまり、目を丸くした。それから金切り声をあげた。

「ああ、もうがまんできない！　よりにもよって私のベッドの上で！」

「あんたのベッドじゃないわ、ヘンリーのよ」あたしは言った。

ファーラはあたしにかまわず、子ネコをつかまえようと両手をのばしてつかみかかった。

「天水桶に沈めてやる。みんな、この手でおぼれさせてやるから」

あたしたちは大急ぎでいっせいにベッドにとび乗り、フーッと毛を逆立ててうなりはじめた。ベッドの上はたちまち怒ったネコだらけになった。みんなしっぽをぱたぱたふり、背中を丸くして目をぎらつかせている。でかドットは真ん中に突っ立って毛を逆立て、いつもの倍の大きさになって、だれよりも激しくうなっている。

「邪魔するな！」ファーラが叫び、子ネコをつかもうとした。すると、いちばん近くにいたウィリアムズ氏が（ふだんはおとなしくてお行儀のいいネコなのに）、両方の前足の爪を思いきりむきだして、ファーラの左右の腕をいっぺんにがりっとひっかいた。真っ赤な血のにじむ筋をつけられたファーラはますます大きな声で叫び、ウィリアムズ氏をベッドからはたき落とした。ウィリアムズ氏は部屋のすみへ飛ばされ、タンスにぴしゃりとたたきつけられた。

ヘンリーが入口から声をかけてきた。「いったい何事だい？」

ファーラはヘンリーにむきなおり、ますます大声でわめきちらした。怒りのあまりしゃべり方を忘れてしまったみたいだ。「ベッドの真ん中！　天水桶。おぼれさせてやる。いやらしい、ちびの、ネズミみたいなやつら！　おぼれろ、おぼれろ、おぼれろ！」

ヘンリーはファーラの横を通って入ってくると、ベッドを見おろして言った。「子ネコだね」

「私のベッドの真ん中で！」ファーラが叫んだ。

「ほかにもベッドはある。落ち着いてくれよ、ファーラ」ヘンリーは言うと、でかドットにきいた。「見せてくれるかな？」

でかドットはとても不安そうだったが、ヘンリーが子ネコたちをよく見られるよう、少しわきへどいた。ヘンリーはぶつぶつつぶやいている。「六匹か。全部の毛色がそろってる――黒、灰色、白、赤毛、この子は三毛、それにトラ。ああ、よくやったね」

「ヘンリーったら！」ファーラがきんきん声でがなりたてた。「このネコどもを追いはらってよ。子ネコはみんなおぼれさせてってば。こいつら全部。今すぐに」

「ばかなこと言うなよ」ヘンリーは子ネコたちをそっとでかドットのそばに戻した。

「男の子が三匹に、女の子が三匹だね」

ファーラはわめいた。「私、本気よ！　ヘンリー、このネコたちを今すぐ、一匹残らず捨ててちょうだい。でなきゃ、私が出ていくわ！」

あたしたちはみんな、じいっとヘンリーを見つめた。タンスのわきでぶつけたところをなめているウィリアムズ氏はべつだけど。ヘンリーはウィリアムズ氏を見て言った。

「あの黒ネコはハリエット大叔母さんのネコだよ」

「でも、あいつ、私をひっかいたのよ！　みんなおぞましい化け物だわ。で、どっちにするの？　ネコをとるか、私をとるか？」

ヘンリーは必死で見つめているあたしたちの目を順々にのぞきこみ、それからファーラに視線を戻した。夢から覚めたばかりみたいなとまどった表情を浮かべながら、ヘンリーはファーラに言った。「そんなの、決まってるよ。そんなふうに言うなら、出ていった方がいい」

ファーラははっと大きく息を吸いこみ、ぎろりとヘンリーをにらみつけると、「わかったわ。あんた、きっと後悔するからね」と言い捨ててくるりときびすを返し、足音も荒く部屋を出ていった。階段をかけおりる足音に続き、勝手口のドアをバタンと閉めて出ていく音が聞こえた。でも、あたしはまだ気をはっていた。農場の中庭の草をザッザッと踏みしめる音がし、やがてファーラの足音が道路をパタパタと遠ざかり、すっかり聞こえなくなってしまうと、ようやくあたしはほっとして、思わずゴロゴロとのどを鳴らしてしまった。

ヘンリーはため息をつき、悲しそうに言った。

「まあ、しかたないな。ファーラは文句ばっかり言っていたし、オペラも嫌いだったからね」

その晩、あたしたちはようやく平和なときをすごすことができた。ヘンリーはハリエット大叔母さんを夕食にまねき、オペラをふたつ聴かせた。ひとつはもちろん、『トゥーランドット』だ。でも、ヘンリーをなぐさめようとひざにすわっていたあたしには、ヘンリーの悲しみが伝わってきた。

次の朝、農夫たちがまたそろってやってきた。全員が深刻な顔をしている。夜のあいだに、〈エトの荒野〉の獣がヘンリーのとなりの農場を襲い、ヒツジ六頭、牧羊犬一頭、それにネコを一匹殺したというのだ。ヘンリーの計画によれば、今ごろ獣はとっくに丘のふもとに追いやられ、〈発生器〉が作る小さな円の中に閉じこめられているはずだったのに。

農夫たちはとても心配していた。ヘンリーもひどく心配になったようだった。あたしは食堂の暖炉の上にすわり、ヘンリーが髪の毛をかきむしりながら農夫たちに地図を見せるようすを見ていた。とうとうヘンリーが、「ひょっとすると肝心の魔――静磁場発生器の位置がわずかにずれて、獣がわなから抜け出してしまったのかもしれません。おそらく、これがずれた装置です」と言って、小さな模型のひとつを指さした。あたしが遊ぼうとしてさわったやつだ。

あたしは胸がどきんとして、罪の意識でいっぱいになった。

でもヘンリーは、あたしの方は見もしなかった。農夫たちが、今日からは銃を持ってこのあたりを見まわることにします、と言うと、ヘンリーは答えた。

「ええ、今はそれくらいしかできることはなさそうですね。私は〈発生器〉の包囲網を強化して、獣が丘の上の方に戻ってくるのを防ぎます。本当に申しわけありません。これから〈発生器〉を見に行ってきます」

そのあとヘンリーは一日じゅう車で出かけていた。ぐったり疲れて帰ってきたあとも、くつろいでオペラを聴いたりはせず、食堂にこもって夜遅くまで地図の魔法に取り組んでいた。あたしはひどく気がとがめていたので、ヘンリーの邪魔をしないように近づかないでいた。ヘンリーの魔法をだめにしてしまい、おまけに恋人を追い出しちゃったなんて。その夜は自分への罰としてヘンリーの枕の上で寝るのをがまんし、ひどくみじめな気分で台所のストーブのそばにうずくまっていた。

ミルが石炭入れから声をかけてきた。「くよくよすることないわ。あのひどい女のせいだもん。ヘンリーに魔法のことを忘れさせたのは、あのファーラのやつよ」

「それに、家の中にいれば、わたくしたちはだれも獣に襲われる心配はありませんし」足のせ台の上にいたダルリンプル夫人もゆったりとした調子で言った。

「そんなことで悩んでるんじゃないわ!」と、あたし。

いちばんいい椅子の上では、オレンジとクローが落ち着かなげにもぞもぞしていた。みんな、あたしが落ちこんでるのにつきあってそばにいてくれたのだ。オレンジが言った。

「獣っていえば、でかドットが子ネコたちを外に連れ出して鶏小屋に入れてただろ? 子ネコたち、あそこでだいじょうぶかなあ?」

「まあ、たいへん!」あたしはとびあがった。「だいじょうぶなわけないじゃない! それに、閉所恐怖症のウィリアムズ氏は夜じゅう外に出てるはずだし!」

あたしがでかドットに家に入るように言おうと、ネコ用はねあげ戸にむかっているとき、農場の中庭でウィリアムズ氏が悲鳴をあげるのが聞こえてきた。恐ろしさのあまり叫んでいるのか、苦痛の声か、それとも両方だろうか？　次の瞬間ネコ用はねあげ戸がパタンと開き、ウィリアムズ氏がとびこんでくると、猛スピードで台所をつっきり、ウェールズ式食器棚の下にもぐってしまった。最近はあたしでさえもぐるのがつらいほど狭い隙間なのに。ウィリアムズ氏は長く尾をひく悲痛な声で叫んでいる。

「隠れろ、隠れろ、隠れろ！　来るぞ！」

あたしは、はねあげ戸からウェールズ式食器棚までウィリアムズ氏が通ったあとに点々と続いている血のあとを、ばかみたいにぼーっとながめていた。

「いったい何が来るんだ？」クローがたずねた。

「獣だ、獣！」ウィリアムズ氏は早口でわめきちらした。「においで気づくのはむりだった。いきなりそばに現れるんだ！」

みんなはわっと四方に散った。ダルリンプル夫人がとてもレディーとは思えないわめき声をたて、あたしはこれまでやったことがないほどはでな「雲隠れ」をやらかし、気がついたらほとんど天井にくっつきそうなほど高いウェールズ式食器棚のてっぺんにいた。間一髪だった。何かがネコ用はねあげ戸をくぐって入ってこようとしていた。

大きな黒っぽい頭が、狭い戸をぐいぐい通って入ってくる。あたしの毛は恐ろしさのあまり逆立ち、天井にふれていた。獣の頭はヘンリーの顔の二倍はあって、入ってくるにつれ、ますます大きくなるように見える。とちゅうでつっかえるかも、と一瞬期待したけど、そううまくはいかなかった。ネコ用はねあげ戸の木枠が、それからドアの板が、ゴムみたいにのびて広がっていき、頭に続いて獣の肩が入ってきた。やっぱりこの獣は魔法の生き物なんだ、もうだめだ、とあたしは観念した。でもそいつが入ってくるのを見ているうちに、あたしののどからネコの戦いのおたけびがほとばしった。ファーラにむかってうなった声とはちがい、よそ者のネコに出会ったときに挑戦のしるしとして力いっぱいはりあげる、長くふるえる、むせび泣くような叫び声だった。おびえていたはずなのに……あたしは自分の声に自分で驚いてしまった。

獣はもうほとんど中に入ってきていた。ほかのネコたちもおたけびをあげはじめた。ダルリンプル夫人は甲高く、ミルは石炭入れに反響するこだまつきで。クローとオレンジも部屋の左右から高く低くうなるような叫び声を発し、ウィリアムズ氏もウェールズ式食器棚の下からうす気味の悪いヨーデルみたいな声をあげている。

でもいくら叫んでも、獣がひるむようすはない。どっしりと大きなうしろ足がドアの穴を通りぬけ、最後に長い尾が入ってきた。部屋じゅうが獣のにおいでむせ返るようだった。オスネコのにおいに似ているけど、くさったネズミのようでもある。獣がうしろ足で立ちあがろうとしたとき、台所と廊下のあいだのドアがバタンと開き、ヘンリーがパチッと部屋の明かりをつけて口を開いた。「いったい……？」

あたしたちはみんなまぶしくて目をぱちぱちさせながら、呆然と獣を見つめていた。あれが最悪の瞬間だったと思う。まばたきしている獣の巨大な目はネコみたいだったけれど、顔はまるで人間のようだった。顔のまわりには汚いもつれた毛がたれていて、巨大な肩からはみすぼらしい小さな翼がたれさがっている。胴体はぱさぱさの毛がところどころ残っているほかははげちょろけで、汚いしわだらけの皮膚がほぼむきだしになっている。獣の体はどこもかしこもひどく古びて、朽《く》ちかけているように見えた。大きな足の先についている鉤爪は、ひどく年老いているせいなのか、ひび割れかけ、くさった肉や草がこびりついている。

でも最悪なのは、全員がその顔に見覚えがあった、ということだった。

「ファーラ？　なんてことだ、きみはスフィンクスだったのか！」ヘンリーは言った。獣はぼろぼろの青い牙がずらっとならぶ口を開け、カッカッ、と笑った。

わあん、ヘンリー、ごめんなさい！　とあたしは思った。そもそもあたしがあの地図の模型をいじったから、こいつが家に入ってこられたんだ。こいつを追いはらってくれたら、もう二度とヘンリーにわがまま言ったりしないわ！

ヘンリーがふるえながら言った。「きみはなぞを出すんだろう？　夜明けに四本足で、昼間は二本足、晩に三本足のものはなんだ、って。でも答えはちゃんと知ってるよ、人間だ」

獣はまたふくみ笑いをした。「残念だったな」その声は一本調子で冷たかった。「昔はそのなぞひとつしか出さなかったが、今は三つ、なぞを出すことにしている。それに、おまえにはたずねない。その棚のてっぺんにいる、おまえがかわいがってるちびのまだらネコにたずねることにする。そいつが答えられなければ、私はおまえたちを思うぞんぶんずたずたにひきさいてやれるのさ。まずおまえの目の前でネコどものはらわたを裂き、それからおまえの首をもぎとる前に、あの子ネコどもをのみこませてやる。答える準備はできてるかい？　性悪のうす汚い斑点ネコめ」

あたしは全身ががたがたふるえていたけど、バステトがどうしてあのばかげた三つの言葉をあたしに覚えさせたのかようやくわかった、と考えていた。

「いつでもどうぞ」あたしは言うと、ぞっとして逆立っている毛を落ち着かせようと、肩のところをなめた。

獣が言った。「ネズミがくるくるまわると、どうなる？」

「ああ、そのなぞは知ってるぞ！」ヘンリーが言い、ヘンリーとあたしは同時に答えた。

「高くなるほど、少なくなる〔英国でよく知られた、ナンセンスななぞなぞ〕」

どうしてヘンリーは知ってたのかしら？　人間よりもネコにとっての方が、意味が通りそうななぞなのにね。

「で、次は？」あたしは言った。

獣がにやりと笑うと、くさった肉のにおいが広がった。「陶器のベゴニアはいつ？」

「まるで意味がわからないな」とヘンリー。あたしにもさっぱりわからなかった。答えの意味もね。

「チョコレートのニシンは不純」きっとこのなぞは――答えの方も――この怪物が大昔に生み出したもので、今ではこいつの脳みそと同じでくたびれてくさりかけ、意味がなくなってしまったんだろう。電灯の光に照らされた獣はこれまで見たことのあるどんな生き物より年とって見えた。ファーラの面影《おもかげ》が残る顔はすっかりたるみ、しわだらけになっている。

「で、三つ目は？」ききながらあたしは、これってあべこべじゃないかな、と思った。あたしはトゥーランドット姫なんだから、あたしの方こそなぞを出す役なのに。ヘンリーがあたしに教えてくれたオペラの筋はまちがってたのかしら？

獣は言った。「三番目のなぞは、こうだ。ライオンのごとく殺し、人間のごとく勝つものは？」

あたしは勝ち誇って叫んだ。「〈エトの荒野〉の獣！　さあ、こっちこそあんたをばらばらにしてやるから！」あたしは天井近くの安全な場所から獣の頭のてっぺんめがけてとびおりると、四本の足全部を使ってひっかいたり、汚いたてがみをむしったりしはじめた。今思うと、どうしてあんなばかな真似ができたのかわからない。あたしはすぐに長くて汚い毛にすっかりからまって、身動きがとれなくなってしまった。それでしかたなく、すぐそばにあったくさい耳にかみついた。獣はギャッと叫び、鉤爪であたしをはらい落とそうとした。

と、勝手口のドアがバタンと開き、ハリエット大叔母さんが杖でドアを大きく押しあけながら入ってきた。ウィリアムズ氏の悲鳴を聞いて、あわてねまきを着替えてきたのだろう。大叔母さんはどすどすと入ってくるなりどなった。「私のかわいいウィリリンちゃんに何をしたんだ？」そして杖で獣を打ちはじめた。ビシ、バシ、ボカッ。羽根と埃、それに毛が舞いあがった。

タオル地のガウン姿ではだしのヘンリーは、しばらくはどうしていいかわからないようにうろうろしていたが、やがてそばにあった椅子をつかみ（するとその下からダルリンプル夫人が現れた。さっき命からがら下にもぐりこんだのだ）、大叔母さんの反対側から獣をぶんなぐりはじめた。獣が魔法で身を守ろうとしているのがあたしにはわかった。が、ヘンリーもすかさず魔法で対抗した。ヘンリーがすさまじい量の魔法を放ったので、ふりまわしている椅子がジューッと音をたてて焦げ、あたしにからみついていた獣の長い毛が棒のようにぴんと逆立った。獣はついに耐えきれなくなり、くるりと向きを変えるとドアにむかって突進した。

あたしは外にとびだした獣の体から投げ出され、何か硬いものの上に落ちて息をつまらせた。少しのあいだ恐ろしさにぼーっとしていたが、やがて自分が鶏小屋の屋根にひっかかっているのに気づいた。でかドットが子ネコを中に入れるために台所のそばまで持ってきていたのだろうか。

一方、獣は暗闇に逃げこんだ。クローとオレンジが全速力であとを追いかけていく。クローたちはあたしの勇気を見習ったのかもしれないけど、もともと逃げるものを追いかけずにはいられない性格なのだ。クローたちとほとんど同時に、ハリエット大叔母さんが家からかけだしてきて鶏小屋にとび乗った。

「追って！　追うんだよ！　この小屋を動かしておくれ、ちびドット！」大叔母さんは横ずわりになって、小屋の横の木の壁を杖でバシバシ叩きながら叫んだ。

あたしがよろよろと立ちあがりかけたとき、ウィリアムズ氏も鶏小屋にとび乗ってハリエット大叔母さんのひざにしがみついた。あとになってウィリアムズ氏は、魔法は歯が浮きあがるような感じで嫌いなんだけど、ハリエット大叔母さんがいつもとちがってたから、心配でついていくしかなかったんだ、と言っていた。「自分の飼ってる人間は、ちゃんと面倒見てやらなきゃね」と。

あたしが魔法で鶏小屋を動かし、正面を門にむけると、はだしのままのヘンリーが追いかけてきてイラクサを踏みつけ、ギャッと悲鳴をあげつつ叫んだ。

「やめろ、止まれ！　殺されるぞ！　あの獣は危険だ！」

でも、もうかなりスピードが出ていたし、いろんなことがあったせいであたしはすっかり頭が混乱してたから、小屋を止めることはできなかった。

ネコの戦いのおたけびが夜のしじまに高く低く響いた。鶏小屋がひゅーっと道の上にとびだすと、クローとオレンジが獣の行く手をはばもうと、あの丘の上へと続く小道に先まわりしていた。獣が丘の上へ逃げてしまったら二度とつかまえられないかもしれない、とわかっているのだ。二匹ともとっても勇敢で頭がいい。獣は、二匹を殺して通りぬけようか、逆に丘をくだろうかと迷っているようだったが、あたしたちが追ってきたのを見るとくるりと向きを変えて、驚くような速さで丘をかけおりはじめた。でも前にも言ったように、鶏小屋もまっすぐ進むときはものすごいスピードになる。あたしたちは風のように飛んでいき、前方を逃げていく大きな黒い姿との距離を着実に縮めていった。

「もうちょっとだよ！」ハリエット大叔母さんが金切り声をあげ、小屋を叩いた。

「もっと速く！　速くったら！」

獣にあと五十メートルほどまでせまったとき、突然、道の両側からまぶしい光が射し、獣の姿が浮かびあがった。そして、ドカーン！　とこの世の終わりみたいな音がとどろき、さらにバンバンバン、という音が続いた。こだまが丘のあいだに反響してあたしは耳がおかしくなり、ちゃんと聞こえなくなってしまった。獣は体を大きく弓なりにそらしてとびあがり、どさりと地面に落ち、ばらばらになったように見えた。あたしはショックのあまり鶏小屋の魔法を止めちゃったらしく、小屋はバリバリッと音をたてて着地した。

「何が起きたの？」あたしはきいた。

ハリエット大叔母さんは言った。「ざまあ見……！　……いや、その……まあひどい、って言いたかったのさ。農夫たちがあいつを撃ったんだと思うよ」

そのとき、鶏小屋の引き戸が開いてでかドットが姿を現し、「たしかめてくる」と言うなり、銃を持った人たちの影が見える明かりの方へとことこ走っていった。

「おや、それじゃ、子ネコたちも小屋の中にいたのかい？　あれまあ、なんて軽率なことをしちまったんだろう！　子ネコたちが無事だといいけど」と、ハリエット大叔母さん。

「だいじょうぶだよ。でなきゃ、でかドットが置いてくわけないだろ」ウィリアムズ氏が安心させるように言ったけど、もちろん大叔母さんにはわからなかった。

そこへ、ヘンリーがイラクサの刺さった足をひきずりながらやってきたが、そのままあたしたちの横を素通りして農夫たちに近づいていった。通りすぎざま、「農夫たちには、撃ったのは普通のライオンだって思いこませておいた方がいいな。鶏小屋を庭に戻しておいてくれよ、ちびドット」と言っただけ。あたしはむっとした。入れちがいにでかドットが戻ってきて言った。

「農夫たちがすごく大きな銃で撃ったらしくて、獣はばらばらに吹き飛んじゃってたわ」そしてまた子ネコのいる鶏小屋の中にもぐりこんだ。

あたしは小屋を家の勝手口まで戻した。ハリエット大叔母さんは、乾杯しなくちゃ、とか、ウィリアムズ氏の傷の手あてをしなくちゃ、とか言いながら、鶏小屋からはいおりた。ハリエット大叔母さんが勝手口のドアをバタンと閉める音と同時に、ウィリアムズ氏の声が聞こえた。

「なんでもないよ！　ただのかすり傷なんだから、手あてなんかしなくていいってば！」ハリエット大叔母さんはドアを三度もバタンバタンいわせた。ちょうつがいが取れかけて、ドアがはずれそうになっているのだ。

でかドットが中でゴロゴロのどを鳴らすのを聞きながら、あたしは鶏小屋の上にすわって待っていた。やがてクローとオレンジが、いかにも得意そうな顔で帰ってきた。でも、ヘンリーはなかなか帰ってこない。あたしは心配になってきた。獣は死んだふりをしてただけで、近づいたヘンリーののどに食らいついていたらどうしよう。みんなあたしのせいだわ！　あたしは庭を通って道に出て、ヘンリーを捜しに行くことにした。

　ほんの二十メートルほど行ったところでヘンリーにぶつかった。農夫たちの集団と一緒に足をひきずりながら歩いてくる。農夫たちに一杯ごちそうすると言って、農場にまねいたらしい。しゃくにさわる。あたしはすまして道にすわり、しっぽをきちんと足のまわりに巻きつけた。

　ヘンリーはあたしを見ると、足が痛むこともすっかり忘れたようにかけよってきて叫んだ。

「ちびドット！」

　あたしも怒っていたことなど忘れ、ヘンリーの体をかけのぼって腕にとびこみ、肩に前足をかけてのどをゴロゴロいわせた。

「ぼくの勇敢なトゥーランドット姫！」

「ちょっと、どうしていつもあべこべに言うの？　あたしがあなたのトゥーランドットなんじゃなくて、あなたがあたしのヘンリーなのよ。わかった？」

「うん、肝に銘じておく」と、ヘンリーは言った。

日本の読者のみなさんへ

小説を書きはじめたばかりのころ、短編は書くのがとてもむずかしいものなのではないかと思っていました。長いお話を書くときと同じくらい、細かいところまで想像力を働かせていろいろ考えなければいけないし、出てくる人たちについてもよくわかっている必要があります。それにくわえて、短編のストーリーには独特の「ひねり」がなくてはならない、と思っていたのです。

その後実際に、マクミラン社から短編を書いてくれ、と頼まれたころに、「アンガ[*]ス・フリントを追い出したのは、だれ？」という短編のアンガスのモデルになった人が、わが家に泊まりに来ました。その人にあんまりひどい目にあわされたので（本当に、暑い日に置きざりにされて何キロも歩かされたりしたのです！）、私は復讐《ふくしゅう》のつもりでその人のことを書くことにしました。

ひとつ書いてみると、短編を書くのはちっともむずかしくない、とわかりました。

＊　単行本『魔法！　魔法！　魔法！』に収録。

短編には、短編にむくアイディアが必要だ、というだけのことだったのです。

それ以来、ありとあらゆるところからアイディアが得られるようになりました。そしていつのまにか、こんなにたくさんのさまざまな種類の短編を書いていた、というわけです。私がこれまでに自分自身について書いた唯一の作品、「ジョーンズって娘《こ》」から、めずらしくSFにトライしてみた「第八世界、ドラゴン保護区」、怖い夢からアイディアを得た「オオカミの棲《す》む森」や、「お日様に恋した乙女」のような悲しいお話。「コーヒーと宇宙船」は、自分がワープロのタイプミスばかりしていることと、息子たちの中でもいちばん私にあれこれ指図する子の言動にインスピレーションを得たお話です。このときには、書きながら思わず笑ってしまいました。ほかにも、笑いながら書いたお話があります――「緑の魔石」や「でぶ魔法使い」や「ダレモイナイ」、そのほかにもいくつか。こういうお話が、書いているときはいちばん楽しいものです。

でも、自分でいちばん気に入っているお話は「ちびネコ姫トゥーランドット」です。これはわが家のネコのために書いたものです。彼女がほんの子ネコのころにわが家にやってきたとたんに、私たち家族の生活はすっかり変わってしまいました。ちびドットだけでなく、ほかの登場ネコたちにも、魔法使いのヘンリーにも、私はすっかり夢中になってしまいました！　これがもっと長いお話になればよかったのに、と今でもよく考えます。そうすればもっと長いこと彼らとすごせたのに、と。

どうかみなさんも、「ちびネコ姫トゥーランドット」をはじめとする私の短編を楽しんでくださいますように。

ダイアナ・ウィン・ジョーンズ

＊この作者あとがきは、二〇〇七年刊行の単行本『魔法！　魔法！　魔法！』に寄せられたものを再録しました。

解説

池澤春菜

もしあなたが、この本を買おうかどうか迷って解説からまず読んでいるのなら。悩むことはありません。まっすぐレジへ。

あんまり本当のことを言わない私ですが、これだけは本当。この本は、買うべき読むべき一生持っているべき。ためになる、とか、人生を変える、とか、そんな大仰《おおぎょう》なものではないけれど、疲れたときに少しずつつまめる美味しい美味しいチョコレートトリュフが十五粒も入ったボックスみたいなもの。しかも、このチョコレートはなんと食べても減らないし、太らない!!（その代わり、トリュフの中身は思いがけないものばかりだけど）。

この本ではじめてダイアナ・ウィン・ジョーンズ（以下、ＤＷＪ）を知った？　おめでとう!!　私、うらやましくてヨダレが出そうです。

ＤＷＪのあのお話も、あのシリーズも、全部、真新しい気持ちで読めるなんて。それはたぶん世界一素晴らしい遊園地の年間パスならぬ生涯パスをもらうに等しい幸運かも。もちろんこの遊園地は、はじめてでも百回目でも一万回目でも、その魅力を減じることはないけれど、できれば私も、もう一度記憶をさらにして、目の前に広がるＤＷＪワールドの豊かさに呆然としたい。

ＤＷＪのお話は何冊か読んだことはあるけれど、この本ははじめて？　あああ、最高。もうすでにＤＷＪの面白さを理解されているなら、なんにも言うことはありません。長編であれだけかっ飛ばすダイアナおばさま、短編でもＤＷＪらしさ溢れる切れ味のよさを存分に発揮されてます。

ニヤリと笑って、ぞわっとして、手に汗握って、心の旗を振って、満ち足りた猫みたいに喉を鳴らしながら本を閉じる。それは長編も短編も同じですね。

ＤＷＪの本は全部読んでて、当然この『魔法？　魔法！』のハードカバーの単行本『魔法！　魔法！　魔法！』も持っている？　同志!!　ぜひ、朝まで語り合いたいです。一回読んだらもう虜《とりこ》、読み終わった勢いで本屋さんに駆け込んで既刊を全部買い込んで、あとはアマゾンでアラートを設定してＤＷＪの文字がついてる本が出るのを今か今かと待ち望む、という過程をあなたも……。

もちろん、この文庫版も買いますよね？　お家で読むならハードカバー、お外で読むなら文庫版、と使い分けるのが正しいＤＷＪファンのあり方（佐竹さんの新しい表紙も素晴らしいですしね）。

と、熱く熱く語ってしまうほど重度のＤＷＪ中毒な私ですが、実は人様《ひとさま》に薦めることには二の足を踏んでしまうんです。

ほら、育ってきた環境も、趣味嗜好《しこう》も、時間の使い方も、本に対する姿勢も人それぞれだから……なんて言い訳はたくさんできるけれど、本当のところ、理由は一つ。

もし、こんなに大好きなＤＷＪの面白さをわかってもらえなかったら。

好きすぎるあまり二の足を踏んでしまう、ちょっと面倒くさい心理です。

でも、今これを読んでいるあなたは、ＤＷＪがすでに好き、もしくは、これからきっと好きになってくれるであろう人ですものね!?　今日はためらうことなく、ＤＷＪ愛全開でまいりますよ〜。

こんなにも私を、そして多くの読者を夢中にさせるダイアナ・ウィン・ジョーンズは、一九三四年、イギリスはロンドンで生まれました。五歳のときに第二次世界大戦が始まり、あちこち転々としたのち、エセックス州サックステッドに疎開します。グーグルマップで見ると、ロンドンから約60㎞、イギリスらしい瀟洒《しょうしゃ》なコテージが立ち並ぶ、すてきな郊外の街、といった趣《おもむき》です（「ジョーンズって娘《こ》」に描かれた街は、ここですね）。

でも、幼少期はけして明るく幸せなものではなかったようです。戦争によって次第におかしくなっていく世界、閉塞的な田舎町、父親という名の暴君、母親との破綻《はたん》した関係。幼少時にダイアナが出会った、ジョン・ラスキン、アーサー・ランサム、ビアトリクス・ポターとのびっくりするようなエピソードも含め、詳しい生い立ちはダイアナ自身がエッセイ集『ファンタジーを書く　～ダイアナ・ウィン・ジョーンズの回想～』の中の「わたしの半生」に書いてくれています（ひとつ自慢を書いてよければ、私は高校生のとき、ダイアナが通っていた学校があり、そして結婚式をあげた場所でもある、サフロン・ウォールデンに留学してたんです!! なつかしいこの地名を、彼女の半生記から見つけ出したときの私の驚きと喜びたるや。そりゃちょっとばかり運命を感じちゃっても、しょうがないですよね？）。

作品が語る以上のことを読みとろうとするのを、たぶんDWJは嫌がるでしょう。でも、野暮《やぼ》を承知で言えば、「作品の糧《かて》」となったと言い切るにはあまりにつらい生い立ちを知ると、彼女の物語に出てくる、ときにぞっとするほどの冷淡さも、唖然《あぜん》とするほどの優しさも、なんとなくわかるような気がするのです。

「不器量《ぶきりょう》で不良もどきだが頭はいい」と母親に言われ続けたダイアナは必死に勉強し、オックスフォード大学セントアンズ校に入学。この時期、オックスフォードでは、あのJ・R・R・トールキンやC・S・ルイスが講義をしていたそうです（トールキンの授業はまったくやる気がなくて、ダイアナを含め生徒が四人しかいなかったんですって）。

大学卒業と同時に結婚。だんな様のジョンとは、まだご本人とちゃんと知り合う前、なんと影をちらりと見ただけで「この人と結婚する」と確信したそうです。そして三人の子どもを育てる中で、子どもたちに面白い本を読ませたい、という思いからファンタジーを書きはじめます。

ただ、あまりに独創的なDWJの世界、この当時はまだ児童文学が今ほど自由なものではなかったこともあり、一九七〇年に出たデビュー作は大人向けのユーモア小説「Changeover」でした。

その後は児童文学を中心に、素晴らしい作品を精力的に書き続けます。ファンタジー、SF、現代ものに、架空の世界を舞台にしたもの、何を書いてもDWJらしさ満載の、唯一無二の作風。

個性的、という言葉だけでは足りない、いきいきと物語をひっかきまわす登場人物たち。ときにとびきり意地悪く、ときにずる賢く。いわゆる物語の登場人物らしからぬ、型にはまらないその言動、読みながら何度も「いるいる、こういう人!!」とうなずいてしまいます。

ぶっ飛んだストーリーも特徴的。長編はとくに、次から次へと事態が展開していき、読んでいてはたして無事に終わるのか心配になるほど。でもちゃあんと、最後にはみごとに風呂敷をたたんで、バラバラだった模様をつなげて見せるDWJマジック。

この『魔法? 魔法!』の中のお話だったら、ファンタジーかと思いきや、ばりばりのSF「第八世界、ドラゴン保護区」がお気に入りです。「コーヒーと宇宙船」もDWJの日常生活が垣間《かいまみ》見えて面白い。「ピンクのふわふわキノコ」の意地悪な自然崇拝の描き方には、つい「うひひ」と笑ってしまいます。でも、ピンクのふわふわキノコに覆われた部屋も、それはそれですてきなんじゃないかと思う、キノコ大好きな私。

そしてやっぱり「ちびネコ姫トゥーランドット」!! 犬派な私でも、生意気可愛いドットにはきゅんときちゃいます。

短編ではじめてDWJを知った、という方は、ぜひ次は長編にチャレンジを。さらに輪をかけたはちゃめちゃっぷりで、最初は理解するのにちょっと苦労しちゃうかも。でも一度はまったら、もう夢中。

どれも甲乙つけがたく面白いけれど、個人的に好きなのは、「大魔法使いクレストマンシー」シリーズ。クレストマンシーとは、平行世界における魔法がらみの事件を解決する大魔法使いの称号。当世のクレストマンシーは、魔法の力も、気位《きぐらい》も、洋服のセンスもとびっきり。バリエーション豊かな平行世界、豊かすぎる個性の持ち主たち、次々おこる奇想天外な事件、DWJじゃなきゃ書けない極上のお話ばかりです。「ダークホルム」シリーズと、『ダイアナ・ウィン・ジョーンズのファンタジーランド観光ガイド』も大好き。とくに、ファンタジーの紋切り型をしれっと、でもとことん揶揄《やゆ》した後者は、DWJの底意地の悪さが存分に発揮されていて最高です。

大人向けファンタジーの「デイルマーク王国史」は、まるで巨大なタペストリーのよう。四作に渡って描かれた長い長い物語が、最後にぎゅっとひきしぼられる心地よさ。二次元だった世界が一瞬にして三次元に変わる、自分が見ていた模様がより大きな絵の一部だったことに気づく酩酊感……圧倒的至福に満ちた読書体験です。

もちろん「ハウルの動く城」のシリーズも、DWJ流ボーイミーツガールかと思いきややっぱりひと筋縄ではいかない『花の魔法、白のドラゴン』も、その前日譚《たん》でもある『バビロンまでは何マイル』も、あれもこれもどれもそれも、全部、大好き‼

どの物語もあまりに面白くて、気がつけば本を読んでいるということすら忘れてページの中にとっぷり。まるで、とびきりお話が面白くて、いたずら好き、意地悪で優しい、大好きな親戚のおばさんにお話を聞かせてもらっているよう。

こんな不思議な物語の着想をどうやって得ているのか、ＤＷＪにとって物語を書くとはどういうことなのか、そこらへんの秘密もＤＷＪのエッセイを集めた『ファンタジーを書く　～ダイアナ・ウィン・ジョーンズの回想～』を読んだらわかるかも。私は目から鱗《うろこ》が二枚も三枚も落ちました。


本書に収められた十五編の短編には、長い長い物語がございまして。

始まりは、一九九五年にわずか千部だけ作られた私家版の「Everard's Ride」。表題作を含む八作品を収めた短編集は、長らくファン垂涎《すいぜん》、幻のアイテムでしたが、めでたく二〇〇四年に「Unexpected Magic : Collected Stories」として刊行されました。しかも収録作品は十六編に大増量。そのうちの短編十五編がこの本に収録され、そして短編というにははるかに長い「Everard's Ride」は徳間書店より『海駆ける騎士の伝説』のタイトルで、独立した一冊になってます。

もっと読みたい、まだまだ読みたい、という方はぜひ『魔法！　魔法！　魔法！』の単行本もお手に取ってみてください。文庫版の十五編に、さらに日本オリジナルで「Stopping for a Spell」より三編が加えられています。

読みたい気持ちのあと押しをするべく、その三編の解説を少しだけ。

「四人のおばあちゃん」

お父さんとお母さんの出張のあいだ、エルグとエミリーの面倒を見るのは？　二人きりでも大丈夫って言ったのに、気がついたら、四人のおばあちゃんが全員大集合。それだけでも大変なのに、エルグの作った〈お祈りマシン〉が、次から次へとお祈りをかなえちゃったものだから……。

ＤＷＪらしい、なんともはちゃめちゃなお話。

「アンガス・フリントを追い出したのは、だれ？」

突然押しかけてきた、とびきりわがままで嫌なお客。ロビンズ一家の生活はもうズタボロ。我慢の限界に達した姉弟たち、そしてけなされ続けた家具たちがいっせいに復讐に立ちあがった。

アンガス・フリントみたいに嫌なやつを書かせたら、ＤＷＪに勝てる人はまずいないかも。と思ったら、このお話、なんと実話をもとにしているそうです……!!

「ぼろ椅子《いす》のボス」

サイモンとマーシャの家にある、紫とオレンジと水色のしましまの椅子。そこに、クリスタおばちゃんが魔法の液体をこぼしちゃった!!　人間になったぼろ椅子のボスは、鼻持ちならないいばりんぼ。家じゅうの食べ物は食べちゃうし、台所は火事にしちゃうし、茶話会もパーティーもめちゃくちゃ。どうやったら、ボスをもとの椅子に戻すことができるの!?

こちらのお話は、佐竹美保さんのカラー挿絵がたっぷり入って、『ぼろイスのボス』というタイトルで単行本化もされています。ぜひ、紫とオレンジと水色のしましまのすさまじさをカラーで確認してみてください。

さて。

楽しいお話をたくさんしてきたところで、最後に悲しいお話を一つだけ。

できれば、こんなこと、書きたくないのだけれど。

ダイアナ・ウィン・ジョーンズはもういません。二〇一一年三月、この世界を離れてしまいました。その知らせを聞いたときは、とても信じられず、何日も呆然としていました。私にとってDWJはフェアリーゴッドマザー（妖精の名づけ親。困ったときにはそっと力を貸してくれる）みたいな存在で、いなくなったりしないものだと思っていたんです。

でも、もしかしたら、本当にそうなのかもしれません。物語の魔法使いですもの、自分が書いた物語の中にひょいっと入ってしまっただけ。DWJは、実はクレストマンシーで、物語の形を借りて、私たちに別の世界のことをこっそり教えてくれていたのかも。

ＤＷＪがこの世界に最後に残していった物語は妹のアーシュラ・ジョーンズ（そう、「ジョーンズって娘《こ》」に出てくる、あのアーシュラ!!）が書きついで、「The Islands of Chaldea」というタイトルで二〇一四年に刊行されました。実は去年、アメリカに少しだけ留学していたときに、この本の原書を買っておいたんです。買ってはみたものの、その本はまだ私の書庫で眠っています。読んだら本当にそれで、最後になってしまいそうで。

でも、物語はどんなときでも私たちを助けてくれます。けして順風満帆だったとは言えないＤＷＪの人生を、彼女が書く物語がいつも救っていたように。きっとＤＷＪのことですから、むこうの世界に行ってもなんらかの形で私たちに新しい物語を届けてくれることでしょう。

本書をはじめて読んだ方は、きっともうＤＷＪの魔法の虜《とりこ》。すでに虜になっている人は、ますます深みに。この魔法の世界の魅力を知ってしまったからには、折にふれ戻りたくてたまらなくなっているはず。

それではみなさま、またいつか、ＤＷＪの魔法の世界でお会いしましょう。

（声優、エッセイスト）

この作品は2007年12月徳間書店より刊行された単行本『ダイアナ・ウィン・ジョーンズ短編集　魔法！　魔法！　魔法！』から三つの短編（「四人のおばあちゃん」「アンガス・フリントを追い出したのは、だれ？」「ぼろ椅子のボス」）を除き、若干の語句の修正を加えたものです。

徳間文庫

ダイアナ・ウィン・ジョーンズ短編集

魔《ま》法《ほう》？　魔《ま》法《ほう》！

2015年8月15日　初刷

著者　ダイアナ・ウィン・ジョーンズ
訳者　野《の》口《ぐち》絵《え》美《み》
発行者　平野健一
発行所　東京都港区芝大門二—二—二　〒105—8055
株式会社徳間書店
電話　編集〇三(五四〇三)四三四九
販売〇四八(四五一)五九六〇
振替　〇〇一四〇—〇—四四三九二
印刷　凸版印刷株式会社
製本　株式会社宮本製本所

ISBN978-4-19-894004-1　（乱丁、落丁本はお取りかえいたします）

徳間文庫の好評既刊

荻原規子

薄《うす》紅《べに》天《てん》女《によ》[上]

東の坂東《ばんどう》の地で、阿高《あたか》と、同い年の叔父藤太《とうた》は双子のように十七まで育った。だがある夜、蝦夷《えみし》たちが来て阿高に告げた…あなたは私たちの巫《み》女《こ》、火の女神チキサニの生まれ変わりだ、と。母の面影に惹かれ蝦夷の地へ去った阿高を追う藤太が見たものは…？

荻原規子

薄《うす》紅《べに》天《てん》女《によ》[下]

西の長岡《ながおか》の都では、物《もの》の怪《け》が跳梁し、皇太子《ひつぎのみこ》が病んでいた。「東から勾玉《まがたま》を持つ天女が来て、滅びゆく都を救う」病んだ兄の夢語りに胸を痛める十五歳の皇女《ひめみこ》苑上《そのえ》。だが勾玉の主・阿高との出会いは…。〈勾玉三部作〉フィナーレを飾るきらびやかな一冊。

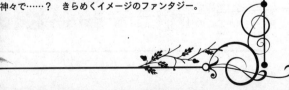

クリストファーの魔法の旅

別世界に旅する力と、九つの命を持って生まれた少年クリストファー。でも、心を許せる友は、別世界の神殿で出会った「女神」だけで……？クレストマンシーの数奇な少年時代を描く。

魔法の館にやとわれて

魔法の渦巻く異世界の館で、従僕として奉公を始めたクリストファーの目的は？　クレストマンシーの若き日の恋と冒険を、年下の友人の目から描く、英国の香りたっぷりの物語。

キャットと魔法の卵

次代クレストマンシーのキャット少年が、謎の卵から孵した生き物とは？　クレストマンシー城と近隣の村に、魔女たちや魔法の生き物、不思議な機械も登場！　にぎやかに展開するシリーズ最終巻。

魔法がいっぱい

次代クレストマンシーのキャットとイタリアから来たトニーノが、力を合わせてがんばる『キャットとトニーノと魂泥棒』など、クレストマンシーをめぐる四つの短編を集めた、シリーズ外伝。